Alfred Schirokauer

# Lord Byron - Der Roman einer leidenschaftlichen Jugend

e-artnow 2018

Leseempfehlungen (als Print & e-Book von e-artnow erhältlich)

**Mark Twain**
**Die Schrecken der deutschen Sprache**

**Peter Rosegger**
**Gesammelte Werke (Über 570 Titel in einem Buch):** Als ich noch der Waldbauernbub war + Waldheimat + Die Schriften des Waldschulmeisters ... Gottsucher + Heidepeters Gabriel und mehr

**Rudyard Kipling**
**Gesammelte Werke: Romane + Erzählungen (120 Titel in einem Buch):** Das Dschungelbuch + Kim + Dunkeles Indien - Phantastische ... Licht + Naulahka, das Staatsglück und mehr

**Thomas Wolfe**
**Gesammelte Werke: Romane + Erzählungen + Essays:** Schau heimwärts, Engel!, Von Zeit und Strom, Die Geschichte eines Romans, ... wie die Zeit, Die vier verlornen Männer...

**Fjodor Michailowitsch Dostojewski**
**Der Idiot**

**Victor Hugo**
**Lucretia Borgia**

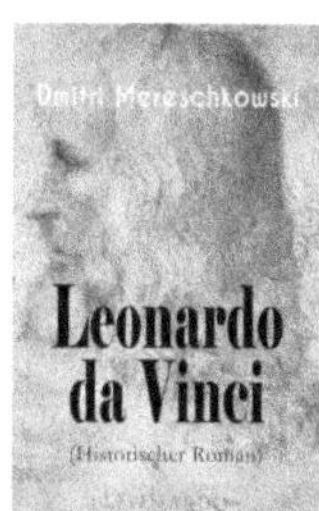


**Dmitri Mereschkowski**
**Leonardo da Vinci (Historischer Roman)Historischer Roman aus der Wende des 15. Jahrhunderts**

**Stefan Zweig**
**Maria Stuart:** Historischer Roman - Eine Darstellung historischer Tatsachen und eine spannende Erzählung über das Leben einer leidenschaftlichen, aber widersprüchlichen Frau

**Jakob Wassermann**
**Christoph Columbus - Der Don Quichote des Ozeans (Vollständige Biografie):** Historischer Roman

**Richard Arnold Bermann**
**Die Derwischtrommel:** Historischer Roman

*Alfred Schirokauer*

# Lord Byron - Der Roman einer leidenschaftlichen Jugend

e-artnow, 2018
ISBN 978-80-268-8720-1

# Inhaltsverzeichnis

## Lord Byron

### I.

Vor dem Laden des angesehenen Kupferstechers Ackermann am Strand zu London wogte eine hitzig erregte Menge. Wie ein Lauffeuer hatte sich durch die Straßen der City die verdutzende Kunde verbreitet, daß in Ackermanns Laden ein »Licht ohne Docht« brenne. Von allen Seiten strömten sie herbei, dieses Unglaubliche zu schauen: würdige Geschäftsleute von der London Bridge, flanierende Dandies aus Bondstreet, das lichtscheue Gesindel von St. Giles.

Sie standen, starrten und staunten. By Joe, es war wahr! Da brannte das »Licht ohne Docht«, zwei Lichter sogar, nein, drei. An der Decke des Schaufensters lief eine dicke runde Eisenröhre, von der wieder drei runde Eisenröhren rechtwinklig nach unten hingen. An jedes dieser senkrechten Rohre stieß ein eiserner Querstab mit einem Mundstück, wie bei einer Pfeife. Und aus diesem Trio von Metallipppen atmete prustend eine helle gelbblaue Flamme, die sich nach oben zu ausbreitete wie Schmetterlingsflügel. By Joe, da brannten die »Lichter ohne Docht«!

Allmählich wich die erste wortlose Verblüffung, und die Kritik setzte ein.

»Es ist Teufelswerk«, rief ein schlampiges Höckerweib von Farrington Market und prägte damit das erlösende Wort.

»Jawohl,« echote alles ringsum mit gruseligem Erschauern, »Teufelswerk, das ist es«.

»Eine Gemeinheit ist es«, fluchte ein fetter Ölhändler, »wenn das Zeug da einreißt, bin ich ruiniert.«

»Ich auch«, jammerte ein kleiner geleckter Mann, »mein ganzes Vermögen steckt in der Grönländischen Walfischerei.«

»Jack!« rief ein Riesenkerl mit wüster Totschlägervisage und stieß seinem Nebenmann die Ellenbogen freundlich in die Weichteile, »was sagst du dazu?« Er deutete mit dem Kinn nach dem surrenden Lichte hinüber, »he?«

»Wir können einpacken, wenn sie anfangen, mit dem Zeugs die Straßen zu illuminieren«, brummte der, »dann adieu, liebes Handwerk der Dunkelheit.«

In aller Munde knurrte jetzt die Gewißheit, daß es »verdammtes Teufelswerk« war.

»Nicht doch«, suchte ein schmalbrüstiger Herr mit Perücke und unförmlicher Hornbrille seine Nachbarn zu beruhigen, »es ist das neue Licht, das Gas, das der Schotte Murdoch erfunden hat.«

»Halt dein Maul«, drohte der feiste Ölhändler, »Teufelswerk ist es, sag' ich.«

»Aber nein, ereiferte sich der Gelehrte, »es ist eine herrliche –«

Da trat der Totschläger dicht an ihn heran.

»Stille bist, du verfluchte Perücke!«

»Nein«, erwiderte mutig der kleine Herr, »mein Amt ist zu belehren. Es ist eine herrliche –«

»Hau ihm eins aufs Dach«, schlug der Genosse des Mordgesellen gelassen vor, »dann wird seine Mühle still stehen.«

Unheildrohend ballte sich ein Greis um den braven Gelehrten.

»Wagen Sie noch einmal zu sagen, daß es etwas Gutes ist?« fragte jetzt der Verbrechertypus. Es war ein Ultimatum.

»Ja,« entgegnete unerschrocken der Engbrüstige.

Der Totschläger hob die erfahrene Faust.

Da stand plötzlich ein junger Mensch an der Seite des Gelehrten, große wilde braune Augen funkelten dem ungeschlachten Kerl entgegen.

»Wagen Sie es, den Mann anzurühren«, knirschte er. »Wagen Sie es nur!« In wohlgeübter Boxerstellung bot er kampfbereit die Fäuste.

Einen Augenblick stutzte der Riese. Die Menge johlte: »ha, ein Boxkampf, ein regelrechter Boxmatch!« Und im Nu wurden Wetten abgeschlossen. Der Verbrecher war allgemeiner Favorit.

»Häng ihn an seinem langen Schlips an die nächste Lampenkette«, riet der Genosse des Mordbuben und zeigte auf die wehenden Schleifen des jungen Kämpen.

Der Strolch maß den Gegner mit verächtlichem Blick.

»Jetzt paß mal auf, du lahmer Hund«, er trat nach dem Klumpfuß des jungen Menschen, »gleich wirst du zur Hölle humpeln.« Und er hob die schwarze Faust.

Da riß ein helltönendes Klingen die Aufmerksamkeit aller dem Laden zu. Ein Steinhagel hatte die Schaufensterscheiben zertrümmert. Jubelgeschrei schrillte durch die Luft. Plötzlich lag die Straße im dämmrigen Dunkel des Londoner Abends. Ackermann war dem Volksgericht gewichen. Das erste Gaslicht in den Gassen Londons war erloschen.

Das Auseinanderströmen der befriedigten Menge trennte die beiden Gegner. Der junge Mann suchte in dem schattenhaften Gleiten ringsum, doch weder sein gelehrter Schützling noch der kampfbrünstige Riese waren in dem unsicheren Lichte der fernen Öllampen zu finden. Der Schwall hatte beide verschlungen. Da schritt er gelassen seines Weges. Ein fahle Dunkelheit hatte sich eingenistet zwischen den engen hohen Straßen der City mit ihren steifen Giebeln, den phantastisch in das abendliche Grau des Himmels ragenden gewundenen Schornsteinen, den weitvorspringenden Innungszeichen, die der trübe zuckende Schein der mattflackernden Öllampen zu grotesken Seltsamkeiten verhexte.

Doch das Leben der Stadt mit ihrer knappen Million Einwohner pulste weiter, verstärkt und verdichtet durch das rasch fallende Dunkel der Nacht. Die Zeitungsverkäufer bliesen grell ihre Trompeten, die Käufer anzulocken, die Schuhputzer, die hundert fliegenden Händler brüllten in allen Tonarten ihr aufdringliches Handelslied. Die Bettler drängten an allen Ecken heran und stöhnten ihr grausiges Elend vag ins Leere; abgezehrte Weiber mit skrophulösen Kindern, zerlumpte Greise, ausgehöhlte Kranke, in deren aufgerissenen Augen der Tod flackerte, hoben dem Fußgänger die hungerzernagten Glieder entgegen. Und die Gentlemen hasteten dahin, zu den Theatern, Cafés, Klubs und dem späten Geschäfte. Wagen waren kaum zu sehen. Nur einmal rasselte mit lautem Hörnerjubel und Peitschenknall die Postkutsche aus dem Norden des Landes durch die engen Gassen dem »Weißen Bären«, der Endstation in Piccadilly, zu. Und in dem Strom der Menschen trieben die zahllosen Taschendiebe, denen keine Polizei drohte, ihr fingerfertiges Wesen.

An einer Straßenecke unter der Öllaterne staute sich der Menschenstrom. Dort hatten sie einen Langfinger gefaßt und übten Volksjustiz unter der Straßenpumpe. Unbekümmert schritt der junge Mann durch dieses altgewohnte Getümmel, in tiefes Sinnen versunken. Das Gaslicht und der Geist seiner Landsleute gaben ihm zu denken. Dann bog er ein nach Paternoster Row, der Straße der Literatur. Hier war Buchladen an Buchladen. Vor jedem blieb der junge Mann stehen und suchte eifrig nach einem breiten weißen Bande. Ja, dort lag er. Etwas unscheinbar, halb bedeckt von einem mächtigen Quarto. Er laß den Titel, als sähe er ihn zum ersten Male, mit verliebten Blicken: »Stunden der Muße. Gedichte von Lord Byron. Einem Minderjährigen.« Ja, dort lag er.

Da pochte ihm jemand auf die Schulter. Aufgescheucht wandte er sich um.

»Hallo«, rief er. »Dallas, Sie?«

»Ja, ich«, lachte der andere, »Sie bewundern Ihr Buch, wie, Mylord?«

Byron errötete.

»Ich kam gerade hier vorbei«, versuchte er eine Entschuldigung.

Dallas machte eine gewährende Geste. »Lassen Sie doch, Mylord, haben wir alle einmal durchgemacht, wir Federvieh. Jeder von uns ist einmal nach Paternoster Row gelaufen, sein erstes Buch ausliegen zu sehen.«

Und seinen Arm bevatternd unter den Ärmel des jungen Lords schiebend, lächelte er: »Ihr Buch geht übrigens gut. Als Ihr Verwandter«, er machte mit der flachen Hand eine devote Bewegung durch die Luft, »wenn auch nur entfernter, habe ich Interesse an Ihrem Wohlergehen. Ich habe mich erkundigt.«

Sie schritten nebeneinander durch den seinen, nässenden Nebel. Byron zog den schönen Mund stolz empor.

»Ja, mein Buch geht gut. Unter den Käufern war der Herzog von York, die Marquise von Headfort, die Herzogin von Gordon und viele andere. Crosby, mein hiesiger Buchhändler hat auch schon vier Serien abgesetzt.«

»Sieh mal einer an!« bewunderte Dallas, »Hab's mir gleich gedacht, an den Gedichten ist was. Nur der Verleger! Wie können Sie ein Buch bei Ridge in Newark erscheinen lassen und noch dazu auf Ihre Kosten! In London verlegt man bei Murray. Der ist jetzt Mode.«

»Ich weiß«, nickte Byron, »jetzt weiß ich es. Voriges Jahr, als ich das Buch herausgab, wußte ich es nicht. Und dann –« der großartige Zug kam wieder in das zarte mädchenhafte Gesicht – »ich will ja kein Dichter werden. Mein hoher Rang weist mir andere Wege.«

Dallas verbiß ein überlegenes Lächeln. »Lassen Sie nur erst den Erfolg kommen, Mylord, dann werden Sie anders sprechen. Nur eins müssen Sie tun, hören Sie auf den Rat eines erfahrenen Skribenten: Sie halten sich zu sehr abseits vom Bau. Sie leben zu fern dem Literaturgetriebe.« Byron machte eine heftige Bewegung. Doch Dallas fuhr fort: »Sie haben gute Kritiken gehabt, gewiß. Aber vorläufig doch nur in kleinen unbedeutenden Blättern. Die großen, und vor allen Dingen die allein entscheidende in der Edinburgh Review stehen doch noch aus.«

»Allerdings«, gab Byron klein bei. »Wie ich gehört habe, soll in dem Januarheft der Edinburgh Review etwas über mich stehen. Das Heft muß täglich in London eintreffen.«

»So, so«, machte der ältere Dichter, »nun, hoffen wir das Beste.

Die Hauptsache ist aber, daß Sie einen Führer durch das Labyrinth der Wege zum Erfolg haben. Zu Anfang. Wenn Sie erst oben stehen, pfeifen Sie auf alle. Ich bin gern bereit, Ihnen, Mylord, dieser Führer zu sein.«

Da wandte Byron sich voll seinem Begleiter zu.

Das gelbe Licht einer Öllampe, unter der sie just hinschritten, vergoldete seine freudehellen Augen. Er ergriff beide Hände des erfahrenen Mannes, preßte sie überschwänglich und sprudelte mit dem Ungestüm seiner zwanzig Jahre hervor: »Ich danke Ihnen, Herr Dallas, ich danke Ihnen sehr herzlich. Sie haben recht, vielleicht, wenn der Ruhm kommt, vielleicht schreibe ich doch wieder. Ich danke Ihnen für Ihre Freundschaft und Uneigennützigkeit.«

»Aber, aber, lieber junger Freund!« dämmte Herr Dallas, »wozu so viele Worte! Das ist doch selbstverständlich bei einem Verwandten und Kollegen. Sie werden etwas erreichen, glauben Sie mir. Ich habe für so was Instinkt. Kommen Sie hier ins Chapter Coffeehouse, gleich nebenan, Nr. 50 Paternoster Row. Das ist Londons Literatur-Café. Da können wir es stipulieren. Ich bin für Ordnung in allen Dingen.«

Ohne Byrons Einwilligung abzuwarten, öffnete er die Tür des Cafés, schob den jungen Freund hinein und folgte.

Es war ein fast feierlich vornehmer Raum, sanft erhellt durch Laternen, die von der getäfelten Decke niederglänzten, und Lichtern, die auf jedem Tische brannten. In die Wände hinein rundeten sich dunkle Mahagoninischen, in denen spiegelblanke Mahagonitische und Stühle zum Sitzen und Plaudern luden. Die linke Seite des Raumes bildete eine Glaswand, hinter der ein Lesezimmer seine ruhige Behaglichkeit breitete. Dort war nachmittags der Sammelplatz der Verleger und Autoren, dort öffnete sich jungen Talenten der dornige Pfad zur Unsterblichkeit.

Jetzt, es mochte gegen 5 Uhr sein, war das Lesezimmer nur von einigen Zeitungsmardern besetzt. Doch in den Nischen summte eifriges Plaudern und heftige Debatte über die Probleme der modernen Literatur.

Dallas schob den schüchternen jungen Poeten vor sich her, gerade auf eine freie Nische zu, nahm ihm den Hut vom Kopfe und ermunterte: »Legen Sie nur ab, Mylord, und machen Sie es sich bequem. Hier werden Sie noch einmal einer der Größten sein.«

Byron lächelte und entledigte sich seines schweren Wintermantels. Dann zupfte er seine koketten Schlipsenden zurecht, prüfte den Sitz seines breiten, leinenen Umlegekragens, fuhr mit den Händen durch das braune lockige weiche Haar und nahm neben Dallas Platz, der eben bei dem herbeieilenden Kellner zwei Whiskys mit Soda bestellte.

»So«, sagte der Ältere befriedigt und streckte die langen Beine vor sich unter den Tisch, »nun wollen wir zuerst das Geschäftliche erledigen.«

Er entnahm seiner geräumigen Brieftasche einen zierlichen Rabenfederkiel, Papierhalter und Tinte standen auf dem Tisch. »Ich werde folgendes aufsetzen«, sann er, die Lippen reibend, die bartlos waren, wie bei jedem Gentleman der Zeit: »Ich verpflichte mich, Ihr literarischer Agent zu sein, das heißt, Ihnen die besten und modernsten Verleger zu verschaffen, für Sie die erforderliche Reklame zu machen –«

»Reklame?«

»Ja, natürlich, das ist die Hauptsache. Ohne Reklame wird kein Buch heutzutage bekannt. Lassen Sie mich nur machen – kurz, ich nehme Ihnen alles Geschäftliche ab.«

»Sie sind viel zu liebenswürdig, Herr Dallas. Wie soll ich Ihnen das danken?«

»Aber gehen Sie doch, Mylord! Als Ihr Verwandter ist das doch selbstverständlich. Als Entschädigung für meine Auslagen – denn Reklame und das alles kostet natürlich –«

Byrons hohe Stirn umdüsterte sich.

»Viel darf es nicht kosten, Herr Dallas«, flüsterte er. »Sie wissen, meine pekuniäre Lage ist sehr schlecht. Mein Gut Newstaed bringt wenig und über mein Gut in Lancashire schwebt ein langwieriger Prozeß, der mich schon 14 000 Pfund Sterling gekostet hat. Meine Schulden sind schon recht groß.«

»Aber, Mylord«, entrüstete sich Herr Dallas, »wie können Sie glauben, daß ich mir von Ihnen etwas werde bezahlen lassen! Unter keiner Bedingung!«

»Ihre Liebenswürdigkeit bedrückt mich«, raunte Byron beschämt.

»I wo!« lachte Dallas generös, »zur Deckung meiner Unkosten können Sie mir ja die Einkünfte aus Ihren Büchern verschreiben.«

»Gern«, willigte Byron sofort ein, »ich würde nie einen Penny für meine Dichtungen annehmen. Das scheint mir gegen die Standesehre zu gehen! Sie können alles haben. Ich fürchte nur, das wird nicht viel sein.«

»Macht nichts«, beruhigte der andere. »Ich werde also schreiben, daß Eure Lordschaft mir für alle Zeiten sämtliche, aus Ihren sämtlichen Werken fließenden Einkünfte verschreiben.« Und hastig setzte er den Vertrag auf. Gierig kratzte die Rabenfeder über das Papier.

»So«, seufzte er, als er des jungen Lords Unterschrift am Busen barg, »das wäre getan. Nun wollen wir uns ein wenig umschauen.«

Er musterte die gegenüberliegenden Nischen. »Hm«, frohlockte er, »Sie haben es gut getroffen, Mylord, Englands größte Dichter sind anwesend.« Und sich zu Byrons Ohr neigend, flüsterte er: »Dort links in der Nische finden Sie ein berühmtes Trio. Der Herr dort mit dieser ernsten, würdigen Miene, der wie ein Methodistenprediger aussieht –«

»Der mit den übereinandergeschlagenen Beinen, dessen nackte Knöchel über den Socken hervorsehen?«

»Ja der, er ermüdet seine Zuhörer gerade mit seiner monotonen Stimme und arbeitet dabei wie ein Walfisch. Das ist Wordsworth.«

»Ah«, Byron richtete sich auf, » das ist Wordsworth? Ich dachte, er wohnt an den Seen in Nordengland.«

»Wohnt er auch. Und seine beiden Nachbarn desgleichen. Sie müssen zu Besuch in London sein.«

»Das ist Wordsworth!« wiederholte Byron, den Mann mit seinen feurigen Augen verschlingend. »Oh, er ist ein begeisterter Anhänger der Ideen der französischen Revolution.«

Dallas lachte höhnisch auf: » War er vielleicht einmal, Mylord, in jungen Tagen. Jetzt besingt er nur die Natur und das Landleben und lauter solche triviale Stoffe. Und behauptet, zwischen der Poesie und der Prosa bestehe kein Unterschied.«

»Nanu?« fuhr Byron herum.

»Ja, das behauptet er, und seine Dichtungen beweisen seine Theorie, das muß man ihm lassen. Aber weiter. Der Herr neben ihm mit dem großen runden Kopf, den tiefen hellblauen Augen und dem traurigen Blick ist Samuel Taylor Coleridge.«

»Ah«, machte Byron, »der Dichter von ›Christable‹ und dem ›alten Matrosen‹. Seine Sprache ist wunderbar melodiös.«

»Melodiös?« krähte Dallas entgeistert.

Doch Byron nahm den Dritten aufs Korn. »Dann ist der Dritte«, riet er, »am Ende gar Robert Southey.«

»Richtig«, lobte Dallas. »Der Schwager von Coleridge.«

Der junge Dichter starrte die drei berühmten Männer mit brennenden Augen an.

»Ich liebe Southeys ›Wat Tyler‹ und ›Jeanne d'Arc‹«, gestand er hingerissen.

»Alte Chosen«, meinte Dallas und verzog grinsend die Mundwinkel, »er hat sich seitdem tüchtig gehäutet. Jetzt ist er der patentierte Tugendapostel. Kennen Sie ›Talafa‹ und seinen neuesten Schund ›Madoc‹?«

Byron schüttelte den Kopf.

»Lesen Sie ihn, junger Mann. Ich werde es Ihnen borgen. Dann werden Sie diesen öden Schwätzer kennen lernen. Ich teile auch Ihre Bewunderung für Coleridge keineswegs. Er ist meiner Weinung nach gedunsen und schwülstig. Dort der Herr in der Nische ist übrigens Charles Lamb, der jüngere Bruder des Lord Melbourne. Am bekanntesten ist dieser vornehme Dichter durch seine Frau, die Lady Caroline. Von der haben Sie doch sicher gehört. Nicht? Schade. Eine der verdrehtesten Weiber in ganz London. Eine ganz exzentrische Person, die fortwährend die Gesellschaft mit ihren tollen Abenteuern amüsiert. Der Dicke mit den dünnen Beinen neben Lamb ist Lord Holland.«

Byron sah scharf hinüber. »Der Herr von Holland House?«

»Nein, der Herr von Holland House ist seine Frau. Ihr Palais ist der Mittelpunkt der sogenannten Londoner Gesellschaft. Wer was bedeuten will, reißt sich um den Eintritt. Ich war, gottlob, niemals dort. Warten Sie nur noch kurze Zeit, bis Sie berühmt sind, dann erhalten Sie auch Ihre Einladung von der hochmütigen Xantippe.«

»Wer ist jener schöne kleine Herr neben Lord Holland?« lenkte Byron ab.

»Das ist der Ire Thomas Moore.«

Da schnellte der junge Dichter jäh in die Höhe. Doch Dallas zog ihn am Rockschoß zurück auf den Stuhl. »Psch, psch«, dämpfte er, »hier muß man sich gemessen betragen, Mylord.«

»Das – das –« stammelte der junge Mann – »das ist Anakreon Moore, der Dichter der »Irischen Melodien«!? Ihn zu sehen, lebendig, diesen großen Sänger!«

Dallas lächelte mitleidig. »Ja, das ist der Catull der heutigen Jugend. Er reimt ja ganz nett. Aber lasterhaft ist er, ganz scheußlich lasterhaft. Auch in seinen Dichtungen. Mir gefällt solche Lüsternheit nicht.«

»Aber mir«, entgegnete Byron plötzlich scharf.

Dallas stutzte einen Augenblick. Dann lächelte er wieder mitleidig: »Sie werden auch noch anders urteilen lernen, Mylord, Sie sind noch sehr jung.« Da erhob sich Byron. »Ich bin alt genug, mein eigenes Urteil zu haben, Herr Dallas«, sagte er, die Brauen bedrohlich runzelnd. »Ich muß jetzt fort.«

Er rief den Kellner und bezahlte die beiden Whiskys mit Soda. Als der Mann das Geld einkassiert hatte, wehrte Dallas: »Aber bitte sehr, Mylord, Sie sind mein Gast.«

»Danke«, knurrte Byron, nahm den Hut, murmelte »Guten Abend« und schritt hinaus. Und spannte jede Muskel krampfhaft an, vor den Blicken all dieser berühmten Männer sein Hinken zu verbergen.

Draußen sprang er in eine Hackney-coach, rief dem Kutscher seine Adresse »Dorants Hotel« zu und warf sich zurück in die harten Polster des Wagens.

Langsam rumpelte der schwerfällige Kasten durch die engen, lärmerfüllten Straßen.

Doch Byron sah nichts von dem Treiben dort draußen. Er sann. »Ein unangenehmer, gehässiger Bursche, dieser Dallas«, dachte er. Dann sprangen seine hurtigen Gedanken. Das also waren die großen Männer der Literatur, zu denen er verehrend aufgeschaut hatte. Sie waren groß in ihrer Art, trotz der bissigen Bemerkungen dieses Menschen, der sie haßte in seiner eigenen Erfolglosigkeit. Gewiß. Aber – aber!

Er hatte sich große Männer so anders gedacht, er wußte selbst nicht recht, wie, doch ganz anders als diesen Wordsworth mit seinen nackten Knöcheln und Southey mit seiner vornehmen, selbstgefälligen Würde. Etwa so, wie er sich Napoleon, seinen Leibhelden, dachte. Ah, Napoleon! Ja, den einmal von Angesicht sehen! – Das war ein Held. Der Wagen beugte sich in einer Pfütze tief zur Seite, daß der Fahrgast unsanft an die Wand geschleudert wurde. Als er sich zornig aufgerafft hatte, hastete sein Grübeln weiter. Ja, ein Mann der Handlung, wie Napoleon, wollte er werden. Kein Dichter, kein Träumer, einer, der handelt, wollte er werden. Als Peer von England war er Mitglied des Oberhauses, er war geborener Gesetzgeber. Im Januar nächsten Jahres, wenn er mündig geworden war, wollte er seinen Sitz im Hause der Lords einnehmen und sich auf die Politik werfen. Der Teufel hole Dallas und die Dichterei. Die war kein Lebenszweck für einen Mann aus dem Geschlechte der Byrons, die mit Wilhelm dem Eroberer im Jahre 1066 nach England gekommen waren. Die war Lebensinhalt für Federfuchser wie Wordsworth und seinesgleichen. Nicht für George Gordon Byron.

Der Wagen hielt. Leichtfüßig sprang er hinaus, denn der Portier stand vor der Tür. Der sollte nicht glauben, daß ihm das Springen schwerfalle wegen dieses verdammten Fußes.

»War der Briefträger da?« fragte er und kniff die Augen hochmütig zusammen.

»Jawohl, Eure Lordschaft«, dienerte der Mann.

»Der blaue oder rote?« Der blaue, two-penny postman, brachte die Stadtbriefe, der rote (scharlachfarbene) die Post von außerhalb.

»Der rote, Eure Lordschaft. Die Briefe sind auf Eurer Lordschaft Zimmer. Ich habe das Porto bezahlt. Es macht 12 Schillings und 6 Pence.« Byron nickte dankend und stelzte die Treppen hinan zur ersten Etage, in der er zwei geräumige Gemächer innehatte.

Auf dem Tisch lagen drei Briefe und eine Drucksache. Hastig, noch in Hut und Mantel, griff er nach der Kreuzbandsendung. Er hatte sofort den bekannten Einband der Edinburgh Review erspäht. Mit gierigen Fingern riß er den Streifen herab und blätterte. Da – da stand die Kritik. Stehend las er, erbleichte, schwankte, griff nach dem Tisch, Halt suchend, und taumelte in einen Stuhl. Die Arme fielen kraftlos herab, das Heft glitt raschelnd zu Boden, die Augen hafteten stumpf an der Wand. So saß er lange Zeit. Dann bückte er sich, hob das Blatt empor und las noch einmal, langsam, zähneknirschend:

»Die Poesien des jungen Lords gehören zu jener Gattung, die, wie man so sagt, weder Götter noch Menschen gestatten. Als Milderungsgrund beruft der edle Verfasser sich mit besonderem Nachdruck auf seine Minderjährigkeit. Wir lesen es auf dem Titelblatt und sogar auf dem Einband, wir erfahren es durch die Vorrede, und wir finden unter jedem Poem das Datum seiner Entstehung. Nun scheint uns das Recht hinsichtlich der Minorennen völlig klar zu liegen. Wenn z. B. jemand gegen Lord Byron auf Lieferung eines gewissen Quantums Verse klagen wollte, so ist es höchst wahrscheinlich, daß der Kläger den Inhalt des vorliegenden Bandes nicht als Poesie anerkennen würde.

Hiergegen könnte der Verfasser den Einwand der Minderjährigkeit erheben. Da er aber die Ware freiwillig anbietet, kann er seinerseits nicht auf Auszahlung des guten, landesüblichen Lobes klagen. Dies ist meine Rechtsansicht, und so wird wohl auch entschieden werden. Vielleicht aber hat sein Gespreize mit seiner Jugend mehr die Absicht, unser Erstaunen zu erhöhen, als unseren Tadel zu mildern. Möglicherweise will er sagen: »Seht, was ein unmündiger Dichter kann! Dieses Gedicht ist wirklich das Werk eines jungen Menschen von achtzehn, jenes eines von sechzehn!« Leider aber erinnern wir uns alle noch genau der Verse, die Cowley mit zehn und Pope mit zwölf Jahren schrieben, und weit entfernt, uns irgendwie darüber zu wundern, daß diese jämmerlichen Verse zwischen Gymnasium und Universität verfaßt wurden, glauben wir vielmehr, daß dergleichen zu den allergewöhnlichsten Dingen gehört, daß von zehn englischen Gymnasiasten neun das nämliche und daß der zehnte bessere Verse macht als Lord Byron. Wir müssen ihm zu bedenken geben, daß der Umstand, daß sich die Endsilben reimen und die Versfüße richtig an den Fingern abgezählt sind, – was übrigens nicht einmal immer bei ihm der Fall ist – keineswegs der Inbegriff alles dessen ist, was man von einem Dichter verlangt.«

Dann folgten einige Zitate aus dem Buch mit bitterer Verhöhnung. Und zum Schluß hieß es: »Lord Byron teilt uns in der Vorrede mit, daß seine »Stellung und seine Bestrebungen es höchst unwahrscheinlich machen«, daß er sich jemals wieder zur Schriftstellerei herablassen würde. Nehmen wir also an, was wir kriegen und seien wir dankbar! Wie der brave Sancho wollen wir dem geschenkten Gaul nicht ins Maul sehen, sondern Gott bitten, den edlen Geber zu segnen.«

Mit dumpfem Wutgebrüll schleuderte Byron das Heft zu Boden, sprang empor und hinkte grimmig durch das weite Zimmer. Das ihm! Das! Dieser Hohn einem Byron! Das ihm, dem Lord George Gordon Byron! Er würde – ja, sofort mußte er diesen Hund Jeffrey, den Herausgeber der Zeitschrift, fordern, auf Säbel, auf Pistolen, diesen Bengel, der gewiß die Kritik geschrieben hatte. Morden wollte er diesen Lümmel, ihn niederstechen, ihn niederschießen wie einen räudigen Hund. Ihm zeigen, was es heißt, einen Peer von England zu schmähen in dieser hundsföttischen Art. Sofort wollte er ihm schreiben. Er stürzte zum Tisch. Er zögerte. Ja, war das eine Genugtuung? Ganz England lachte heute über ihn. War das eine Genugtuung, daß er den Menschen niederknallte, der ihn öffentlich vor dem vereinigten Königreiche mit Ruten geschlagen hatte. War das –? Nein, mit gleicher Waffe mußte er ihn treffen. Mit Ruten ihn schlagen, ihn öffentlich auspeitschen, wie man einen Verleumder am Schandpfahle auspeitschte auf offenem Markte. Das war Rache. Das war würdige Rache. Mit Geisteswaffen ihn treffen, die Schmach der Lächerlichkeit auf ihn häufen für Zeit und Ewigkeit.

Er warf den Kopf zurück, daß die weichen, braunen Locken flogen. Die Augen schleuderten Blitze. Wie eine bronzene Statue des jungen Mars stand er da in seinem wehrhaften Zorne. Er riß an der Leine der Klingel, daß die Glocke durchs Haus gellte. Dem herbeieilenden Kellner befahl er: »Bringen Sie mir eine Flasche Claret, nein, zwei, lieber drei.«

Der Mann ging ohne Staunen. Das Hotel kannte die jähen Launen des jungen Lords.

Byron lief wieder auf und nieder. Ja, das wollte er. Eine ätzende Satire schreiben auf diesen bläffenden Hund. Auf die ganze federfuchsende Bande. Auf alle. Sie auspeitschen, ehe er sich für immer von dieser unsauberen Sippschaft trennte. Ihnen zeigen, daß er sich ihrem Urteil nicht beugte, wie irgendein armseliger kleiner abgekanzelter Dichterling, der sich unter den Keulenschlägen der Kritik am Boden krümmte und verkroch. Seinen Trotz wollte er ihnen bieten, wie es einem Lord von England ziemte. Das sollte seine erste Tat sein, ehe er hinüberging in das Gefilde seiner Taten.

Plötzlich fiel ihm die Lehre ein, die sein Boxlehrer ihm einst gegeben, die er schon oft als nützlich erprobt hatte: »wer nicht für dich ist, der ist gegen dich, darum hau' tapfer um dich, mein Junge, rechts und links.« Den Rat wollte er befolgen. Der Kellner brachte den Wein. Hastig stürzte der junge Mensch die erste Flasche hinunter. Der Trank beruhigte ihn und machte seine Sinne klar. Ja, eine blutige Satire schreiben auf alle diese Götzen der Literatur, denen England zu Füße: lag. Auf alle. Einer war wie der andere. Sie hielten zusammen, das ganze Pack, gegen die Jungen, die heraufdrängten.

Neidische Kliquenwirtschaft war es. Er aber wollte hineinhauen, daß sie vor Schmerzen winselten, alle, alle. Dallas hatte recht, tausendmal recht. Sie sollten den »edlen Lord« kennenlernen, über den sie heut' alle die Mäuler verzerrten in grinsender Freude. Ein Gedicht wollte er hinausfeuern, das dauern sollte über alle Zeiten, und ihre Lächerlichkeit auf den Flügeln der Jahrhunderte hinübertragen in die Unsterblichkeit. Herr Jeffrey, warten Sie nur! Sie sollen jetzt den »Minderjährigen« kennen lernen. Und Sie, Herr Wordsworth, mit den nackten Knöcheln, Sie Simpel, Sie Prosa-und Versemischer. Warten Sie, Herr Coleridge, Sie Muster der Gedunsenheit und Schwulst. Horchen Sie auf, Herr Southey, Herr Lamb, Sie Pantoffelheld von Holland House, Herr Thomas Moore, Herr Walter Scott und all ihr kleineres Ungeziefer. Wartet, wartet, die Peitsche soll euch ums Haupt schwirren, ihr Federgelichter, daß euch der Angstschweiß den Lorbeerkranz zerweicht.«

Die zweite Flasche war geleert.

Da klopfte es. Herein trat Byrons Universitätsfreund Hobhouse. »Nanu«, stutzte er auf der Schwelle, »was ist dir? Hat dich einer gefordert?«

»Ja«, flammte Byron auf und reckte die schlanke Gestalt, »und ich habe die Forderung angenommen. Englands Literatur ruft mich in die Schranken. Morgen trete ich an gegen die Horde der englischen Barden und schottischen Rezensenten.«

## II.

Ein rot-goldener Herbsttag stand über Newstead Abbey. Durch die schmalen, efeuverschleierten gotischen Spitzbogenfenster drang gedämpft die sonnenwarme Helle in das kühle Schlafzimmer des jungen Lords. Er reckte sich, gähnte, sprang dann mit schnellem Entschlusse aus dem breiten Bette und huschte hinüber zu dem weit vorspringenden Erker. Suchend spähte er durch das rechte Fenster, hinein in die Ruine der alten Kapelle der Abtei. Dort atmete dämmrige Stille des Verfalls. Auf dem Fußboden der alten Sakristei, deren Dach vor Jahrhunderten schon unter der Last der Zeit niedergebrochen war, hatten mächtige Ulmen sich angesiedelt und bildeten jetzt inmitten der bleichen Ummauerung einen stillen grünen verwunschenen Hain.

»Es muß noch früh sein, die Krähen sind noch daheim«, dachte Byron und horchte durch das geöffnete Fenster auf das Schreien der Krähen, die diesen raunenden Ort zur Hausung erkoren hatten. Er stand und beobachtete, wie die schwarzen Vögel sich riefen und lockten, wie sie sich zögernd von den Zweigen erhoben, unruhig hin und her flatterten, langsam stiegen hinauf über die Wipfel der Bäume, sich kreischend und flügelschlagend zu einer Phalanx schlossen, einige Runden über dem grauen Gestein der Ruine zogen mit lautem Gekrächz und dann wie ein flimmernder Keil hineinstießen in die sonnengetränkte Klarheit des Himmels.

Byron eilte an das Mittelfenster und sah dem Schwärme nach, bis er silbern in den Horizont verglitt.

»Es ist gegen zehn,« dachte er, »meine Freunde sind ausgezogen.« Er stand und blickte verloren in die glitzernde Ferne. Die ahnungsvolle Traurigkeit, die ihn seit seinen Kindertagen verfolgte, hatte ihn jählings überfallen. »Diese schwarzen Vögel«, sann er bitter, »sind meine einzigen Freunde. Wenn sie morgens ausziehen zum Raubzug auf die Felder, bleibe ich einsam zurück, und wenn sie in der Dämmerung wiederkehren, gesättigt, müde, und behaglich schreiend zur Ruhe gehen, – dann bin ich noch einsamer.« Er sah mit feuchten Augen hinaus über die Bäume des Parkes und über die glatten grünen Rasenflächen mit ihren blinkenden Wasserläufen. Und fühlte sich einsam, unselig und verlassen.

Langsam löste er sich vom Fenster und ging zu dem majestätischen Bette hinüber, dessen vier Pfosten vergoldete Kronen zierten.

Er legte sich wieder nieder, denn er pflegte bis zum Mittag zu ruhen. Doch bald trieb eine Unrast ihn wieder empor. Er setzte sich auf den Bettrand. Das Gefühl des Unbehagens, mit dem er aus dem Schlaf emporgefahren war, lag ihm noch immer lastend auf der Brust. Etwas anderes peinigte ihn, etwas Bestimmteres, als diese unbegrenzte Melancholie, die ihn kaum je verließ. Wie die Ahnung von etwas Unheilvollem, Widrigem war es. Er saß auf dem Bettrande und wühlte sich immer tiefer in dieses schwimmende vage Mißbehagen hinein. Doch im Unterbewußtsein kannte er seinen Grund sehr wohl. Es war die Einladung zum Diner bei seinen Nachbarn, den Chaworth, die er gestern erhalten und in der ersten Überraschung angenommen hatte.

So saß er mit schmerzlich umdüstertem Gesicht lange Zeit und koste sein Unglück.

»Ich bin ein verlorener Mensch«, dachte er gramzerwühlt und sah sich mit schmerzweiten Augen um in dem uralten Gemache mit seinen wuchtigen dunklen Eichenmöbeln, »ich bin ein unseliger verlorener Mensch. Mein Vater war ein Taugenichts, der meine Mutter gleich nach der Hochzeit im Elend verlassen hat. Meine Mutter ist ein Wutteufel, die meine Kindheit vergiftet und mich so erzogen hat, daß es nicht ihr Verdienst ist, wenn ich nicht auch ein Taugenichts werde. Ich bin ein Krüppel« – er stieß den kranken Fuß so heftig gegen den eichengetäfelten Boden, daß es schmerzte – »dem alles mißlingt. In der Schule zu Harrow haben sie mich gehaßt, auf der Universität zu Cambridge waren sie froh, mich los zu werden, meine Liebe ist elend gescheitert und mein Dichten zerschellt.«

Doch hier sprang er empor. Es war der alte tägliche Kreislauf seiner Gedanken. Und, wie immer, fand hier sein gewollt wehes Grübeln ein Ende. Er ballte die Fäuste und lachte ingrimmig in sich hinein. Dann kleidete er sich hastig an, um an den Schreibtisch zu gelangen. In seinem

Arbeitszimmer harrte die blutige Satire »Englische Barden und schottische Rezensenten« ihrer Vollendung.

Doch bald schwangen seine Gedanken sich wieder hinüber über die Grenzen seines Gutes zu den Nachbarn.

»Nein«, entschied er, während er sich das Gesicht trocknete, »ich gehe nicht.« Wer gab ihnen das Recht, ihn einzuladen? War das ein neuer Hohn, den die Geliebte von einst ihm antun wollte? Wollte sie sich ihm zeigen in ihrem Glück und Glanze! Nein, er ging nicht.

Er klingelte. Murray sollte sofort hinüberreiten und melden, er wäre krank. Basta. Er warf das Handtuch auf den Halter. Hm, aber sah das nicht aus, als fürchte er ein Wiedersehen, noch heute nach fünf Jahren? Würde dieser rotbäckige Fuchsjäger nicht über den feigen Nebenbuhler von dazumal zynisch schmunzeln? Würde er nicht höhnen: »Siehst du, Mary, er traut sich nicht zu uns, der Schulbub'.«

Es klopfte. Der alte John Murray trat ein, das Urbild des Dieners aus der guten alten Zeit in seiner bezopften Flachsperücke, dem langen, blauen Rocke, der Büffellederweste, den schwarzseidenen Kniehosen, den weißen Strümpfen und Schnallenschuhen und den devot starren Zügen.

»Guten Morgen, Eure Lordschaft.«

»Morgen, Joe, ich – hm –« Byron suchte nach einem Auftrage, denn er war jetzt entschlossen, nach Annesley zu gehen – »ich – Post ist wohl nicht gekommen?«

»Doch, Eure Lordschaft, ich habe sie in das Studierzimmer gelegt.«

Der Diener stand noch an der Tür.

»Es ist gut«, wiederholte der junge Herr.

Der Alte rührte sich nicht.

»Hast du noch etwas?« fragte Byron erstaunt.

»Da Eure Lordschaft schon außer Bett sind,« begann er zögernd, »kann ich es wohl sagen. Mr. Fiddlestik aus Nottingham ist unten.«

»Der Teufel soll ihn holen«, zischte Byron zwischen den Zähnen.

»Er sagt, er muß das Geld haben«, entschuldigte Joe Murray.

»Ich muß auch Geld haben«, ergrimmte der junge Lord. »Sag dem Hallunken, er soll gefälligst warten. Ich kann nicht hexen.«

»Er sagt, Eure Lordschaft, er müsse klagen, wenn er heute das Geld nicht bekäme.« Joe Murray berichtete kalt, unpersönlich, ohne Billigung oder Mißbilligung. Er war das Ideal eines Dieners.

»Was will er?« schrie Byron. »Klagen?«

»Ja. Eure Lordschaft.«

»Und du hast den Schuft nicht in den Teich geschmissen?«

»Nein, Eure Lordschaft.«

»Vom Hofe mit ihm!« schrie der junge Herr bleich vor Zorn. »Sofort, wenn er nicht freiwillig geht, hetz Boatswain auf ihn oder die Dogge Rush. Oder laß den Wolf von der Kette oder den Bären. Da wird er wohl laufen. Daß der Hallunke fort ist, wenn ich hinunterkomme!«

»Er wird fort sein, Eure Lordschaft«, versicherte Joe Murray und ging. Doch als er durch die hallenden Galerien und Klostergänge mit ihren stämmigen Säulen und niedrigen Bogen dahinschritt und die breiten Stufen zum Erdgeschoß hinabstieg, schüttelte er immer wieder den gepuderten Kopf, daß der Zopf wie ein Taktstock der Entrüstung hin und her tupfte. Und leise murmelte er zwischen den zahnlosen Kiefern: »der ist ja noch schlimmer als der »böse Lord«, goddam, der ist viel schlimmer.«

In der Gesindehalle saß Mr. Fiddlestick in klagendem Geplauder mit Misses Nanny Smith, der Wirtschafterin, und der blutjungen, blitzsauberen Magd Lucy Garlett.

Da trat würdevoll Mr. Joe Murray herein.

»Nun?« der ehrenwerte Handelsmann aus Nottingham schoß wie ein Grashüpfer empor, »haben Sie ihn gesprochen, Mr. Murray?«

»Ich habe«, entgegnete Seine Hoheit, Mr. Joe.

»Nun, und?« drängte Mr. Fiddlestick, »wird er zahlen?«

»Er wird.«

»Jetzt? Gleich? Hat er Ihnen einen Scheck gegeben?«

»Nichts dergleichen!« Joe mißbilligte stark diese aufdringliche Neugier. »Seine Lordschaft meint, er könne doch wohl einigen Kredit beanspruchen.«

»Einigen Kredit!« Herr Fiddlestick riß torartig den Rachen auf. »Sagten Sie, einigen Kredit?«

Joe bestätigte die Frage.

»Einigen Kredit! Sehr gut. Ich habe ihm das ganze Haus neu eingerichtet. Ich habe ihm alle Möbel besorgt. Ich habe ihm alle Zimmer frisch tapeziert. Ich habe den Tischler, den Tapezierer, den Schlosser, den Baumeister, alle habe ich bezahlt und habe nun ein halbes Jahr gewartet. Ist das kein Kredit, meine Damen, sagen Sie, ist das kein Kredit?!«

Er hob beschwörend die Hände »den Damen« entgegen.

»Es ist Kredit«, bezeugte Nanny Smith und breitete ihre würdige Stattlichkeit in das blaue Kattunkleid.

»Sie sind ein wackerer Mann«, lobte die schmucke Lucy, »aber wer würde nicht den letzten Schilling hingeben für einen so schönen, traurigen jungen Lord?«

»Ich«, beantwortete Herr Fiddlestick prompt diese Frage und wollte eine handelstechnische Einwendung dahin erheben, das Schönheit und Traurigkeit keine merkantilen Sicherheiten böten. Doch Joe Murray fuhr gebieterisch dazwischen.

»Seine Lordschaft wird Ihnen zahlen, Mr. Fiddlestick – aber wenn es ihm paßt. Das Geld ist Ihnen doch wohl sicher?«

»Ich weiß nicht«, der Handelsmann schüttelte bedenklich das kurzgeschorene Haupt, »gerade das weiß ich eben nicht. Man munkelt in Nottingham, er habe über 5000 Pfund Sterling Schulden.« Er spreizte demonstrativ die anmutige Gesamtheit der Finger einer Hand. Nanny Smith schlug entgeistert die Hände über ihrem rosigen Haupte zusammen: »Aber 5000 Pfund Sterling! Wer hätte das vermutet –«

»– bei einem so schönen traurigen jungen Lord«, ergänzte Lucy und zirkelte ihre hübschen braunen Augen zu staunenden Kreisen. »Er soll ja wie ein Wilder gelebt haben«, berichtete Mr. Fiddlestick.

»In Cambridge hat er sich Wagen und Pferde gehalten und in London hat er Unsummen im Spiel vergeudet, erzählt man. Man weiß schöne Geschichten von ihm in Nottingham. Und für die Weiber soll er –« »Was, was? Erzählen Sie!« drängte Nanny, und Lucys Augen drohten aus den Höhlen herauszupurzeln, gerade auf den roten, sauberen Backsteinestrich. Doch hier schob Joe Murray sein Ansehen dazwischen und Mr. Fiddlesticks sensationellen Enthüllungen einen Riegel vor. »Ich dulde nicht«, gebot er, »daß in dieser Halle Verleumdungen gegen den Herrn des Hauses laut werden. Seine Lordschaft befiehlt Ihnen, zu gehen. Ihr Geld werden Sie erhalten.«

»Wann?« terminierte Fiddlestick.

»Wann es Seiner Lordschaft beliebt.«

»Ja, hat er denn eigentlich Geld?« fragte der Handelsherr nervös.

»Nicht einen Farthing bis zu seiner nächsten Reise zu den Londoner Wucherern«, gab Joe bündig Bescheid.

»Die Schande!« seufzte Nanny entrüstet.

»Der arme schöne junge traurige Lord!« wehklagte Lucy gefühlvoll.

»Was tue ich denn da bloß?« verzweifelte Mr. Fiddlestick.

»Wenn ich mein Geld nicht bekomme – es sind beiläufig fünfhundert Pfund Sterling – dann bin ich ruiniert, dann kann ich mich aufhängen.«

»Um Gott!« schrien die beiden Damen.

»Bei Gott!« bestätigte der gebeugte Handelsmann.

»Sie brauchen den Kopf nicht gleich hängen zu lassen«, scherzte Joe. »Sie werden Ihr Geld bekommen, verlassen Sie sich auf meine Klugheit.«

»Aber wie?« Herr Fiddlestick dürstete nach Greifbarem.

»Er muß heiraten, Mr. Fiddlestick. Verlassen Sie sich auf mich. Manchmal, wenn er seinen Katzenjammer hat, spricht er sehr vertraulich mit mir. Da werde ich ihm die Idee schon schmackhaft machen, er muß eine reiche Lady heiraten. Wissen Sie, als der frühere Pächter, Lord Grey de Ruthen, im April von hier fortging und das Haus für Seine Lordschaft hergerichtet wurde, kam auch mal seine Mutter aus Southwell her, um sich alles anzusehen.«

»Mr. Joe,« entsetzte sich Nanny, »um alles in der Welt, sprechen Sie nicht von diesem Ungeheuer! Sonst träume ich am Ende von ihr!«

»Sie ist furchtbar.« Fiddlestick schüttelte sich wie im Fieber. »Sie war bei mir im Geschäft in Nottingham.«

»Das ist sie«, stellte Joe fest, »Aber eines Tages, als sie gerade bei Laune war, sagte sie zu mir: »Herr Murray,« sagte sie, »mein Junge muß heiraten, reich heiraten, sonst nimmt es mit ihm ein böses Ende. »Und das ist auch meine Meinung, obwohl ich sonst mit jener Dame nicht übereinstimme.«

Hiernach war eine nachdenkliche Pause, bis der Handelsmann aus tiefster Seele aufseufzte:

»Es ist eine böse Sorte, diese Byrons, meine Frau hat mich genug gewarnt, mit diesem da Geschäfte zu machen. Aber man will doch leben. Man denkt, ein Lord wird zahlen. Der »böse Lord« hat schließlich ja auch immer gezahlt.«

»Der »böse Lord«, mein alter Herr, Gott hab' ihn selig,« Joe blickte scheu in die Ecke des weiten Raumes, in der ein alter Steinsarg sein gruseliges Dasein fristete, »war schlimm, aber dieser da,« er deutete mit dem Zopfe nach oben, indem er das Kinn zur Brust senkte – »der ist viel schlimmer.«

»Nein!« Mr. Fiddlestick erschrak.

»Der »böse Lord« soll doch ein Mörder gewesen sein,« flüsterte Lucy, und ihre braunen Lichter irrten durch die Halle.

»Dummer Snak,« tadelte Joe. »Er hat den Chaworth im Duell erstochen. Weiter nichts. Lassen wir das. Es ist eine böse Geschichte. Aber der Neffe, was unser jetziger Lord ist –«

Da glitt ein Schatten über das Fenster der Halle. Alle blickten scheu hinaus. Der junge Lord hinkte draußen vorüber. Ahnungsreich duckte der Handelsherr sich unter den Küchentisch.

»Bleiben Sie sitzen,« beruhigte Joe, »der geht jetzt in den Park baden. Hierher kommt er nie.«

»Wie schön und traurig!« flüsterte Lucy und drückte das Stumpfnäschen an den Scheiben noch stumpfer.

»So läuft er nu herum, ohne zu frühstücken.« Nanny schüttelte den Kopf. »Und um sechs Uhr ißt er einen Happen Gemüse, weiter nichts. Er ist wohl doch ein bißchen verdreht.«

»Der »böse Lord« hatte auch seine Mucken,« nickte Joe vor sich hin, »aber ich sage, der da ist schlimmer.«

»Ein bißchen verrückt sind sie ja wohl alle, diese Byrons,« bedachte Fiddlestick mit trauriger Sachlichkeit, »das ist oft so in diesen alten Familien. Aber zahlen sollten sie trotzdem, wenn sie kaufen – – –«

Der junge Lord schritt forsch durch die breiten Wege, die sich durch die Rasenflächen hindurchschlängelten. Hier und da ragten aus dem Grün der Lawns noch die dunklen Rundungen der Wurzelstümpfe mächtiger Baumriesen hervor. Byrons Auge blieb an solch einem kläglichen Eichentorso haften. Er ballte zornig die Fäuste. Ein grimmiges Mitleid mit diesem hingemordeten alten Walde packte ihn.

»Dieser Schurke,« grollte er in sich hinein, »dieser mörderische Schurke.« Sein Zorn zielte auf den Vorbesitzer des Gutes, seinen Großoheim, den »bösen Lord«.

Und da hatte sich der Schmerz über das eigene düstere Geschick in der Seele des jungen Menschen mit der Trauer um das tragische Los der Bäume verbunden. »Alles ist gegen mich,« klagte er vor sich hin, während er weiterschritt. »Alles. Da hat dieser Unhold gemeint, den Sohn zu treffen, mit dem er verfeindet war und hat Haus und Hof verkommen lassen, und den herrlichen Forst, den dieser Park einst bildete, heruntergeschlagen. Doch den Sohn hat er nicht getroffen; der ist vor ihm gestorben. Mich hat er getroffen, mich, wie alle mich treffen. Mein Haus ist verkommen, mein Wald vernichtet.« Er hinkte langsam dahin und tat sich schrecklich leid. Gramgebeugt trug er sein Weh hinein in den dunklen Ulmenhain, den allein des Oheims wahnwitzige Axt verschont hatte. In einer seltsamen Laune hatte er hier ringsum klassische Statuen von Nymphen und Faunen aufgestellt. Jetzt waren sie in Wind und Wetter längst verwittert und verbröckelt und starrten den neuen Herrn aus entstellten, verstümmelten Gesichtern an. Sinnend blieb Byron vor einer Dryade stehen, deren einstige Schönheit noch aus der Verwüstung hervorleuchtete.

»Welch sonderbarer Mensch,« grübelte er, ist dieser »böse Lord« gewesen. Alles hat er vernichtet. Aber hier hat er sich in widersinniger Marotte eine Insel der Schönheit gebaut. Welch ein Widerspruch in dieser wüsten Seele!« Doch plötzlich glitt ein verschönendes Lächeln um des jungen Mannes Mund. »So sind wir Byrons,« nickte er.

Und jäh stürmte er durch die Wege bis zur Steinterrasse, die den Park gegen die Felder begrenzte. Dort stand er, krallte die Nägel in das alte Gestein, daß es leise bröckelnd niederrieselte, und sah hinaus in das Tal von Newstead, das sich sonnenfroh vor ihm breitete. Inmitten der herbstlichen Wiesen stand eine Gruppe junger Birken mit silberglänzenden Stämmen und Blättern wie schweres Gold. Weit hinten umsäumten die sagenumwobenen Robin Hood Berge blau den Horizont, und die roten Dächer eines Dorfes malten warme Purpurflecke in den zartgrünen Himmel.

Byron stand, die Brust gegen das Steingeländer gepreßt, blickte hinaus in die milde Landschaft und flüsterte vor sich hin: »Ja, so sind wir Byrons, zwiespältig und widersinnig.« Plötzlich streckte er die ausgebreiteten Arme in die Weite hinaus und sprach laut und leidenschaftlich in den stillen Frieden hinein: »Ich habe so große Sehnsucht nach dem Glück und nach dem Leben.«

Eine Glocke klang vom Dorf herüber. In Hucknall Torkard läutete man zu Mittag. Eine leichte segelnde Wolke glitt über die Sonne. Dem jungen Menschen sanken die Arme langsam herab auf die Balustrade. Die verwehten Klänge trugen ihm eine Ahnung zu von Trauer und Vergehen. Prophetisch durchzuckte ihn der Gedanke: »Das wird einst meine Totenglocke sein. In der kleinen verlassenen Dorfkirche dort drüben werde ich einst in die Ewigkeit hinüberstäuben.«

Da war alle Lebensbegeisterung und alle Sehnsucht nach Glück in ihm erloschen. »Ach, wäre es bald!« Er klammerte sich an den Todesgedanken, »läge ich doch bald dort drüben als wurmzernagtes Nichts!« Die Welt ringsum schien ihm wieder leer und öde, ohne Licht, ohne Freude, ohne Inhalt. Er wußte wieder nicht, weshalb er lebte und in dieser zermürbenden Einsamkeit hier hauste. Die Satire – nun ja. Ob sie geschrieben wurde oder nicht, was lag daran! Seiner Eitelkeit war sie wichtig. Aber im Grunde! Im Trubel und Ekel seines wilden Londoner Lebens hatte er geglaubt, die Einsamkeit würde ihn trösten, ihm Ruhe geben, sich zu sammeln, die lauteren Tiefen seiner Seele zu erleben. Nein, auch die Einsamkeit tröstete ihn nicht, gab ihm nicht Mildheit und Fassung, wies seinem verlorenen Leben kein Ziel. Nein, nein. So stand er bleich und verzweifelt, schaute hinaus in die Ferne, die wieder sanft im Sonnenglanz strahlte, und hütete die springenden Qualen seines Weltschmerzes wie ein treuer Schäfer die eigenwilligen schwarzen Böcke seiner Herde.

Schluchzend riß er sich endlich von dem Geländer und hinkte mühsam in den Park zurück, zu dem langgestreckten See, den die Mönche in der Blütezeit der Abtei einst als Fischteich angelegt hatten. Tief und verschwiegen lag er in der Hut alter Weiden. Auch sie hatte der »böse Lord« verschont, denn der See diente seinem tollen Geiste. Er war in jungen Jahren Seeoffizier gewesen. Und später, in der Einsamkeit, als sich nach dem gewaltsamen Ende des Gutsnachbarn jedermann von dem Wüterich zurückzog, raste sich seine junggebliebene Marineleidenschaft auf diesem stillen Weiher aus, dessen dunkle Fluten die hängenden Zweige der Weiden streichelten. Er baute Bastionen und Festungen am Ufer, ließ fernher über Land eine stattliche Fregatte herbeirollen, zum abergläubischen Staunen der braven Bauern der Grafschaft Nottingham, und führte mit diesem Kriegsschiff gewaltige Angriffe aus gegen die stolzen Landforts. Jetzt lagen sie da, in Trümmern, zerschunden und zerschossen, und genossen die wohlverdiente Ruhe ihres kriegerischen Unterganges. Doch auch die hochgetakelte Fregatte lag längst auf dem tiefen

Boden des Sees. In einer grausigen Seeschlacht war sie in Grund gebohrt worden, als der »böse Lord« sie mit einer Schaluppe mutig angegriffen und mit einer kleinen Kanone in Stücke geschossen hatte.

Daran dachte Byron, während er die Kleider ablegte und auf den Mauerrest einer der massakrierten Bastionen niederwarf. »Hier hat der Irrsinn der Byrons gewütet,« sann er beklommen, »und geht mir nach auf allen Wegen.« Dann stand er in der Sonne und reckte den kräftigen Ephebenleib. Sorgfältig prüfte er jede Muskel ob sie fest sei und ohne Fettansatz. Denn er hatte Anlage zur Korpulenz. Nein, nicht die Spur von Beleibtheit war zu entdecken. Er lächelte kindlich zufrieden. Die Diät, die seine Eitelkeit ihm verschrieben hatte: so wenig Nahrung wie möglich und niemals Fleisch, schlug vortrefflich an. Wohlgefällig streckte er die Arme über den Kopf hinaus und schoß in kraftvollem Hechtsprung hinein in das herbstkühle klare Wasser.

Als er prustend aufgetaucht war, schwamm er in markigen Stößen dahin. Und jetzt war etwas Frisches, Junges an ihm. Übermütig warf er sich auf den Rücken, schlug mit den Beinen das Wasser und war plötzlich ein gesunder Bursche von zwanzig Jahren, der seine Jugend und seine Kraft in jeder Sehne fühlt.

Elastisch, arbeitsfrisch schritt er später dem Hause zu. Als er aus dem statuengeschmückten Hain heraustrat, lag das Gebäude der Abtei in seiner überraschenden romantischen Verzauberung vor ihm. Er blieb stehen und sog den Anblick in sich ein, den er so oft schon genossen hatte, der aber immer von neuem freudevoll an sein empfängliches Gemüt rührte.

»Ein herrlicher Ort,« nickte er, »und wie geschaffen für meinen großen Schmerz.«

Seine Blicke liebkosten die geborstene Vorderwand der alten Klosterkirche mit ihrem wundervollen Steinschnitzwerk und den hohen gotischen Bogen. Die Höhlen, in denen einst buntbemalte Fenster freudig-fromm in den Park hinausgeschaut hatten, starrten jetzt schwarz und tot wie erloschene Augen. Doch das graue, zerbröckelte Gestein mit seinen Verästelungen und Schnörkeln kündete die einstige Herrlichkeit. In der Mitte der Kirchwand, im Schutze einer Nische, thronte wohlerhalten eine liebliche Mutter Gottes. Rechts unmittelbar an die verfallene Kathedrale schloß sich das Schloß mit seinen kriegerischen Türmen und Söllern und Bastionen und erzählten von den ritterlichen Tagen, in denen die Byrons hier als Kriegsherren der Tudors und Stuarts gehaust hatten. »Ein prächtiger Bau,« frohlockte der junge Lord und warf stolz den Kopf zurück, denn er fühlte sich als Besitzer eines der wunderbarsten Werke gotischer Kunst auf englischer Erde.

Sein Blick blieb an den liebreichen Zügen der Muttergottes hängen. Und plötzlich schien es ihm, als gleiche sie der Geliebten seiner Jugend, Mary Chaworth. Ungestüm riß er sich los und schritt an dem phantastisch ausgemeißelten Brunnen vorbei, stieg die Steinstufen hinan und trat in die Kühle der niedrigen Halle, die mit ihren massigen Bogen an die Krypta eines Domes gemahnte. Vom Hintergrunde der Halle stiegen breite Steinstufen hinauf in das obere Geschoß. Links von der Treppe lag an einer eisernen Kette ein Wolf, rechts ein Bär. Byron koste den Wolf, der die spitze Schnauze zwischen den Vorderfüßen barg, hinter den Ohren und wollte dann dem braunen Burschen seine Reverenz erweisen. Doch Meister Petz war heut übler Laune, erhob sich auf den Hinterbeinen und machte Miene, den Herrn in seine unsanfte Umarmung zu nehmen. Unwirsch hieb der junge Mensch ihm einen Faustschlag gegen die Brust, sprang die Stufen hinauf, durchschritt die echolaute Galerie und trat in sein Arbeitszimmer. –

Es war ein kleines Gemach, dessen Spitzbogenfenster hinaus in den Garten blickten. Die Einrichtung bildete ein Gemisch von Altertümelei und neuestem Luxus. Ein eleganter moderner Schreibtisch beherrschte die Mitte des Zimmers, neue Teppiche wärmten die Steinfließen des Bodens. Mr. Fiddlestick aus Nottingham hatte sie geliefert. Zu den Bogenfenstern stimmten die uralten, hochlehnigen, grotesk geschnitzten Stühle mit ihrer verblichenen Handstickerei in den Lehnen. An der Wand breitete ein wuchtiger Schrank aus dunkler Eiche, den die Zeit mit schwarzglänzender Patina poliert hatte, seine anspruchsvolle Geräumigkeit. Ein großer Spiegel in antikem Rahmen hing über dem Kamin, den seltsame Figuren, in Hochrelief gearbeitet, schmückten. Wundersam fein war das Gesicht einer christlichen Dame, die von einer Nachbarnische aus durch einen wilden Sarazenen bewacht wurde.

Von der tiefroten Seidentapete der Wände hoben sich die schwarzen Rahmen der Bilder von Harrow und des Kollege in Cambridge, von Pferden und Hunden, sowie einiger stark gedunkelter Gemälde. Da war ein Kavalier im Van-Dyck-Kostüm, der vielleicht einmal hier gewohnt hatte, und eine Dame, die eine Samtmaske in der Hand hielt. Vielleicht hatte sie oftmals in dem Spiegel über dem Kamin ihre junge Schönheit bewundert. Aber dem Sofa hing ein alter Degen. Das Seltsamste in diesem Gemach aber waren zwei Totenschädel, die von schwarzen Postamenten her in die Bizarrheit der Stube hineingrinsten.

Byron trat an den Schreibtisch und überflog die Post. Da war ein Brief von Herrn Dallas mit vielen guten Ratschlägen und Anmaßungen. Der Mann begann ihm lästig zu werden. Dann war ein Schreiben von seinem Universitätsfreunde, dem lieben, milden Theologen Hodgson. Und hier grüßte die traute Handschrift seiner Stiefschwester Augusta. Er legte das Schreiben zurück als Freudenstück und griff zuerst zu dem mütterlichen Briefe aus Southwell. Behaglich setzte er sich in den neuen Schreibsessel und las mit mokantem Zucken der beredten Mundwinkel.

Die Frau lebte in diesem Briefe. Er hob an mit bitteren Vorwürfen und Klagen darüber, daß der Sohn ihr verboten hatte, nach Newstead zu kommen. Nicht ihretwegen wollte sie bei ihm sein, ja nicht. Sie sei nur zu froh, wenn sie nichts von diesem ungeratenen Burschen sehe. Aber sie habe gehört, welches sündhafte Leben er in London geführt habe, und daß seine Schulden ins Maßlose stiegen. Deshalb wollte sie kommen und über ihn wachen. Denn er solle ja nicht glauben, daß er ihrer Zucht entwachsen wäre. Er sei ein törichter Knabe mit verbrecherischen Anlagen. Ja, er sei ein echter Byron, ein Schuft, wie sein Vater, der mit Recht der »wahnsinnige Jack Byron« genannt worden sei. O, sie wolle nicht an diesen Halunken denken, das schade ihrer ohnehin nicht allzufesten Gesundheit. Aber sie könne und könne nicht vergessen, daß er ihr ganzes Leben vernichtet habe, dieser Unhold, der zuerst die Marquise von Charmarthen ihrem Gatten entführt und zu Tode gequält und sich dann nach einem neuen Opfer umgesehen und sie, gerade sie, die unselige Miß Gordon aus dem Geschlecht der Stuarts dazu auserkoren habe. O, sie fluche der Stunde, in der sie seinen Lockungen gefolgt war. Nie werde sie ihm verzeihen, daß er in wenigen Wochen ihr ganzes Vermögen verpraßt habe und dann nach Frankreich davongelaufen sei und sie zurückgelassen habe, hilflos und verlassen mit diesem entsetzlichen Kinde unter dem Herzen, das er, George, geworden sei. Ja, er ähnele seinem Schurken von Vater. Aber, was an ihr sei, werde sie tun, diese ruchlosen Anlagen in ihm auszurotten. Sie werde ihre Pflicht erfüllen und nach Newstead kommen, ob er sie nun dort haben wolle oder nicht. Und plötzlich mußte die Schreiberin beim Abfassen des Briefes einen ihrer häufigen wirbeligen Wutanfälle gepackt haben. Denn plötzlich erging sie sich in den wildesten Verwünschungen und unflätigsten Schmähworten gegen ihren geliebten Sohn George und drohte, sie würde ihm die Augen auskratzen, wenn er sie nicht sofort zu sich riefe, dieser lahme Hund. Dann aber kam, wie stets bei ihr, ein rascher Umschwung, und sie überhäufte ihr »einziges geliebtes Kind« mit den süßesten Zärtlichkeiten.

»Das einzige geliebte Kind« schleuderte das Papier verächtlich auf den Teppich und setzte den lahmen Fuß darauf, als ob er etwas zertrete. Sie sollte wagen, zu kommen! Dieses Weib, das ihm mit ihren Launen und tobsüchtigen Narreteien die Kindheit vergiftet hatte! Er würde Rush, die Dogge, auf sie hetzen, Ha, und der Wolf und der Bär lagen auch nicht umsonst an der Treppe. Sie würde es wohl nicht wagen, zwischen ihnen hindurchzuschreiten. Er hatte genug unter ihr gelitten. Er dachte an den Abend in Southwell, an dem sie beide in die Apotheke gegangen waren, zu fragen, ob der andere Gift gekauft hätte, weil jeder einen Mordversuch des trauten Verwandten fürchtete. Er dachte an die tausend Schüsseln, Teller, Kohlenschaufeln, die ihm im Laufe ihrer »Erziehung« an den Kopf geflogen waren. Er dachte an die tausend Male, die sie ihn vor Zeugen »lahmer Hund« geschimpft hatte. Sie, die durch ihre Ungebärdigkeit in der Stunde seiner Geburt die Verkrüppelung seines Fußes verschuldet hatte! Nein, sie sollte bleiben, wo sie war. Er wollte für ihren Lebensunterhalt sorgen, weiter hatte er nichts mit ihr zu schaffen. Über seine Schwelle schritt sie nicht. – Er stieß mit der Fußspitze den Brief unter den Tisch und griff zu Augustas Brief. Er war herzlich, klug und großzügig wie die Schwester. Sie erzählte von ihrer jungen, glücklichen Ehe mit dem Oberst Leigh und suchte einen Hauch ihrer Seligkeiten auf den fanatisch geliebten Stiefbruder hinüberzuleiten. Er lächelte beglückt vor sich hin, seufzte tief auf und schlug das Manuskript seiner Satire auf. Heiter blätterte er in den Bogen.

Hm, er hatte das halbe Jahr fleißig gearbeitet, das seit jenem Abend in London verstrichen war, an dem er den Plan gefaßt hatte, sich an der gesamten Literatur Englands zu rächen. Er hatte die Werke der zeitgenössischen Dichter noch einmal gelesen und hatte erkannt, wie recht Dallas hatte mit seinem herben Urteil. Schund war es, nichts als Schund. Er blickte hinauf zu dem dritten Gemälde über der Tür, das den ersten Besitzer von Newstead Abbey darstellte, »Sir John Byron, den Kleinen mit dem großen Barte,« der von Heinrich dem Achten mit der säkularisierten Abtei belehnt worden war. Grimmig schaute der alte Degen aus brennenden wilden Byronaugen auf den späten Enkel nieder. »Wir sind ein kriegerisches Geschlecht geblieben,« grüßte der junge Lord hinauf, »und schlagen noch heute jeden nieder, der uns Schimpf tut.«

Er blätterte in dem Manuskripte und las hier eine Zeile und dort:

»Seht, dichtgedrängt in langer, bunter Reih'
Sich spreizend zieht die Schreiberzunft vorbei;
Ein jeder spornt den lahmen Musengaul,
Und Reim und Blankvers sind gleichmäßig faul.
Sonette wimmeln, tausend Oden nah'n,
Schaudergeschichten brechen wild sich Bahn, –«

Er blätterte weiter:

»O Southey! Southey! ende den Gesang;
Man kann zu häufig singen, auch zu lang.
Du bist ja mächtig, laß denn Gnade walten;
Ein viertes Epos wär' nicht auszuhalten.«

Er schlug das Blatt um:

Da naht dein Jünger, der stupid und still
Der Dichtkunst Regeln blöd' abschaffen will,
Der simple Wordsworth, der ein Liedchen weiß,
Lau wie ein Abend seines Lieblings-Mais.
Er lehrt, und führt auch gleich die Probe bei,
Daß Prosa Vers und Vers nur Prosa sei.«

Grimmig lächelnd las er eine andere Stelle:

»Grüßt Coleridge, nun den sanften Philosophen, Den Freund gedunsner Oden, schwülstger Strophen!«

Hui, sie bekamen ihre Hiebe, alle, auch jene, die der junge Satiriker im Grunde seines Herzens liebte und verehrte. Er wußte, daß er nicht gerecht war. Er wußte, daß er nicht objektiv Spreu vom Korn schied, doch er ballte die Fäuste und trotzte auf das Recht des Dichters, subjektiv zu sein. Und er geißelte den großen Schotten Walter Scott, den er schätzte, und den Iren Thomas Moore, den er liebte und doch mit dem unblutigen Duell verhöhnte, das er einst ausgesuchten hatte mit Jeffrey. Mit seinem Todfeinde Jeffrey, der jene Kritik in der Edinburgh Review verfaßt hatte. Man munkelte zwar, daß Brougham ihr Urheber sei. Was scherte das Byron! Er hieb blindwütig auf alle ein. Dabei traf er am zuverlässigsten auch den Schuldigen. Er nahm einen neuen Bogen und ging seinem Vormunde, dem Grafen Carlisle, zu Leibe, der einige üble Dramen verfaßt hatte. Jetzt wollte er Rache üben an diesem Mann, der sich um sein leibliches Wohl niemals gekümmert und sein Vermögen so verwaltet hatte, daß es den Verdacht erregte, er habe sich an dem Gute seines Mündels bereichert. Der Federkiel kratzte angriffslüstern über das Papier. Er schrieb:

»Und keine Muse lächelt Glück und Heil
Dem gichtigen und winselnden Carlisle.
Die Welt wird eines Knaben Reimereien,
Wenn er zum Mann gereift ist, gern verzeihen.

Doch einem Greise, der noch zirpt und girrt,
Wird nie –«

Den Reim suchend, hob er den Kopf. Da bannte sein Auge der alte Degen über dem Sofa. Und plötzlich huschten seine Gedanken von der Arbeit hinüber zu der blutigen Geschichte dieses Säbels. Er erhob sich, nahm die Waffe von der Wand und zog den Stahl halb aus der Scheide. Einige dunkle braune Flecke trübten den blauen Glanz.

»Vielleicht ist es Blut,« dachte Byron, »vielleicht Rost.«

Sinnend wetzte er die Klinge hin und her.

»Wir Byrons haben jeden Schimpf gerächt,« lächelte er satanisch und dachte seines Oheims, des »bösen Lords«, der mit dieser Waffe dereinst seinen Gutsnachbarn Chaworth niedergestochen hatte. Da klirrte der Degen zu Boden. Von dem ermordeten Chaworth war des jungen Menschen Gedenken hinüber zu der geglitten, zu der einmal die heiligste Scheu seiner Knabenjahre gebetet hatte.

Unwillig wandte er sich dem Manuskripte zu. Er wollte arbeiten. Die Jugendliebe war abgetan, lange. Nur diese plötzliche unsinnige Einladung hatte die alten Wunden wieder geöffnet. Die Zähne zusammengebissen und los!

»Doch einem Greise, der noch zirpt und girrt, Wird nie –«

Er fand den Reim nicht.

Eine Weile quälte er sich und versuchte dies und jenes Wort, doch ihm, dem sonst die Verse fast ungewollt entsprudelten, kam kein passender Reim in den Sinn.

Suchend glitten seine Blicke an den Wänden des Zimmers hin, und da – da war es ihm plötzlich, als glichen die Züge der Dame mit der schwarzen Samtmaske dem jungen Gesicht der schönen Mary Chaworth. Es zog ihn von dem Sessel empor und trieb ihn vor das Bild. Staunend starrte er hinauf, es war ihm doch noch niemals aufgefallen. Trotz der Nachdunkelung der Farbe hatte das Gemälde eine seltsame Frische.

»Ja, das sind ihre Züge,« nickte er, »dieselbe feine, gebogene Nase, diese zartgezogenen dunklen Brücken der Brauen, dieses helle, blonde, knisternde Haar, diese großen, braunen, Lebenslust sprühenden Augen und die duftige Frische der Wangen.« Verwundert starrte er zu dem Bilde empor.

»Vielleicht war sie eine Chaworth,« grübelte er. »Auch sie wohnen seit Jahrhunderten drüben in Annesley. Vielleicht war eine Chaworth hier einmal Hausherrin. Oder vielleicht kam sie, wenn die Dämmerung fiel, herüber zu dem ritterlichen Herrn in dem Van-Dyck-Kostüm und brachte ihm ihre Jugend und ihren würzigen Liebreiz.«

Plötzlich lachte er laut auf. Das Gemälde war wieder ein totes Bild aus alter grauer längstvergessener Zeit geworden.

»Ich bin ein Narr,« flüsterte er zornig vor sich hin, »und meine Narrheit sieht überall meine Liebe.« Er stampfte mit dem Fuß auf die Erde. »Ich liebe sie nicht mehr, ich liebe sie nicht mehr,« wütete er gegen sich. »Ich will sie nicht mehr lieben.« Er setzte sich wieder an den Schreibtisch und griff zum Kiel. Doch er schrieb nicht. Die Stirn sank nieder auf das Papier. So saß er lange Zeit, und der große Schmerz seiner ersten Liebe tropfte schwer und blutig in ihm nieder. Er saß und preßte die Stirn auf das knisternde Papier und lauschte auf das Rieseln der Tropfen seines großen Schmerzes.

Vor fünf Jahren war er in den Ferien von Harrow nach Newstead gekommen. Sein Vormund Carlisle hatte das Gut auf lange Jahre an Lord Grey de Ruthen verpachtet. Doch die Sehnsucht zog den jungen Eigentümer zu dem Ahnenbesitz, der ihm so unerwartet durch das Aussterben der Peerslinie zugefallen war. Bereitwillig räumte Lord Grey ihm während der Ferien ein Zimmer im Schlosse ein. Er schritt durch die romantisch verklärten Bogengänge des Hauses, streifte durch die Felder, liebkoste jeden Stein und jeden Halm mit besitzstolzem Lächeln und träumte von der Zeit, da er hier walten und gebieten würde. In einem Anflug von Ritterlichkeit stattete er dem Gutsnachbarn in Annesley seinen Besuch ab. Mit Zagen ritt er hinüber und mit leisem Bangen. Denn lange Jahre war Newstead in Annesley verfemt gewesen. Der Gedanke, daß er zu der Brudersfrau und zu der Nichte des Mannes ging, der von der Hand seines Oheims gefallen war, jagte ihn fast noch von der Tür zurück. Doch der Empfang, der ihm wurde, verscheuchte sofort alle Befürchtungen. Und dann trieb seine Liebe ihre erste zarte Knospe, und dann sang sein junges Glück diese lieblichste Romanze seines romantischen Lebens.

Mary war zwei Jahre älter, innerlich war er weit hinausgewachsen über seine knabenhaften Fünfzehn. Die Leiden seiner Erziehung, die Qualen, die ihm die unzähligen Kurpfuscher auf Veranlassung seiner Mutter mit den vergeblichen Versuchen, seinen Fuß zu kurieren, angetan hatten, die Last, die er bewußt schon damals an der geistigen Erbschaft der Byrons trug, hatten ihn weit über seine Jahre hinaus gereift. Sie ritten zusammen über die Felder, auf denen einst der sagenumrauschte Sherwood Forst seine dunklen Wipfel gewiegt hatte. Sie wanderten durch die Gärten von Annesley. Sie saßen zusammen in Marys »blauem Zimmer«. Und die Liebe kam. Zu ihm. Sie hatte ihn lieb wie einen Bruder. Sie war gut und frisch und kameradschaftlich. Doch er hielt ihre Zuneigung für Liebe. Und wenn sie lustig neben ihm dahingaloppierte, daß das Sattelzeug knirschte, und ihre schlanke Gestalt sich in dem schwarzen Reitkleide reckte, wenn das blonde Haar im Winde flatterte und ihre braunen Augen in aufwallender Jugendfreude blitzten, dann vergaß er alles Leid seiner Kindheit, alle Qualen seiner Erziehung, allen Schmerz seiner Verkrüppelung, dann sah er nur sie, dann atmete er nur den Duft ihrer übermütigen Jungfräulichkeit. Dann öffnete sich das Leben vor ihm in Helle und Heiligkeit.

Sie saßen im Garten, und sie wand aus Blumen einen Kranz für seine braunen Locken. Und wenn sie ihm ihr Werk mit keckem Lachen auf die Stirn drückte, dann fühlte er sich wie ein gekrönter König des Lebens. Und abends rannte er durch die dunklen Wege des Newsteader Parkes und ergoß seine schwärmerische Liebe in lohende Verse und erlebte zum erstenmal die Glut des Schaffens und empfand die ringende Schöpferkraft in seiner Brust und fühlte sich als Gott.

Er vergaß die Schule, als die Ferien zu Ende gingen. Mahnbriefe kamen von Dr. Drury, dem Direktor in Harrow. Wutfletschende Episteln seiner Mutter rasten daher aus Southwell. Byron warf sie lächelnd in den Weiher des Parkes. Was scherte ihn die Mutter, dieses Symbol seines Elends, was Dr. Drury, das Symbol des Zwanges, den er so haßte. Was sollte ihm alles Wissen und alle Gelehrsamkeit! In den Augen seiner Liebsten fand er alle Klugheit, alle Schönheit, alle Weisheit der Welt.

Es war Herbst geworden, der milde, weiche Herbst des Jahres 1803. Auf einer baumbekränzten Anhöhe des Newsteader Tales zügelten sie nebeneinander die Pferde und blickten hinein ins Land. Da jauchzte das Jagdhorn, ein Fuchs brach aus dem Dickicht, hinter ihm die Meute und ein Gewirr roter Jagdfräcke. Allen voran, dicht hinter den Hunden, preschte Herr John Musters, der schneidigste Sportsmann der Gegend. Die Jagd stürmte dicht am Fuße des Hügels vorüber. Empört wandte Byron sich ab. Ihn ekelte vor dieser Todeshatz. Doch Marys große Augen funkelten vor Erregung. »Sieh nur, wie der Herr dort vorn zu Pferde sitzt, wie angegossen, welch prächtiges Bild!« jubelte sie fortgerissen.

Da fror eine Kälte um des Knaben Stirn. Eine Ahnung umklammerte sein junges Haupt wie ein eiserner Ring. Still ritten sie heim. Dann kamen Tage, die dunkel waren und weh. Denn wann er auch immer nach Annesley kam, fand er dort den »schneidigen John Musters«. Und wenn Mary auch gut und zutraulich war, wie ehedem, das erkannte die ohnmächtige Eifersucht des Jungen doch, zu diesem hübschen Sportsmann, der ihn so gönnerhaft herablassend behandelte, war sie ganz anders. Und dann traf er sie eines Tages allein. Sie saß in ihrem Zimmer. Durch das offene Fenster lächelte der Oktober den Duft der letzten Herbstrosen herein. Und sie begann zu sprechen, fröhlich, heiter, als wüßte sie nichts von seiner großen Liebe. Sie sprach davon, daß sie nun bald Frau Chaworth sein würde, denn Herr Musters werde ihren ehrwürdigen Familiennamen annehmen. Sie sprach freudevoll und zukunftsfroh. Er sah ganz still, nur das Blut strömte zum Herzen und machte es schwer wie eine Eisenkugel. Dann erhob er sich und hinkte hinaus, mühselig und still, in der schmerzlichen Würde seiner Fünfzehn. Er schwang sich aufs Pferd, schlug ihm die Sporen in die Weichen, daß das Blut herausspritzte, und stob über die Felder. Kurz vor Newstead taumelte er aus dem Sattel, warf sich zu Boden, biß die Zähne in die schwarze Erde und wühlte mit den Nägeln tiefe Gräber seines Glücks.

Am nächsten Tage kehrte er zurück in die Schule. –

Byron hob die Stirn von dem Manuskript und sah sich fremd im Zimmer um. Dann strich er mit der Hand über die Augen. Ja, so war das Heiligste und Tiefste seines Lebens gestorben. Er stand auf und wanderte verloren in dem düsteren Raume umher und rang die Hände und schrie: »Nein, nein, es ist nicht gestorben! Es ist nicht gestorben in dem Morast der späteren Jahre.«

In der Zwangsarbeit zu Harrow, in der ertrotzten Ausgelassenheit und dem wilden Sport in Cambridge, in dem Dirnentaumel und dem beklemmenden Dunst der Spielhöllen von London war seine Liebe nicht gestorben. Inmitten der Schulfreunde, inmitten der Genossen seiner Ausschweifungen brach sie über ihn herein, wie ein Meer über brüchige Dämme, und schwemmte ihn fort aus Freude und Taumel an das einsame Gestade seines Elends.

Er schritt auf und nieder und biß die Lippen blutig, dem Schluchzen zu wehren.

Aber seit einem halben Jahre, seitdem jene vernichtende Kritik über ihn hereingebrochen war, hatte sie doch geschwiegen! Ein neues Ziel war erstanden, seine Ehre heischte Genugtuung, und unter dieser neuen ernsten Forderung an seine Kraft war der Schmerz verebbt. Stunden waren gekommen, in denen er über den schwärmerischen Überschwang seiner törichten Fünfzehn wehmütig gelächelt hatte. Als der Pachtvertrag mit Lord Grey im Frühling des Jahres ablief, hatte er den Mut gefunden, diese alten Stätten zum erstenmal wieder zu betreten. Und in diesen drei Wochen war er erlöst und markig seiner Arbeit nachgegangen, bis gestern die Einladung in seinen Frieden eingeschlagen hatte. Da war alles wieder in ihm auferstanden, die Liebe und die Erinnerung und der haltlose Weltschmerz. Und alle Wunden bluteten. »Ich hätte die Einladung nicht annehmen sollen,« grübelte er wieder, »hätte sie nicht annehmen sollen. Nur in der ersten Verblüffung, als der Diener den Brief des Herrn Musters brachte, habe ich zugesagt.«

Er erhob sich kerzengerade.

»Belüg' dich nicht!« sprach er laut vor sich hin, in der Art eines Menschen, der viel einsam gewesen ist, »belüg' dich doch nicht. Sei wahr. Du hast immer die Wahrheit für das Höchste gehalten. Es war nicht Verblüffung, die zugesagt hat, es war Freude, wahnwitzige, kopflose Freude, die gierig nach dieser Hand griff, die sich von dort drüben zu dir herüberstreckte.«

Er setzte sich wieder in den Schreibsessel, ballte die Hände und wühlte in seinem Schmerz. So saß er lange Zeit. Endlich raffte er sich auf und ging hinüber in das Schlafzimmer, sich umzukleiden.

»Ich werde mich zusammennehmen,« trotzte er, »sie soll nicht merken, was sie mir noch immer ist. Und dieser Mensch, der sie mir genommen hat, soll keinen Triumph an mir erleben. Frei werde ich sein und heiter, als läge alles weit hinter mir wie ein kindisches Spiel meiner Knabenzeit.«

Sorgfältig machte er Toilette, denn er gab viel auf sein Äußeres. Er hatte nicht umsonst in London unter der Herrschaft des Dandytums gelebt und gehörte nicht vergebens dem fashionablen Four-in-hand-Club an, dessen Mitglieder kein höheres Ideal kannten, als sich wie Kutscher zu kleiden und zu sprechen wie Troßknechte. Nach der neuesten Mode dieses Klubs kleidete er sich mit bleichgelber, enganliegender Hose, die in die hochschaftigen Stiefel mündete, roter Kutscherweste und dem blauen Rock mit hochaufgeschlagenem Kragen und silbernen Knöpfen, breit wie Talerstücke. Doch in einem unterschied Byrons Kleidung sich von jener der Dandys von 1803. Er suchte ihr dadurch eine individuelle Note aufzuprägen, daß er das Hauptkleidungsstück des Londoner Lebemannes vermied, die faltige Seidenkrawatte, die sich hoch bis zu den Ohren hinaufwand und das Kinn wie ein Strudel verschlang. Er ließ aus der Weste ein feines seidenes Hemd hervorglänzen, das breit über den Kragen des Rockes herniederfiel, und der schwarze Schlips flatterte darunter hervor als ein Original Byronscher Erfindungsgabe.

Als er in den Park hinunterkam, hielt Joe Murray schon die Stute bereit. Byron schwang sich gewandt in den Sattel und ritt davon. Er war, seiner Lahmheit zum Trotz, ein vorzüglicher Reiter. Er trabte durch die Wege des Parkes, ritt durch das kunstvolle Eisengitter der Steinmauer und kam hinaus auf die Felder. Es waren kaum drei englische Meilen bis Annesley.

In einiger Entfernung hob sich eine Hügelkette aus dem Tal, die von einer schroffen Anhöhe wie von einem Kap jäh begrenzt wurde. Ein Rondell von Bäumen krönte ihren Gipfel. Eine törichte Gewalt trieb den jungen Lord dort hinauf. Es war der Ort, von dem aus Mary Chaworth damals zuerst den »schneidigen John Musters« hinter der Meute erblickt hatte. Byron ritt hinan, parierte die Stute und schaute in wehem Gedenken hinein in das Land. Schwarz-blau ruhten die herbstlichen Felder, von den spärlichen Resten des Sherwood-Forstes umsäumt, und Dörfer träumten hinein in die Stille, und aus den kleinen runden Schornsteinen stieg der Rauch in gerader schmächtiger Säule in den blauen Himmel.

Er fühlte sie wieder neben sich im Sattel und atmete wieder den Duft ihres jungen Körpers, der süß war und herb wie der Odem der Erdschollen ringsum. So saß er im Sattel gebeugt und träumte. Und seine Sehnsucht begann zu klingen. Ungewollt läutete es wie in Versen durch sein Gemüt:

»Für ihn gab es auf Erden nur ein süßes Antlitz, und dieses war sein Stern. Er atmete, er lebte nur in ihr. Sie war ihm Stimme, er sprach nicht zu ihr. Nur zitternd lauschte er ihrem Wort. Sie war sein Auge, alles sah er nur durch sie. Er lebte nicht in sich –, sie war sein Leben, seiner Gedankenströme Ozean, in den sein reiches Sein sich ganz ergoß.«

Er raffte sich auf. Die Stimmung verrauschte in die Weite. Fort mit dem Traume! Die Wirklichkeit forderte Fassung und Festigkeit. Er gab dem Tier die Sporen, daß es aufwiehernd ausschlug und den Hügel hinabstob. Bald ritt er in den Park von Annesley ein. Tief auf den Sattel mußte er sich niederducken, sich zu bergen vor den hängenden Zweigen der alten, stürmgebeugten Eichen und Ulmen. Dann hielt er vor dem Torhaus, einem alten Ziegelbau, der in den blutigen Zeiten der Bürgerkriege als Außenfort manchem hitzigen Ansturm getrotzt hatte. Schießscharten drohten aus den Mauern, jetzt friedlich halbverdeckt von Immergrün, das über die Wände und das niedrige Dach klomm und die alte Sonnenuhr über dem Tor fast erstickte.

Durch den dumpfhallenden Bogengang in der Mitte des Hauses ritt er hindurch, dann breitete sich vor ihm der Hof mit seinen Beeten und Blumenrabatten und dem verwitterten Brunnen, der murmelnd vor sich hinplätscherte, wie eine Greisin, die still behaglich in der Sonne sitzt und längst verblichene Geschichten aus ihrer Jugend raunt.

Beklommen zog Byron die Zügel an und überblickte die Stätte, an der jeder Stein heiß war von Erinnerungen. Dort lag das Herrenhaus, ein unregelmäßiger, langgestreckter Kasten, an den die Zeiten immer neue Anbauten systemlos angeklammert hatten, mit seinen zahllosen hochragenden Kaminen, die sich wie deutende Finger aus dem rostbraunen Ziegeldach hervorstreckten. Ja, es war noch alles wie ehedem. Nein, doch nicht. Dort zur Rechten waren weiträumige neue Stallungen erstanden, aus denen dumpf das Gebläff der Meute drang. Ein bitteres Lächeln zuckte um des Reiters Mund: »Die Seele des Fuchsjägers ist hier eingezogen!«

Dann ritt er langsam hinüber zu der eichenen Pforte.

Als er sich aus dem Sattel schwang, erschien der Stallknecht und nahm ihm die Zügel ab. Aus der Tür trat ein Diener und führte den Gast in die geräumige Halle, in die das Licht weich gedämpft glitt durch die efeuverhangenen Fenster. Und da – da war auch wieder dieser seltsame eigentümliche traute Duft von Annesley-Hall, diese Mischung von Altertum und grünender Gegenwart.

Tausend Erinnerungen zitterten durch Byrons Hirn in dieser weiten, dämmrigen Halle. Er fühlte, wie es ihm dick und knotig in der Kehle aufstieg. Doch schon öffnete sich eine Tür und hervor trat Herr John Musters, kam auf Byron zu. streckte ihm die Hand entgegen und rief: »Da sind Sie ja, mein lieber Nachbar!« –

Byron stutzte und schlug zögernd ein. Zorn umdunkelte seine Stirn. Wußte dieser rotbäckige Fuchsjäger dort nicht, daß ein Peer von England vor ihm stand? Der junge Lord, der so unvermutet zu seinem hohen Range gekommen war, wachte, wie alle Emporkömmlinge, narrenstolz über die Ehrung seiner Würde und seiner Titel. Was fiel diesem Burschen dort ein, ihm die Ansprache zu versagen, auf die sein Peerstum Anspruch erhob! Die gekränkte Eitelkeit gab ihm die Fassung zurück. »Guten Tag, Musters«, entgegnete er hochmütig. Während der Diener dem jungen Herrn Hut und Reitrock abnahm, stand Herr Musters breitbeinig dabei, die Hände in den ledernen Reithosen, das Urbild selbstgefälliger Behäbigkeit. Er hatte nicht mehr allzuviel von dem » schneidigen John Musters«; sein Körper war schwerfällig und rund geworden. Auch schien es Byron, daß in dem roten Gesicht der brutale Zug um die Nasenflügel sich noch vertieft habe.

»Dachte immer,« plauderte Herr Musters, »Sie würden uns besuchen. So nahe Nachbarn müssen doch Freundschaft halten. Wie?« Damit führte er den Gast in ein kleines dunkles Zimmer, das älteste Gemach des Hauses.

Als sie Platz genommen hatten, streckte der Hausherr die Beine in den hohen Stulpenstiefeln von sich und fragte: »Nun, mein lieber Nachbar, wie gefällt Ihnen das Landleben hier? Bißchen einsam für solch verwöhnten Herrn, wie Sie sind, wie? Man erzählt in Nottingham, Sie sollen ja ein verflucht wildes Leben in London geführt haben. Menge Weiber unglücklich gemacht, wie? Na, so was gibt's ja nu hier nicht.«

Byron gab keine Antwort. Sein Auge wanderte durch das Zimmer. Hier war noch alles wie ehedem. Dort hing das Bild des Herrn Chaworth, den sein Oheim erstochen hatte. Damals, als er zum ersten Male in jenen Maientagen seines Lebens hierhergekommen war, war er entsetzt vor diesem Bilde geflohen, weil es ihn dünkte, der Mann im Rahmen schaue voll Haß und Rachedurst nieder auf den Nachfolger seines Mörders. Daran dachte er jetzt und lächelte leise. Nein, jetzt fürchtete er sich nicht mehr vor toten Bildern. Jetzt fürchtete er nur noch das eine große lebendige Leid, das seine Tage verdunkelte.

Herr Musters war seinen Blicken gefolgt.

»Schönes altes Zimmer,« schmunzelte er mit dem Stolz des Besitzers. »Ist alles so geblieben, wie ich's übernommen habe. Da ist auch noch unsere famose Reliquie, die Stiefel Robin Hoods.« Er erhob sich und schritt gravitätisch hinüber zu dem Glaskasten an der Wand, der ein Paar alte Reiterstiefel barg. Er klopfte großspurig gegen die Scheibe.

»Echt,« prahle er, »gute alte Urkunden bezeugen es.« –

Byron kannte diese Reliquie. Gläubig und ehrfurchtsvoll hatte er vor diesem Kasten gestanden, damals, als Mary ihm bei seinem ersten Besuche diesen Schatz von Annesley stolz gewiesen hatte. Ach, damals hatte er ohne zu zweifeln geglaubt, daß der große Räuberhauptmann aus der Zeit König Johanns in diesen Stiefeln wirklich einmal seinem sauberen Handwerk nachgegangen war!

Ach, damals hatte er das und so vieles andere gläubigen Sinnes geglaubt! Aber heute reizte ihn diese besitzsichere Miene des Mannes zum Widerspruch, der mit seiner Liebsten alle diese Schätze erworben hatte. Er erkannte auf den ersten Blick, daß dieses sagenumwehte Schuhzeug einer viel späteren Epoche angehörte und sagte: »Ihre Urkunden dürften sich irren, Herr Musters. Jeder Sachverständige wird Ihnen bezeugen, daß jene Stiefel aus der Zeit Karls I. stammen.« Herr Musters bohrte die Fäuste in die Lederhosen, schaukelte zornig auf den Sohlen und rief: »Was, die Stiefel sollen nicht echt sein!! Diese Stiefel, die seit Jahrhunderten von allen Chaworth verehrt worden sind? Sie spaßen wohl?«

»Nein,« beharrte Byron, »man sieht solche Stiefel auf den Bildern van Dycks.«

Herr Musters schnaubte vernehmlich. »Die Stiefel nicht Robin Hood gehören?! Ausgezeichnet. Da sind Sie wahrhaftig der erste, der das zu behaupten wagt.«

Byron lächelte. Wie wohl tat ihm der Zorn dieses Mannes, wie wohl und wie gut!

»Einer muß es ja wohl zuerst einmal behaupten,« sagte er leichthin.

Byron lächelte noch immer. Es war ihm, als habe er dem Manne dort einen Fetzen aus dem Glück seiner Ehe herausgerissen, dieser Ehe, die, wie er wohl wußte, vor allem dem reichen Erbe seiner Geliebten gegolten hatte.

»Stiefel aus der Zeit Karls I. sind auch ganz schön alt,« besänftigte er arglistig.

»Der Teufel hole Ihren Karl I.!« wetterte Herr John und sein rotes Gesicht wurde purpurn. »Ich –«

Da öffnete sich leise die Tür und Mary Chaworth trat herein. Eine jähe Gewalt riß Byron aus dem Stuhl empor und warf ihn wieder zurück in den Sessel, daß sein Kopf hart anschlug gegen die hohe geschnitzte Rückenlehne. Doch es war nicht die Macht der Erinnerung, die ihn durchrüttelte. Schmerz war es, Staunen, Trauer und wehe Verwunderung. Die dort durch die niedrige Tür hereintrat in dem weißen, niederfließenden Seidengewande, das war nicht seine Mary Chaworth. Das war nicht die Heilige seines Leides und seiner Liebe. Wohl war die Frau dort hoch und schlank wie die Mary seiner jungen Glückstage. Ja, höher und schlanker schien sie ihm. Wohl lag noch das blonde Haar in weichen Strähnen um die Schläfen. Doch ihre Frische und Fröhlichkeit war welk und tot. Das Sprühen der Wangen war erloschen, das Feuer des Übermutes in den Augen verlodert, das Leuchten der Haare verblichen. Eine müde Frau kam dort herein mit vergrämten, schmalen Wangen und tränenstumpfen Augen. Sie kam auf ihn zu und bot ihm die Hand. Nein, es war nicht mehr ihre kleine sportfeste energische Hand. Leidensweiße kraftlose Finger waren es, die er fühlte. Jetzt sprach sie. Wohin hatte sich das Klingen ihrer Stimme verloren, dem er verzückt einst gelauscht hatte? Klanglos und ohne Schmelz sagte sie: »Guten Tag, Lord Byron.«

»Guten Tag, Mrs. Chaworth,« entgegnete er und hörte, wie seine eigene Stimme blechern ächzte. Dann saßen sie beide wortlos, und Herr Musters stampfte in der Stube auf und nieder und polterte: »Du, Mary, denk' dir bloß, Byron behauptet, unsere Stiefel wären nicht echt.«

Mary nickte wehmütig: »Vielleicht sind sie es nicht.«

»Was?« Herr John fuhr zu ihr herum, »nicht echt? Du hast doch immer geschworen, du wärest von ihrer Echtheit überzeugt.«

»Ja,« sagte sie leise, »das war ich auch – früher einmal.«

Das überstieg Herrn Musters Begreifen. Mit den krummen Beinen des leidenschaftlichen Reiters stelzte er auf und nieder und schüttelte das Haupt mit der bleichen Stirn über dem wetterroten Gesicht. Die beiden anderen schwiegen und blickten aneinander vorbei. Endlich setzte sich der Hausherr. Auch er schwieg verärgert. Unter der niedrigen getäfelten Decke schwang eine schwere Stille, die immer hohler und bedrückender wurde. Selbst Herr Musters empfand sie und suchte nach einem Unterhaltungsstoff. Doch da ihm, wie häufig, nichts einfiel, zog er die Uhr, blickte lange darauf nieder und brummte endlich:

»Es ist spät genug, wir könnten wirklich essen.«

Hastig erhob sich Mary und eilte hinaus.

Es war wie eine Flucht.

Kaum hatte die Tür sich hinter ihr geschlossen, da rückte Herr Musters einen Stuhl vertraulich an den Gast heran. Sein Grimm war, wie bei allen jähzornigen Menschen, schnell verflogen. Er schlug dem jungen Herrn burschikos auf das Knie und sagte:

»Wissen Sie auch, daß ich mal so dumm war, auf Sie eifersüchtig zu sein!«

Byron schwieg.

»Das ist nun lange vorbei.« Er machte eine breite fortwerfende Bewegung mit der sonnenverbrannten Hand. »Lange. War auch 'ne Dummheit, denn Sie waren ja damals nur ein Schuljunge, und es war ja wohl nur die erste Poussage, die man so in dem grünen Alter hat. Sie werden die Geschichte längst vergessen haben über all den –« er schnalzte begehrlich, »den hübschen Hühnchen in London. Wie?«

Byron biß die Zähne zusammen, daß die Backenknochen heraustraten, und schwieg.

Da meldete der Diener, daß Mrs. Chaworth zu Tisch bitte.

Es war zuerst nicht sonderlich gemütlich, dieses Mahl in dem düsteren Saal des alten Herrenhauses. Mary sprach kein Wort und hob den Blick kaum von ihrem Teller. Die Stimmung wurde auch dadurch nicht erträglicher, daß der Gast fast alle Gerichte unberührt vorübergehen ließ, mit der Entschuldigung, daß seine Diät nur Gemüse gestatte. Er saß und betrachtete heimlich die Gramlinie, die sich um das Kinn der Geliebten grub, und kämpfte mit dem Verlangen, den Mann dort zu erwürgen, der es sich in breiter Behaglichkeit trefflich munden ließ.

»Daher sind Sie so dünn geworden,« rief Musters, »weil Sie nichts essen. Habe mich gleich gewundert, als ich Sie sah, mein lieber Nachbar. Denn damals, als Schuljunge, waren Sie ein recht dicker Kerl. Wir haben noch alle oft darüber gelacht, nicht wahr, Mary?«

Mary blickte auf den Teller und sagte nichts. Und wieder war eine Pause ohne Worte, in die nur der gedämpfte Schritt des servierenden Dieners überlaut hineinpochte.

Endlich aber kam die Unterhaltung in Gang. Herr Musters war auf das einzige Gebiet, dem er Teilnahme abgewann, die Fuchsjagd, übergesprungen und erzählte mit wichtigen Worten, daß er vor kurzem an einer Hatz als Gast des Prinzen von Wales teilgenommen habe.

»Ein fideler Herr,« lobte er, »dieser erste Gentleman von Europa.«

»Ich halte ihn für den ersten Schurken von Europa,« erwiderte Byron trocken.

Herrn Musters Messer und Gabel klirrten verblüfft auf den Teller. »Wie?«

Byron nickte, sein Verdikt erhärtend.

Der Hausherr lehnte sich in den Stuhl zurück.

»Wissen Sie, daß Sie von Englands künftigem König sprechen?!«

»Ja,« versicherte Byron.

Mary rührte sich nicht.

»Sie haben –« stammelte Herr John – »Sie haben etwas – seltsame Ansichten, mein lieber Nachbar. Das Volk kennt den Kronprinzen nicht und tut ihm bitter unrecht. Er ist ein sehr jovialer Herr und trotz seiner Beleibtheit ein vorzüglicher Fuchsjäger.«

Byron vermochte ein leises Lächeln der Ironie nicht zu unterdrücken. »Das mag er sein,« gestand er zu, »aber Tatsache ist, daß er während der Krankheit seines Vaters das Gesindel, das seinen Umgang bildet, damit unterhielt, die Mienen und Handlungen seines irrsinnigen Vaters vor ihnen nachzuäffen.«

»Pfui«, flüsterte Mary.

»Das ist Getratsch«, murrte Wusters.

»So?« rief Byron heftig. »Jeder Einsichtige in England kennt den Umgang dieses wackeren Prinzen. Das sind französische Tänzer, Hofnarren, Jokeis, Kuppler, Modeschneider und Boxmeister. Mit diesen Leuten verpraßt er die Zeit, die seine Mätressen und seine Trinkgelage ihm lassen. Ich bedaure das Land, dem dieser Mann einmal König sein wird, und ich bedaure das Weib, dem dieser König Mann ist.«

Er schwieg und griff nach dem Wasserglas.

»Na, na,« beschwichtigte Musters und wischte die Bratensauce vom Munde, » die Dame ist wahrhaftig auch die Richtige.«

»Es mag sein,« gab Byron zu, »daß die Kronprinzessin Karoline sich in letzter Zeit nicht immer ohne Tadel geführt hat. Ich finde es aber begreiflich, daß eine unglückliche junge Frau nach Liebe dürstet und sie von anderer Seite nimmt, wenn der eigene Mann –«

»Nein!« rief Mary jäh dazwischen. »Eine Frau sollte nicht dem schlechten Beispiel ihres Mannes folgen.«

»Da hören Sie es,« triumphierte Musters. »Da haben wir es gehört. Sie reden eben wie ein zwanzigjähriger Fant und wie ein Idealist. Sie machen ja wohl auch Verse, habe ich in Nottingham erfahren. Solche jungen Leute wollen da über Ehe reden. Was wissen Sie denn davon? Wenn der Mann nun wirklich mal über die Stränge schlägt, mein Gott, was ist denn da groß dabei?«

Er klopfte paschahaft mit seiner fleischigen Hand auf Marys weiße Finger, die auf dem Tische lagen wie welke Lilien. Sie ließ ihn gewähren, aber ihre Lider schlossen sich wie im Ekel. Byron sah es nicht, er sah nur die roten Hände, die diese geliebten weißen Finger betasteten, und eine Berserkerwut kochte wild in ihm auf. Er mußte den Kopf zur Seite wenden, er konnte den Anblick nicht ertragen, er konnte es nicht ertragen, daß dieser Mann diese Finger berühren durfte. Mühsam beherrschte er sich.

»Sie liebt ihn doch!« schrie es ungebärdig in ihm, »er darf sie anfassen. Dieser plumpe Mensch darf sie anfassen mit seinen häßlichen Händen.« Er biß die Zähne zusammen, daß sie knirschten, und saß steif in seinem Stuhle. Doch als Musters ihn jetzt nach seiner politischen Überzeugung fragte, gelang es ihm, seine Stimme so weit zu bändigen, daß er ruhig antworten konnte:

»Ich bin Whig.«

»Was!« rief Musters, ohne sich Zeit zu lassen, das Stück Käse, das er im Munde hatte, hinunterzuschlucken. »Sie sind liberal?«

»Ja,« behauptete Byron trotzig, »so liberal, wie ein Mensch überhaupt nur sein kann.«

Jetzt hatte Herr Musters es satt. Er ballte die Serviette zusammen, warf sie auf den Tisch und sagte ungeniert seine Meinung heraus: »Das ist ja eine nette Überraschung, mein lieber Herr Nachbar. Sie sind der seltsamste Lord, den ich je gesehen habe. Ich habe mir gedacht, wir würden gute Freunde werden. Man hat nicht gerade zu viele hier draußen auf dem Lande. Ich habe mir gedacht, wir würden zusammen jagen. Ich erinnere mich, daß Sie ein vorzüglicher Reiter sind, trotz Ihres lahmen Beines. Ich habe mich ehrlich gefreut, wie ich gehört habe, Sie sind nach Newstead gezogen. Man hat hier nicht allzuviel Menschen, mit denen man verkehren kann. Und deshalb haben wir Sie auch eingeladen, obwohl meine Frau dagegen war. Laß nur, Mary,« beschwichtigte er, als sie starr aufblickte, »laß nur, du weißt, ich bin für Offenheit. Der Herr Nachbar wird mir das nicht übelnehmen. Ich bin ein Landmann und rede, wie mir ums Herze ist, Ich mache keine langen Flausen. Also, meine Frau war nicht sehr dafür, Sie zu uns zu bitten, sie sieht Menschen überhaupt nicht gern. Aber ich habe es durchgesetzt. Doch ich fürchte, zwischen uns wird nicht viel werden: wir sind zu verschieden. Erst schimpfen Sie auf den Kronprinzen, dann sind Sie liberal, und meine Stiefel haben Sie mir auch angetastet. Ich glaube, daraus wird nichts.«

Byron erwiderte kein Wort. Er hatte aus allem nur herausgehört, daß nicht sie ihn gerufen hatte. Seit gestern hatte er im tiefsten Grunde seines Bewußtseins vor Freude darüber gebebt, daß sie ihn zu sehen wünschte. Ganz dunkel ward es um ihn her. Er wußte jetzt, sie hatte ihn längst vergessen. Sie war in dieser Ehe mit diesem Mann zufrieden und glücklich geworden. Irgendein letzter Glanz an ihr war plötzlich erloschen. Es erschien ihm ein Fleck an ihrer Reinheit, daß dieser Mann dort ihr genügte. Er saß und kämpfte verzweifelt mit den aufsteigenden Tränen zermalmender Enttäuschung. Da riß Musters' Stimme ihn aus der Erstarrung. Er war aufgestanden, schlug ihm derb vertraulich auf die Schulter und rief: »Nanu, Mann, Sie nehmen mir meine Aufrichtigkeit doch nicht etwa übel?«

»Nein,« stammelte Byron, »nein, nein.«

Damit war die Tafel aufgehoben. Sie standen wieder in dem altertümlichen kleinen Zimmer, und der Hausherr bot dem Gaste eine Pfeife an. Byron dankte. Während Herr Musters seinen Tabak in Brand setzte, sagte er paffend: »Ich pflege nach Tisch immer ein bißchen zu reiten, wegen dem hier« – er schlug sich mit der Zunderbüchse auf den Magen –. »Werden Sie auch noch tun. Warten Sie nur, Sie Neunmalweiser. Wollen Sie mich begleiten oder bleiben Sie hier bei meiner Frau?«

»Nach deinen Aufrichtigkeiten kannst du kaum erwarten, daß Seine Lordschaft dich begleitet,« lächelte Mary gezwungen, »ich werde versuchen, ihn zu unterhalten.«

Da war es plötzlich ganz hell um Byron geworden in der dämmrigen Stube.

»Schön,« nickte der Hausherr, »werde ich allein reiten. Entschuldigen Sie mich auf eine Stunde. Ich sehe Sie doch nachher noch?«

Er trat auf Mary zu und drückte ihr einen Kuß auf die Wange.

»Adieu, mein Schatz,« schmatzte er. »Unterhalte dich gut mit deinem alten Verehrer.«

Wieder schloß sie die Augen vor dieser ungewohnten Liebkosung, die nicht ihr, sondern der Rücksicht auf den Gast galt.

Byron hatte sich abgewandt.

Dann schritt Herr Musters hinaus, seine wuchtigen Reitstiefel knarrten.

Einige Sekunden standen sie verlegen voreinander.

Dann ging Mary zur Tür und sagte: »Kommen Sie in mein Zimmer.«

Sie schritt voran in ihr helles, blaues Gemach. Byron folgte. Sie setzte sich in einen bequemen Polsterstuhl, er stand und betrachtete ein Gemälde an der Wand.

»Das Bild ist kurz vor meiner Heirat gemalt worden,« gab sie Bescheid.

»Es ist nicht gut,« kritisierte er böse. »Gar nicht gut. Sie sehen darauf aus wie ein Knabe.«

Sie lehnte sich in die Polster zurück.

»Mir ist es,« sagte sie leise, »als wäre ich damals ein Junge gewesen, ein frischer, übermütiger Junge.«

Er schwieg und setzte sich ihr gegenüber. Ein Schweigen voller Erinnerungen raunte durch das Zimmer.

Sie brach es gewaltsam.

»Erzählen Sie mir, wie es Ihnen ergangen ist all diese Zeit über.«

Er blickte an ihr vorbei, und während sein ganzes Sein den Gedanken trank, daß er nun wieder ihr gegenübersitze, wie einst, erzählte er mechanisch: »Ich bin nach Harrow zurückgegangen und bin dort ebenso einsam geblieben wie vorher. Man hat mich dort nicht geliebt und mir sehr nahe gelegt, die Schule zu verlassen. Dann bin ich zur Universität nach Cambridge gegangen.«

»Nach Cambridge?« staunte sie, »Sie sagten doch damals immer, Sie wollten später nach Oxford gehen.«

»Ich wollte,« nickte er. »Aber das ist die Eigentümlichkeit meines Lebens, daß alles immer anders kommt, als ich es wollte.«

Erst an der Stille, die diesen Worten nachhallte, empfand er, daß er mehr verraten hatte, als er hatte verraten wollen. Und rasch fügte er hinzu: »Es war damals kein passendes Zimmer in Oxford für mich frei, auch wollte mein Vormund durchaus, daß ich nach Cambridge ginge. Ich habe mich gefügt. Aber glücklich habe ich mich dort nicht einen Tag gefühlt. Ich habe gute Freunde gewonnen. Ja, einige wenige. Aber meinem Geist hat die Universität nichts gegeben. Ich bin nur zwei Semester dort geblieben und dann nach London gegangen und dann nach Newstead gekommen und werde im kommenden Sommer nur auf kurze Zeit nach Cambridge zurückkehren, um meinen M. A. Master of Arts = Magister der freien Künste zu machen. Ich lege keinen Wert auf dieses Examen, aber meine Mutter will es und mein Vormund.«

Er schwieg und sann vor sich hin. Dann fuhr er fort: »Nein, Cambridge war kein Asyl für mich. Der Verstand der Kinder dieser alma mater ist sumpfig wie das Flüßchen Cam, an dem sie liegt. Und ihre Bestrebungen sind allein auf die Kirche beschränkt. Nicht auf die Christi, sondern auf die nächste fette Pfründe.«

Er machte wieder eine Pause. Sie blickte vor sich nieder auf den weißen Teppich. Plötzlich tat es ihm so wohl, vor dieser schweigenden Frau von sich zu reden.

»Von meiner Lektüre,« plauderte er fort, »darf ich wohl ohne Übertreibung sagen, daß sie in geschichtlicher Richtung ziemlich ausgedehnt ist. Ja, mit den Überlieferungen der meisten Völker von Herodot bis Gibbon bin ich wohl so ziemlich vertraut. Von der Klassikern weiß ich so viel wie die meisten Schuljungen nach dreizehnjähriger Quälerei. Von den Gesetzen des Landes soviel, um mich keiner Strafe auszusetzen. Das Völkerrecht habe ich so ziemlich studiert. Da ich dieses aber allmonatlich übertreten sah, gab ich meine Attentate auf ein so nutzloses Wissen auf. In der Geographie habe ich mehr Länder auf der Landkarte gesehen, als ich je zu Fuß durchschreiten möchte. Von der Mathematik habe ich gerade genug gelernt, um Kopfschmerzen zu bekommen, ohne aber meine Begriffe dadurch wesentlich zu klären. Von der Philosophie, der Astronomie und Metaphysik kenne ich mehr, als ich je verstehen werde, und von dem gesunden Menschenverstand so wenig, daß ich jeder unserer Hochschulen einen Byronpreis zu stiften gedenke für die erste Entdeckung auf diesem Gebiete. Ich hatte auch eine Zeit, in der ich mich für einen Philosophen hielt und mit großer Würde großen Unsinn schwatzte. Ich verachtete den Schmerz und predigte Gleichmut. Eine Zeitlang ging es damit ganz hübsch, denn ich tat niemandem etwas zuleide als meinen Freunden und brachte keinen zur Verzweiflung außer meine Zuhörer. In der Moral ziehe ich Konfuzius den zehn Geboten vor, ebenso Sokrates dem Apostel Paulus. Von unserer Hochkirche halte ich nicht viel. Auch habe ich mich geweigert, das Abendmahl zu nehmen, weil ich nicht glaube, daß Brot essen und Wein trinken aus der Hand eines sterblichen Priesters mich zum Erben des Himmels machen kann. Ich glaube, daß die Wahrheit das erste Attribut der Gottheit ist und der Tod ein ewiger Schlaf. So, da haben Sie ein Brevier der Gesinnungen des schlimmen Lord George Gordon Byron.«

Nach einer kleinen Weile sagte sie traurig: »Wie haben Sie sich verändert! Welch böser Ton ist das!«

»Ja,« suchte er zu lächeln, »man ist nicht mehr der Junge von Fünfzehn. Dann habe ich auch Gedichte gemacht, die böse verrissen worden sind.«

»Ja,« rief sie eifrig, »davon habe ich vorhin zum ersten Male gehört. Ich weiß kaum etwas von der Welt, lebe hier in meinem Hause und meinem Park und komme kaum jemals hinaus. Das ist nun meine ganze Welt geworden.« Sie lächelte weh. »Die Gedichte des schlimmen Lord George Gordon Byron sind nicht in diese Kirchhofsstille geflattert. Die müssen Sie mir bringen.«

»Gern,« willigte er ein, mit einem Anflug von Dichtereitelkeit. »Ich werde sie Ihnen bringen, wenn ich darf.«

»Ja, bitte.« sagte sie.

Dann kam wieder ein Schweigen. Endlich bat er:

»Singen Sie mir eins Ihrer Lieder.«

Fügsam erhob sie sich, setzte sich an das zartgelbe Spinett und sang die alte Ballade von »Mary Ann.«

Er beugte das Haupt. Tränen schossen ihm brennend in die Augen. Das war ihre süße Stimme von ehemals. Nein, nicht von ehemals. Die Würze und der Schmelz fehlte und das junge Glühen. Doch er hörte es nicht. Er hörte nur die Stimme seiner jungen Liebe. Er hatte die bittere Zeit vergessen, die zwischen heut und damals lag, die Zwischenzeit war versunken, war nie gewesen mit ihrem Leid und ihrer verzweifelten Sehnsucht. Er sah und lauschte und bebte in Verzückung wie einst, wie einst. Alles war wieder wie ehedem. Er saß in demselben Stuhle in ihrer hellen blauen Stube. Dort war das Fenster mit den graziösen bunten Gardinen, dort lag der Blumengarten, ihre Sorge und ihre Pflege, mit seinen gelben Kieswegen und bunten Beeten, dort schimmerte die Steinbalustrade mit ihren zierlich gemeißelten Urnen, dort führten die Steinstufen hinab in den Park mit seinen im französischen Stil verschnittenen Bäumen. Und er blickte wieder hinaus auf die Blumen und das dunkle Grün wie ehemals. Dort ragte das alte Spinett mit seinem gelben Kasten hinauf an der Wand und gemahnte mit seinem bleichen Ton an den Sang der Grillen am Abend. Und dort saß sie und sang die alte Ballade von »Mary Ann«, wie einst, wie einst. Er lauschte mit tiefgebeugter Stirn und lebte den Traum.

Da schwieg sie. Er blickte auf und erwachte. Nein, es war nicht wie einst. Sie war die Frau eines plumpen Menschen, der ihre Hände berühren und sie mit seinen wulstigen Lippen küssen durfte. Nein, es war nichts mehr wie einst. Stumm kauerte er in seinem Stuhle. Mit müdem Lächeln saß sie, die Hände bleich auf den nachhallenden Tasten und schwieg. Dann sagte sie: »Das sind alte Klänge.«

Er rührte sich nicht. Sie erhob sich, ihr Seidenkleid knisterte, sie trat zum Fenster. Und plötzlich hörte er sie leise weinen. Er sprang empor, wollte etwas sagen, wollte – er wußte nicht, was er wollte. Da wandte sie sich um, preßte das Tuch an die Augen und lächelte mühsam: »Ich bin töricht. Ich bin nicht ganz wohl.«

»Ich werde gehen,« sagte er.

Da klopfte es. Die Bonne trat herein, ein hübsches, pausbäckiges Kind auf dem Arm. Rasch trat die Mutter auf die Wärterin zu, nahm die Kleine und drückte sie an die Brust. Es war, als suche sie bei ihrem Kinde Schutz. »Meine kleine Ann,« lächelte sie mit feuchten Augen.

Ann blickte Byron mit den großen braunen Augen der Mutter an, streckte ihm die Ärmchen entgegen und jauchzte: »Papi, Papi.«

Da küßte er das Kind auf die runden Fingerchen. Als er den Kopf hob, glitzerte es silbern in seinen Augen.

»Ich werde gehen,« wiederholte er.

Sie gab ihm wortlos die Hand. Er ging hinaus. Der Diener führte das Pferd vor. Sie stand am Fenster ihrer blauen Stube. Er schwang sich in den Sattel, ritt auf das Torhaus zu, wandte sich noch einmal zurück und hob grüßend die Mütze. Dann gab er dem Tiere die Sporen.

Sie blickte ihm lange nach, an das Fensterkreuz gelehnt. Dann trat sie zurück in das Zimmer, setzte sich an das Spinett und spielte leise die Melodie der Ballade. Ganz leise. Und sie dachte daran, wie jung und übermütig sie damals gewesen war, als sie mit dem verliebten Schulknaben hier in diesem Zimmer gespielt hatte. So jung und so übermütig! Und wie dann der Mann gekommen war, der ihr das Urbild der Ritterlichkeit erschien, als er hinter der Meute sprengte. Und wie seine Roheit sie dann zerbrochen hatte, und die Unverfrorenheit, mit der er sie mit den armseligen Dirnen von Nottingham erniedrigte. Ganz zag spielte sie die Melodie der alten Ballade, und die Tränen tropften leise nieder auf die Tasten des alten Spinetts.

Als der junge Lord in den Hof von Newstead sprengte, scheuchte er die Dienerschaft auf, die in der Dienstbotenhalle behaglich beim Abendmahl saß. Brummend trottete der alte Joe hinaus, dem Herrn aus dem Sattel zu helfen. Rush, die Dogge, und Boatswain, der zottige Neufundländer, sprangen liebkosend an dem langentbehrten Gebieter empor. Byron schüttelte die Tiere unwillig ab, durchschritt die Halle und eilte hinauf in das Schlafzimmer, den Dandyanzug mit dem Hausrock zu tauschen. Schüchtern und niedergeschlagen trotteten die Hunde hinter ihm drein.

Während er sich umzog, überschattete eine Wolke den reinen Abendhimmel, Byron trat zum Fenster und blickte hinaus. Er wußte, es waren seine Ansiedler, die Krähen, die von ihrem Tagesraubzuge heimkehrten. Er stand am Fenster und beobachtete die Wolke, die sich in Zickzackschwenkungen näherte, und düstere Gedanken schwammen in seinem Gemüte. Der schwarze Schwarm kreiste eine Weile mit unschlüssigem Krächzen und Schreien über Newstead, schwang sich mit jeder Runde tiefer zur Erde herab und ließ sich endlich mit Gemurr und Gesurr auf den Bäumen des dunklen Haines nieder. Die Dunkelheit fiel, die Stille wuchs, nur hier und da flatterte noch ein schläfriger Flügelschlag – dann schlief die schwarze Bande von des Tages Arbeit ermüdet ein.

Byron schritt, getreulich von seinen Hunden gefolgt, in das Arbeitszimmer. Auf dem Tisch brannten zwei Kerzen. Er setzte sich in den Schreibsessel und starrte hinüber zu den beiden Totenschädeln, die in dem flackernden Lichte grausig grinsten. Er sah und dachte wieder an die Zwecklosigkeit seines Lebens und die Nutzlosigkeit alles Mühens und spann die alten Zweifel über das Sein eines Gottes, die ihn verfolgten seit seinen Schultagen. Dann summten seine Gedanken hinüber zu den Ereignissen des Nachmittags. Und plötzlich sah er Mary vor sich mit ihrem bleichen schmalen Gesicht und den schmerzensstumpfen Augen.

»Sie ist nicht glücklich geworden,« schrie es in ihm, und es war wie ein Triumph und eine Versöhnung. »Sie ist nicht glücklich geworden und kann mit dem plumpen Gesellen nicht glücklich geworden sein.«

Das Licht flackerte, die Totenschädel grinsten.

»Aber er streichelt ihre Hand und küßt ihre Wangen!« grübelte er.

Da sah er plötzlich ihr Gesicht, wie es aufgeleuchtet hatte in Mutterglück, als sie das Kind an die Brust preßte, das wohl ihre Augen hatte, doch unverkennbar die Züge des Vaters trug. Er schlug mit den Fäusten auf die Tischplatte.

»Sie liebt ihn doch,« knirschte er. »Sie liebt ihn doch! Sie hat ihn ja auch damals geliebt, diesen banalen Fuchsjäger, den sie mir vorgezogen hat.«

Er verbiß sich in einen wütenden Haß.

»Was ist an diesem Weib,« höhnte er in sich hinein, »wenn sie dieses hohle Faß, diese aufgedunsene Null liebt? Was kann an einer solchen Frau sein!«

Er sprang auf und hinkte durch das Zimmer.

»Ich liebe sie nicht mehr« – er ballte die Fäuste – »ich liebe sie nicht mehr. Sie ist ein Weibchen. Ich liebe sie nicht mehr.«

Er setzte sich auf einen Sessel. Boatswain schlurfte leise heran, legte das mächtige Haupt mit den großen, guten, verständigen Augen auf seine Knie und sah treuergeben zu ihm auf. Da beugte Byron sich zu ihm nieder und flüsterte dem Hunde zu: »Ich liebe sie doch, Boatswain, ich liebe sie doch, trotz allem, trotz allem!«

So saß er lange zu dem Hunde niedergebeugt, während die Dogge Rush eifersüchtig knurrte. Die Lichter flackerten, die Totenschädel grinsten, und eine tiefe Stille atmete durch das halbdunkle Zimmer.

Da begann die Schöpferkraft in dem Manne zu sieden. Es brodelte in ihm und schäumte auf, sanft schob er den Kopf des Neufundländers zur Seite, ging hinüber zum Schreibtisch und ließ die Verse hinausströmen, die ungewollt hervordrängten.

»An Mary.«

»Ja, du bist glücklich, und ich weiß,
Nun sollt' auch ich mich glücklich fühlen;
Die Glut in dieser Brust, die heiß
Dein Wohl ersehnt, will nicht verkühlen.

Gesegnet ist dein Mann. – Vergib!
Nicht ohne Schmerz kann ich das fassen.
Laß mich –. Ach, hätt' er dich nicht lieb.
Wie würde dieses Herz ihn hassen!

Jüngst, als dein kleines Kind ich sah,
Da blutete mein Herz im Stillen.
Es aber lächelte, und da
Küßt' ich das Kind um deinetwillen.

Ich wähnte Zeit, ich wähnte Stolz
Erstickten längst die Glut des Knaben,
Bis ich dich sah. Der Trotz zerbrach.
Und nur die Hoffnung war begraben.

Du sahst mir forschend ins Gesicht.
Nichts von Verwirrung fandest du,
Das Einz'ge, das daraus noch spricht,
Ist der Verzweiflung dumpfe Ruh'.

Entflieh, du alter Traum, entflieh!
Führ' mich zu Lethes dunklen Bächen!
Erinnerung, erwache nie –!
Sei still, mein Herz –, sonst mußt du brechen!« –

Bis tief in die Nacht saß er über das Papier gebeugt, die Lichter flackerten, die Totenschädel grinsten, und die schlafenden Hunde knurrten sacht im Traume. In der Dienstbotenhalle erzählte die stattliche Nanny Smith der jungen Magd Lucy Garlett die alten gruseligen Geschichten des alten Schlosses. Am Kamin in seinem Lehnstuhl saß indessen Herr Joe Murray, schmauchte seine Tonpfeife und blickte erinnerungsumfangen in die rotglühenden Holzscheite. Ab und zu, wenn seine Gedanken allzuweit in seine Jugend zurückstreiften, summte er ein flottes Liedchen aus der galanten Zeit zu Ausgang des 18. Jahrhunderts.

»Ja, sie kamen jede Woche in Pall Mall zusammen, die Herren des Nottinghamer Grafschaftsklubs im Stern-und Strumpfbandhotel,« erzählte wichtig Nanny Smith. »Da saßen sie nun alle um den Tisch und sprachen, wie die Herren so sprechen. Sie kamen auch auf den Wildstand zu reden. Da meinte Lord Byron, nämlich der alte Lord Byron, der Großonkel von unserem jetzigen Herrn, den sie den »bösen Lord« nannten, man müßte gegen die Wilddiebe vorgehen, meinte er. Herr Chaworth aber, was der Großonkel von der jetzigen Mrs. Chaworth war, wo der Herr heute eingeladen gewesen ist, die er übrigens mal geliebt hat –«

»Ach nein!« rief Lucy.

»Doch, doch,« bestätigte Nanny. »Aber das ist eine andere Geschichte, und die erzähl' ich Ihnen ein anderes Mal.«

Hier sang Herr Joe zwischen den Zähnen, die die Pfeife hielten, vor sich hin:

»Ich ging einst singend übers Feld
Im sonnenhellen Maien.
Da kam des Wegs im roten Kleid
Die liebe kleine Kathrein.« –

»Herr Chaworth sagte nun, man müsse gegen die Wilddiebe mild sein, denn durch Strenge mache man sie nur gefährlicher. Der »böse Lord« aber schalt, man müsse sie vernichten wie Ungeziefer. Es gab einen heftigen Streit, den die anderen Herren aber schließlich schlichteten.«

Murray blies dicke Schwaden aus seiner Pfeife und summte:

»Die Erde duftete warm und schwer,
Im hellen Sonnenschein,
Doch süßer duftete die Maid,
Die süße Maid Kathrein.« –

Nanny Smith horchte einen Augenblick hinüber, rief ein mißbilligendes »Aber Herr Joe!« – denn sie kannte das unmoralische Ende dieser Lieder sehr genau und duldete dergleichen nicht in ihrer sittsamen Gegenwart – und erzählte weiter:

»Nach einer ganzen Weile, nachdem der Streit längst vergessen war und sie alle tüchtig gegessen und getrunken hatten, ging Herr Chaworth zufällig aus dem Zimmer hinaus. Vorsichtig, ohne daß die anderen es merkten, folgte ihm der »böse Lord« auf den Korridor, öffnete dort ein Zimmer, das nur von einem Lichtstumpf matt erleuchtet war, bat Herrn Chaworth einzutreten, der es auch, nicht Böses ahnend, tat, verriegelte dann hinter sich die Tür, riß plötzlich den Degen aus der Scheide und forderte Herrn Chaworth auf, sich zu verteidigen.«

Joe summte:

»Wir blieben voreinander stehn,
Sie war wie Milch und Blut;
Ich habe ihr ins Aug' gesehn,
O, sie verstand mich gut!«

Ein gebietender Blick traf den Sänger. An diesem kritischen Punkte wollte Frau Nanny dem Gesang einen Damm bauen, doch die hübsche Lucy drängte:

»Weiter, weiter, was wurde in dem Zimmer mit dem Lichtstumpf?«

»Nun, sie kämpften. Wenigstens behauptete das später der »böse Lord«. Tatsache ist. daß er dem armen Herrn Chaworth den Degen durch die Gedärme rannte.«

Joe summte:

»Sie lag fein warm an meiner Brust, –
Die Erde duftete süß.
Da führte ich Kathrein, die Maid,
Die Maid ins Paradies.«

» O, shoking!« rief da Nanny Smith. »Schämen Sie sich nicht, Sie alter Sünder, solche Lieder vor diesem Kinde hier zu singen, wenn Sie schon auf meine Gefühle keine Rücksicht nehmen?«

»Na, na.« blinzelte der Alte und wackelte mit dem Zopf, »es ist doch ein ganz schönes Lied, was, Fräulein Lucy?«

Die kleine Lucy lächelte ein bißchen verschämt und ein bißchen lüstern und schwieg, denn sie war viel zu klug, um es mit einem der beiden Gebieter der Küche zu verderben.

»Erzählen Sie weiter, Mrs. Nanny,« bat sie diplomatisch, »Sie erzählen so furchtbar spannend.«

Nanny berichtete, wie sie den »bösen Lord« in den Tower geworfen und wegen Mordes angeklagt hatten. Und wie ihn das Pairsgericht schuldig, nicht des Mordes, sondern des Totschlags befunden habe, daß ihm aber nichts habe geschehen können, da er als Peer von England unverletzlich gewesen sei. »Einen anderen,« bedauerte sie, »hätten sie gehängt und gevierteilt.«

»Ja,« stimmte Joe in der Absicht bei, Frau Nanny zu besänftigen, »das ist so bei den Lords. Die stehen so hoch, daß der Galgen keine Erhöhung mehr für sie bedeutet. Und nun gehe ich schlafen.« Er sammelte schwerfällig seine alten Glieder aus dem Lehnstuhl zusammen.

»Schon?« fragte Lucy. Sie fürchtete, trotz der Müdigkeit ihrer Jugend die lange Nacht. Denn es spukte in diesem Hause, wie es in jedem alten englischen Herrenhause spukt. Nein, schlimmer. In den dunklen Nächten wurden alle diese toten Mönche, die unter den Steinplatten der Wandelhallen lagen, lebendig und huschten durch die düsteren Bogengänge. Auch wußte Nanny Smith, und selbst Joe hatte bedenklich den Kopf geschüttelt, daß der erste Besitzer von Newstead, »Herr John, der Kleine mit dem großen Barte«, nachts aus seinem Bilde herabstieg und Arm in Arm mit der schönen Dame mit der schwarzen Samtmaske durch die Zimmer stolzierte. Das alles wußte Lucy und fürchtete sich schrecklich in ihrem Zimmer, das einsam lag am

Ende eines langen Ganges. Doch alles Bedauern über diesen zeitigen Aufbruch half ihr wenig. Nanny und Joe nahmen jeder ihr Licht, sagte »Gute Nacht« und schritten ihren Schlafstätten zu. Da blieb auch der hübschen Lucy nichts übrig, als das gleiche zu tun. Sie schlich langsam durch die unheimlichen Gänge, so gern sie auch ihre Röcke zusammengerafft hätte und gelaufen wäre, so schnell sie konnte. Doch sie fürchtete, durch den Windzug das Licht zu verlöschen. Lange lag sie mit angstweiten Augen in ihrem Bette, und die alten Möbel knackten und der Nachtwind flüsterte in den Klüften der Ruine der Klosterkirche. Und da – da – ganz deutlich sah sie eine weiße Gestalt zum Fenster hereinsteigen. Da fuhr sie schreiend aus den Decken und floh im Hemd hinaus auf den Korridor. Sie wollte Nanny um einen Unterschlupf für die Nacht bitten. Sie huschte den dunklen Gang entlang, doch da kam ihr wieder eine schwarze Gestalt entgegen. Langsam kam sie auf sie zu. Zähneklappernd preßte die kleine Lucy sich in eine Nische, doch die Gestalt kam immer näher, immer näher und stand jetzt vor ihr.

»Was treiben Sie denn hier?« fragte Byron.

Er hatte nach seiner Gewohnheit seinen Schmerz und sein Leid durch die einsamen, nächtlich gruseligen Räume des Hauses geschleppt. Jetzt erkannte Lucy den Herrn. Er stand vor ihr und betrachtete mit seltsamen Blicken ihre nackten Schultern und das aufgelöste weiche schwarze Haar.

»Ich hatte solche Angst,« stammelte sie, »in meinem Zimmer ist ein Gespenst.«

Da lachte der junge Lord, daß die niedrigen Bogen grell und grausig widerhallten.

Plötzlich fühlte Lucy sich emporgehoben und davongetragen.–

In dieser Nacht hat sie sich nicht mehr vor Gespenstern gefürchtet.

## III.

Tage voller Hast und Unruhe kamen über Newstead Abbey. In dem alten Eichenschrank, in dem der Holzwurm bohrte, hatte Byron unter den Reliquien seines Großvaters, des Admirals John Byron, ein altes Wetterglas gefunden. Auf den höchsten Zinnen seines Schlosses stand er lange Stunden und spähte hinüber zu dem Horizont, in den die Schornsteine von Annesley bleiche Fingermale drückten. Das Glas war verwittert. Doch es war ja die Sehnsucht, die hinüberblickte, und die trug weit. Stunde um Stunde stand er dort oben auf den Zinnen seines Hauses, das Glas am Auge, und würgte an der Frage, ob sie glücklich sei. Das war das bange Rätsel, das ihn rastlos umhertrieb. War sie glücklich geworden mit diesem Manne? Oder – hier atmete er schwer und das Herz schlug ihm oben im Halse – trug dieser Mensch die Schuld an ihrem jähen Verfall? Hatte sie den bösen Irrtum ihrer Siebzehn in Gram und in Grauen erkannt? Er preßte das Glas an das Auge, als könne er damit bis in das Herz der Herrin von Annesley hineinblicken. Harrte sie des Befreiers, und er stand hier und blickte untätig hinüber, statt aufs Pferd zu springen, hinüber zu jagen und sie zu erlösen aus den Armen dieses rohen Gesellen?

Dann raffte er den Gedichtband auf, den er ihr bringen wollte, eilte er in den Hof, ließ satteln, sprengte über die Felder und umkreiste wie ein Räuber die Grenzen von Annesley. Doch er wagte sich nicht hinein in den Park. Der Fuchsjäger hatte sie geküßt, sie hatte es geduldet! Wenn sie ihn dennoch liebte – dennoch! – So kämpfte er und schwankte und zermarterte sein Hirn mit dem Zweifel, ob sie glücklich sei oder des Befreiers harre.

Eines Tages, als er wieder von seiner Warte Ausschau hielt, erspähte er in weiter Ferne eine Kavalkade. Das war eine Jagd, bei der Herr Musters sicherlich nicht fehlte. Sofort durchzuckte ihn der Gedanke, daß Mary heut einsam war in Annesley, daß sie vielleicht am Fenster stand und hinüberblickte nach Newstead, ob der Retter nicht käme, der langersehnte Retter. Alle Bedenken waren plötzlich zerstoben. Die Gedichte in der Tasche, sprang er in den Sattel. Kurz vor Annesley zögerte er wieder. Wenn er dennoch irrte –?! Doch seine Sehnsucht gab dem Tiere die Sporen. Im Park traf er die Wärterin mit dem Kinde.

»Ist Mrs. Chaworth zu Haus?« fragte er.

»Ja,« gab die Bonne Bescheid.

Er ritt durch das hallende Torhaus und kam in den Hof. Die Ställe zur Rechten waren weit geöffnet. Die Meute war hinter dem Fuchs. Der Stallknecht nahm das Pferd in seine Hut, der Diener meldete ihn. Gleich darauf erschien Mary in der Halle, gab ihm die Hand und lächelte:

»Da sind Sie endlich. Ich habe Sie lange erwartet; Sie wollten mir doch Ihre Gedichte bringen.«

Seine braunen Augen brannten. Sie hatte ihn erwartet, sie hatte ihn doch erwartet!

»Kommen Sie in den Garten,« bat sie. »Es ist so schön und mild.«

Sie schritten um das Haus herum in Marys bunten Blumengarten.

»Mein Mann ist nicht zu Hause,« sagte sie. »Er ist auf der Jagd.«

Dann setzten sie sich nebeneinander auf die weiße Bank, auf der sie vor Jahren oft gesessen hatten, und keiner fand ein Wort.

Endlich bat Mary: »Erzählen Sie mir etwas.«

»Was?« fragte er.

»Irgend etwas, mich interessiert alles, was außerhalb meiner engen Welt hier liegt.«

»Interessiert Sie Politik?«

»Alles,« wiederholte sie, »denn ich sehe von der Welt nichts, als daß es Sommer und Winter wird und daß die Blätter kommen und fallen im Park von Annesley. Und ich höre nichts als das Rinnen des alten Brunnens im Hof – und der Zeit.«

Es klang wie ein trauriger Vers aus einer alten traurigen Ballade.

»Soll ich Ihnen von Napoleon erzählen?« schlug er vor.

»Nein,« wehrte sie, »von diesem Ungeheuer, der unser geliebtes Land erbarmungslos quält, erzählen Sie mir nichts an diesem schönen Tage.«

»O,« lächelte er nachsichtig, »ein Ungeheuer ist er nicht. Er ist der größte Mensch seiner Zeit.«

»Pfui!« ereiferte sie sich, »das kann nicht Ihr Ernst sein. Denn das habe ich in meiner Einsamkeit doch erfahren, daß er ein blutdürstiger Eroberer ist, und daß sein Sinnen und Trachten dahin geht, unser Land zu vernichten. Das hat der Pastor auf der Kanzel gesagt.«

Byron lächelte wieder.

»Sie müssen nicht auf den guten Pastor hören, Mrs. Chaworth. Er ist kein blutdürstiger Eroberer. Ein Eroberer freilich ist er. Ein Eroberer, der diesem faulen verrotteten Europa seinen Fuß auf den Nacken setzt. Aber was verdient eine Welt besseres, über die ein Mann Herr werden kann! Wir ist Napoleon das Urbild des Tatmenschen.«

Er war emporgesprungen, seine Augen funkelten vor Begeisterung, wie damals, vor langen Jahren, wenn er von seiner Zukunft geschwärmt hatte.

»Solch ein Mensch möchte ich werden,« rief er. »Solch ein Sieger, solch ein Held. Sie wissen nicht, wie ich dieses feige kleine Leben hasse, das ich führen muß. Das einmal verwehen wird wie ein Hauch, ohne die geringste Spur zu hinterlassen. Tun möchte ich, handeln möchte ich, die Welt mit diesen beiden Händen kneten wie Teig, das möchte ich.« Und plötzlich schüttelte er wieder, wie vor fünf Jahren, vor dieser Frau seine heiligsten Gedanken aus. –

»Nicht ein Unterdrücker wie Napoleon möchte ich werden, nein, ein Befreier. Ich möchte kämpfen gegen jedes Joch. Gegen die Knechtung der Völker, gegen die Knechtung des Glaubens, für die Freiheit auf allen Gebieten menschlichen Denkens möchte ich kämpfen. O, da gibt es viel zu tun. Denken Sie an Irland, das unter der blutigen Gewalt Englands stöhnt. Denken Sie an die Katholiken, deren Glauben von England mit Füßen getreten wird. Denken Sie an die brutale Gewalt, mit der jeder Freidenker bei uns mundtot gemacht wird. Denken Sie an die Arbeiter in den Webereien dort drüben in Nottingham, die von den Fabrikherren geschunden und ausgesogen werden. Denken Sie an alle die Nationen, die unter fremder Fron schmachten. Ich sage Ihnen, es gibt viel Raum in der Welt für einen Mann, der für die Freiheit kämpfen will. Und ich werde kämpfen, ich werde kämpfen!«

Sie blickte in bewegtem Staunen empor zu dem jungen Menschen, der vor ihr stand, flammend schön, wie ein Heros der Freiheit. Seit Jahren hatte sie kein Wort vernommen, das hinausstrebte über die kleinlichsten Dinge seichtesten Lebens. Seit Jahren schloß sich um ihren Geist ein enger Reif flachster Alltäglichkeit. Und nun sprengte dieser junge Schwarmgeist, der schon einmal dem siebzehnjährigen Mädchen die Weiten seiner Welt geöffnet hatte, den engenden Ring um ihr Denken und wies ihr Reiche des Sehnens, des Strebens und der Tat. Das Herz schlug ihr mit im Takte seines leidenschaftlichen Wollens, trieb ihr das Blut im Pulsschlag seines Ungestüms in die Wangen, daß sie glühten wie einst. Und das wilde Feuer in seinen Augen spiegelte sich in ihren aufleuchtenden Pupillen.

Byron sah die Veränderung in ihren Zügen, lächelte und sagte beglückt: »Jetzt sind Sie wieder die Mary Chaworth, die einmal hier auf dieser Bank gesessen hat.«

Da erlosch die Farbe ihrer Wangen, das Licht in ihren Augen verblich.

»Es ist lange her,« sagte sie und sank in sich zusammen.

»Nun lesen Sie mir Ihre Gedichte,« bat sie leise nach einer schweren Pause.

Gehorsam setzte er sich wieder neben sie auf die Bank und zog das Buch hervor.

»Lassen Sie mich mit hineinsehen,« sagte sie, »dann verstehe ich besser.«

Er rückte dicht an sie heran und öffnete den Quartband. Sie blickte neben ihm in die Seiten. Er fühlte ihren Körper neben sich, ihr Haar streifte sein Gesicht. Ein stilles Glücksgefühl durchglitt ihn, ganz weich und zart, ohne Wünsche, ohne Qualen, ohne Sehnsucht. Wie ein Traum war es ihm, daß er jetzt hier im Garten bei ihr saß und ihre Nähe empfand.

»Es sind alte Gedichte,« lächelte er wehmütig, »manche habe ich mit zwölf Jahren geschrieben, die meisten mit sechzehn und siebzehn. Manche haben sie gelobt, andere, und vor allem die literarisch angesehenste Zeitschrift, haben sie schmachvoll getadelt. Ich glaube heute selbst, daß sie nichts Gutes sind, aber ich liebe sie doch, wie man seine Kindheit liebt.«

»Wir wollen lesen,« ermunterte sie.

Traurig las er das Klagelied seines verfallenden Ahnenschlosses.

Dann kam das Gedicht auf den Tod eines jungen Mädchens, die Grabschrift auf einen Freund, sehnsüchtige Grüße an die Berge und Seen Schottlands, die seine Kindheit umspielt hatte. Er lächelte spöttisch als er das Gebet der Natur las:

»Vater des Lichts, Gott alles Lebens,
Hörst du wohl der Verzweiflung Qual?

– – – – – – – – – – – –

Dir weih' ich, dankbar deiner Gnade,
In Demut hier mein Saitenspiel,
Und hoff': nach manchem irren Pfade
Bist du doch meines Lebens Ziel.« –

»So habe ich einmal gedacht,« nickte er vor sich hin.

»Einmal?« fragte sie ergriffen. »Glauben Sie heute nicht mehr so?«

Er schüttelte den Kopf.

»Nein,« beichtete er fest, »ich glaube nicht mehr an Gottes Güte. Ich habe viel zu Bitteres erlebt.«

Ihre Augen umschleierten sich.

»Sie müssen an Gott glauben,« flehte sie inbrünstig. »Sie dürfen sich nicht von ihm abwenden, weil er Ihnen Schweres sendet. Wir müssen in Ergebung tragen, was er über uns beschließt.«

Das kam wie ein trauriges Glaubensbekenntnis.

»Sagen Sie mir, daß Sie an Gott glauben wollen!«

Da lächelte er: » Heute will ich an ihn glauben.«

Sie verstand. Ein Blutstrom flutete in ihr bleiches Gesicht. Sie senkte die Augen nieder auf das Buch.

»Wir wollen weiter lesen,« sagte sie und wandte die Seite um.

»Das nicht,« wehrte er und wollte weiter blättern.

»Weshalb?« fragte sie erstaunt, »das scheint doch sehr schön zu sein.«

»Ade, ihr Höh'n, wo mir ins Haar
Die Jugend Rosen wand – –«

»Nein, nein,« bat er.

»Nun will ich's gerade sehen,« lachte sie mit einem Anflug der eigenwilligen Schelmerei ihrer glücklichen Siebzehn.

Er sah es und fügte sich.

Fast übermütig las sie dieses gefühlvolle »Ade an die Welt«. Doch plötzlich stockte ihr die Stimme.

»Dein Liebreiz, Mary, strahlt so licht,
So frisch, wie er im Traumgesicht
Der Liebe mich umwallt.
Ich denke, Mary, bis in Staub
Ich sinken muß, dem Tod zum Raub,
An deine Lichtgestalt.« – –

Und mit Tränen tropfte der Schluß in sie nieder:

»Vater des Lichts! Aus tiefster Nacht
Ruf' ich in meiner Not:
Du, der des Sperlings Fall bewacht,
Wend ab von mir den Tod!
Der ihre Bahn den Sternen zeigt,
Dem Wind und Meer gehorsam schweigt,
Du, dessen Kleid die Himmel sind,
Vergib mir Wort und Wunsch und Tat,

Und auf des Todes dunklem Pfad
Geleite du dein Kind.«

Das Buch lag auf ihrem Schoße, ihr Gesicht war tief über die Blätter gebeugt.

Endlich fragte er: »Sind Sie traurig, daß ich Sie so lieb hatte?«

Sie antwortete nicht, beugte den Kopf noch tiefer, daß das Licht des Oktobertages ihr Haar umgoldete.

Da sprach er mit bebender Stimme, als spräche er vor sich hin: »So sehr habe ich Sie geliebt. So liebe ich dich noch heute, Mary. In meinen Schultagen in Harrow, in meinen ausgelassenen Tagen des Sports in Cambridge, in der wilden Zeit meiner Ausschweifungen in London, immer hast du mir gestrahlt als der helle Morgenstern von Annesley. Keinen leisen Gedanken hatte ich außer dir. Keine klingende Sehnsucht, keinen heiligen Atemzug. An dich habe ich gedacht zu jeder Stunde. Dich habe ich geliebt mit jedem Pulsschlage. Ich bin krank gewesen vor Sehnsucht nach deiner Schönheit und deinem jungen Übermut. Körperlich oft, im Gemüt für immer. Die Welt ist mir leer und zwecklos geworden ohne dich. Ich habe an keine Zukunft ohne dich geglaubt. Nur die Vergangenheit hatte ich, die du bist.«

Er schwieg erschüttert.

Sie blickte noch immer zu Boden.

Behutsam stand er auf, trat dicht an sie heran, daß er sie fast berührte, und flehte:

»Eins sag' mir, Mary, um unser beider Leben willen sag' es mir: bist du glücklich geworden? Hat deine Wahl das gehalten, was sie dir wohl versprochen haben muß?«

Langsam hob sie den Kopf, bog ihn weit zurück, daß ihre Augen an ihm vorbei in den Himmel sahen. Ihr Gesicht war noch fahler als vorher. Purpurblaue Schatten kreisten tief in die Wangen hinab. Ihre Lippen bewegten sich, doch kein Laut brach hervor. Endlich bekam die Stimme einen dünnen, bleichen Klang. »Sie sind ehrlich gewesen,« sprach sie hinein in die Luft, »das fordert Aufrichtigkeit von mir. Nein, George Gordon Byron, glücklich bin ich nicht geworden.«

Er zuckte zusammen.

»Sie beichtete weiter.

»Ich will ganz aufrichtig zu Ihnen sein. Ich war damals ein törichtes, leichtsinniges Kind. Meine arme Mutter, die jetzt in Gott ruht, hat mich gewarnt. Sie wollte so gern, daß wir beide ein Paar würden. Ich bin leichtfertig und störrisch gewesen. Ich wollte mir mein Leben nach meinem Geschmack bauen. Ich sah in – ihm den schönen Mann, und mein alberner Sinn träumte von seiner Ritterlichkeit. – Ersparen Sie mir alles andere.«

Da warf Byron die Arme jäh empor und jauchzte im Ungestüm seiner Zwanzig:

»Mary!«

»Wie?« stammelte sie.

»Dann« – er trat noch näher an sie heran und streckte die Arme nach ihr aus.

Sie bog sich hastig in die Bank zurück. »Was? was?« flüsterte sie.

»Dann – mir gehörst du! Ich habe nicht gewagt zu hoffen, ich habe nicht gewagt, deinen Frieden zu zertrümmern. Ich habe vor deinem Glück auf den Knien gelegen, die Arme gerungen und entsagt. Ich Narr! Du bist nicht glücklich! Du leidest! Das bedeutet Leben und Glück und alle Seligkeit der Welt.« Er faßte ihre hängenden Hände und preßte sie, daß es sie schmerzte. Sie suchte sich zu befreien.

»Ich begreife nicht,« flüsterte sie.

»Du begreifst nicht? Mary, du begreifst nicht?!« Plötzlich ließ er ihre Hände entgleiten und taumelte zurück.

»Liebst du nicht – mich?«

Er war weiß geworden wie der Lack der Bank, die in der Sonne gleißte.

Sie sah ihm gerade in die Augen.

»Ich weiß es nicht,« wich sie aus. »Damals habe ich Sie nicht geliebt. Ich hatte Sie gern, aber immer ein wenig von der Höhe meiner siebzehn Jahre herab. Trotz all des Lebendigen, das Sie mir damals gaben. Trotzdem Sie meinem Geist weite Gebiete erschlossen, habe ich Sie nicht für voll genommen. Dann – später, habe ich die Unterhaltung mit Ihnen sehr vermißt. Ich habe immer und immer wieder über all das gesonnen, was Sie mir bei unseren Streifereien in Wald und Feld und Park offenbart hatten. Ich bat meinen Mann um Bücher. Er verweigerte sie mir als einen Nonsens, dessen Frauen nicht bedürften. Ich bestellte sie auf eigene Faust in Nottingham. Er tobte. Es war vielleicht Eifersucht auf eine Welt, die ihm verschlossen ist. Sehen Sie ihn nicht falsch, er ist –«

»Nein, nein!« rief er ungeduldig.

»So wurden Sie meine Welt,« fuhr sie fort. »So habe ich eigentlich immer an Sie gedacht. Und so –« sie sah ihm ernst und feierlich in die Augen – »sind Sie mir sehr viel und sehr lieb geworden. Vielleicht mein eigentliches Leben.«

Er atmete schwer vor Glück. Und da glitt er an ihr hinab, umklammerte ihre Knie und lohte zu ihr empor: »Du liebst mich, du liebst mich ja doch. Das ist Liebe, die aus dir spricht. Du gehörst mir, du sagst es ja selbst, seit Jahren. Wir gehören zusammen. Das Schicksal hat uns fest aneinandergeschmiedet. Wir ertrotzen uns unser Glück, wir –«

»George, George,« wehrte sie.

Er stürmte weiter: »Du fliehst mit mir. Ich entführe dich. Du läßt dich scheiden. Du gehörst mir, du gehörst mir!«

Er sprang empor, beugte sich über sie, preßte ihren Kopf zurück gegen die Lehne der Bank und küßte sie wild, rasend, sinnlos.

Zuerst war sie überrascht von seiner Jähheit, dann überwältigt von seiner Glut. Sie schloß auf Sekunden die Augen, ließ sich fortreißen von seiner Leidenschaft. Dann stieß sie ihn von sich und glitt in die Höhe. Und nun stand sie vor ihm, auf die Bank gestützt, wirr, verzaust, benommen. Er kam wieder auf sie zu. Da streckte sie ihm abwehrend beide Hände entgegen.

»Lassen Sie, lassen Sie bitte,« flehte sie kindlich. »Nicht, nicht!«

»Wie?« stutzte er. »Du willst nicht mit mir fliehen?«

Sie schüttelte den blonden Kopf.

»Meine Pflichten binden mich an dieses Haus.«

»Du liebst ihn nicht!« schrie er ihr entgegen.

»Nein,« gestand sie mit zuckendem Munde, »doch ich bin sein Weib.«

Und jetzt hatte sie ihre Hoheit und Festigkeit wiedergefunden.

»Ich habe ihn zum Manne genommen, wie er war. Ich habe ihm Treue vor Gott gelobt. Die halte ich.«

Byron machte eine heftige Bewegung. Unbeirrt sprach sie weiter: »Er hat mich nicht getäuscht. Ich habe mich getäuscht. Die Folgen meines Irrtums trage ich.«

»Mary!«, er ballte die Fäuste, »das sind Sophistereien. Willst du zwei Menschenleben vernichten wegen solcher verschrobener Ideen?«

»Ich tue meine Pflicht, wie ich sie sehe,« sagte sie schlicht. »Und du,« – sie hob flehend die Hände, »du wirst mir dabei helfen.«

»Ich will dir helfen,« drang er in sie. »Ich will dir ja helfen.«

»Komm nie wieder,« flüsterte sie. – »Komm nie wieder nach Annesley, hörst du – wenn du mich liebst. Wir wollen aneinander denken aus der Ferne. Du weißt nun, ich habe dich lieb. Wir wollen stark sein, wie unsere Liebe.«

Er trat einen Schritt von ihr zurück.

Verachtung verzog seinen schönen Mund.

»Du willst bei dem Manne bleiben mit der Liebe zu einem anderen im Herzen?«

»Ja,« sagte sie und hob den Kopf, »und bei meinem Kind, das seines ist. Lebe wohl, George. Gott wird uns beiden helfen.«

Damit löste sie sich von der Bank und schritt langsam die Stufen hinauf, die aus ihrem Blumengarten in ihr blaues Zimmer führten. Sie wandte sich nicht um. Er sah sie das Zimmer durchschreiten und ins Dunkel des Hintergrundes verschwinden. Er wollte ihr nachdringen und stand wie in den Boden gewurzelt. Stand, stand und starrte in das Dunkel, in dem sie verglitten war. Dann riß er sich von seinem Platze, ging wie schlafwandelnd in den Hof, ließ die Stute vorführen, schwang sich in den Sattel und ritt durch das Torhaus hinaus ins Freie. Alles war wie ein böser, schwerer Traum, den er schon irgendwann einmal geträumt hatte.

## IV.

Erst jetzt wurde sie das Unheil seines Lebens. Bisher hatte sie als der helle Morgenstern von Annesley hoch über jeder Hoffnung des Erringens gestanden. Durch die Beichte ihres Leides und ihrer Liebe war sie hinabgeglitten aus ihrer weltenfernen Höhe zu erdennahen Möglichkeiten. Nichts trennte ihn mehr von ihr als die Schranke, die sie selbst ihm baute. Er lief des Nachts in den öden Galerien seines Hauses einher und sprach laut vor sich hin, lange Reden, durch die er ihren Starrsinn zu überwältigen suchte. In hitzigen Darlegungen überzeugte er sie immer wieder, daß sie das Recht habe, ihr Glück zu schmieden und die Bande zu sprengen, die Jugendtorheit geknüpft habe, und daß sie gegen die Pflichten ihres Menschentums frevle, wenn sie die reichen Anlagen ihres Gemütes und ihres Geistes an der Seite dieses Mannes verkümmern lasse. O, er hatte Beweisgründe, die sie überzeugen mußten!

Wenn dann der Morgen emporstieg, warf er sich aufs Pferd und preschte hinüber zu der Parkmauer von Annesley und umkreiste sie wie ein Späher und konnte doch seine überzeugenden Gründe nicht zu ihr hineintragen, weil er nicht wußte, ob er nicht auf Herrn Musters treffen würde.

Doch eines Tages, nach einer langen durchgrübelten Nacht, in der ihm so unfehlbar durchschlagende Argumente gekommen waren, daß keine Frauenlogik und keine verstiegenen Anschauungen von Pflicht ihnen gegenüber standhalten konnten, erblickte er Herrn John weit draußen auf den Feldern. Er erkannte ihn sofort an der »schneidigen Manier«, in der er trotz seiner Beleibtheit noch immer zu Pferde saß. Ach, er kannte diese Manier, die er zuerst von dem Gipfel jenes Hügels aus gesehen hatte! Da stahl er sich wie ein Dieb in den Park hinein. Als er den breiten Weg hinabgaloppierte, gewahrte er durch das Blättergewirr der Bäume hindurch die Geliebte. Sie stand auf einem Altan des oberen Geschosses und blickte – so schien ihm – hinüber nach Westen, dorthin, wo in der Ferne die Türme von Newstead standen. Da brauste ein tolles Glücksgefühl in dem jungen Menschen auf. Dort stand sie, und ihre Sehnsucht schaute aus nach ihm, nach ihm! Er kam, o, er kam! In wilder Karriere sprengte er unter das Torhaus.

Doch bald kehrte der Diener, der ihn gemeldet hatte, mit dem Bescheid zurück, die Herrin fühle sich nicht wohl und könne zu ihrem Bedauern Besuch nicht empfangen.

Da war es ihm, als bohre sich die Luftröhre hinab ein eiserner Stab, der durch die Brust tief in den Leib hineindrang und ihn zwang, sich ganz steif und starr zu halten, der schmerzend in die Eingeweide hineinstieß, als er wieder in den Sattel stieg; der ihn zwang, kerzengerade wie eine Säule auf dem Tiere zu sitzen, das eigenmächtig dem Ausgang zustrebte. Im Schritt ritt er heim. –

In Einsamkeit und Groll vergrub er sich. Doch die Qual und die Empörung, die ihn durchtobte, bedrohte seinen Verstand. Da raffte er sich mit der letzten Kraft des Selbsterhaltungstriebes auf und schrieb an die Freunde von Cambridge. Joe Murray wurde in geheimer Mission nach London gesandt. – Die Freunde kamen: Charles Skinner Mathews, die Hoffnung der Freigeister, Frances Hodgson, der junge Theologe, Scrope Berdmore Davies, der Idealist, John Camb Hobhouse, der Realist. Und die alten grämlichen Hallen blickten erstaunt auf ein absonderliches Treiben des Sturmes und Dranges.

Vormittags störte kein Laut die Kirchhofsstille der toten Abtei, denn die Dienerschaft folgte dem Beispiel der jungen Herren und machte die Nacht zum Tage. Als erster erschien nachmittags um zwei Uhr der »Frühaufsteher« Mathews zum Frühstück. Doch lange währte es, bis die anderen den Federn entstiegen. Dann wurde geboxt, gefochten, mit der Pistole nach der Scheibe geschossen oder im Parksee geschwommen. Wenn die Sonne sank, wurden die Pferde gesattelt, die durch einige Klepper aus Nottingham ergänzt worden waren. Unter Führung des Balladensammlers Davies ging es hinein in die märchenumblühte Landschaft. Jede Sage von Robin Hood, jede Kunde von den lustigen Tagen des fröhlichen Sherwood Forstes kannte der junge Schwärmer und ward nicht müde, ihr unter den Genossen neuen Odem einzuhauchen.

Und nach dem Abendessen saßen sie in der alten Halle beisammen und sprachen und stritten und debattierten, bis der Morgen bleich durch die Spitzbogenfenster hereinkroch.

Eines Nachmittags im November ereignete sich ein Unglück. Keiner wußte recht, wie es geschehen war. Man schoß in der Halle nach der Scheibe. Und plötzlich packte den schönen großen Neufundländer der Teufel. Ganz ruhig hatte er zur Seite der Halle gelegen und die Pfoten geleckt. Da, als Hodgson just die Pistole abdrückte, sprang er empor, mitten in die Flugbahn des Geschosses hinein. Mit einem kläglichen Geheul fiel er vornüber. Die Kugel hatte ihm die Gedärme zerfetzt. Byron mußte ihm den Gnadenschuß ins Herz geben. Sein bleiches Gesicht verriet den großen Schmerz.

Den Nachmittag über und auch beim Abendessen blieb er der bedrückten Schar der Freunde fern. Doch abends, als sie in beklommenem Flüstern in der Halle beisammen saßen, schritt er die Steinstufen vom Obergeschoß hinab. Eine seltsame Tracht umschloß seine Glieder. In lang herabwallender schwarzer Seidenkutte trat er unter sie. Seine Züge waren fahl, doch in den Augen brannte eine wilde, zynische Ironie.

Gravitätisch schritt er bis in die Mitte der Halle und sprach mit tönender Stimme zu dem erstaunten Kreise: »Brüder! Aus Anlaß des Todes meines besten Freundes bin ich gewillt, den Mönchsorden, der einst in diesen Mauern gehaust hat, zu erneuern.«

Die Freunde blickten einander verdutzt und neugierig an. Denn sie waren jung und bereit zu jedem Unfug.

»Ich gründe hiermit,« sprach Byron weiter, »den heiligen Orden vom Schädel. Ich ernenne mich, als den Herrn dieser Stätte, zum Abt unseres Ordens, und euch, ihr Freunde, zu seinen dienenden Brüdern.«

Er winkte und herein trat Joe Murray. Er war heute morgen aus London zurückgekehrt. Sein Zopf stand würdevoller als je in die Weite. Aber seinem Arm hingen etliche Kutten, die er noch am Nachmittag aus einer Maskengarderobe in Nottingham hatte herbeischaffen müssen.

»Joe Murray,« gebot Byron feierlich, »ich ernenne dich zum Vogt des heiligen Ordens vom Schädel und gebiete dir, die Brüder in die Tracht ihrer Würde zu kleiden.«

Ohne eine Miene zu verziehen, waltete Joe seines Amtes. Jedem der jungen Herren legte er die seidene schwarze Kutte um die erstaunt gewährenden Schultern. Endlich begriffen sie.

»Eine Lästerung,« flüsterte Hodgson, der Theologe, und schlüpfte gefügig in die weiten Ärmel. Denn er war trotz seiner ernsten Frömmigkeit kein Spielverderber.

»Die Wandlung der Materie,« lachte Mathews, der Freigeist. »Alles fließt, und ich zerfließe in die Demut des dienenden Bruders.«

»Eine freche Maskerade,« grinste Hobhouse und schnitt sein scheinheiligstes Gesicht.

Der kleine feine Davies raffte mit graziösen Fingern das faltige Gewand um seine schlanken Glieder. Ihm war es lockende Romantik. Lachend sahen sie einander an.

»Du bist der Abt,« meinte Hobhouse, »aber was sind wir? Ich verlange auch eine Charge.«

»Nein,« wehrte Byron, »ihr seid Mönche, weiter nichts. Und in seinen feierlichen Ton zurückfallend, sprach er weiter:

»Ich habe unseren Orden den »heiligen Orden vom Schädel« genannt mit tiefer Begründung. Wir wollen jetzt bei einem Trunk edelsten Champagners unser Gelübde ablegen.«

»Ach ja,« rief Mathews.

Ernsthaft gebot Byron: »Klostervogt, reiche mir den Weihetrunk!«

Und wieder schritt Joe würdevoll einher, den Becher in der Hand.

Ein Tumult erhob sich unter den dienenden Brüdern. Denn der Becher war ein Totenkopf, dessen Schädeldecke entfernt und dessen Stirnrand in Silber gefaßt war.

»Ruhe!« befahl der Abt, »Ruhe, ihr Brüder. Dieser Becher ist der Schädel eines weiland Priors dieser Abtei, den mein Gärtner im Klostergarten ausgegraben hat. Er sei das Symbol unseres heiligen Ordens.«

»Das Symbol des Fortlebens nach dem Tode,« lachte Mathews und tat einen langen Zug.

»Es ist Totenentweihung,« raunte Hodgson und nippte.

Davies blickte lange in die Hirnschale hinein und sagte: »Es ist, als ob man die Seele des Toten tränke.«

Dann schlürfte er mit geschlossenen Augen und offenem Empfinden.

Hobhouse, der Praktikus, prüfte die Bearbeitung des Schädels und erwog, ob sich die Idee wohl durch ein Privileg schützen ließe.

Als der Becher die Runde gemacht hatte, nahm Byron wieder das Wort.

»Nun hört, ihr Brüder, meinen Weihespruch auf das Symbol unseres Ordens. Im Namen des Schädels spreche ich:

»O, schaudre nicht! Noch lebt mein Geist,
Ich Schädel bin ein Unikum.
Nicht ist, was in mir schäumend kreist,
Wie bei Lebend'gen schal und dumm.
Ich lebte, liebte, trank wie du,
Ich starb; – die Erde gab mich her,
Schenk ein, mir tut's nicht weh. Nur zu!
Des Wurmes Nagen schmerzte mehr.
Wo einst vielleicht mein Geist geglänzt,
Laßt fremdem Geist mich dienstbar sein;
Und wenn das Hirn mir fehlt, ergänzt
Die Lücke jetzt durch edlen Wein.
Trink, weil du kannst, es mag geschehen,
Daß einst ein künftiges Geschlecht
Auch dich vom Grabe läßt erstehen
Und mit dem Toten liebt und zecht.
Warum nicht? – Köpfe stiften meist
Im Leben arges Unheil an!
Ein Kopf, den man dem Grab entreißt,
Hat Aussicht, daß er nützen kann.«

Ein schallendes Bravo der dienenden Brüder belohnte den sprechenden Schädel. Würdevoll Ruhe gebietend hob der Abt beide Hände über seine Gemeinde.

»Stille, o Brüder, stille. Noch ist unser Kreis nicht geschlossen. Wir wollen uns bemühen, in allem unseren würdigen Vorbildern zu ähneln. Einem glücklichen Zufall verdanken wir die genaue Kenntnis ihres frommen Gebarens. In dem Parksee ist vor einiger Zeit ein Adler aus Bronze gefunden worden, dessen Krallen in eine Bronzehülle griffen. In dieser Hülle fanden sich uralte Urkunden. Darunter ist ein sehr lustiges Stück, in dem unseren Vorgängern, den Herren Mönchen, im voraus Absolution erteilt wird für alle fleischlichen Sünden. Und in biederer Gründlichkeit werden diese fleischlichen Gelüste alle genannt. Unsere Vorgänger sollen sich unserer nicht schämen! Vogt des heiligen Ordens vom Schädel, walte deines Amtes.«

Weihevoll wallte Herr Murray zur Tür und öffnete sie weit. Und herein schwirrte ein stutzender Schwarm geschmückter Dirnen. Joe Murray hatte seine geheime Mission in London mit Kennerblick vollstreckt. Scheu folgte die kleine Lucy. Da erhob sich unter den dienenden Brüdern ein ganz unfeierliches Gejubel. Mit Stentorstimme gebot der Abt Ruhe und befahl den vier Damen, sich ihren Bruder, zu wählen. Verwirrt und staunend vollzogen sie die Wahl.

Lucy setzte sich neben ihren Herrn und Abgott und machte große verwunderte runde Augen. Dann harrte alles neugierumsummt, bis Byron sprach: »Vogt des heiligen Ordens vom Schädel, laß den Becher kreisen, auf daß wir unsere Schwestern dem Bunde weihen.«

Es war kein leichtes Werk, der Mädchen Grauen vor diesem Trinkgefäß zu bannen.

Dann kündete der Abt mit bewegter Stimme: »Nun wollen wir einen lieben Freund zu Grabe tragen. Vogt des heiligen Ordens vom Schädel, walte deines Amtes.«

Murray stelzte hinaus und kehrte mit einer Pechfackel für jeden Bruder und jede Schwester zurück. Sie wurden entzündet und in ernster Prozession schritt man hinaus in den winterlich feuchten Garten. Dort war ein schwarzes Loch gegraben. Beim Schein der Fackeln trugen sie Boatswain, den Neufundländer, zu Grabe. And als er in der Tiefe ruhte, sprach Byron mit tränenverschleierter Stimme: »Ihr Brüder und Schwestern, wir begraben hier einen, der Schönheit besah ohne Eitelkeit, Kraft ohne Übermut, Mut ohne Dreistigkeit und alle Tugenden des

Menschen ohne seine Fehler. Dieses Lob, das lügnerische Schmeichelei bedeutete, wenn es menschlicher Asche gälte, ist nur ein gerechter Tribut dem Andenken Boatswains, des Hundes, der geboren wurde zu Neufundland im Mai 1803 und gestorben ist zu Newstead am 18. November 1808.«

Der Brand der Fackeln flatterte im kalten Nachtwind und warf ein schauriges Licht über die grotesk vermummten Gestalten. Keiner rührte sich; selbst die lockeren Mädchen waren im Tiefsten ergriffen. Manche Träne rann über manche buntbemalte Wange.

»Ich werde dir ein kostbares Denkmal setzen,« sprach Byron weiter, »du mein lieber, lieber Freund. Und das schwöre ich dir in diesem dunklen Augenblick, daß ich einst an deiner Seite begraben werden will. Ich gelobe dir hier, in meinem Testament diese Bestimmung zu treffen. Du lieber, lieber Freund, lebe wohl – auf Wiedersehen.«

Jetzt schaufelte Murray die Erde in das Grab. Stumm standen sie dabei in der kalten Winternacht. Dann warfen sie die brennenden Fackeln auf den gewölbten Hügel, daß ihre Feuer sich vereinigten zu einer hellaufgarbenden Trauerflamme. Langsam, mit gebeugten Häuptern, zogen sie durch das Dunkel zurück in die Halle. In bedrücktem Schweigen saßen sie um den fichtenen Tisch.

Da brach Byron die Trauer. »Das Leben geht weiter, ihr Freunde. Vogt, fülle wieder den Pokal! Und nun wollen wir ein Lied singen, das ich gedichtet habe, zu dem unser Bruder Davies die Melodie ersonnen hat. Bruder Davies, greif zur Laute und spiele die Melodie.«

Davies spielte den Rhythmus und Joe verteilte die Blätter, auf die das Lied geschrieben war. Und sie sangen, die dunkeltönenden Männerkehlen und die hellklingenden Stimmen der Dirnen, das Trinklied:

»Füllt wieder den Becher, solch freudiges Glüh'n
Nie fühlt ich zuvor mir den Busen durchsprühn.
Wir trinken! Wer trinkt nicht? Auf Erden, ihr Zecher.
Ist alles nur Täuschung und wahr nur der Becher.

Ich habe gekostet von jeglichem Gut,
Gesonnt mich in funkelnder Äugelein Glut.
Ich liebte! –Wer liebt nicht? Und was ist der Schluß?
Die Leidenschaft bleibt, und es flieht der Genuß.

Hoch lebe die Traube, wenn Sommer entweicht,
Macht alternder Nektar das Alter uns leicht.
Wir sterben! – Wer stirbt nicht? Man wird uns verzeihn,
Und müßig soll Hebe im Himmel nicht sein.

Füllt wieder den Becher, solch freudiges Glüh'n
Nie fühlt ich zuvor mir den Busen durchglühn.
Wir trinken! Wer trinkt nicht? Im Leben, ihr Zecher,
Ist alles nur Täuschung und wahr nur der Becher.«

Wilde Begeisterung lohte auf. Dann sank eine Ernüchterung auf die Runde nieder. Die Wärme der Halle nach der Kälte der Novembernacht lullte ihre Sinne ein. Sie schwiegen und die Brüder lehnten sich still an die Wärme der jungen Frauen.

Endlich fragte Byron in das brütende Schweigen hinein: »Ob Boatswains Seele nun wohl im Himmel ist? Verdient hat sie's.«

»Aber,« tadelte Hodgson sanft, »wie kann ein Christ so sprechen!«

Da beugte sich Byron mit der Lebhaftigkeit, die ihn zuweilen im Gespräch überkam, weit vor und sagte: »Ich will mit dir über die Geheimnisse deines Berufes nicht streiten. Nur eines möchte ich feststellen: Ihr glaubt, daß nur euer Glaube selig macht, und daß nur wahre Christen ins Himmelreich eingehen. Warum, mein lieber Hodgson, sind dann nicht alle Menschen Christen, und warum gibt es überhaupt Christen? Ihr sagt doch, Christus kam in die Welt, die Menschheit zu erlösen. Dann müssen doch auch solche Menschen erlöst werden, die in Timbuktu, Otahieti, Terra Incognita und so weiter von Galiläa und seinem Propheten nie etwas gehört haben. Werden sie aber erlöst, so ist das Christentum nutzlos. Können sie aber ohne das Christentum nicht erlöst werden, warum ist dann nicht die ganze Menschheit rechtgläubig?«

»Das ist –,« wollte Hodgson einwenden.

Doch eifrig fuhr Mathews dazwischen: »Kinder, streitet doch nicht über Dinge, die vergangen sind. Wer spricht heute noch von Kirchendogmen? Die neue Zeit pocht an die Tore der Tempel. Mit dem Deutschen Hutten wollen wir rufen: »Es ist eine Lust, heute zu leben.« Wir stehen alle mit einem Fuß in unserer Vergangenheit des kirchlichen Dogmas. Mit dem anderen aber auf dem Boden des naturwissenschaftlichen Zeitalters, dessen Sonne den Horizont schon rötet. Laplace, Cuvier, Lamarck, Goethe und unser Erasmus Darwin haben den Wald gerodet. Wir Jungen haben das Feld zu düngen und urbar zu machen. Wir haben die Saat zu bestellen mit dem Samen, der stäubt aus Buffons » Histoire naturelle«, seiner » Epoques de la nature«, Darwins »Tempel der Natur«. Warten wir ab, welche Offenbarungen William Herschel noch weiter seinem Riesenteleskop in Bath entlocken wird. Ich sage euch, wir werden Aufschlüsse über die andere Welt dort oben erhalten, so weisheit-stürzend und so fesseln-sprengend, wie die Auffindung des ersten Mammutskeletts.«

Und sein scharfgeschnittenes Gesicht leuchtete vor Begeisterung, als er rief: »Schon heute ahnen wir, daß die Natur eine große Einheit ist, daß alles fließt und sich auseinander entwickelt. Schon heute haben wir das Empfinden, daß auch der Mensch nur das Schlußglied einer langen, von Stufe zu Stufe fortschreitenden Reihe bildet. Ich glaube, ihr Freunde, die Zeit ist nicht so fern, da auf dem Boden unserer neuen Naturerkenntnis eine neue, wunderbare Religion der Einheit alles Seins erblühen wird, eine Religion der großen Brüderschaft alles Lebenden, der Menschen, der Tiere, der Pflanzen, der gesamten organischen und anorganischen Welt. Denkt euch, welch stolzes Bewußtsein das sein wird, Bruder dem fernsten Sternenkörper zu sein!«

Alle schwiegen ehrfürchtig, denn Mathews galt unter ihnen und seinen Lehrern in Cambridge als einer der genialsten Köpfe der Zeit.

Nach einer Weile lächelte Hodgson sanft: »Wenn alles in Entwicklung rollt, dann wollen wir hoffen, daß auch das Dogma unserer Kirche sich zeitgemäß fortentwickeln wird.«

Mathews Worte hatten gezündet. Sie fühlten sich plötzlich alle als Jünger einer neuen großen Zeit. Und da fiel der Name Napoleon.

Davies führte für ihn die Klinge.

»Er ist der Held dieser neuen Zeit,« flammte er enthusiastisch auf. »Der Geist eines gewaltigen neuen Werdens.«

»Pfui!« rief Mathews, »kann ein Engländer so sprechen!«

»Da sprang Byron empor.

»Jeder denkende Mensch müßte so sprechen,« empörte er sich. »Er ist die Verkörperung der neuen gärenden Kräfte. Er schlägt die morschen alten Throne in Stücke, zu denen die Menschheit lange genug gebetet hat.«

»– Und errichtet dafür seine blutige Gewaltherrschaft,« fiel Mathews höhnend ein.

»Ja,« nickte Byron, »mit Recht, das ist das Gesetz dieser neuen Zeit, daß nur das Starke gilt. Nieder mit diesen vertrockneten Perücken, die nichts haben, als ihr dummes Recht.«

»Nun, nun,« dämmte Davies.

Da schob Byron nach seiner Art das Thema ins Allgemeine hinüber.

»Könige, wenn sie es nicht aus eigener Kraft sind, wie Bonaparte, haben sich überlebt. Ich bin für die Republik oder die offene Gewaltherrschaft eines einzigen. Aber ich hasse dieses gemischte Regiment, nach dem einer, zwei oder alle regieren. Ich stimme für die Republik. Schaut euch um in der Geschichte der Erde, was haben Rom, Griechenland, Venedig, Frankreich, Holland, Amerika und unsere, ach nur so kurze Republik vollbracht im Vergleich zu ihren Fortschritten unter Monarchen? Der erste Mann eines Staates zu sein, nicht der Diktator, nicht der Sulla, aber der Napoleon, der Washington oder der Aristides, der erste an Genie, Talent und Ehrenhaftigkeit, das kommt gleich nach der Gottheit! Franklin, Penn – und dann entweder Brutus oder Cassius, ja sogar Mirabeau oder St. Just –«. Er senkte die Stimme, als er fortfuhr: »Aus mir wird wohl nie etwas werden oder das Höchste, was ich hoffen kann, ist etwa, daß jemand von mir sagt: ›Er hätte vielleicht gekonnt, hätte er nur gewollt.‹«

Das kam so traurig, daß alle versonnen schwiegen.

Die Mädchen, die sich arg langweilten bei diesem politischen Gespräch, gähnten schläfrig in die Stille. Da erbarmte sich liebenswürdig der zarte Davies. Er griff zur Laute und sang das schöne Lied von Thomas Moore:

Die letzte Rose.

»Letzte Rose des Sommers, die einsam hier glüht,
Ach, deine Gefährten sind lang schon verblüht,
Sie welkten und starben im Spätsommerschein.
Du leuchtest und duftest, nur du noch allein.

Allein bist geblieben in Einsamkeit du,
Die Schwestern entschliefen, geh auch nun zur Ruh,
Dein Grab dann bestreu ich mit duftendem Laub,
Geh heim zu den Schwestern, geh heim in den Staub.

Einst will ich dir folgen, wenn Freundschaft vergeht,
Und wenn, wie der Windhauch, die Liebe verweht,
Wenn das Herz, das ich liebe, im Unglück zerschellt,
Dann scheide auch ich von verdunkelter Welt.«

Die Mädchen klatschten begeistert Beifall und summten die Melodie träumerisch nach.

»Das ist aus den herrlichen ›Irischen Melodien‹, die voriges Jahr erschienen sind,« belehrte Byron.

»Moore ist ohne Frage der größte Lyriker Englands,« behauptete Hobhouse.

»Ja,« sagte Byron kleinlaut, »ich habe ihn in meiner Satire freilich angegriffen, doch nur wegen der Gedichte, die er unter dem Pseudonym »Thomas Little« im Jahre 1801 herausgegeben hat. Diese ›Irischen Melodien‹ machen alles wett. Laßt uns trinken auf das Wohl Thomas Moores.«

Sofort fiel alles ein:

»Füllt wieder den Becher, solch freudiges Glüh'n,
Nie fühlt ich zuvor mir den Busen durchsprühn,
Wir trinken! Wer trinkt nicht? Im Leben, ihr Zecher,
Ist alles voll Täuschung und wahr nur der Becher.«

»Er ist Englands größter Freiheitsdichter,« lobte dann Hobhouse, »und der kühnste. Denn es gehört in unserer Zeit der Bedrückung ein ungeheurer Mut dazu, diese ›Irischen Melodien‹ herauszugeben.«

»Welcher Mut?« fragte da Betsy, die klügste der Damen, »gehört dazu, diese »Letzte Rose« zu dichten?«

»Das will ich dir sagen,« antwortete Byron. »Diese »Irischen Melodien« sind vom ersten bis zum letzten Gedicht eine Trauer und Klage über Irlands Los. Alles, was Moores unglückliches Vaterland in den Jahren der Knechtschaft gelitten hat, all sein Leid und seine Seufzer, alles dies trauert und schluchzt unter diesen verschleierten Versen. Und dann sind sie eine Verherrlichung von Robert Emmet.«

»Wer ist Robert Emmet?« fragte eine zweite, um dem Hausherrn ihre Teilnahme an dem Gespräch zu bekunden.

»Robert Emmet?« wiederholte Byron und seine Augen wurden warm und feucht, »ihr kennt Robert Emmet nicht?«

Die Mädchen schüttelten die braunen und blonden Köpfe, und Lucy flüsterte: »Nein«.

Da lächelte Byron wehmütig und sagte leise: »Nun, dann will ich euch die Geschichte von Robert Emmet erzählen. Es ist eine traurige, erhabene Geschichte. Und auch die Liebe spielt darin eine Rolle, so daß sie auch etwas für euch Frauen ist.«

Er lehnte sich in den Sessel zurück und begann:

»Ihr wißt, wo Irland liegt. Es ist niemals uns Engländern gelungen, die Iren zu verstehen. Sie sind uns ihrem ganzen Wesen nach zu fremd. Sie haben etwas Wildes und Zartes und eine blühende Phantasie. Die Männer haben ein feuriges und erregtes Temperament und ihre Frauen eine asiatische Schönheit und Lieblichkeit. Man hat zu beweisen versucht, daß sie von Juden abstammen. Sie selbst rühmen sich ihrer orientalischen Herkunft.«

Er schloß die Augen und sprach leise: »O, ich liebe den Orient, ich möchte dorthin gehen. Ich liebe dieses Gemisch von schlaffen Gewohnheiten und stürmischer Leidenschaft, das der Orient ist.«

»Er ist wie du,« lächelte Davies.

Byron nickte ins Leere und fuhr fort:

»Sie wollten die Unterdrückung Englands nicht mehr ertragen. Ihr schwärmerischer Sinn träumte von einer Losreißung. Da führten wir unter dem Vizekönig Lord Camden eine Blutherrschaft ein. Wir sind alle Engländer, die wir hier sitzen. Aber weil wir es sind, müssen wir es ehrlich sagen, mit Schamröte im Gesicht: wir haben eine Blutherrschaft dort eingeführt. Hunderte von Unschuldigen, die kein anderes Verbrechen begangen hatten, als daß sie Irländer waren, wurden gepeitscht, bis ihnen die Haut in Fetzen vom Leibe hing, wurden gezwungen, auf einem Bein auf einem spitzen Pfahl zu stehen, wurden der genialen Methode des »Halbhängens« unterworfen, das heißt, man nahm sie kurz nach dem Hängen wieder vom Galgen. Auch der Sprung aus der Pechkappe, bei dem die Kopfhaut hängen blieb, war sehr beliebt.

Da erhob sich im Jahre 1797 das Land in gewaltsamer Empörung. Sie wurde blutig unterdrückt, doch der Haß gegen uns loderte weiter. Auch sorgten unsere Blutschergen dafür, daß die Erbitterung nicht einschlummerte. Da trat Robert Emmet auf. Robert Emmet, der Zweiundzwanzigjährige. Er war Student der Chemie, genial in seiner Wissenschaft, genial aber auch als Führer des Volkes. Trotz der Tausende von Spionen, trotz der Krallenfaust Englands, unter der das Land stöhnte, gelang es ihm, den Geist der Revolution über ganz Irland zu verbreiten. Tausende und Abertausende horchten gläubig auf das Wort dieses zweiundzwanzigjährigen Feuergeistes. Sein Plan war, Irland um jeden Preis von uns loszureißen. Im Jahre 1802 war er in Paris bei Bonaparte, der damals noch erster Konsul war, und unterbreitete ihm den Plan, mit einer Flotte in Irland zu landen. Tayllerand befürwortete den Plan. Napoleon gab das feste Versprechen, mit einer französischen Armee im August des nächsten Jahres in Dublin zu landen. Alles war auf das beste vorbereitet, keiner der Tausende von Mitwissern verriet das Vorhaben. Da traf kurz vor der Erfüllung der irischen Sehnsucht, im Juli 1803, die Verschwörung ein schwerer Schlag. Im ganzen Lande hatte Emmet Waffen gesammelt und Pulvermagazine angelegt. Durch irgendeinen unbekannten Zufall flog ein solches Magazin in die Luft.

Da erkannte die englische Regierung die Gefahr. Alles war entdeckt. Emmet hätte mit den anderen Führern noch fliehen können. Doch da – nun gebt acht, Mädchen, da – erklärte er verlegen, er müsse noch einmal nach Dublin, von jemand Abschied nehmen. Es war seine Liebste, Sahra Curran, die Tochter des großen Advokaten, des begeisterten Verteidigers der irischen Angeklagten vom Jahre 1797. Er ging zu seiner Sahra und wurde ergriffen. Man stellte ihn vor Gericht. Emmet kannte sein Los. Als er vor das Tribunal geführt werden sollte, traf ihn der Gefängnisdiener beim Flechten einer Haarlocke. Miß Curran mag sie ihm wohl geschenkt haben.«

Byron schwieg. Alles lauschte mit gespannter Teilnahme.

Da fuhr er fort:

»Was tun Sie?« fragte der Wärter.

»Ich flechte eine Locke,« erwiderte Emmet, »um sie auf dem Schaffot bei mir zu haben.«

Der Prozeß gegen ihn wurde so geführt, daß es eine Rechtsbeugung war. So oft er sprechen wollte, fuhr der Vorsitzende tobend dazwischen. Da sagte Emmet lächelnd: »Ich habe sagen hören, Mylord, daß Richter es zuweilen für ihre Pflicht halten, mit Geduld anzuhören und mit Menschlichkeit zu sprechen.« Dann hielt er seine Verteidigungsrede, die noch viele Irländer heut auswendig können, und die in Irland gelesen werden wird, so lange in irländischen Busen ein irisches Herz schlägt. Um elf Uhr abends wurde das Urteil gefällt. Es lautete dahin, daß

Robert Emmet in derselben Nacht noch erst gehängt, dann geköpft werden sollte. Er wurde in seine Zelle zurückgeführt und schrieb ruhig und gefaßt einen letzten Brief an seine geliebte Sahra. Als er zum Schaffot schritt und ein Priester ihm seine Dienste anbot, sagte er: »Ich danke Ihnen für die Mühe, die Sie sich geben. Aber sie ist unnütz. Meine Ansichten über diesen Punkt sind schon lange sehr bestimmt gewesen. Dies ist kein Augenblick, in dem ich sie ändern kann.«

Byron schwieg ergriffen.

Da fragte Betsy: »Und was ist aus Sahra geworden:

»Sahra,« lächelte Byron traurig, »starb kurze Zeit danach in Sizilien, fern von des Heldenjünglings Grab. Davies, du hast die »Irischen Melodien« im Kopf. Sag uns Moores schönes Gedicht auf Sahra Curran.«

Davies sprach, fast flüsternd:

»Sie ist fern von des Heldenjünglings Grab
Von schmachtenden Freiern umgeben;
Doch sie schweigt und weint und wendet sich ab,
Denn im Grab liegt ihr Herz und ihr Leben.

Sie singt aus der Heimat manch wilden Gesang,
Die Weisen, die hold ihm erklungen.
Ach, sie wissen es nicht, die da lauschten dem Klang,
Daß der Sängerin Seele zersprungen.

Er lebte der Liebsten, er starb für sein Land,
Sie waren ihm Sterne des Lebens.
Kein Auge im Land ohne Tränen stand,
Nicht harrt er der Liebsten vergebens.
Wo den Hügel zuletzt der Sonnenstrahl küßt,
Da sollt ihr zur Erde sie betten,
Daß ein Lächeln aus West ihr den Schlummer versüßt,
Wie ein Gruß aus heimischen Stätten.«

»Und nun noch,« bat Hodgson, »gib uns das Gedicht auf Robert Emmet: »O, haucht seinen Namen nicht.«

Und Davies sang die tränende Klage Irlands:

»O, haucht seinen Namen nicht, laßt ihn im Grab,
Wo man ehrlos gesenkt seine Liebe hinab,
Und die Träne sei stumm, die vom Auge sich stiehlt,
Wie der Tau, der zur Nachtzeit das Grab ihm kühlt.
Doch der Nachttau, der stumm hinfällt durch die Luft,
Soll mit leuchtendem Schimmer umhüllen die Gruft.
Und die Träne, die heimlich vom Auge sich senkt,
Verkünde, daß stets ihr des Toten gedenkt.«

Die Töne verhallten, sie saßen stumm. Da erhob sich Byron.

»Freunde, wir füllen noch einmal den Becher und trinken auf das Andenken Robert Emmets und seiner Liebsten. Und wir trinken auf unsere Zukunft und darauf, daß wir Männer werden wie Emmet. Wir wollen geloben, zu kämpfen gegen alles, was da zehrt am grünen Baum des Fortschritts. Nieder die Knechtung! Nieder die Kompromisse! Nieder jede Feigheit! Nieder jede Kleinheit! Auf zum Kampfe für die Größe des Gewissens! Größe des Wortes! Größe des Glaubens! Größe der Liebe! Freunde, wir trinken auf die Größe der Menschheit!«

Sie ließen den Totenschädel ringsum gehen und tranken auf die Größe der Menschheit.

## V.

Die Freunde waren nach Cambridge zurückgekehrt, die Mädchen gingen wieder in London ihren Abenteuern nach. Newstead war zurückgesunken in spukhafte raunende Einsamkeit. Der feuchte englische Winter umsponn Park und Schloß mit schaurigen Nebelvorhängen und grauen Regenwänden.

Byron litt grausam. Das Wetter bannte ihn an das öde Haus. Die Melancholie des Sturmes, der um die alten Türme sang, kroch in sein Gemüt, weckte seinen Weltschmerz und fachte die glimmende Asche seiner hoffnungslosen Liebe wieder an zu flackerndem Brande. Er saß in seinem Studierzimmer, der Regen pochte schwermütig gegen die Scheiben der schmalen Fenster, die Bäume krümmten sich unter der Nässe, die Totenschädel grinsten. Und er wußte, daß er der unseligste Mensch war, den die Erde trug.

Er floh vor sich selbst nach London und stürzte sich wieder in den Strudel des Spiels und des Dirnentums. Und tauchte hinab in den Schlamm, bis ihn der Ekel schüttelte. Dann saß er tagelang in dem kalten Hotelzimmer und arbeitete rastlos an seiner Satire.

Am 22. Januar 1809 wurde er mündig. Es war der leere Tag eines Einsamen. Fern von allen Freunden, die ihre Studien an Cambridge fesselten, beging er diesen höchsten Festtag im Leben eines jungen Peers von England. Mit Tanz, Illumination, Feuerwerk und schwelgender Gasterei feierten andere ihren Eintritt in die Rechte des Mannes. Verlassen saß Byron in seinem Hotelzimmer, ohne Gast, ohne Freund, ohne Teilnahme. Der Brief der Mutter lag uneröffnet auf dem Schreibtisch. Nur Augustas Glückwünsche hatten ihn ein wenig erwärmt.

Am Nachmittag besuchte ihn Dallas. Mürrisch empfing ihn der Dichter. Doch der Brave ließ sich nicht einschüchtern durch den unfreundlichen Empfang.

»Guten Tag, mein lieber Lord,« grüßte er jovial, mit der plumpen Vertraulichkeit, deren er sich dem jungen Schützling gegenüber bediente. »Nun zeigen Sie mal her, was Sie Neues an Ihrer Satire geschrieben haben.« Damit setzte er sich an den Schreibtisch und griff selbstherrlich nach dem Manuskripte. Er las, und die verbissenen Falten um den großen Mund vertieften sich grinsend.

»Bravo, bravo, mein Lieber, Sie geben es aber diesen Burschen. Das wird ein nettes Aufsehen in ganz England setzen. Donnerwetter, das Buch wird gehen! Ich sage Ihnen, ein Bombengeschäft.«

»Für Sie,« warf Byron grämlich ein.

Da besann sich Dallas.

»Nun, nun, es wird nicht gleich so arg werden. Man wird Reklame machen müssen. Von selbst geht so was nicht. Wird viel kosten, mein lieber Verwandter. Ich habe übrigens schon einen Verleger gefunden. Für Murray ist das nichts. Aber Cawthorne habe ich interessiert. Feiner Mann. Der wird die Sache lanzieren. Diese Scharfschützen von der Edinburgher Review werden schön verdutzte Gesichter schneiden, wenn der Stock auf ihren breiten Buckeln tanzt. Das haben sie denn doch noch nicht erlebt. Sonst, wenn sie solch armes Singvögelchen mit ihrem Giftpfeil treffen, fällt es stumm und tot zu Boden und piept nicht mehr. Aber daß solch Vögelchen sich plötzlich als Adler entpuppt und mit grimmigem Schnabel auf sie einhaut, das wird sie erschrecken, wie wenn ein Toter aus dem Sarge steigt.«

»Ich glaube auch,« sagte Byron zurückhaltend, »daß ich meine Klinge gut geführt habe.«

Dallas lachte laut und behaglich.

»Das nennen Sie 'ne Klinge führen! Nein, mein Lieber, das« – er schnippte mit dem Zeigefinger gegen die Bogen – »das da ist ein verwundeter Löwe, der aus seinem Käfig losbricht. Das ist ein Raubtier, dem Blut vor den Augen schwimmt. Das mitten hineinstürzt in die Rotte der Zuschauer in der Menagerie und rechts und links die Krallen einschlägt. Donnerwetter noch einmal, wenn ich bedenke, daß es ein zwanzigjähriger Mensch ist, der dieses Blutvergießen unter Englands Größen anrichtet! Diese Stelle hier gegen Scotts »Marmion« erinnert an Aristophanes, wahrhaftigen Gott, an Aristophanes. Ein Bombengeschäft, sage ich Ihnen, ein Bombengeschäft!«

Er las weiter; wichtig zog er die Stirn kraus. »Mein lieber Lord, mein lieber Lord, wenn Sie nur etwas sorgfältiger arbeiten wollten! Sie schütteln die Sache zu sehr aus dem Ärmel. Sie feilen nicht genug. Hier der Vers ist salopp. Das muß heißen –«

Eigenmächtig strich er die Zeile fort und schrieb mit seiner großen Schrift einen Vers von seinen Gnaden dazwischen.

Byron schoß das Blut des Unwillens in die Schläfen, doch er schwieg. Er war in dieser Zeit so einsam und hatte außer den verdächtigen Elementen, mit denen er die Nächte durchwüstete, nicht einen einzigen Menschen, mit dem er sprechen konnte. So schwieg er und ertrug die Dreistigkeiten dieses Mannes, der doch wenigstens irgendwie in seine Geistessphäre hineinragte. –

Wenige Tage später beschloß er, die Rechte seines Adels auszuüben, seinen Sitz im Hause der Lords einzunehmen. Diesen Entschluß teilte er seinem Vormund, dem Grafen Carlisle, in der stillen Erwartung mit, er würde ihn, der Sitte gemäß, ins Oberhaus einführen. Doch Carlisle erwiderte kühl, er danke ihm für diese Kundgebung und mache ihn darauf aufmerksam, daß gewisse Gebühren bei dem Eintritt zu bezahlen seien.

Den jungen Lord schüttelte eine ohnmächtige Wut, die aber bald in schmerzende Trauer hinüberebbte. So war sein Leben. So trostlos verarmt war sein Leben, daß nun etwas eintrat was in der Geschichte des Hauses der Lords ein unerhörtes Ereignis war. So verlassen war er, daß er nicht einmal einen Peersfreund fand, der ihn geleitete bei diesem lebensentscheidenden Schritte. Wie ein Geächteter mußte er sich einschleichen in die Reihen der Standesgenossen.

An einem grauen Februartage verließ er das Hotel, um sich nach Westminster zu begeben. Vor der Tür traf er den unvermeidlichen Dallas.

»Mein Gott,« rief der Mann, »ist Ihnen was? Sie sehen ja ganz kalkig aus.«

»Ich gehe, meinen Sitz im Hause der Lords einzunehmen,« entgegnete Byron.

Trotz aller Beherrschung klang es so bitter schmerzlich, daß Mitleid den anderen packte.

»Ich werde Sie bis zur Tür begleiten,« tröstete er teilnehmend und stieg mit dem fröstelnden Dichter in die Hackney-coach.

Während der Fahrt sprach Byron kein Wort. Aber Dallas, der ihn stumm von der Seite betrachtete, sah, wie eine Träne über seine Wangen hinab auf die kokett wehenden Schleifen seines Schlipses tropfte. Da blickte er zartfühlend zur anderen Seite.

An der Tür des Oberhauses trennten sie sich. Im Vorzimmer zahlte Byron die Gebühren, ein Diener eilte, dem Lordkanzler Eldon die Ankunft des neuen Mitgliedes zu melden. Als Byron den Sitzungssaal betrat, bleich vor Scham, die Stirn von Zorn und Schmerz zerknittert, kam ihm der Kanzler herzlich entgegen und begrüßte ihn mit verbindlichen Worten. Doch Byron antwortete in seinem trotzigen Weh mit einer steifen Verbeugung und berührte kaum mit den Fingerspitzen die dargebotene Hand. Da wandte Lord Eldon ihm brüsk den Rücken und schritt unter dem Beifall des Hauses zum Präsidentenstuhl zurück. Byron aber hinkte zu den Bänken, links vom Thron, dem Stammsitz der Opposition. Dort verweilte er einige Minuten und verließ dann inmitten der Verhandlung zum Staunen seiner Adelsgenossen mit keck zurückgeworfenem Haupte den Saal.

Als er, zerbrochen von seinem Elend, das Hotelzimmer betrat, fand er zwei Briefe. Den einen hatte Herr Fiddlestick aus Nottingham entsandt. Er teilte Seiner Lordschaft mit, daß er nun unmöglich länger auf sein Geld warten könne. Seine Lordschaft müßten doch einsehen, daß ein armer Mann eine so große Summe nicht so lange entbehren könne. Gäbe es denn kein reiches Mädchen unter den Jungfrauen Großbritanniens, das Seine Lordschaft heimführen könne? Er sei doch ein schöner junger Mann, wenn er auch ein wenig hinke. Doch vielleicht würde die eine oder die andere junge Dame darüber hinwegsehen. Jedenfalls müsse er dringend um baldige Zusendung seines Guthabens ersuchen, da er sonst, trotz seiner oft bewiesenen Verehrung für die Familie der Byrons, zu gerichtlichen Maßnahmen greifen würde.

Byron schleuderte das Schreiben auf die Erde und las den zweiten Brief. Er war von einem seiner Hauptwucherer in London und teilte ihm bündig mit, daß, wenn die am 1. Januar fällig gewesenen Zinsen nicht binnen drei Tagen bezahlt wären, Seine Lordschaft im Schuldturm des Fleet-Gefängnisses über honette Schuldnersitten nachdenken könne.

Ganz still setzte sich Byron in einen Sessel und wußte, daß ihm nun nichts übrig blieb, als seinem traurigen Leben ein Ende zu machen. Ja, das wollte er. Das war auch das Beste. Was konnte ihm diese Welt noch bringen. Die Sehnsucht nach Mary zehrte an seinem Mark und vergällte ihm jeden Atemzug. Welchen Sinn hatte es, umherzulaufen und sich abzurackern mit den Versuchen, neues Geld für seine alten Schulden aufzutreiben! Der Schuldturm zwar drohte ihm als Peer von England nicht. Das war eine plumpe Einschüchterung. Aber, – ach, sein Leben war doch im Kern verpfuscht. Da half nur eine Radikalkur. Keinen würde sein Tod schmerzen. Die Mutter – er lachte bitter auf. Ja, ihre Trauer zur Schau tragen, wie eine Irrsinnige lamentieren vor aller Welt, das würde sie. Hm, und Augusta, seine Stiefschwester? Ja, die würde ihn ehrlich betrauern, sie liebte ihn. Und Mary? Was würde Mary tun, wenn sie seinen Selbstmord erfuhr? Was würde sie tun? Er sann und grübelte bis in die tiefe Nacht hinein, was Mary tun würde, wenn sie seinen Tod erfuhr. So saß er, bis der Morgen kam. Und mit ihm sprang ein früherwachter Frühling über die Dächer, auf die seine Fenster mündeten. Ein durchsichtiger blaugrüner Himmel stand über ihnen, und ganz fern im Osten stieg ein strahlender junger Tag empor. Da erwachte die Lebenskraft seiner einundzwanzig Jahre. Der schwarze Gedanke an den Tod zerglitt, und der Trotz ballte ihm die Fäuste. Nein, nicht sterben, noch nicht! Trotz all seines Mißgeschicks hatte er ein Recht an das Leben wie jeder andere. Leben wollte er und die Sonne sehen, wie all die Millionen, die nicht besser waren als er.

»Aber wie?« grübelte er. »Hier kann er nicht bleiben. Hier hetzen meine Gläubiger mich zur Verzweiflung, Hier zermalmt mich meine Liebe wie der Mühlstein ein Korn.«

Da umkrallte ihn eine Sehnsucht, zu entfliehen, fort zu eilen, hinaus in die weite Welt, dorthin, wo die Macht dieser bleichen Frau von Annesley vor den Wundern der Ferne zerbrach, dorthin, wo keines Gläubigers drohender Arm ihn erreichte. Kurz entschlossen fragte er Hobhouse, ob er mit ihm nach Persien reisen wolle. Hobhouse stimmte sofort bei. In aller Stille trafen sie ihre Vorbereitungen zur Reise. Noch einen Gruß sandte Byron an die Geliebte nach Annesley durch den alten Diener Joe Murray:

»Es ist vorbei, und flatternd bläht
Mein Segel sich, vom Sturm durchweht,
Und pfeifend über'n Sand hinzieht

Der Wind, und singt ein lustig Lied;
Weit fahr' ich in die Welt hinein,
Weil ich nichts lieb', als dich allein.

Dem ärmsten Bettler ist beschert
Zuletzt ein heimlich trauter Herd,
Wo doch ein Liebchen oder Freund
Ihm lächelt oder mit ihm weint.
Nicht Freund, nicht Liebchen nenn' ich mein,
Weil ich nichts lieb', als dich allein.

Trost wär's, noch einmal dich zu sehn,
Dir scheidend Segen zu erflehn.
Doch weinen sollst du nicht um ihn,
Der fernhin übers Meer muß ziehn.
Ist Heim und Hoffen nicht mehr sein,
Er liebt dich noch, und dich allein.« –

Im Juni gingen die Freunde in Falmouth an Bord. Und da rangen Byrons Jugend und sein Abenteuersinn sich fröhlich empor. Die Ahnungen der Welt dort draußen nahmen ihn mit ihrem geheimnisvollen Zauber in ihre Arme. Eine heitere Weltenbummlerstimmung verscheuchte den Trübsinn. Und an den Freund Hodgson sandte er die Abschiedsverse:

»Hurra, Hodgson! Endlich gehn wir,
Das Embargo ist vorbei;
Daß die Brise gut ist, sehn wir,

Und die Segel werden frei.
Wimpel schon vom Topmast flattern,
Bum – sie feuern schon – Ade!
Schiffer fluchen, Weiber schnattern,
Alles zeigt, es geht in See.«

## VI.

Am 2. Juli 1811 schritten Hobhouse und Davies auf der knarrenden Landungsbrücke von Portsmouth auf und nieder. Die Sonne stach heiß und blendend herab. Eine Weile gingen sie stumm von einem Ende der Brücke zum anderen und blickten hinaus auf das flimmernde, sacht bewegte Meer. Endlich brach Hobhouse das Schweigen: »Wir scheint, wir sind zu früh,« brummte er. »Ich werde einmal den Bootsmann dort fragen.«

Er trat an den Steuermaat heran, der an der Reeling der Brücke stand, die Hände in den weiten Hosentaschen vergraben, und behaglich seinen Tabak kaute.

Hobhouse griff an den modernen Seidenhut und fragte: »Wann denken Sie, wird die Fregatte ›Volage‹ einlaufen?«

Der Alte schob den Tabak mit schmatzendem Laut von der linken Backentasche in die rechte, blinzelte auf die See hinaus und murrte: »Das kann noch 'ne Weile dauern, junger Herr. So in 'ner halben Stunde, denk' ich, wird sie wohl da sein.«

Hobhouse dankte und ging zu Davies zurück.

»Was tun?« fragte der Student. »Wollen wir in die Stadt zurück?«

»Was sollen wir in dem öden Nest?« bedachte Hobhouse.

»Ich schlage vor, wir setzen uns auf die Brücke und lassen die Beine baumeln.«

Das taten sie denn auch, zogen die Hüte tief in die Stirn zum Schutz gegen die sengenden Sonnenstrahlen und träumten hinaus in die See.

»Ich bin neugierig,« sagte Davies endlich, »ob er sich sehr verändert hat. Zwei Jahre sind eine lange Zeit, und noch dazu die Jahre von 21-23.«

»Jahre in der Fremde zählen doppelt,« nickte Hobhouse.

»Er hat sich verändert. Er hat sich schon in dem Jahr, das ich mit ihm zusammen dort draußen war, wacker gehäutet. Zum Guten wie zum Schlimmen.«

Davies wandte sich dem Freunde zu.

»Zum Schlimmen? Inwiefern?«

Hobhouse schlenkerte eine Zeitlang stumm seine langen Beine und sah gedankenvoll dem Spiel der Mücken über dem silbernen Wasser zu.

»Er war auf der Reise oft unerträglich in seiner Affektiertheit und in der Art, wie er mit seinem Weltschmerz posierte. Auf dem Schiff, wenn die Nacht kam und die Lichter angezündet wurden, trennte er sich meist von der Gesellschaft, setzte sich vorn in den Kiel des Schiffes und saß dort stundenlang schweigend im Mondlicht.«

»Aber,« rief Davies, »das ist doch keine Pose! Das war das Genie in ihm, das nach Einsamkeit dürstet. Er wollte den Gedanken lauschen, die die Nacht in ihm aufscheuchte.«

Hobhouse rückte etwas weiter auf die Planke zurück, spielte mit den Spitzen seiner hohen Schaftstiefeln und sagte: »Ich erkenne, weiß Gott, das Geniale an, das in dem Jungen steckt. Aber wenn ihn das Mondlicht von der Gesellschaft sonderte, dann dachte er alles andere eher als sublime Gedanken. Du hättest nur sehen sollen, lieber Davies, wie er da seine Züge schmerzlich zerlegte, die Augenbrauen zusammenzog und die Mundwinkel verächtlich hängen ließ. Das war Pose, nichts, als eitle Pose. Das ganze Schiff lachte ja auch nur über ihn und diese ›Byron-Pose‹, wie man es nannte.«

Davies schüttelte sacht den feinen Kopf: »Ich habe immer das Gefühl, als wenn nicht alles an ihm Pose ist. Er ist im Grunde seines Gemüts ein unglücklicher Mensch. Seine Lahmheit, seine Abstammung aus dieser irrsinnigen Familie, seine Armut, und, wenn ich richtig ahne, irgendeine tiefe unglückliche Liebe lasten schwer auf ihm. Ich gebe zu, daß er sein Unglück gern vor der Welt ausweint.«

Hobhouse schwieg und blickte nach links hinüber zu dem Kriegshafen, in dem die Masten der Schiffe brannten wie Gold. Nach einer Weile fuhr er fort: »Sein Unglück ist, daß er sich von Männern, die es gut mit ihm meinen, fern hält. Wir waren schon recht auseinandergekommen, als wir uns in Konstantinopel trennten. Der Abschied freilich war sehr innig, und ich glaube fast, wir haben beide ein bißchen geheult. Aber sonst« – er stieß die Beine von sich – »die Weiber sind sein Unglück.«

Wieder schwieg er.

»Er hat wohl viele Frauen unterwegs kennen gelernt?« fragte Davies zaghaft.

»Unzählige,« lachte Hobhouse in sich hinein. »Die Weiber waren ja überall wie toll hinter ihm her. Schon in Cadiz fing es an. In Sevilla« – er schlug Davies lustig auf den Schenkel. – »Du, das war 'ne tolle Geschichte. Da wohnten wir bei zwei Schwestern in der Calle de la Cruzea. Sie hatten nur ein Zimmer. Da haben wir alle vier geschlafen, stell' dir mal das vor!«

»Ich stelle mir vor,« lachte Davies.

Hobhouse grinste vor sich hin und verlor sich in liebliche Erinnerung.

»Ihr seid schon zwei Richtige,« schmunzelte Davies. »Kann mir denken, daß Byron nicht darauf bestand, ein anderes Logis aufzusuchen. Waren sie denn wenigstens hübsch, die Wirtinnen?«

»Es ging, das heißt, Josepha war sehr hübsch. Aber die hat Byron sich natürlich genommen. Meine war übrigens auch ganz nett. Die schönste Frau aber, mit der er, solange ich mit ihm zusammen war, angebandelt hat, war die Frau unseres Gesandten in Stuttgart, die gerade in Malta weilte, Mrs. Florence Spencer Smith, ein entzückendes Weib.«

Ihm wurde in Erinnerung ganz weich, und Davies hielt ihn fest, aus Angst, er könne von der Brücke herab ins Wasser fallen.

»Der Mann war nicht bei ihr, der Teufel mag wissen, wo er steckte. Die Frau war ganz vernarrt in Byron, er übrigens auch in sie. Er hat auch 'ne Menge Gedichte auf sie gemacht. Sie kommt übrigens auch in dem großen Epos vor, an dem er unterwegs fortwährend schrieb, und das mir gar nicht gefällt. Als wir weiter zogen, mußten sie sich ja wohl oder übel trennen, und er tröstete sich auch bald genug in Athen mit der Tochter der Konsulatswitwe Macri. War auch nicht übel, dieses Mädchen von Athen. Das heißt, eigentlich waren es drei. Drei Schwestern. Die waren alle in ihn verschossen. Und Byron ließ sich die Huldigungen dieses Trifoliums paschahaft gefallen. Erwidert hat er, soviel ich weiß, nur die Zärtlichkeiten der Jüngsten. Wenn ich mich recht entsinne, hieß sie Thereza. Er hat auch ein schönes Gedicht auf sie verfaßt. Übrigens habe ich vergessen, in Xeres de la Frontera hatte er ja noch eine kleine Liäson mit der Tochter des Admirals Corduba.«

»Du, da kommt sie!« rief plötzlich Davies und sprang auf.

Ja, sie kam. Die weißen Segeltücher standen silberblank draußen in der See. Die Fregatte »Volage« eilte dem heimatlichen Hafen zu. Das Wasser brandete weiß an ihrem breiten Buge auf. Die beiden jungen Männer standen nebeneinander und sahen stolz das weitbuchtige Schiff mit seinen glänzenden Stückpfosten majestätisch heranbrausen.

»Donnerwetter!« rief Hobhouse, »sieht das fein aus! Du, Davies, es ist doch ein stolzer Gedanke, daß solche Dinger, wie das da draußen, auf allen Meeren und in allen Weltteilen unsere Macht künden. Ich begreife, wie Napoleon das Herz vor Zorn bersten muß, wenn er von Brest aus unsere Flotte ihn höhnen sieht. Sapperlot, es ist eine Freude, ein Brite zu sein.«

Und er schwenkte den grauen Seidenhut der Fregatte entgegen.

Davies aber suchte unterdessen mit seinen scharfen Augen den Freund unter der Schar, die sich an der Reeling des Schiffes zu einem dunklen Knäuel zusammendrängte. Lange konnte er nichts erkennen. Doch dann, als das Schiff in Schnelle näher kam, da winkte von drüben ein weißes Tuch. Dann drehte das Schiff auf der Reede bei, die Anker polterten nieder, Boote wurden ausgesetzt, eilig hastete es das Fallreep hinab, die Boote füllten sich, stießen ab und hielten auf die Landungsbrücke zu. Und dort, in der vordersten Schaluppe, stand einer und winkte.

Davies ließ die Arme sinken und wandte das verblüffte Gesicht Hobhouse zu.

»Nanu, wer ist denn das, der da zu uns herübergrüßt? Wer ist dieser Mensch in dem seltsamen Aufzug?«

»Das,« lachte Hobhouse und winkte wie besessen, »das ist unser lieber Freund Byron. Und was du den »seltsamen Aufzug« nennst, das ist die albanesische Nationaltracht, die er sich in Janina für schweres Geld angeschafft hat. Da hast du Byron, wie er leibt und lebt.«

Und er beugte sich über das Geländer weit hinaus und schrie dem Boote entgegen:

»Hurra, alter Junge! Willkommen heim im alten England!«

Dann lag das Boot an der Landungsbrücke, und Byron sprang die Stufen der Treppe hinauf. Es war ein schmerzlich-grotesker Anblick, wie er in seiner prunkenden Pracht mit dem Seidenturban und der wehenden Feder, den roten weiten türkischen Hosen, der gestickten Damastjacke und dem silberblinkenden krummen Säbel über der Brust die Treppe hinaufhinkte. Das Bild wurde noch wehmütiger durch den Ausdruck seines Gesichts, das den Stolz über seine romantische Tracht verriet.

Mitten auf der Treppe fielen die Freunde sich an die Brust.

»Mein lieber, lieber George,« stammelte Davies gerührt. »Mein lieber, lieber Georgy.«

Stumm schüttelte ihm Hobhouse die Hand. Doch noch ehe sie die Plattform der Brücke betreten hatten, platzte er mit der Frage heraus: »Was soll die Maskerade. Byron?«

Byron hatte Davies Arm genommen, jäh ließ er ihn fahren. Sein freudeverklärtes Gesicht verdüsterte sich und scheu sagte er: »Ich wollte ein Stück bunten Orients mitbringen in dieses graue Land.«

Seine Lippen zuckten.

Da packte Davies ein lindes Mitleid. Er begriff, daß hinter all diesem sonderbaren Tun des Freundes sich immer ein tiefer seelischer Sinn barg. Der Arme kam ihm plötzlich verkannt vor und wie ein gehetztes Wild. Lächelnd sänftigte er: »Das verstehe ich sehr gut. Du wolltest schon äußerlich die Buntheit des Landes, aus dem du kommst, mitbringen!«

»Ja,« sagte Byron und fühlte sich wie ein gescholtenes Kind.

Doch Hobhouse blieb streng.

»Ich sehe nicht recht ein,« sagte er, »weshalb man das äußerlich ausdrücken muß. Bringe das ganze Leuchten des Orients in deiner Seele mit, mein lieber Byron, aber erniedrige ihn nicht zu einem Narrenkostüm.«

Byron traten die Tränen in die Augen. Doch Davies suchte schnell abzulenken.

»Herrgott, Hobhouse, sei nicht so kleinlich. Mach doch wegen dieses Scherzes nicht so viel Gerede. Im übrigen haben wir keine Zeit zu verlieren, die Post nach London geht in fünf Minuten.«

Und zu Byron gewandt, erläuterte er: »Wir haben die drei Innenplätze der Post für uns belegt, so daß wir ganz ungestört sein werden. Steigt ihr inzwischen ein, ich werde dein Gepäck besorgen.« Und fort eilte er.

Byron und Hobhouse schritten zum Platz vor der Landungsbrücke, auf dem die gelbe Postkutsche harrte. Als sie in den Kasten eingestiegen waren, saß Byron mit gramvoll gesenkten Brauen in seiner Ecke und starrte zum Fenster hinaus.

»Nun, nun,« begütigte Hobhouse und streichelte seine Knie, »so schlimm war's ja gar nicht gemeint. Bist mir doch nicht etwa böse, alter Knabe?«

»Nein,« schüttelte Byron den Kopf, »böse bin ich dir nicht. Es tut nur so weh, daß ihr mich gar nicht versteht, daß ihr nicht fühlt, daß solche Äußerlichkeiten mir der Ausdruck innerer Empfindungen sind. Und dann – es ist ganz so, wie ich es erwartet habe. Als ich vorhin die weißen Klippen Englands aus dem Meer aufglimmen sah, da war nicht eine Spur von Freude in mir. Die Brust hat sich mir zusammengezogen in einer unerklärlichen Angst und in einem einengenden Grauen. Und kaum habe ich englischen Boden betreten, ist England schon da mit seiner Engherzigkeit und mit seiner Pedanterie.«

»Erlaube mal,« wehrte sich Hobhouse, »du wirst mich doch nicht etwa als Symbol der Kleinherzigkeit Englands hinstellen wollen.«

Byron antwortete nicht und blickte hinaus auf das Flimmern der leise fallenden und steigenden Mäste der Kriegsschiffe.

»Ich bin nicht gern nach Hause gekommen,« sagte er endlich. »Was kann England mir geben? Meine Gläubiger und ihre Gerichtsvollzieher erwarten mich. Und die Aussicht, in Newstead mit meiner Mutter zusammenzuleben, ist auch nicht verlockend.«

»Schieb sie wieder nach Southwell ab,« riet der Freund bündig.

»Das kann ich nicht,« schüttelte Byron den Turban. »Sie hat während meiner Abwesenheit ihren Haushalt in Southwell aufgelöst und ist nach Newstead gezogen. Ich kann sie jetzt nicht wieder fortweisen.«

Hier steckte Davies den hübschen Kopf zum Wagenschlag herein.

»Alles besorgt!« rief er munter und sprang hinein. Dann erklang das Posthorn und der schwere Wagen rumpelte über das schlechte Pflaster der kleinen Stadt hinaus auf die Landstraße. Die Freunde saßen sich stumm gegenüber. Davies prüfte Byrons Gesicht, das die hohe Kopfbedeckung beschattete.

»Sapperment!« lachte er plötzlich. »Wie siehst du famos aus! Zu Anfang habe ich das gar nicht so bemerkt. Deine ganze Erscheinung in diesem fremden Gewand war mir so ungewohnt. Aber jetzt sehe ich, wie braun und männlich du geworden bist. Und noch hübscher.«

Seine blauen, echt englischen Augen leuchteten warm.

»Wie gut dir der kleine Schnurrbart steht. Prächtig siehst du aus.«

Die Anerkennung des Freundes tat Byron wohl. Und plötzlich warf er alle Schwermut von sich und rief laut in das Klirren der Wagenfenster hinein: »Kinder, Kinder, nur reisen, reisen! Was habe ich alles gesehen, und was habe ich alles erlebt, und wie habe ich meinen Horizont erweitert! Die Menschheit anschauen muß man, statt über sie zu lesen. Wenn ich wieder ins Oberhaus gehe, werde ich ein Gesetz beantragen, nach dem alle jungen Leute auf Staatskosten ein Vierteljahr lang ins Ausland geschickt werden. Ihr ahnt ja gar nicht, wie sich meine Welt geweitet hat. Ich sage euch, ich hätte ein Jahrhundert lang zu Hause sitzen, in euren Städten verräuchern, auf eurem Lande vernebeln können, ohne eine Ahnung von dem zu bekommen, was mir in acht Tagen draußen aufgegangen ist.«

»Was war das Schönste auf der Reise?« fragte Davies mit seiner strahlenden Innigkeit.

»Das Schönste?« – Byron überlegte. »Das Schönste war wohl – das Schönste habe ich wohl noch mit Hobhouse erlebt. Das war, als wir zuerst in Janina den Orient rochen. Hat Hobhouse davon nicht erzählt?«

»Nein,« sagte Davis.

»Ich bin noch nicht dazu gekommen,« erklärte Hobhouse. Wir haben uns ja erst heut früh in Portsmouth getroffen.«

»Ja, Janina,« schwelgte Byron in Erinnerung. »Da strahlte uns zuerst der Orient. Da sahen wir zuerst die Männer in ihren prächtigen Trachten –«

» à la Byron,« Hobhouse deutete lächelnd auf ihn.

»Ja,« nickte Byron jetzt ganz fröhlich, »nimm mich als Illustration, Davies. Und die schwarzen Sklaven, die verschleierten hohen Gestalten der Frauen, die Pferde mit ihrem kostbaren Zaumzeug, der Trommelwirbel, die Luft von kriegerischer Lust gesättigt, der Muezzinruf von den schlanken Minarets, und gerade wie wir einritten, ging die Sonne unter und warf ihre Strahlen auf das bunte Bild, daß man glaubte, man sei mitten hineingezaubert in ein Märchen aus Tausend und einer Nacht.«

Er war jetzt in Eifer geraten und glühte.

»Hobhouse, erinnerst du dich noch jener Nacht im Gebirge, als wir in Utraikev im Lager der Arnauten den Kriegstanz sahen?«

»Ich erinnere mich,« sagte Hobhouse.

»Davies, das wäre was für dein romantisches Gemüt gewesen,« fuhr Byron fort. »Diese großen schönen reckenhaften Gestalten im blutigen Scheine der Wachtfeuer. Dann sangen sie ein Kriegslied, das uns das Blut durch die Adern riß.«

Er bückte sich zu der kleinen Handtasche, die er mit in den Wagen genommen hatte, öffnete sie und entnahm ihr ein Manuskript.

»In meinem »Childe Buren«, der übrigens Hobhouse gar nicht gefällt, – ich glaube selbst auch, er taugt nichts – habe ich den Kriegsgesang, den sie beim Tanze anstimmten, übersetzt.«

Und mitten in das Rattern der Fahrt hinein las er:

»Tamburgi! Tamburgi! Türkische Bezeichnung des Tambours. Dein Rasseln entfacht
Die Sehnsucht der Tapfern, die Hoffnung der Schlacht.

Der Sohn des Gebirges vernimmt dein Gebot,
Der Chimarier, der Illyrier, der braune Suliot.

Das Antlitz der Jungfrau, es sei mir gegrüßt,
Die in Schlummer mich singt und die Ruhe versüßt,
Sie hol' aus der Kammer die Zither zum Spiel
Und sing' uns das Lied, wie ihr Väterchen fiel.

Selikter! Schwertträger. Den Säbel des Führers heraus,
Tamburgi, du rufst uns zum kriegrischen Strauß;
Ihr Berge, wir steigen hinunter zum Meer,
Bald sehn wir als Sieger euch – oder nicht mehr.«

So sang Byron die Weise der Albaner, und Hobhouse brummte dazu erinnerungsschwer die Begleitung.

»Schön,« lobte Davies, »ich sehe die ganze Szene vor mir. Ach, ihr habt es gut gehabt, ihr beide.«

Byron summte jetzt von Reiseerinnerungen.

»Von Konstantinopel hat Hobhouse dir wohl auch noch nicht erzählt?« fragte er.

Davies schüttelte den Kopf.

»Ah,« machte Byron, und seine Augen wurden noch größer und strahlten von innen, »das war landschaftlich das Herrlichste. Der Bosporus mit seinen Farben, dieser Blick nachts vom Fenster hinüber auf das Goldene Horn, die tausend Lichter in der Ebene, und draußen auf dem Wasser die roten, grünen zitternden Spiegelungen der Schiffslaternen in dem polierten Schwarz der See, und dazwischen der eintönige, sehnsuchtsvolle Gesang und tausend Schreie der Verkäufer durch die Nacht. Und bei Tag die Höhe am Ufer mit ihren marmornen Palästen und Moscheen mit den stummragenden Zypressen.«

Er schwieg, und auch die Freunde blieben stumm.

Da lachte Byron plötzlich auf.

»In Konstantinopel hatte ich auch ein drolliges Abenteuer mit einem Korsaren Konrad. Eine ganz wilde Geschichte. Doch die will ich euch ein andermal erzählen, die ist zu lang. Und in Athen hab' ich auch ein Abenteuer erlebt. Ein Mädel, mit dem ich liiert war, sollte in einen Sack eingenäht ins Meer geworfen werden. Das erzähle ich euch auch einmal. Übrigens, Davies, hat dir Hobhouse berichtet, daß ich über den Hellespont geschwommen bin?«

Davies verneinte.

»Das hast du nicht erzählt!« rief Byron ärgerlich. »Ja, mein Gott, was hast du denn eigentlich erzählt? Davies, denk' dir« – er glühte auf vor Stolz – »ich bin doch von Sestos nach Abydos geschwommen. Wir fuhren von Smyrna auf der Fregatte »Savette«. Eines Abends entspann sich zwischen uns und den Offizieren des Schiffes ein Streit darüber, ob die Sage von Hero und Leander wahr sei und ob es möglich wäre, bei der starken Strömung von einem Ufer zum anderen zu schwimmen. Es kam schließlich zu einer Wette, und der Schiffsleutnant Eakenhead und ich unternahmen es, hinüber zu schwimmen. Wir haben es trotz der Strömung vollbracht. Aber ich kann dir sagen, Davies, noch einmal möchte ich es nicht tun. Das Wasser war verdammt kalt. Ich kann mir nur denken, daß der gute Leander mächtig abgekühlt zu seiner Hero gekommen ist. Auf mich wartete am anderen Ufer leider keine Dame; ich wurde vielmehr von drei Fischern fast leblos aufgefunden.«

»Aber du hast sonst genug Heros gefunden,« scherzte Davies. »In Athen soll ein sehr hübsches Mädchen dich beglückt haben und in Malta eine junge Frau mit dem schönen Namen Florence.«

Er schmunzelte Hobhouse spitzbübisch zu.

»Lies Davis doch mal die Verse vor, die du auf die beiden gemacht hast,« bat Hobhouse und zeigte auf die Blätter, die Byron noch immer in den Händen hielt.

Bereitwillig suchte Byron und sagte:

»Hier ist das Gedicht »An das Mädchen von Athen«. Der Refrain ist neugriechisch: »Zoë mu, sas agapo« und bedeutet: mein Leben, ich liebe dich.

»Süßes Mädchen von Athen,
Gib mein Herz mir, eh' wir gehn.
Ach, ich halt' es doch nicht fest,
Gut, behalt es samt dem Rest.
Eh' ich scheide, schwör' ich so:
Zoë mu, sas agapo.

Bei den Locken, die der West
Wallend kost und wehen läßt,
Bei der schwarzen Wimpern Saum,
Bei der Wange weichem Flaum,
Bei dem Rehaug', mild und froh,
Zoë mu, sas agapo.

Mädchen von Athen, ade.
Denke meiner, wenn ich geh'.
Mag ich auch nach Stambul gehn,
Seel' und Herz bleibt in Athen.
Glaubst du, daß ich dir entfloh?
Zoe mu, sas agapo.«

»Sehr hübsch,« lächelte Davies, »wirklich sehr hübsch.«

Hobhouse summte leise vor sich hin:

» Zoe mu, sas agapo.«

»So, jetzt noch das an Florence,« bat Davies, da Byron sich anschickte, die Blätter in die Reisetasche zu tun.

»Ich kann hier nicht lesen, der Wagen poltert zu laut auf diesen elenden englischen Straßen. Ich muß zu sehr schreien,« lehnte er ab.

Er schloß die Tasche und sprach sinnend vor sich hin:

»Athen war mir eine neue Welt. Nicht die schwarze Thereza meine ich, nein, Griechenland, dieses arme geknechtete Griechenland. Ihr könnt euch keinen Begriff davon machen, auch du nicht, Hobhouse, denn ich habe es erst während meines letzten Aufenthalts kennengelernt, als ich mehrere Monate in der Morea war. Diese Bedrückung, unter der das Land stöhnt. Im Opiumrausch vollbringen die Türken die furchtbarsten Dinge an diesem geknechteten Volk. Ich habe mit eigenen Augen gesehen, daß Mütter, die ihre Töchter verteidigten, abgeschlachtet wurden. Kein griechisches Weib ist vor der Brunst dieser Teufel sicher. Kein Grieche hat das geringste Recht. Ist er Landwirt, so werden ihm seine Einkünfte von dem Aga, dem Gouverneur entrissen oder von irgendeinem türkischen Nachbar. Er wagt nicht, sich zu beschweren oder zu beklagen, da er sonst zu gewärtigen hat, jählings aus dem Wege geräumt zu werden. Ja, es geht so weit, daß, wenn ein Türke Geld braucht, er einfach in den ersten besten griechischen Laden hineingeht und eine angebliche Schuld einfordert. Und der Grieche zahlt prompt in seiner Angst. Ich habe mit eigenen Augen gesehen, wie türkische Soldaten einen alten Bischof als Zielscheibe für ihre Flinten benutzten. Die Leiche haben sie dann über dem Eingang eines Bäckerladens aufgehängt. Jeder, der hinein-oder hinausging, mußte diesen grauenhaften Vorhang erst beiseite schieben. Es ist ein Jammer um dieses wundervolle Land. Ich erinnere mich einer Nacht in Athen. Westlich von den Höhen Moreas sank die Sonne, doppelt schön im Scheiden. Nicht wie bei uns im Norden sank sie. Es war ein wolkenloser Brand lebendigen Lichts.«

Er sprach vor sich hin, hingerissen von dem Gedenken: »Auf der stillen See glühten die roten Strahlen wie zitterndes Gold in dem dunklen Grün der Wogen. Es war, als ob der Felsen von Ägina lachte. Die Bucht von Salamis lag schon in der Finsternis der Bergschatten, aber um die blauen Höhen glomm ein tiefer Purpur, der sanft in dem weichen Abendlicht verschwomm, bis ein leiser, violetter Farbenhauch die Gipfel umduftete. Oben auf der Akropolis ist mir der Gedanke aufgestiegen, daß einst der weiseste Sohn von Athen den Tag so versinken sah. Seine Jünger umstanden ihn und sahen bebend, wie das Licht verflog, und sahen verzweifelt, wie das Gebirge immer trüber wurde, als gösse sich der Gram der Nacht auf die Flur. Und dann, beim letzten Aufzucken des Lichts, trank Sokrates den Becher und starb, groß und schlicht, wie er gelebt hatte. Dort oben von der Akropolis konnte ich sehen, wie sich die Nacht über den Hymettos breitete. Dann ging der Wand plötzlich auf und wob ein funkelndes Diadem um den weißen Marmorkranz. Der weite Olivenwald im Tale des Cephissus schimmerte wie Silber, und die Kioske und Minarets der Moscheen strahlten weißblau wie Stahl. Und dunkel in dem heiligen stillen Blau stand einsam die Palme neben dem Tempel des Theseus. In jener Nacht ist ein großer Schmerz über mich gekommen. Vergangenheit und Gegenwart grüßten sich, und ich sage es ehrlich, die Tränen sind mir über die Backen gelaufen, als ich daran dachte, welches ruhmreiche Volk hier einst gelebt hat und welche Sklaverei jetzt hier herrscht. Und da –« er reckte sich hoch auf, – »da hab' ich eine Lebensaufgabe vor mir gesehen, die würdig wäre eines großen Menschen. Dieses Volk von seiner Bedrückung zu befreien, dieses wundervolle Land wieder zu erwecken, der Miltiades oder Themistokles dieses Volkes zu werden, es aufzurütteln aus seiner feigen Schlaffheit, ein freies Volk zu pflanzen auf diese Stätte der Größe des Menschengeistes, ich sag' euch, ihr Jungen, das wäre eine Lebensaufgabe! Ein großes freies Reich hier zu errichten –«

»– unter dem König Byron,« fiel Hobhouse sarkastisch ein.

Da sank Byron in sich zusammen und starrte dem Freund auf den Mund. Die tiefste ahnende Sehnsucht seiner Seele war plötzlich mit Hohn besudelt worden. Er biß die Zähne in die Lippen und schwieg. Doch Davies schalt: »Du bist unausstehlich mit deinem Spott. Du hast nur wieder bewiesen, mein lieber Hobhouse, daß du kein Gefühl für wahre Begeisterung hast.«

»Na,« meinte Hobhouse, »man kann doch mal einen Scherz machen.«

Dann schwiegen sie alle drei. Byron starrte zum Fenster hinaus auf die hochstehenden Kornfelder, an denen sie langsam vorüberfuhren. Plötzlich wischte er sich mit der Hand über die Augen.

»Lieber,« sagte Davies innig, »Hobhouse hat es ja gar nicht so schlimm gemeint.«

Byron schüttelte den turbangeschmückten Kopf.

»Es ist nicht das,« sagte er leise. »Ich habe nur plötzlich das Land da draußen gesehen und dahinten den lieben alten trauten englisch-gotischen viereckigen Kirchturm. Und da habe ich plötzlich gefühlt, daß ich zu Hause bin.«

## VII.

Am nächsten Mittag in Reddish's Hotel, Byron war kaum den Federn entschlüpft, klopfte es an seine Tür, und herein trat Herr Charles Dallas.

»Guten Tag, Mylord!« rief er und eilte auf Byron zu. »Wie freue ich mich, Sie wieder zu sehen. Soeben erfahre ich zu meinem Erstaunen, daß Sie wieder in England sind. Und wie gut Sie aussehen, ganz vorzüglich.«

»Und wie geht es Ihnen?« fragte Byron.

Herr Dallas ließ sich trübselig in einen Stuhl fallen.

»Nicht gut, Eure Lordschaft, nicht gut. Sie wissen ja, in diesem England gelingt es immer nur einigen Wenigen, die Gunst des Lesepublikums zu erringen. Wer am lautesten brüllt, der hat sie. Mir liegt das leider gar nicht.« Er rieb verzweifelt die Hände.

»Was machen meine »Englischen Barden und schottischen Rezensenten«?« erkundigte Byron sich belustigt. Er war heut in einer selten guten Laune. Bis tief in die Nacht hatte er mit den Freunden beim Becher gesessen und mit stillem Frohgefühl den Odem der Heimat empfunden.

»Die Satire« – Herr Dallas breitete resigniert die Arme aus – »war leider durchaus nicht das Geschäft, das ich erwartet hatte. Durchaus nicht. Die erste Auflage, die, wie Eure Lordschaft wissen, anonym erschien, war freilich im Nu vergriffen. Jeder wußte, daß Eure Lordschaft der Verfasser war. Die zweite ging auch noch ganz schön. Aber dann haperte es. Wenn man große Reklame gemacht hätte, hätte man das Buch vielleicht lanzieren können. Aber mir fehlten leider die Mittel. Das Buch brachte ja nichts. Wo sollte ich das Geld hernehmen? Aber darum, Mylord, lassen Sie den Mut nicht sinken. Das nächste Mal wird's besser gehen. Sie sind jetzt bekannt, das Publikum erwartet etwas von Ihnen. Ich bin überzeugt, Sie haben einen Schlager von der Reise heimgebracht.«

Byron schritt stolz zum Schreibtisch und ließ einige Bogen eines Manuskripts wie eine Flagge der Verheißung wehen.

»Ja, ich habe etwas mitgebracht. »Winke nach Horaz«, heißt es. Ich wurde dazu angeregt durch die ars poetica des Horaz. Es ist wieder eine Satire im Popestil, gewissermaßen die Fortsetzung der »Englischen Barden«.«

Erfolgssicher legte er das Konvolut in die Hände des Gastes. Der freilich teilte die Begeisterung seines Wirtes nicht ganz. Sein schmales Gesicht ward noch schmäler vor bitterer Enttäuschung.

»Das bringen Sie von dieser Reise heim!« stammelte er. »Verzeihen Sie, wenn ich etwas konsterniert bin. Aber, Mylord, Sie werden mein Erstaunen darüber begreifen, daß man in den fernen Osten reisen muß, um sich von Horaz anregen zu lassen. Ich hatte erwartet, Sie würden irgendeine sensationelle Ausbeute des Orients mitbringen. Irgend etwas ganz Unerhörtes. Etwas, das den Hauch der fremden Welt atmet. Und nun bringen Sie mir diese »Winke nach Horaz«!« Er schnippte verächtlich mit dem Mittelfinger gegen die Blätter.

»»Winke nach Horaz«, wie das schon klingt! Viel zu gelehrt, da beißt doch kein Hund an. Und dann wieder eine Satire! Mein Gott, wir haben doch wahrhaftig genug Satiren gehabt. Das Publikum will endlich mal was Neues haben. Irgend etwas Originelles, das noch kein anderer vor Ihnen geschrieben hat. Ach, und ich hatte solche Hoffnungen auf Ihre Rückkehr gesetzt!«

Er sank zerschmettert in sich zusammen.

Byrons Blicke hingen an seinen Schuhen. Er sah, daß die Sohlen zerrissen waren. Und plötzlich tat ihm der Mann leid.

»Ja,« sagte er betreten, »ich glaubte nun gerade, daß eine neue Satire –«

»Sie glaubten,« fuhr Dallas schmerzlich dazwischen, »und ich muß es ausbaden. Was tue ich nun bloß! Ich bin in der allergrößten Verlegenheit. Mit dem Zeugs da ist doch nichts zu machen.«

Er blätterte grimmig in den »Winken«. Byron stand unschlüssig vor ihm.

»Lesen Sie doch erst,« bat er.

»Ich lese ja, ich lese ja fortwährend,« klagte Dallas. »Nun ja, Verse, ganz brave Verse. Ja, aber das ist doch kein Geschäft. Haben Sie wirklich nichts anderes mitgebracht?«

»Ich hätte schon noch etwas,« gestand Byron schüchtern. »Aber das taugt sicher nichts. Meinem Freunde Hobhouse hat es auch nicht gefallen. Es sind ein Bündel Spencer-Stanzen.«

»Was behandeln sie?« fragte Dallas hoffnungslos.

»Ein junger Edelmann verläßt nach einer wilddurchstürmten Jugend seine Heimat. Er hat mit seiner Jugend gewüstet, in Spiel und in Leidenschaft, und verläßt jetzt voller Ekel England und wandert hinaus in die Welt. Er durchstreift Portugal und Spanien und sieht dort das Volk im gewaltigen Ringen aufstehen gegen Napoleons Herrschaft. Dann zieht er weiter nach dem Orient. Kurz, ich habe meine ganze Reise mit allen ihren bunten Erlebnissen darin geschildert.«

Dallas starrte den jungen Dichter an.

»Mensch!« schrie er, »Mylord, das sagen Sie erst jetzt! Aber mein Gott, das ist doch gerade so was, wie ich's meine. Das ist doch was Neues. So was interessiert doch heutzutage. Ein Wüstling, das ist doch was für die Weiber. Und die Schilderung von fernen Gegenden, in die selten ein Engländer kommt! Und diese aktuellen Kämpfe auf der iberischen Halbinsel! Mensch, geben Sie es doch her, geben Sie es doch endlich her!«

Lächelnd entnahm Byron das Manuskript der Tischlade.

»Es sind nur zwei Gesänge,« entschuldigte er.

»Aber das Ganze ist als ein großes Epos angelegt. Ich habe es nur nicht vollendet, weil ich es nicht der Mühe wert hielt.«

Dallas war aufgesprungen und entriß dem jungen Freunde das umfangreiche Manuskript.

»Childe Buren's Pilgerfahrt«, las er auf dem ersten Blatt.'

»Childe?« fragte er, »was soll das bedeuten? Kind Buren?«

Byron schüttelte den Kopf. »Childe« bedeutet hier nicht »Kind«, sondern ist ein altenglischer Ausdruck für »Ritter.«

»Ach so,« rief Dallas befriedigt. »Sehr hübsch. So etwas ist gut, das mutet gleich romantisch an. »Buren« das heißt wohl Byron?«

Der Dichter nickte. »So nannten sich meine Vorfahren, die mit Wilhelm dem Eroberer nach England kamen. Ich habe den Namen gewählt, weil das Gedicht nur von mir handelt.«

Dallas hatte inzwischen beutelüstern in den Bogen geblättert.

»Darf ich Ihnen vorlesen?« bat Byron, nahm ihm das Manuskript aus den Händen und las:

»Es lebt ein Knab' in Albions Inselland,
Dem nicht der Pfad der Ehrbarkeit behagte,
Der seinen Tag verlor mit wüstem Tand,
Der Nächte müdes Ohr mit Jubel plagte.

Er war ein Wicht, der aller Scham entsagte,
Ein Freund gemeiner Lust und Schwärmerei,
Der nicht nach andern Erdendingen fragte,
Als lockrer Frauen üpp'ge Kumpanei

Und flotter Brüderschaft, wie niedrig sie auch sei.«

Er hielt inne.

»Sie müssen es allein lesen, es ist zu lang. Hören Sie nur noch Ritter Burens Abschiedslied von der Heimat:

»Ade, ade, die Woge hüllt
Der Heimat Strand mir ein.
Der Nachtwind seufzt, die Brandung brüllt,
Die wilden Möwen schrein.

Der flieh'nden Sonne folgen wir,
Sie sinkt, eh wir's gedacht
Ein Lebewohl noch ihr und dir,
O Heimat! – Gute Nacht.

Nur kurze Zeit und wieder her
Kommt sie im Morgenlicht,
Und ich begrüße Luft und Meer,
Doch Mutter Erde nicht.

Mein Schloß ist öd', an seiner Wand
Rankt wildes Grün empor;
Verlöscht ist meines Herzens Brand,
Mein Hund heult vor dem Tor.

Nun bin ich in der Welt allein
Auf weiter, weiter See.
Was seufz' ich viel um fremde Pein,
Wer seufzt um all mein Weh?

Mein Hund vielleicht wehklagt nach mir
Bis fremde Hand ihn speist,
Wer weiß, ob nicht das treue Tier
Beim Wiedersehn mich beißt.

Mit dir, mein Schifflein, will ich ziehn
Durch schäumend Flutgebraus;
Was kümmert's mich, wohin wir fliehn,
Ziehn wir nur nicht nach Haus!

Sei mir gegrüßt, du blaue See!
Und wenn die Fahrt vollbracht,
Willkommen, Wüst' und Alpenschnee,
O Heimat! – Gute Nacht.«

Herr Dallas stand sprachlos.

»Aber,« stammelte er endlich, »aber das ist ja famos. Das ist ja im höchsten Grade originell. Das muß ich sofort lesen.«

Er riß das Manuskript wieder an sich und klemmte es fest unter den Arm.

»Auf Wiedersehen, Mylord!« Er hastete zur Tür. »Erwarten Sie mich heute Abend. Erwarten Sie mich ganz bestimmt. Mir scheint, wir werden zu sprechen haben.«

Schon war er im Korridor. Byron sprang ihm nach.

»Herr Dallas!« rief er, »wollen Sie nicht auch die »Winke« mitnehmen? Ich bin überzeugt, wenn Sie sie erst lesen werden, werden Sie anders darüber urteilen.«

Herr Dallas aber war schon an der Treppe: »Behalten Sie Ihre »Winke«, die lese ich ein andermal.«

Sein Kopf verschwand hinter der Treppenbrüstung. Als er nach wenigen Stunden zurückkehrte, traf er den Dichter nicht zu Hause. Doch der Portier teilte ihm mit, daß Seine Lordschaft ihn gebeten habe, zu warten. Mit erregten kleinen Schritten lief Herr Dallas in dem Zimmer auf und nieder, blieb von Zeit zu Zeit am Fenster stehen und blickte kopfschüttelnd hinab in das Getriebe von St. James' Street. Das Manuskript hielt er fest an die Brust gepreßt, das hätte er nicht mehr hergegeben um 100 Pfund Sterling. I, nicht um 200 Pfund. Endlich öffnete sich die Tür und Byron trat herein.

Der Gast stürzte ihm entgegen, steckte schnell das Manuskript in die Rocktasche, und schüttelte ihm enthusiastisch beide Hände.

»Mylord,« ächzte er vor Erregung, »Mylord, das ist ja ein Meisterwerk. So was ist in England noch nicht geschrieben worden. Das ist ja der Ausdruck eines ganz neuen Gefühls, das in der englischen Literatur noch niemals Worte gefunden hat. Das ist interessant, das ist romantisch. Das ist nicht nur eine Erzählung, das ist ein Manifest. Das pfeift auf alle Konvention, das reißt Masken herunter. Das ist einfach unerhört. Diese Blasiertheit in dem Ding. Die trifft die Stimmung der Zeit. Wir leben im Zeitalter der Blasierten. Und dieser Weltschmerz, der in jedem Worte heult! Das ist das Gefühl unseres Zeitalters, das ist das erlösende Wort der

Zeit. Und Ihre Pose darin. Das ist das Beste daran. Jeder Mensch wird wissen, das sind Sie, das sind Sie. Denken Sie mal an, was das für die Frauen ist. Wie sie das Buch verschlingen werden. Jede Leserin wird sofort wissen, dieser ruchlose, blasierte, weltschmerzlich angehauchte junge Mann, das ist Byron, das ist ein Lord von England. Das ist ja gar nicht auszudenken, was für'n Aufsehen das Buch erregen wird.«

Byron lächelte wortlos und verlegen.

»Aber »Childe Buren« dürfen Sie es natürlich nicht nennen,« fuhr Dallas hastig fort. »Das ist ein Fehler. Die Kunst des Erfolges liegt im Verhüllen. Man darf dem Leser nicht alles unter die Nase reiben. Man weiß auch so schon, daß Sie es sind, und nur Sie. Aber man darf es nicht sagen. Der Leser freut sich immer, wenn er was erraten kann und fühlt sich dann Gott weiß wie klug. Nennen wir's« – er überlegte – »nehmen wir irgendeinen xbeliebigen englischen Namen, meinetwegen Harold. Klingt sogar sehr schön. Klingt ganz famos. »Childe Harolds Pilgerfahrt«. Der Titel allein ist unter Brüdern 100 Pfund wert.«

Byron lächelte wieder. Herr Dallas aber sprudelte weiter. »Natürlich muß man die Geschichte nun geschickt drehen. Die Reklame muß ganz raffiniert inszeniert werden. Aber das werde ich schon machen. Ehe das Buch erscheint, müssen Notizen in die Zeitungen lanziert werden. Das Publikum muß eines schönen Tages beim Morgentee lesen, daß der Dichter des demnächst erscheinenden Gedichtes soeben von seiner gefahrvollen Reise aus dem Innern Afrikas zurückgekehrt ist –«.

»Afrikas?«

»Ja, natürlich, Afrika. Klingt doch viel romantischer als Konstantinopel. Dann muß man die Aushängebogen einigen zuverlässigen Kritikern geben, ehe es erscheint, damit sie es womöglich vor dem Erscheinen schon besprechen und Neugier erregen. Dann müssen es auch vor dem Erscheinen einige Damen bekommen, denen man mitteilt, daß man ihrem literarischen Geschmack besonders vertraut und sie um ihren Rat fragt, ob man das Buch herausgeben soll oder nicht. Sie sollen mal sehen, Mylord, wie das die Eitelkeit der Weiber kitzelt. Sie werden den Mund natürlich nicht halten und werden allen guten Freunden mitteilen, daß man ihnen ein wunderbares Gedicht vor dem Erscheinen zur Prüfung übergeben habe, und die Neugier wird rasen. Besonders geeignet erscheinen mir die Lady Caroline Lamb und Lady Holland.«

»Wenn ich mich recht entsinne,« sagte Byron, »so haben Sie damals im Chapter-Café gerade auf diese beiden Damen weidlich geschimpft.«

»Kann sein, Mylord, kann sein, aber deshalb können sie doch als Werkzeuge des Erfolgs im höchsten Grade nützlich werden. Gerade die exzentrische Lady Caroline ist ausgezeichnet für einen Boom und Lady Holland unbezahlbar als Herrin des ersten Zirkels von London. Lassen Sie mich nur machen. Die Hauptsache ist dann natürlich auch der Verleger. Cawthorne, bei dem Ihre »Englischen Barden« erschienen sind, kommt gar nicht in Betracht. Der Mann tut ja nichts. Miller oder Murray muß gewonnen werden, nein, kein anderer als Murray darf das Buch haben. Er ist jung und unternehmend, er ist der Verleger der Zukunft und hat Geld. Er wird ins Portemonnaie greifen, um den Dichter der Zukunft zu bekommen.«

»Ja,« bedachte Byron, »wenn ich offen sein soll, gefällt mir diese Art Reklame nicht. Sie geht gegen mein Gefühl.«

»Papperlapapp,« machte Dallas. »Mit Gefühl erringt man keinen Erfolg. Im übrigen haben Sie doch mit der ganzen Geschichte nichts zu schaffen. Im Gegenteil, Sie müssen hoch oben auf Ihrem Piedestal stehen bleiben. Wir bringen eine kleine Notiz in die Zeitung, daß durch die Indiskretion eines Freundes des Dichters –« Dallas verneigte sich und sagte scherzhaft: »das bin ich – die Aushängebogen an die Kritiker und die Damen gelangt sind. Sie haben damit gar nichts zu tun.«

»Es gefällt mir nicht,« wehrte Byron.

Da legte Dallas die Maske ab und gestand: »Lieber guter einziger Lord, machen Sie doch bloß jetzt keine Geschichten. Nun haben Sie endlich mal ein Werk geschrieben, das auch klingenden Lohn verspricht, nun lassen Sie mich für die viele Mühe, die ich mit Ihnen gehabt habe, auch mal etwas verdienen. Ich bekenne Ihnen ganz aufrichtig, meine Familie hat es blutnötig.«

Da siegte Byrons Gutherzigkeit. »Nun, meinetwegen,« gab er nach, »aber wahren Sie den Anstand.«

Frohgemut sprang Herr Dallas die Treppe hinab, nahm eine Hackney-coach und fuhr nach Fleet Street zu dem Verleger John Murray. Der hörte gelassen Herrn Dallas Bericht, las sofort den ersten Gesang, überflog den zweiten und stellte einen Scheck aus über 500 Guineas. Guinea = ca. 21 Mark.

Kaum hatte Herr Dallas das Zimmer verlassen, da klopfte es abermals. Es war der rote Briefträger. Der Portier hatte ihn zu Seiner Lordschaft hinaufgeschickt, weil er nicht wußte, ob Byron den Brief mit dieser grob gekritzelten Aufschrift gegen Erlegung des hohen Portos annehmen wolle.

Byron betrachtete verwundert die Adresse.

»Nanu,« dachte er, »das ist doch Fletchers Handschrift. Wie kommt der dazu, mir zu schreiben?«

Er bezahlte die drei Schillinge Gebühr und öffnete das Schreiben, während der Briefträger die Treppe hinabstolperte.

Er las:

»Eurer Lordschaft zeige ich hiermit gehorsamst an, daß dero Mutter, die ehrenwerte Frau Byron, heute schwer erkrankt ist. Dies zeige ich Ihnen ehrerbietigst an. Morgen nachmittag werde ich mit dem Jagdwagen in Newport Pagnell warten, wenn Eure Lordschaft dort die Post verlassen wollen. Der Doktor meint, sie wird nicht mehr lange leben.

Eurer Lordschaft
gehorsamster
für immer treu ergebener Diener
William Fletcher.«

Byron las und glitt auf einen Stuhl nieder. Die Mutter war krank, sterbenskrank. Da stand es schwarz auf weiß. Er saß und lauschte in sich hinein. Lauschte, ob sich nicht irgendein Schmerz in ihm rege. Doch es blieb still in ihm, ganz still und steif. Er suchte seine Gedanken zum Schmerz zu zwingen. »Sie ist krank,« sprach er hartnäckig laut vor sich hin... Sie liegt dort in Newstead Abbey und ringt mit dem Tode.«

Er suchte es sich vorzustellen. Doch er sah nur die öde Wand des Hotelzimmers. Schließlich erhob er sich seufzend und begann die Koffer zu packen. Er mußte nach Newstead eilen, ja, das mußte er, daran war kein Zweifel. Sogar sein Diener Fletcher hielt das für selbstverständlich. Nun ja, er wollte es ja auch. Das verlangte wohl seine Pflicht als Sohn, daß er ihr beistand in ihrem letzten Kampfe. Wie fremd ihm die Frau war, wie völlig gleichgültig es ihn ließ, daß sie jetzt in dem dämmrigen Zimmer der Abtei lag und mit dem Würger rang! Er warf seine Sachen, die er heute morgen so heimatsfroh ausgepackt hatte, mißmutig in den Koffer zurück. Es paßte ihm gar nicht, jetzt London zu verlassen. Er mußte jetzt hier sein, mit Murray verhandeln. Er mußte – ach es paßte ihm gar nicht! Nein, er hatte nicht nach Newstead zurückkehren wollen, vorläufig nicht. Er gestand es sich nicht ein, aber im Unbewußten lag ein Bangen vor den Qualen der Nähe von Annesley. Er fürchtete die Geister seiner Liebe. In Newstead würde wieder aller Gram und alle Not dieser bösen Leidenschaft auferstehen. Auferstehen? Er blickte starr vor sich hin. War diese Not denn gestorben auf seiner langen Reise? War sie denn je zur Ruhe gegangen? Er schüttelte den Kopf und glättete das kostbare albanesische Kostüm sorgfältig in den Koffer hinein. Nein, die nagende Sehnsucht war ihm nachgegangen auf allen Irrfahrten. Er hatte vergebens versucht, sie zu betäuben. In den Armen der schwarzen Josepha von Sevilla, bei dem Lächeln der lieblichen Florence Spencer, unter den Gluten der heißen Augen des Mädchens von Athen, in Konstantinopel, in Smyrna, immer war sein letztes Gedenken bei der bleichen Frau von Annesley gewesen. Und oft hatte er seine Sehnsucht in verzweifelten Versen hinausgeschrien.

Nein, er hatte Newstead meiden wollen, diese Hölle der Tantalusqualen, in der er nur aufs Pferd zu springen brauchte, sie in wenigen Minuten zu erreichen, in der sie ihm doch ferner war als im fernsten Orient. Nein, diese Folter wollte er nicht noch einmal durchleiden. Die Koffer waren gepackt. Still setzte er sich in einen Sessel und grübelte.

»Ich muß hin zu ihr. Das kann eine Mutter verlangen, daß ihr einziges Kind bei ihr ist in der Stunde des Todes.«

Und wieder suchte er sich hineinzuzwängen in eine Trauer. Doch es gelang ihm nicht. Schließlich griff er ergrimmt zum Hute und bummelte durch die alten Stätten, in denen er vor zwei Jahren seine beste Kraft vergeudet hatte. –

Als die Post in Newport Pagnell einfuhr, stand Fletcher neben dem Jagdwagen, einen mächtigen Trauerflor um den Hut gewunden. Da wußte Byron, daß er die Mutter nicht mehr lebend antreffen würde. Langsam entstieg er der Kutsche und trat zu dem Diener. Der machte krampfhafte Anstrengungen, sein glattes Lakaiengesicht in schmerzliche Falten zu zergliedern.

»Es ist vorbei, Eure Lordschaft,« sagte er mit tränenwattierter Stimme, »es ist alles vorbei.«

Byron nickte und stieg auf den Bock. Als sie eine Weile stumm die Landstraße hinabgefahren waren, fragte er: »Wie ist es gekommen, Fletcher?«

»Ganz plötzlich, Eure Lordschaft, keiner hätte was Schlimmes vermutet. Noch vorgestern war die ehrenwerte Mrs. Byron mobil wie immer. Da kam am Vormittag Mr. Fiddlestick aus Nottingham und wollte seine Rechnung bezahlt haben. Er sagte, er müsse Frau Byron sprechen, denn nun könne er wirklich nicht länger warten. Die Rechnung sei schon drei Jahre alt. Ich führte ihn zu Mrs. Byron ins Zimmer. Da haben sie nun eine ganze Weile miteinander gesprochen. Wir konnten es in der Dienerhalle hören, daß die Unterredung sehr erregt war. Und plötzlich kam Herr Fiddlestick ganz bleich zu uns herausgerannt und rief: »Ich glaube, die Alte stirbt. Sie hat einen schrecklichen Wutanfall gehabt.«

Wir liefen nun alle ins Zimmer, und da lag Mrs. Byron auf dem Sofa, und die eine Seite des Gesichtes war ganz blau. Ich sprach zu ihr, aber sie gab keine Antwort. Da bin ich schnell nach Nottingham geritten und habe den Doktor geholt. Der kam denn auch gleich und sagte, sie hätte einen Gehirnschlag und würde es wohl nicht mehr lange machen; ich sollte an Eure Lordschaft schreiben. Das habe ich denn auch getan.«

»War ihr Tod schwer?« fragte Byron nach einer Weile.

»Nein, Eure Lordschaft, sie ist gar nicht mehr zum Bewußtsein gekommen. Sie hat gestern den ganzen Tag ganz still gelegen, und heute früh, als wir nach ihr sahen, war sie schon ganz kalt.«

Byron sagte nichts weiter. Doch je mehr sie sich Newstead näherten, desto unbehaglicher wurde ihm. Dann stand er an der Leiche. Das Gesicht der Toten war grausig entstellt. Er setzte sich neben das Bett und betrachtete sie lange. Doch kein Gefühl blutete in ihm auf. Dann klopfte es. Nanny Smith trat herein und bat den jungen Herrn, nach der langen Reise doch etwas zu essen. Er dankte. Da faßte sich die gute Nanny ein Herz und sagte: »Eure Lordschaft sollten hier nicht so allein bei der Leiche sitzen. Das ist nicht gut.«

Byron nickte trüb. »Sie mögen recht haben, Frau Nanny. Kommen Sie, zünden Sie mir die Lichter in meinem Arbeitszimmer an.«

Sie folgte ihm in das Gemach. Als die Lichter brannten, fragte sie: »Wollen Eure Lordschaft wirklich nichts essen nach der langen Reise?«

Er schüttelte den Kopf. Aber eine fremde Angst vor dem Alleinsein überkam ihn.

»Nehmen Sie einen Stuhl, Frau Nanny,« gebot er, »und erzählen Sie mir etwas.«

Nanny glättete verwirrt ihren Rock über dem Schoße und hockte auf einer Ecke des Sessels nieder.

»Was soll ich Eurer Lordschaft erzählen?« fragte sie verlegen.

»Wie ist es hier gegangen in den zwei Jahren, die ich fort war?« versuchte er ein Gespräch einzuleiten.

»Nun,« sann sie, »wie soll es gegangen sein? Wie immer. Daß der alte Joe Murray gestorben ist, wissen Eure Lordschaft doch wohl?«

Byron bejahte.

»Meine Mutter hat es mir geschrieben.«

»Ja,« erzählte Nanny, »eines Abends, als er in seinem Lehnstuhl saß, ist er so eingeschlafen.« Und plötzlich wurde sie ganz eifrig.

»Ich habe immer gesagt, er soll nicht diese unmoralischen Lieder singen. Aber er wollte es ja nicht lassen. Und an diesem Abend, da sang er wieder das Lied von der Kathrein, das er besonders liebte. Der »böse Lord« hat es auch immer gesungen. Und mitten drin schlief er ein, und dann ist er nicht mehr aufgewacht.«

Byron schwieg und blickte sinnend auf die grinsenden Totenschädel.

»Was wurde aus dem hübschen Mädchen, ich glaube Lucy hieß sie, nicht wahr?«

Frau Nannys Züge wurden glatt vor Sittsamkeit.

»Die ist verheiratet. Schon bald zwei Jahre jetzt. Ein Gastwirt in Nottingham hat sie genommen. Eine gute Partie für sie. Sie hat sich freilich eingebildet, man wagt es kaum zu sagen, aber sie hat es sich doch nun mal eingeredet, Eure Lordschaft würden sie heiraten.«

Byron starrte verdutzt drein.

»Ich habe es ihr ja immer gesagt, daß sie eine Törin ist,« schob Nanny alle Schuld von sich.

Byron schwieg, und Mrs. Nanny Smith überlegte, mit welchen Neuigkeiten sie den jungen Herrn weiter unterhalten könne. Sie wußte die Ehre durchaus zu würdigen, mit ihrem jungen Gebieter Konversation zu machen. Endlich fand sie etwas.

»Von dem Skandal in Annesley haben Eure Lordschaft wohl schon gehört?«

Byron richtete sich in dem Sessel auf.

»Welchem Skandal?« fragte er und fühlte eine eisige Kälte im Gesicht.

»Er hat sie doch verprügelt,« berichtete Nanny wichtig.

»Wer?« fragte Byron und wußte es genau.

»Nu, der Herr Musters. Schlecht behandelt hat er sie ja immer schon« – Nanny schlug beide Hände schämig vor das Gesicht – »betrogen hat er sie vom ersten Tag der Ehe an. Kein Mädchen in Nottingham war vor ihm sicher. Wenn er in die Stadt geritten kam, sperrten alle Mütter ihre Töchter in die Zimmer ein. Solch eine Angst hatten sie vor ihm. Aber nu hat er sie geschlagen.«

»Woher wissen Sie das?« fragte Byron. Der Hals schmerzte ihn.

»Nu, Fletcher hat seinen Kollegen von Annesley in Nottingham getroffen. Der hat es ihm gesagt. Es soll eine schreckliche Szene gewesen sein. Man hat draußen die Schläge gehört, und Mrs. Chaworth hat geschrien und dann ist sie herausgestürzt aus dem Zimmer und hat das Kind angezogen und ist mit der Wärterin davongefahren.«

»Wann war das?« fragte Byron und stand auf.

»Hm; das können immerhin so an die zwei Monate her sein.«

»Wohin ist sie gefahren?« Die Äderchen in seinen Augen waren blutig angeschwellt.

»Das weiß kein Mensch,« bedauerte Nanny und sah angstvoll in das entstellte Gesicht ihres Herrn. »Manche meinen, sie ist mit der Post nach London gefahren. Andere sagen, nach dem Norden, und andere sagen wieder was anderes. Keiner weiß was Bestimmtes.«

Byron war zum Fenster getreten und wandte der Frau den Rücken. Endlich vermochte er hervorzustoßen: »Ich danke Ihnen, Frau Nanny, Sie können gehen.«

Eilig knitterte sie von ihrem Stuhl empor und huschte hinaus. Er war doch sehr unheimlich, dieser Nachfolger des »bösen Lords«. Denn wenn er sie auch einmal vor Jahren geliebt hatte. Du mein Gott, das war doch so lange schon her!

Früh am nächsten Morgen galoppierte Byron über die Felder. Mitten im Hof von Annesley sprang er aus dem Sattel, ließ das Pferd stehen und drang unangemeldet in das Haus. Herrn Musters traf er in dem altertümlichen Gemach, dem Hort der angefochtenen sagenhaften Stiefel.

»Nanu!« rief der, als der junge Lord ins Zimmer stürmte, »nanu, Herr Nachbar, Sie?«

»Wo ist Mrs. Chaworth?« keuchte Byron und umklammerte den Stiel der Reitpeitsche.

Herr Musters erhob sich gelassen aus dem Stuhle, betrachtete ruhevoll den Eindringling vom Kopf bis zu den Füßen und sagte mit breiter Sicherheit:

»Ich wüßte nicht, was Sie das angeht.«

Da trat Byron dicht an ihn heran, die Reitpeitsche zitterte in seiner Hand, und fauchte: »Wenn Sie es mir nicht sagen, dann –« Die Hand erhob sich drohend.

Herr Musters verschränkte die Arme über der breiten Brust und lachte kurz und behäbig: »Hab' also doch recht gehabt, Hab' immer gedacht, daß Sie beide was mitsammen haben. Hat ja Ihre werten Reimereien gar nicht mehr aus den Fingern gelassen. Und daß ich sie eines Tages an der Mauer von Newstead ertappte, wie sie dastand und sich die Augen aus dem Kopf starrte nach dem Schloß hin, das war auch kein purer Zufall.«

Byrons Hand sank herab.

»An der Mauer von Newstead haben Sie sie getroffen?!«

»Jawohl, Herr Nachbar. Brauchen sich aber nichts daraufhin einzubilden, denn Sie waren damals schon über alle Berge. Also, seien Sie gemütlich. Was wollen Sie eigentlich?«

»Ich möchte wissen, wo sie ist,« gestand er leise, niedergebeugt von der Kunde ihrer Pilgerfahrt nach Newstead.

»Möchte ich selber wissen, mein lieber Nachbar. Ist weggelaufen, die hysterische Person, weiß der Teufel, wohin. Von mir aus soll sie bleiben, wo sie ist, das Weibsstück das!«

Da trat Byron wieder dicht an ihn heran und zischte: »Sie haben sie geschlagen, Sie – Sie!«

»Das geht Sie doch wohl nichts an,« murrte Musters. »Lassen Sie das Gefuchtel mit dem Dings da, ja? Na, wird's bald? Herr, lassen Sie –«

Er versetzte Byron einen Stoß gegen die Brust, daß er taumelte. Ehe er wieder aufkam, war der schneidige John Musters durch eine Tapetentür entwichen. Der Schlüssel drehte sich knarrend im Schloß. Mit den Byrons war nicht gut anbinden, dieses Haus wußte von ihrer Berserkerwut.

Eine Weile blickte Byron begriffsstutzig auf die kleine Tür, die ihm den Feind entrissen hatte. Dann schlug er wutbesessen mit dem Griff der Peitsche gegen die Wand, daß es dumpf das Haus durchdröhnte, doch im Nebenzimmer blieb es still. Da ging er langsam, gebrochen hinaus in den Hof, fing sein Pferd ein und ritt zurück nach Newstead. Mit der Wut, die in ihm tobte, vermischte sich der alte Haß gegen die Welt, gegen Gott und alles Sein. Als am Nachmittag seine Mutter in der Familiengruft der kleinen Dorfkirche von Hucknall Torkard beigesetzt wurde, konnte er sich nicht bezwingen, der Urheberin seines unseligen Lebens das letzte Geleit zu geben. Als der Leichenzug sich im Park von Newstead ordnete, verbarg er sich in seinem Arbeitszimmer. Und als die Glocken vom Dorfe Hucknall Torkard herüberklangen, lief er hinaus in die Halle und befahl Fletcher, die Fausthandschuhe zu bringen. Lange boxte er mit dem kampfgeübten Diener. Doch es schien diesem, als schlage er grimmiger zu als sonst. Plötzlich schleuderte er die Handschuhe in eine Ecke, stürmte die Treppe hinan in sein Zimmer und schloß sich dort ein bis zum nächsten Morgen. –

Und über Byron kam eine neue Zeit der Verzweiflung. Er sehnte sich nach dem Tode und verfaßte sein Testament. In Erinnerung an den Schwur, den er einstmals am Grabe des Neufundländers Boatswain getan hatte, verfügte er:

»Ich wünsche, daß mein Leib in der Gruft im Garten zu Newstead ohne irgendwelche Zeremonien und Gottesdienst begraben und daß keine weitere Inschrift als mein Name und mein Alter auf mein Grab gesetzt werde. Es ist mein Wille, daß mein treuer Hund Boatswain nicht aus obengenannter Gruft entfernt werde.«

Dann trieb ihn die Liebe wieder in die Irre. Er stellte Nachforschungen an nach Marys Verbleib. Doch er fand keine Spur. Da umkrallte sein Hirn der Wahn, sie sei gestorben. Und er begann, sie wie eine Tote zu betrauern. Sie war hinüber, sie war dem Leid dieser Welt entflohen, sie hatte den großen Frieden gefunden. Da wurde es stiller in ihm. Er ging in dem herbstlichen Park umher und sang ihr unsterbliche Sterbelieder. Dem verewigten Geist, der sie ihm geworden, gab er den mystischen Namen Thyrza. So ging er umher und wiegte seinen Schmerz über ihren Verlust in trauervollen Elegien.

Doch dann kamen wieder Tage ohnmächtigen Aufbegehrens, an denen die Tote aus dem Grabe auferstand, an denen die Gewißheit, daß sie ihn liebe und daß sie an die Parkmauer von Newstead gekommen war und hinübergeblickt hatte nach dem Schlosse, in dem er einst gewohnt, ihn dem Wahnsinn der Verzweiflung in die Arme warf. Sie liebte ihn, sie hatte Hilfe und Zuflucht bei ihm, ihrem schicksalgegebenen Retter gesucht! Sie war ins Elend hinausgelaufen ohne Beistand, ohne Schutz, sie lebte in irgendeinem armseligen Schlupfwinkel und harrte auf ihn und seine Liebe. Sie harrte – harrte! –

Und wieder wurde die Einsamkeit ihm unerträglich. Da erflehte er den Besuch der Schwester. Sie kam. Er lebte auf unter dem feuchten Glanz ihrer blauen Augen und unter der Reinheit ihrer Stirn. Eine seltsame Zartheit lag über ihrem Beisammensein. Sie waren so nahe verwandt und kannten sich kaum.

Augusta war bei den Verwandten ihrer Mutter, der Marquise Carmathen, aufgewachsen und in einem französischen Kloster erzogen worden. Doch mancher Brief hatte zwischen Bruder und Schwester eine Brücke geschlagen. Jetzt saß sie in dem spukhaft weiten Speisesaal an seinem Tische und breitete die sänftigende Kraft ihrer ausgeglichenen Weiblichkeit über die Unrast seines Lebens. Sie saß da in ihrer saftvollen Schönheit und plauderte heiter und mild von ihrem Glücke daheim, von der Liebe ihres Mannes, von ihren Kindern, von dem Leben in der kleinen Garnisonstadt Six Mile Bottom. Und schon am ersten Tage war es Byron, als bringe sie ihm etwas wie eine Heimat.

»Du mußt lange bei mir bleiben,« bat er, »lange, lange,« und nahm ihre Hand.

»Ich kann doch nicht,« trauerte sie. »Ich möchte es ja so gern. Ich möchte dir so gern helfen, dein Leben glücklicher und wertvoller zu gestalten. Aber mein Haus wartet. Und dann, du weißt, daß ich ein Kind von zwei Monaten habe, das mich braucht.«

»Ja,« sagte er bitter, »die, die ich liebe, braucht immer ein anderer. Ich verliere meine Verwandten und du vermehrst die deinen.« Und düster fügte er hinzu: »Was besser ist, weiß Gott allein.«

»Sprich nicht so,« bat sie.

»Du hast recht,« nickte er vor sich hin, »alle Bemerkungen hierüber sind nutzlos. Wir wollen den Toten ihre Ruhe zu gönnen und zu dem öden Geschäft des Lebens zurückkehren, das mir freilich weder für die Zukunft noch bei der Rückschau irgend etwas Angenehmes bietet.«

»Du müßtest heiraten,« riet sie. »Eine schöne, großzügige Frau müßtest du haben.«

»Ja,« lächelte er mokant, »das muß ganz angenehm sein, verheiratet zu sein und auf dem Lande zu leben. Man hat eine schöne Frau und küßt ihre Kammerzofe.«

»Pfui,« schalt Augusta ernst und sah ihn mißbilligend an aus ihren leuchtenden blauen Sternen. Da sagte er besänftigend: »Das ist ja nur ein Scherz. Ich werde niemals heiraten. Ich bin für die Ehe nicht geschaffen. Ich glaube auch fest daran, daß das Unglück in der Ehe in unserer Familie erblich ist.«

»Das ist Unsinn,« wies sie mild zurück. »Sieh doch mich an.«

Ein froher Glanz lag auf der schönen Mütterlichkeit ihrer 27 Jahre.

»Unseres Vaters Ehe war unglücklich, das ist richtig. Sowohl die mit deiner Mutter, wie die mit der meinen. Doch das lag an seinem Charakter. Er war ein Wüstling.«

»Ich bin sein Sohn,« posierte Byron.

Da lachte sie herzhaft, sprang empor und fuhr ihm mit den Händen durch das braune Gelock.

»Du machst dich viel interessanter, als du bist, mein lieber George. Laß nur die rechte Frau kommen, und du sollst sehen, welch braver Ehemann du noch wirst.«

Da gestand er ihr seine Liebe zu Mary Chaworth. Sie hörte still und verstehend zu. Und dann sprach sie nicht mehr davon, daß er heiraten solle.

Es waren schöne, friedliche Tage, die sie in Newstead blieb. Sie gingen durch den Park, sie ruderten auf dem Teich und sprachen über Gott und Welt und Leben und Tod. Und sie sprachen über sein Dichten.

»Wie ist das?« fragte sie immer wieder. »Ich möchte alles wissen, was in dir vorgeht. Ich bin so stolz auf dich und möchte, daß du den Namen Byron wieder zu Ehren bringst. Es ist viel an ihm durch seine letzten Träger gesündigt worden. Einmal habe ich geträumt, du wärest nach Shakespeare der größte englische Dichter geworden. Aber ein großer Dichter muß ein großer Mensch sein. Und deshalb möchte ich so gern, du würdest ein ganzer Mann.«

Er zog die Brauen zusammen.

»Man kann ein großer Dichter sein,« murrte er, »und ein jämmerlicher, zerfahrener Wicht. Es gibt Beispiele genug. Die dichterische Begabung eines Mannes ist eine ganz bestimmte absonderliche Fähigkeit, eine eigene Seele und hat mit der Alltäglichkeit des Weichen ebensowenig zu tun, wie die Begeisterung der pyrischen Seherin mit ihrem eigenen Selbst, nachdem sie den Dreifuß verlassen hat.«

Doch Augusta schüttelte den Kopf.

»Das ist eine billige Entschuldigung,« wehrte sie. »Du mußt an dir arbeiten, mußt dich herausringen aus dieser Blasiertheit und diesem Schmerz, der nicht echt ist. Ein Mensch, der seinem Volke als Dichter etwas geben will, muß ein stahlharter Recke und kein weinerlicher Weichling sein. Und dann muß er, glaube ich, sehr viel wissen. Seine sittliche Tüchtigkeit und sein Wissen müssen der Urgrund seiner Dichtung sein.«

»Ach Wissen!« höhnte er, »man sagt, Wissen ist Macht. Nun ja. Und ich dachte ebenso. Jetzt aber weiß ich, daß Geld Macht ist. Wenn Sokrates erklärte, er wisse, daß er nichts wisse, so wollte er damit nur sagen, daß ihm keine Drachme in der Athenischen Welt gehörte. Ich weiß, daß jede Guinea ein Stein der Weisen ist.«

Sie blickte ihn lange an und sagte traurig: »Manchmal sprichst du nicht wie ein Dichter.«

Doch wenn er von seiner Reise erzählte, dann war sie mit ihm zufrieden. Er sprach von dem neuen Griechenland und seiner Bedrückung und von dem alten Griechenland und seinen Helden und Dichtern. Sophokles war sein Liebling.

»Der Mann ist mir verwandt!« rief er. »Er ist ein Pessimist wie ich. Sein Glaubenssatz ist wie der meine: Nicht geboren zu sein, ist das Beste. Da glauben die Leute, im Ödipus habe er den Frevel und seine Bestrafung schildern wollen. Das meinen die guten Schulmeister. Aber ich bin davon überzeugt, er hat zeigen wollen, wie die Götter die Menschen ins Leben hineinführen und dort im Elend verlassen.«

Und wenn sie abends am Feuer des Kamins saßen, dann erzählte er manch romantisches Liebesabenteuer.

»Während meines Aufenthalts in Athen war ich sehr verliebt in ein türkisches Mädchen. So verliebt, wie ich in wenige Weiber gewesen bin. Alles ging sehr gut bis zum Ramazan, einem Fest, das 40 Tage dauert, während dessen jegliche Annäherung der Geschlechter verboten ist. Während dieser Fastenzeit dürfen die Frauen ihre Gemächer nicht verlassen. Wir hatten uns mehrere Tage nicht gesehen, und all mein Sinnen ging dahin, eine Zusammenkunft zu veranstalten.

Aber das Unglück wollte, daß gerade die Mittel, die ich dazu ergriff, zur Entdeckung unseres Geheimnisses führten. Die Strafe war der Tod – Tod ohne Erbarmen – ein furchtbarer Tod, an den man nicht ohne Schaudern denken kann.«

Er schwieg und blickte auf die knisternden Holzscheite, dann fuhr er fort:

»Während der ganzen Zeit wußte ich von allem, was vorgefallen war, nichts. Ein bloßer Zufall gab mir die Möglichkeit, der Vollziehung des Urteils zu begegnen.«

Er schwieg wieder.

»Weiter,« bat Augusta, »erzähle weiter.«

»Ich machte wie gewöhnlich einen Spazierritt am Meeresufer, als ich einen Haufen Volk, aus dem die Waffen der Soldaten hervorglänzten, sich hinab an den Strand bewegen sah. Sie waren nicht so entfernt, daß ich nicht dann und wann ein unterdrücktes Schreien hören konnte. Meine Neugier ward heftig erregt, und ich sandte einen meiner Diener hin, um nach der Ursache der Prozession zu forschen. Male dir meinen Schreck aus, als ich hörte, daß sie ein unglückliches Mädchen, in einen Sack genäht, hinschleppten, um es in die See zu werfen. Eine Ahnung sagte mir sofort, wer das Mädchen war. Ich wußte, daß ich mich auf meine treuen Diener verlassen konnte, ritt an den Offizier heran, der den Trupp befehligte, und befahl ihm kurzerhand, seine Gefangene herauszugeben. Der Mann hatte keine Freude an dem Geschäft oder vielleicht an den entschlossenen Blicken meiner Leibgarde und willigte ein, mich in die Stadt zurückzubegleiten samt dem Mädchen. Kurz und gut, ich habe sie gerettet. Ich hatte mit der ersten obrigkeitlichen

Person eine Unterredung, die ich durch einen schweren Geldbeutel unterstützte. Sie wurde freigegeben unter der Bedingung, daß sie sogleich Athen verlasse und zu Freunden nach Theben gehe. Dort ist sie wenige Tage nach ihrer Ankunft gestorben. Vielleicht an den Folgen ihrer Angst, vielleicht auch an ihrer Liebe.«

Er schwieg ergriffen.

In Augustas Augen glänzten Tränen. Endlich sagte sie mit belegter Stimme: »Daraus müßtest du ein Gedicht machen.«

Er nickte. »Ich habe schon daran gedacht. Es ist ein guter Stoff.«

Da sprang sie empor. Ihr ruhiges, klares Gesicht veränderte sich, ihre stillen Augen flammten leidenschaftlich auf, sie ballte die Hände zu Fäusten und sprühte hervor: »O, wenn ich dir helfen könnte! Ich habe solche Sehnsucht danach, etwas zu leisten, irgend etwas zu tun, etwas anderes, als in dem kleinen Kreis meiner Familie zu beglücken. Ich möchte – ich möchte –« sie rang die Hände – »irgendeine große Tat einmal vollbringen, irgendein großes Opfer für einen großen Zweck bringen, das möchte ich.«

In Erregung bebend stand sie vor dem Kamin. Das Feuer warf blutrote Schatten über ihre bacchantisch wilden Züge. Da erhob sich Byron lächelnd, nahm ihre beiden Hände und sagte: »Du bist doch nicht so aus der Art geschlagen, wie ich dachte. Auch in dir rumort das Abenteurerblut unseres Vaters.«

## VIII.

Über den Wiesen von Newstead geisterten die ersten Winternebel. Da reiste Byron nach London. Im Albany in St. James' Street stieg er ab. Inzwischen hatte Dallas die Reklametrommel tüchtig gerührt. In der Morning-Post hatte London erstaunt lesen können, daß der bekannte Verfasser der Satire »Englische Barden und schottische Rezensenten« von seiner gefahrvollen Tour durch das Innere Afrikas heimgekehrt sei und eine herrliche neue Dichtung im Reisesack mit nach Hause gebracht habe, die bei ihrem demnächstigen Erscheinen alle Erwartungen des Publikums bei weitem übertreffen werde. In den Salons der vornehmen Gesellschaft munkelte man von den Gefahren, denen der junge Dichter auf seiner kühnen Fahrt getrotzt, von seiner romantischen Schönheit, von seiner bitteren Jugend. Und im erlesenen Kreise des Londoner Highlife berichtete Lady Caroline Lamb mit verzückten Augen von dem Gedicht, das man ihrer Kritik überantwortet hatte.

Ach, es war ein wundervolles Gedicht! Und der Dichter – sie brenne darauf, ihn kennen zu lernen. Man habe ihr erzählt, er sei ein Antinous mit braunen Locken und ganz phantastischer Gewandung. Er pudre nicht sein Haar, sondern lasse es in seiner wilden Schönheit seine Stirn umwallen. Und aus den Schilderungen des Gedichts könne man ahnen, wie viele türkische und griechische Frauen die Liebe zu ihm in den Tod getrieben habe, wie viele Ehemänner er umgebracht, wie viele Harems er verwüstet haben müsse. Man erzähle ja auch, daß er ein ganz ruchloser Mensch sei und dabei so blasiert und fertig mit allem. Und sie schlug ihre schönen grauen Augen emphatisch zur Decke auf: »O, ich möchte ihn kennen lernen und ihm zeigen, was die Liebe eines wahren Weibes ist, und ihn trösten, diesen armen unglücklichen großen Dichter!«

So erzählte in Holland House die exzentrische junge Caroline Lamb, und die Zuhörer trugen es weiter. Man flüsterte und vermutete und konnte den Tag nicht erwarten, an dem endlich bei Murray dieses Wunderwerk des wunderlichen Dichters erscheinen würde.

Byron las die Zeitungsnotizen, er hörte das phantastische Raunen ringsum und tobte gegen Dallas in ehrlichem Zorne.

Doch Dallas lachte.

»Was wollen Sie, Mylord? Klappern gehört zum Handwerk. Seien Sie vergnügt. Am 1. März, wenn das Buch herauskommt, werden Sie der Löwe von London sein.« Und er rieb sich ahnungsvoll die knöchernen dürren Hände.

Schon am ersten Tage nach seiner Ankunft in der Hauptstadt hatte Byron sich seinem Verleger vorgestellt. Kurz nachdem er gegen Mittag aufgestanden war, wanderte er durch den brausenden Lärm der City zur Fleet Street. In dem vornehmen weitgestreckten Buchladen trat ihm ein Kommis entgegen.

»Ich möchte Herrn Murray sprechen,« forderte Byron.

Der Angestellte fragte: »In welcher Angelegenheit?« »Wegen eines Buches,« erwiderte der Dichter kurz.

»Schreiben Sie.« riet der Mann, »dann werden wir Ihr Gesuch prüfen.«

Da schwoll der Hochmut des Emporkömmlings, der den jäh Erhobenen sein Leben lang nicht verließ, brüsk auf in dem jungen Peer. Er warf den Kopf zurück und prahlte mit groteskem Stolz:

»Sagen Sie Ihrem Herrn, daß Lord Byron ihn zu sprechen wünsche.«

Drollig knickte der Kommis in sich zusammen. Doch nicht der »Lord«, sondern der »Byron« hatte es ihm angetan. Ein Lord war in diesem Geistesasyl keine allzu gewichtige Persönlichkeit.

»Einen Augenblick,« stammelte der Mann. »ich werde Herrn Murray sofort rufen. Wollen Mylord bitte Platz nehmen?«

Und er eilte eine Treppe im Hintergrunde des Ladens hinauf.

Wenige Minuten später sprang ein hochgewachsener junger Mann in elegantem schwarzem Rock und weißen Hosen die Stufen herab. Schon von weitem streckte er dem Dichter die Hand entgegen und rief: »Ich freue mich, Mylord, die Hoffnung Englands zu begrüßen!«

Da überkam Byron die Schüchternheit, die in seinem unausgeglichenen Wesen sich seltsam seinem Adelsstolze verschwisterte. Er lächelte verlegen und erwiderte:

»Ihre Liebenswürdigkeit übertreibt. Ich freue mich, den sichersten Hort englischer Dichter zu begrüßen.«

»Auch das ist Zukunftsmusik,« wehrte Murray der Schmeichelei. »Aber hoffen wir, daß wir beide vereint in kurzer Zeit an der Spitze der englischen Literatur marschieren. Ihr »Childe Harold« berechtigt zu den allergrößten Erwartungen. Er ist ein ganz neues Genre in der gesamten Weltliteratur.«

»O!« machte Byron und errötete vor Freude wie ein Mädchen.

»Doch,« beharrte Murray, »ich gehöre nicht zu den Verlegern, die nicht anerkennen, aus Furcht, der Autor könne seine Ansprüche ins Ungebührliche steigern.«

»Das brauchen Sie bei mir nicht zu befürchten,« ereiferte sich Byron, »ich freue mich, wenn ich etwas Gutes geleistet habe. Doch ich fürchte, Ihre Freundlichkeit überschätzt mein Gedicht.«

»Sie haben die Bescheidenheit des Genies,« nickte Murray zufrieden. »Auch das ist ein gutes Zeichen, daß Sie nicht wissen, wie Geniales Sie geschaffen haben. Ihr »Childe Harold« ist genial, wenn wir darunter die Schaffung neuer Werte verstehen. Gewiß, die Schilderung der Natur und ihre Wirkung auf den Menschen hat uns Rousseau schon gegeben, dem Sie im übrigen sehr verwandt sind.«

Byron nickte und freute sich über den scharfen Blick dieses kundigen Mannes, der ein in ihm tief verborgenes Bewußtsein seherhaft enthüllte.

»Ihre Vorläufer sind ferner Goethes »Werther« und Chateaubriands »René«.

»Ich kenne und liebe beide,« bestätigte Byron und fragte schalkhaft: »Ich möchte bei so vielen Ahnen dann aber wissen, inwiefern ich originell bin.«

»Das will ich Ihnen sagen, Mylord.« lächelte Murray. »Wie einst Goethe im »Werther« einem Zeitgefühl, so haben Sie einem Altersgefühl zum erstenmal in der Weltliteratur den unsterblichen Ausdruck verliehen.«

Der Dichter blickte erstaunt in das ernste Gesicht des eleganten Geschäftsmannes. Sinnend sprach der Verleger weiter:

»Dem verworrenen Gefühl des Alters zwischen 20 und 25 haben Sie Worte gegeben. Dem Selbstmordalter, wie man es wohl genannt hat. »Childe Harold« ist der Ewigteitstypus des jungen Menschen von 23 mit seiner Unausgeglichenheit der Kräfte, dieses Alters der Selbstbeobachtung und Selbstbespiegelung, in dem der junge Mensch sich so ungeheuer wichtig und so – sagen wir – mittelpunktmäßig erscheint, in dem die äußeren Erfolge mit der Sehnsucht in so krassem Mißverhältnis stehen, daß eine Rückwirkung des Unbefriedigtseins eintreten muß. Solch junger Mensch glaubt die Welt an einem Tage erobern zu müssen und –« er lächelte gut – »erobern zu können. Und rast seine gärenden Kräfte an dem Nächstliegenden, am Weibe, am Becher, am Spiel aus. Denn die große Aufgabe liegt nicht auf der Straße. Dieses Auseinanderklaffen von Wollen und Planen und Tun – Weltbeglücker, Menschheitseroberer und Dirnensöldling – das muß zum Ekel führen, zur Selbstaufgabe und andererseits wieder zur Verachtung der Außenwelt, die das Große, das in solch jungem Menschen gärt, nicht sieht und ihn nach seinen schmählichen Taten beurteilt. Diesen Alterstypus haben Sie für alle Zeiten geschaffen. Und das wird Ihr unauslöschliches Verdienst in der Weltliteratur bleiben.«

Byron war überrascht, erstaunt und beschämt. Er hatte, bei Gott, an alles dies nicht gedacht, als er in Janina aus einem inneren Drange heraus begonnen hatte, dieses Gedicht zu schreiben. Seine Empfindungen hatte er geschildert ohne weitschauende Absicht. Mit der ahnungslosen Kraft des Genies hatte er seine Gestalten geformt.

»Ich glaube,« sagte er jetzt unsicher, »Sie überschätzen mein Werk ungeheuer.«

Der Verleger schüttelte den kurzgeschorenen Kopf.

»Sie werden ja den Erfolg sehen. Aber verzeihen Sie, Mylord. Sie stehen ja noch immer. Dürfte ich Sie bitten, mit mir hinauf in den Salon zu kommen? Sie werden dort einige Kollegen finden.«

Er geleitete den Gast zu der Wendeltreppe am anderen Ende des Ladens.

»Gestatten Sie, daß ich vorangehe,« entschuldigte er und sprang die Stufen hinauf.

Oben öffnete sich ein geräumiger, vornehm ausgestatteter Saal, in dem sich alltäglich die Autoren des aufblühenden Verlags zu anregendem Gedankenaustausch zu versammeln pflegten. Jetzt, zu dieser frühen Nachmittagsstunde war es noch still in diesem debattegeweihten Raume. Nur zwei Herren waren zugegen. Ein soignierter Fünfziger ging eifrig redend auf und nieder, während ein starker, etwas jüngerer Herr in einem behaglichen Ledersessel saß, den gichtigen Fuß weit von sich streckte und mit verständigen Augen dem Sprecher folgte.

»Meine Herren!« rief Murray beim Eintritt, »darf ich Sie zu einem interessanten astronomischen Phänomen einladen, wie Sie es sonst nur durch das Riesenteleskop William Herschels beobachten können. Ein neuer Stern tritt in ihr Sehfeld. Hier ist er: Lord Byron.«

Und vorstellend zeigte er auf den Herrn im Sessel: »Lord Holland«, und auf den anderen weisend, »Herr Samuel Rogers«.

Lord Holland erhob sich sofort mühevoll aus seinem Stuhle, griff zu einer neben ihm stehenden Krücke und hinkte dem Dichter entgegen. Sein breites massiges Gesicht strahlte mild in Güte und Freundlichkeit. Rogers kniff die Augen zusammen, der spöttische Zug um seinen Mund vertiefte sich. Lord Holland streckte dem jungen Peersgenossen die Hand entgegen und sagte herzlich:

»Ich freue mich, Sie persönlich kennen zu lernen. Wir sprachen gerade von Ihnen. Murray hat uns die Druckbogen Ihres Gedichts gegeben. Wir sind entzückt, nicht wahr, Rogers?«

Rogers nickte. Um den mokanten Zug seines Mundes zum Trotz sagte er mit einer graziösen Bewegung seiner kleinen weißen Hand:

»Ich gestattete mir eben zu bemerken, daß der Dichter des »Childe Harold« mit einer Rosenknospe im Munde und mit einem Nachtigallenschlag im Herzen geboren sein muß.«

Byron errötete. Er dachte an die grobe Beschimpfung dieser beiden Männer in seiner Satire.

»Sie beschämen mich, meine Herren,« stammelte er, »beschämen mich tief. Sie bringen mir so viel Güte entgegen, während ich Sie in meinen »Englischen Barden und schottischen Rezensenten –«

»War brav,« lachte Rogers, »war brav. War prachtvoll, wie Sie um sich geschlagen haben. Hat Ihnen keiner von uns, die wir glauben, etwas zu können, übel genommen. Was, Lord Holland?«

»Nein, nein,« sagte der gütig und setzte sich leise ächzend wieder nieder. »Ein bißchen wehmütig bin ich damals geworden, als ich Ihre Satire las, daß ich selbst so weit über diesen Ungestüm der Jugend hinaus bin.«

Er fuhr sich sacht durch das dünne, stark ergraute Haar. Hier erschien der Kommis und rief Murray in den Laden

Jetzt lächelte Lord Holland sein stilles ergebenes Lächeln und sagte: »Neulich wurde bei uns über Sie gesprochen. Lady Holland ist sehr begierig, Sie kennen zu lernen. Sie hat Ihr Gedicht gelesen. Und ich, der es auch gelesen hat, ich kann Ihnen nur herzlich gratulieren.«

»Ich auch,« schloß sich Rogers mit seiner dünnen Stimme an. »Es ist neu und originell. Diese Idee des Reisetagebuchs, dieser kosmopolitische und exotische Anstrich –«

»– das wechselvolle Panorama,« vollendete Lord Holland, »die Schilderung dieser Gegenden, die noch wenige kennen –«

»– die kunterbunten Erlebnisse,« fügte Rogers hinzu.

»– die eingestreuten Gesänge,« lobte Lord Holland.

»Herrlich ist das Abschiedslied von der Heimat –«

»– und der nächtliche Kriegsgesang,« schwelgte Rogers.

»– und das Lied an Inez,« bedachte Lord Holland und verzog schmerzlich das Gesicht. Seine Begeisterung hatte eine zu plötzliche Bewegung mit seinem gichtigen Beine gemacht.

»– Und dann die Freiheitsliebe, die in dem Ganzen lebt,« sagte Rogers langsam. »Es hat selbst mich alten Mann aufgewühlt.«

Byron wußte nicht, was er auf dieses Lobesduett erwidern sollte. Er wurde jeder Antwort dadurch enthoben, daß es jetzt die Treppe heraufstampfte. Ein großer stattlicher Mann mit schönem offenen Gesicht trat ein und hinkte auf die Herren zu. Murray folgte.

»Hier ist die Überraschung.« wies der Verleger auf Byron.

»Darf ich die Herren bekannt machen? Lord Byron – ein freudiger Besuch aus Schottland – Herr Walter Scott.«

Byron zuckte zurück.

Doch der andere bot ihm freimütig die Hand und sagte mit breitem schottischen Akzent:

»Ich freue mich.«

»Ich schäme mich,« entgegnete Byron betreten. »Ich habe Sie damals wie ein Highwayräuber angefallen. Aber, meine Herren, das verspreche ich Ihnen, die neue Auflage der Satire, die gerade im Druck ist, wird unterdrückt werden.«

»Aber nicht doch!« wehrte Scott, der die beiden anderen Herren begrüßte.

Hier gab Rogers dem Gespräch eine andere Richtung.

»Sagen Sie, lieber Freund,« wandte er sich mit arglistigem Augenzwinkern an Scott, »was halten Sie von ›Waverley‹?«

Alle, außer Scott und Murray verbissen ein Lächeln. Denn jeder vermutete in Scott den Verfasser des kürzlich erschienenen Romans. Doch der schottische Hüne erwiderte kaltblütig:

»Ein ganz nettes Buch. Nichts Bedeutendes. Ich begreife den ungeheuren Erfolg nicht recht. Er wird wohl Murrays Geschicklichkeit zuzuschreiben sein.«

»O,« lehnte Murray das Lob ab, »es hat seine Qualitäten. Was halten Sie davon, Lord Holland?«

Lord Holland lehnte sich in seinen Sessel zurück.

»Ich habe gar kein Urteil darüber,« lächelte er.

»Ich weiß nur, daß mein Bibliothekar John Allan es eines Abends bei uns vorlas. Die Nacht verging, keiner dachte an sein Bett. Und nichts hat geschlafen als mein Podagra.«

»Ich beneide den Dichter,« sagte Scott firm.

»Ich glaube,« schmunzelte Rogers sarkastisch, »der Verfasser verdankt den größten Teil seines Erfolges seiner Anonymität.«

»Wie meinen Sie das?« fragte Murray.

»Ich glaube es eben,« blieb Rogers bei seiner aufreizenden Versicherung.

»Kann schon sein,« gab Scott ruhig zu.

»Nein,« rief Byron heftig. »Ein solches Werk kann durch seine Namenlosigkeit weder gewinnen noch verlieren. Freilich kann ich keinen plausiblen Grund dafür finden, warum der Verfasser so streng sein Inkognito wahrt. Vielleicht fürchtet er, daß das regierende Haus mit »Waverley« nicht sehr zufrieden sein wird.«

»Dann wäre der Verfasser ein Feigling,« suchte Rogers Scott aus seiner Reserve herauszulocken.

Doch der Schotte tat, als höre er die bissige Bemerkung nicht.

»Die Gründe sind übrigens seine Sache,« fuhr Byron fort. »Ich als Leser finde den Roman prächtig und bedaure nur, daß der Verfasser die Erzählung nicht tiefer in die Revolutionszeit hineingeführt hat. Eine eingehendere Schilderung dieser großen Zeit aus dieser machtvollen Feder –«

Da verlor Scott im Poeteneifer die Maske.

»Ich hätte es ja getan!« rief er. »Aber –«

Rasch stieß Murray ihn an, doch es war zu spät, die Unachtsamkeit ungeschehen zu machen. Scott stockte, verwirrte sich. »Ich meine, wenn ich der Verfasser wäre – würde ich – hätte ich –«

»Lassen Sie,« lachte Rogers aus vollem Halse, »Sie sind erkannt!«

»Nein!« rief Murray, »es liegt wirklich ein Mißverständnis vor. Herr Scott meint –«

»Wir wissen, was er meint,« triumphierte Rogers. »Wir wissen Bescheid. Meine Herren, der Verfasser von Waverley, hoch, hoch, hoch!«

»Meine Herren,« der Schotte versuchte noch einmal sein Heil, »ich kann aus einem Mißverständnis nicht den Vorteil ziehen, Herrn Rogers Begeisterung für mich auszumünzen.«

Und der ihm peinlichen Szene ein rasches Ende bereitend, sagte er: »Ich muß nun leider fort. Auf Wiedersehen, meine Herren!«

Er verbeugte sich.

»Farewell, Verfasser von ›Waverley‹,« jubelte Rogers.

Mißmutig hinkte Scott davon; Murray begleitete ihn. Byron sah ihm ergriffen nach. Er empfand eine tiefe Verehrung für diesen Mann, der in seiner schlichten Größe ungenannt hinter seinem Werk zurücktreten wollte. Ein Heimatsgefühl zog ihn zu dem Schotten hin. Das Herz war ihm warm geworden in der Nähe dieses Mannes mit dem trauten Akzent der Hochlande, der ihn an die kaledonischen Berge und an die Zeit seiner schwärmerischen Einsamkeit in jenen Höhen gemahnte, die ihn über so vieles Ungemach seiner Kindheit getröstet hatte. Er sah in ihm einen Leidensgefährten, weil er an demselben körperlichen Gebrechen litt, wie er. Er stand und schaute dem Mann ergriffen nach.

Da konnte Rogers sich nicht enthalten, leise Lord Holland ins Ohr zu flüstern:

»Merkwürdig! Früher war es eine Eigentümlichkeit der großen Dichter, blind zu sein: Homer und Milton. Heute hinken sie.«

Lord Holland schüttelte mit einem Blick auf Byron warnend den Kopf und sagte laut:

»Lord Byron, eine Idee, die mir eben kommt. Interessieren Sie sich für Politik?«

Byron fuhr aus seinem Sinnen auf.

»Sehr,« antwortete er eifrig. »Ich habe die Absicht, mich bald auf die Politik zu werfen.«

»Das freut mich,« rief Holland, »Einen jungen Mann mit Ihrem Temperament können wir brauchen im Oberhaus. Dem Freiheitsenthusiasmus Ihres »Childe Harold« zufolge nehme ich an, daß Sie liberal sind.«

»Ja,« gestand Byron, Sie werden mich immer auf dem extremsten linken Flügel finden.«

»Ich bin, wie Sie wohl wissen,« sagte Holland, »der Führer der Whigpartei im Oberhause und freue mich daher, Sie auf unseren Banken begrüßen zu dürfen. Ich habe auch eine Gelegenheit bei der Hand, in der Sie Ihre Sporen verdienen können. Unsere reaktionäre Regierung hat einen Gesetzesantrag eingebracht, der die »Webstuhlbrecher« von Nottingham mit Todesstrafe belegt. Es gilt, diesem Antrage aufs schärfste zu opponieren.«

Byron stand da, bleich vor Erregung.

»Was haben Sie?« fragte Rogers. »Nehmen Sie etwa Partei gegen diese unglücklichen Arbeiter?«

»Ich,« stieß Byron hervor, »ich nehme den allergrößten Anteil an ihnen. Mein Schloß Newstead liegt ganz in der Nähe von Nottingham. Ich bin am Tage nach dem Aufruhr hinübergeritten, habe dieses furchtbare Elend der Leute gesehen. O, ich will opponieren! Ich freue mich, für diese armen verhungerten Teufel eine Lanze zu brechen.«

Da trat Murray wieder ein.

»Die Sitzung ist am 27. Februar,« erklärte Holland. »Ich werde mich sorgfältig vorbereiten, gelobte der junge Politiker.

»Ah,« Murray begriff sofort. »Sie wollen am 27. Februar im Oberhaus reden? Das ist ausgezeichnet. Ihr Buch erscheint drei Tage später, das gibt eine neue ausgezeichnete »Reklame.«

Byrons Augen blickten plötzlich scharf wie Dolche drein.

»Ich mag diese unanständige Reklame nicht,« begehrte er auf. »Ich habe es Herrn Dallas schon wiederholt gesagt.«

Doch Murray belehrte lächelnd: »Eine unanständige Reklame ist nicht gemacht worden, Mylord. Die Herren werden mir bestätigen, daß es allgemein üblich ist, einem Buch einen guten Empfang vorzubereiten.«

»Natürlich,« rief Rogers, »seien Sie nicht zu vornehm, mein lieber Lord. Wenn Sie dem Publikum einen leckeren Schmaus bereiten wollen, müssen Sie es eben zu Tische laden.«

Der 27. Februar 1812 war ein »großer Tag« im Oberhause. Jedermann wußte, daß heute der junge Dichter des demnächst erscheinenden sensationellen Gedichtes seine Jungfernrede halten würde. Die Galerien summten. Die schönsten Damen der schönsten Aristokratie der Welt bekränzten die politische Arena. Hoheitsvoll thronte die pompöse Herzogin von Devonshire neben der lieblichen Lady Francis Webster; Lady Caroline Lamb fieberte mit ihrem blonden krausen Haar und krausen Sinn unter den edelsteingeschmückten Vertreterinnen der großen Häuser Melbourne und Jersey; die herbe Herrin von Holland House prüfte kritisch hinab in die Feierlichkeit des Saales. Und alle die anderen Blumen des üppigen Beetes des Londoner Highlife entfalteten ihre prangende Pracht.

Hundert Operngläser richteten sich auf den jungen Mann dort unten, von dem, wie ganz London wußte, Scott vor einigen Tagen gesagt hatte: »Ich glaube, ich habe die besten Dichter meiner Zeit und meines Landes gesehen. Die schönsten Augen hatte Burns, aber keiner außer Byron sah genau so aus, wie man sich ›den Dichter‹ denkt. Seine Bilder geben keine rechte Vorstellung von ihm. Das Licht ist wohl da, aber es brennt nicht. Byrons Gesicht ist etwas, wovon man träumen könnte.«

Die edlen Damen dachten an all die Gefahren, die der Dichter auf seiner Reise nach »Afrika« bestanden, dachten mit lüsternem Gruseln an all die Harems, die er gesprengt, an all die Odalisken, die er mit verwegenem Mute erobert hatte.

Und unten im Halbdunkel des Saales saßen die Peers von England, ein stolzes Parterre vornehmer, still gefaßter Männerwürde.

Und der »neue Mann« des Hauses sprach. Er sprach nicht gut. Seine Stimme hatte keinen sonoren Klang. Er war kein Redner. Doch man fühlte die Begeisterung, die in seinen Worten lohte, und das Herz, das in seinen Gedanken schlug.

»Wenn wir hören,« rief er in das aufhorchende Schweigen hinein, »daß diese Männer sich zur Vernichtung ihrer eigenen Unterhaltsmittel verschworen haben, können wir da vergessen, daß die jammervolle politische Lage und der Kriegszustand der letzten 18 Jahre es sind, die den Wohlstand der Arbeiter, Ihren eigenen Wohlstand, Mylords, und den der Nation vernichtet haben? Kann es uns wundernehmen, wenn in Zeiten wie den unsrigen, wo Bankrott, Diebstahl und offene Betrügereien in den Ständen, die nicht sehr tief unter uns stehen, an der Tagesordnung sind – wenn da die niedrigste, wenngleich einst mächtigste Klasse der Gesellschaft in solchen bösen Zeiten einmal ihre Pflicht vergessen hat? Während aber der hochstehende Gesetzesanträger Mittel hat, dem Gesetz zu trotzen, sollen wir neue schwere Strafarten für die unglücklichen Arbeiter erfinden, die der Hunger zum Verbrechen getrieben hat?«

Der Präsident des Hauses, Lordkanzler Eldon, machte eine nervöse Bewegung. Doch ruhig, mit einem Blick zu der Schönheit der Galerie empor, fuhr Byron fort:

»Ich habe den Kriegsschauplatz der spanischen Halbinsel durchwandert, ich war in mehreren der am härtesten unterdrückten Provinzen der Türkei« – eine Bewegung der Spannung rieselte durch die Reihen der Damen – »aber niemals, auch nicht unter der despotischen türkischen Regierung habe ich ein so jammervolles Elend angetroffen, wie seit meiner Rückkehr hier, im Herzen eines christlichen Landes.«

Ein Murren lief durch die Reihen der Rechten.

»Und welches Mittel wollen Sie anwenden? Das große Allheilmittel, das unfehlbare Rezept aller Staatsärzte – von den Tagen Drakons bis auf unsere Zeit. Erst fühlen wir dem Kranken den Puls und schütteln leise den Kopf. Dann verordnen wir gewöhnlich warmes Wasser und einen tüchtigen Aderlaß – nämlich das warme Wasser ihrer flauen Politik und die Aderlaßlanzetten der Soldateska. Und dann müssen natürlich die Zuckungen mit Tod endigen, dem sicheren Ergebnis der Heilmethode aller politischen Blutärzte.«

Von den Bänken der Linken erhob sich ein schallendes Beifallsgelächter.

Ermutigt fuhr Byron fort:

»Und wie wollen Sie denn dieses Gesetz ausführen? Wollen Sie auf jedem Felsen einen Galgen errichten und die Menschen daran hängen wie die Vogelscheuchen? Oder wollen Sie die

Bevölkerung dezimieren? Die ganze Bewohnerschaft vor die Kriegsgerichte stellen, den Sherwood Forst entvölkern und brach legen als ein angenehmes Geschenk für die Krone, als ein königliches Jagdrevier?«

Die Rechte tobte, und Byron schrie in den Lärm hinein:

»Sind das die Mittel, ein verhungerndes, verzweifelndes Volk zu retten?«

Und er schloß mit den Worten:

»Wenn es sich sonst darum handelt, eine Tat der Befreiung und der Hilfe zu vollenden, da zaudern und überlegen Sie. Da wägen und schachern Sie mit den Menschenseelen. Ein Todesgesetz aber wollen Sie übers Knie brechen.«

Allem Brauch zuwider prasselte silberheller Beifall von den Galerien hernieder. Die Parteigenossen der Linken umdrängten ihren Redner, schüttelten ihm dankbar die Hände. Lord Granville versicherte, sein Periodenbau erinnere an den großen Parlamentsredner Burke, Lord Holland prophezeite ihm, er würde einst der beste Sprecher des Hauses werden und der witzige Sir Francis Burdett schwor, Byrons Rede wäre » the best speech by a Lord, since the Lord knows when«.

Still lächelnd stand Byron inmitten dieses Beifallschwalles, und die Schwingen des Ruhms berührten zum erstenmal sein junges Haupt.

Drei Tage später, am ersten März, harrten in früher Morgenstunde die Bediensteten aller großen Häuser der Londoner Aristokratie in ernster Lakaienwürde der Eröffnung des Ladens des Verlegers John Murray. Sie verloren einen Teil ihres hoheitsvollen Ernstes, als die hübschen Zofen der reichen Bürgerhäuser sich zu ihnen gesellten. Da knüpften sich zarte Bande. Als sich endlich die Tür des Ladens öffnete, ließen die »Herren« den »Damen« ritterlich den Vortritt.

Etwas später erschienen die jungen geschniegelten Kaufleute, die auf dem Wege ins Geschäft rasch eintraten, um mit gemacht verächtlicher Miene »dieses Buch« zu erstehen, von dem die Zeitungen so viel erzählt hätten. Dann kamen ältere eilige Ehemänner und verlangten mit verdrießlicher Miene das Buch, ohne das sie heute abend bei Strafe der Ungnade nicht nach Hause kehren durften.

Am Nachmittag herrschte ein lebengefährdendes Gedränge in dem langgestreckten Lokal. Da nahten unter Führung des Beaus Brummel die Dandies von Bondstreet, die Hosen nach der neuesten Mode in der Taille eingerafft, daß sie aussahen wie Unterröcke, mit dem Redingote, der, auf Taille gearbeitet, sich glockenförmig über die Hüften bauschte, und erlegten mit geziert manikürten Fingern die 19 Schillings, die das neue Buch kostete. Dann zogen sie, den Quartband wie ein Schild vor sich hertragend, durch den Hyde Park, damit jeder wußte, daß sie auch in literarischen Dingen auf der Höhe der Zeit wandelten. Den ganzen Tag über war Murrays Laden ein brummender Bienenstock.

Nach drei Tagen war die erste Auflage vergriffen. Eine zweite, dritte, vierte, fünfte folgte. In diesen Tagen des März 1812 wurde in den Boudoirs von nichts anderem gesprochen als von den Stanzen des »Childe Harold«. In den Clubs wurde nichts anderes debattiert. Die Zeitungen wurden emsig durchforscht, die Reviews sehnsuchtsvoll erwartet, die Lobeshymnen der Blätter triumphierend als eigene Meinung wiedergegeben. Das Heft der Edinburgh Review traf endlich in London ein. Es hatte sich klüglich nach dem Winde gedreht. Die überschwängliche Lobespreisung Byrons begann mit zurückhaltender Wärme.

»Lord Byron hat sich wundersam gebessert seit seinem letzten Erscheinen vor unserem Tribunal. Dieses Werk ist trotz seines affektierten Titels ein Beweis seines sehr beträchtlichen Könnens.«

Und dann blies der Kritiker in das allgemeine Tuthorn der Begeisterung. Noch im Monat März war der junge Dichter der aktuellste Mann Englands, der berühmteste Poet seiner Tage, dem man schon heute den Platz neben Shakespeare einräumte, den er sich erst durch seine späteren Werke erringen sollte. Er übertrieb nicht, als er eines Tages lachend zu seinem Freund Hobhouse sagte: »Als ich heute morgen erwachte, bemerkte ich, daß ich berühmt bin.«

Ja, der Ruhm war gekommen und mit ihm das Geleit des künstlerischen Erfolges aller Zeiten. Es nahte das traurige Heer der Erfolglosen der Literatur. Es hagelte Bittschriften um materielle

Unterstützung, es wetterten Hunderte von Manuskripten auf den »berühmten« Kollegen hernieder mit dem flehenden Gesuch, sie an Zeitungen und Verleger zu empfehlen. Es klopfte zu jeder Stunde mit zagem Finger an seine Tür und ein bleiches Gesicht nach dem andern erschien im Türrahmen mit tiefgekrümmtem Rücken und zitterndem Bitten. Es regnete Einladungen auf den Günstling des Ruhmes herein. Die vornehme Gesellschaft Londons riß sich um diesen Prinzen der Dichtung. Jedes vornehme Haus wollte seine Gastereien mit diesem blinkenden Edelstein schmücken. – Und es nahten die Frauen. Ein Troß von Lakaien erwartete täglich den jungen Mann vor der Tür seines Hotels mit blauen und rosa duftenden Brieflein von zarter Hand. Es schlich an seine Schlafzimmertür. Jede Frau, die sich in ihrer Ehe nicht verstanden fühlte, jede Matrone, die ihr letztes armseliges Blühen verflattern sah, jeder Jungfrau ungestillte Sehnsucht ersah den jungen Dichter zum Gott ihres Glückes. Und alle wollten sie seine Lasterhaftigkeit entsühnen mit ihrem großen reinen Triebe und die geheime unglückliche Liebe, von der sein Gedicht erzählte, hinwegtrösten aus seinem kummervollen Herzen.

Und Byron gab und Byron nahm. Er gab den unglücklichen Kollegen von der Feder alles hin, was er von den Wucherern erhielt, die jetzt seinen jungen Ruhm in klingenden Kredit ummünzten. Er gab Empfehlungen, las unzählige Manuskripte. Er nahm die Einladungen an wie er die Frauen annahm. Er vergaß seinen erkünstelten Weltschmerz und seine echte Schwermut, er vergaß Mary Chaworth und seine Schüchternheit, er stürzte sich mit der begehrlichen Kraft seiner 23 in den lockenden Zauberstrudel. Er sprang kopfüber hinein in das Wallen des Londoner Highlife, das in diesem sorgenvollen Anfang des 19. Jahrhunderts in Leichtfertigkeit und Üppigkeit schwelgte wie in den flotten Tagen Karls II. Er machte den Lebensinhalt dieser Aristokratie zu dem Inhalt seines Lebens. Er ging wie seine Gastgeber auf in Gesellschaften und Bällen, in Theaterbesuch, in Spiel und Schulden, Verführungen und tausend Liebeshändeln. Er wurde der Held aller Nichtigkeiten, wie er der Held des Tages wurde. Er wurde der Mittelpunkt jedes Salons, das kostbarste Prunkstück jedes Boudoirs, der Schatz manches verschwiegenen Schlafgemaches. Er wurde der Löwe der Londoner Saison von 1812.

O ja, die Gesellschaft durfte sich seiner Empfänglichkeit für ihre Narreteien freuen. Doch einer freute sich nicht. Das war Herr Dallas.

Eines Tages gegen Mittag trat er bei Byron ein. Durch den kühlen Empfang, der ihm wurde, ließ er sich nicht einschüchtern. Er setzte sich großmeisterlich nieder, rieb sich die Hände und fragte:

»Nun, habe ich zu viel gesagt? Sind Sie mit Ihrem Erfolg zufrieden?«

»Ja,« antwortete Byron obenhin. »Aber ich glaube, Sie können auch zufrieden sein.«

»Wieso?« fragte Herr Dallas und zog ein argloses Gesicht.

»Nun, 500 Guineas sind ein ganz schöner Verdienst, scheint mir.«

Herr Dallas polierte unruhig die blanken Kniestücke seiner Hosen.

»Nun, nun,« murmelte er, »ich habe doch auch vieles getan. Ja, eigentlich alles.«

Und von dem peinlichen Thema abspringend, stand er auf und schulmeisterte:

»Aber jetzt, Mylord, jetzt heißt es arbeiten. Jetzt müssen die neuen Dichtungen Schlag auf Schlag erscheinen. Jetzt gilt es, die Konjunktur auszunutzen. Ihr nächstes Werk wird am ersten Tage in zehntausend Exemplaren abgehen. Haben Sie schon irgendeine neue Idee? Das Beste wäre, Sie schrieben noch ein paar neue Gesänge »Childe Harold«.

Byron kreuzte gelassen die Arme über der Brust. »Heute und morgen werde ich wohl nicht dazu kommen,« lächelte er zynisch, »ein neues Buch zu schreiben. Heut abend bin ich in Holland House, morgen bei Rogers und übermorgen wird sich auch kaum Gelegenheit finden, denn da bin ich bei der Herzogin von Devonshire, den Tag darauf bei den Jerseys, am Freitag bei Lord Oxford, Sonnabend im Melbourne House, Sonntag –«

Herr Dallas hob beschwörend die Rechte.

»Genug, genug, ich höre jetzt mit eigenen Ohren, was man mir schon berichtet hat. Also Holland House hat Sie doch schon gepackt. Erinnern Sie sich noch jenes Tages vor drei Jahren, als ich Ihnen diese Einladung weissagte? Ich bedaure sehr, mein lieber Lord, daß Sie es nicht anders machen, als alle die anderen Literaten. Wenn ich mir als Kollege und naher Verwandter einen Rat erlauben darf, so geht der dahin: seien Sie origineller. Ziehen Sie sich von diesem Taumel zurück, der Ihre beste Kraft verschlingt. Nutzen Sie die Konjunktur aus –«

Byron lächelte noch immer.

»Ihre Ratschläge, mein lieber Herr Dallas, haben heute nicht mehr ganz die Kraft, wie vor drei Jahren.«

»Weshalb?« fragte Dallas und seine Pupillen irrten unruhig umher. »Habe ich Sie jemals schlecht beraten?«

»Ja, das haben Sie, mein lieber Verwandter.«

»Wer sagt das?« Dallas nahm seine Zuflucht zur Dreistigkeit. »Das sagen nicht Sie, Mylord. Das sagt irgendein Verleumder, der sich bei Ihnen einschmeicheln will. Das sagt Herr Rogers oder Lord Holland.«

»Stimmt,« lächelte Byron wieder. »Herr Rogers hat mich über Ihre Verwandtenliebe aufgeklärt. Ich weiß jetzt, daß jener hübsche Schein, den ich Ihnen damals in Chapter Coffee House ausgestellt habe, aus mehreren Gründen ungültig ist.«

»Was?« Dallas erbleichte. »Ja, mein lieber Verwandter, ich weiß heute, daß kein englischer Richter ihn als verbindlich anerkennen würde, weil sein Inhalt gegen die Moral verstößt. Sodann aber haben Sie trotz aller Klugheit eine Kleinigkeit vergessen, nämlich die, daß ich damals unmündig war.«

Herr Dallas fühlte den Boden unter seinen Füßen schwanken. Dem herrlichen Lebensgebäude, das er so fürsorglich aufgeführt hatte, drohte jäher Einsturz. Und gerade jetzt, da er mit dem Ruhm seines Schützlings die Räume fürstlich ausstatten wollte!

»Ich habe meinen Lohn nicht umsonst verlangt,« beteuerte er biedermännisch. »Ich habe für Sie Tag und Nacht gearbeitet. Ich habe mich für Sie aufgerieben–«

»Lassen Sie,« schnitt Byron kurz ab. »Sie hätten sich dafür gewisse Prozente meines Honorars verschreiben lassen können.«

»Aber,« rief Dallas, »Sie haben doch ausdrücklich betont, daß es gegen Ihre Standesehre verstieße, Honorar für Ihre Dichtungen anzunehmen.«

»Daran erkennen Sie am besten, wie unmündig ich gefaselt habe,« gab Byron zurück. »Ich werde also für die Zukunft Ihre Dienste nicht mehr in Anspruch nehmen.«

Herr Dallas rang nach Fassung.

»Mylord, mein werter Verwandter –«

Da klopfte es, ein Kellner überbrachte ein violettes Brieflein.

»Ein Page hat es gebracht, Eure Lordschaft,« erläuterte er und konnte ein Lächeln nicht unterdrücken. Er hatte schon über 200 solcher Billette befördert.

»Der Page wartet auf Antwort,« fügte er hinzu. Byron öffnete das Schreiben und las:

»Lieber »Childe Harold«!

Die Schreiberin dieses Briefes würde überglücklich sein, Sie kennen zu lernen und ihr Herz als Balsam für die Wunden Ihres Gemütes hinzugeben. Sie ist selbst der Page, der dieses Schreiben überbringt. Darf er Ihnen seine Liebe zu Füßen legen?«

»Der Page soll kommen,« gebot Byron dem Kellner. Und zu Dallas gewendet, sagte er:

»Sie sehen, mein lieber Verwandter, ich bin beschäftigt. Leben Sie also wohl, ich sage nicht auf Wiedersehen.«

Dallas suchte bestürzt nach seinem Seidenhut und den Handschuhen.

»Das ist nicht Ihr Ernst,« murmelte er. »das kann nicht Ihr Ernst sein. Sie sind heut nicht bei guter Laune.«

»O doch,« versicherte Byron, »bei ausgezeichneter.«

»Ich werde gleichwohl versuchen, Eure Lordschaft in einigen Tagen, wenn Eure Lordschaft weniger beschäftigt sind, von dem Unrecht zu überzeugen, das Sie mir heut antun.«

»Ich bin jetzt immer so beschäftigt,« spottete Byron.

Da klopfte es zaghaft an die Tür. Byron rief: »Herein«. Ein hübscher Page trat ins Zimmer.

Dallas machte eine tiefe Verbeugung, rief mit Nachdruck:

»Auf Wiedersehen, mein verehrter Verwandter,« warf einen wütenden Blick auf das erregungsbleiche Gesicht des »Pagen« und empfahl sich.

Byron aber ergoß den »Balsam« des Pagenherzens über »die Wunden seines Gemütes«.

## IX.

In dem Empfangssaal von Holland House strahlten wie jeden Abend die gastlichen Kerzen der Lüster auf eine zwanglose Gesellschaft hernieder. Zu kleinen Gruppen einte die Interessensphäre der Gäste.

In der einen Ecke führte Sir Romilly, der Advokat, das politische Wort. Der gewaltige Heereszug, den Napoleon gegen Rußland einleitete, bildete das erregte Thema. Nicht weit davon hatte der geniale Chemiker Sir Humpry Davy eine Schar naturbegeisterter Männer um sich kristallisiert. In seinem dürftigen Gewande stand schüchtern sein junger Schüler Michael Faraday unter seinen Hörern. Er war heute zum erstenmal an dieser weitberühmten Stätte englischer Kultur und wagte in seiner Befangenheit kaum aufzublicken, bis Lord Holland zu ihm trat und ihn einhüllte in die bergende Vertraulichkeit, die schon so manchem scheuen Jünger der Kunst und der Wissenschaft in diesen Räumen ein Heim geschaffen hatte.

In der Mitte des Saales hatte die Kunst ihren Tempel gebaut. Hier übte der Maler Hoppner seine kaustische Kritik.

Der tiefe Erker umhegte die Damen. Es waren nur wenige, denn der Herrin des Hauses galten ihre Geschlechtsgenossinnen gering. In dieser abgeschiedenen Nische ward plötzlich der Name genannt, der zu dieser Zeit wie eine Rosengirlande der Hoffnung und der Sehnsucht jedes Frauengespräch umkränzte.

»Gestern«, erzählte Lady Caroline Lamb, und ihre grauen Augen funkelten, »traf ich Byron bei Lady Westmoreland. Sie wollte ihn mir vorstellen. Aber ich sah ihn nur an, und da mußte ich schreien, ich mußte es schreien: ›er ist verrückt, schlecht, und gefährlich‹, und bin davongelaufen.«

Ihr knabenhaft schlanker Körper bebte vor Erregung.

»Überspannt, wie immer,« tadelte Lady Holland und strich gelassen über das schlichte schwarze Seidenkleid. »Ich bin überzeugt, der Mann ist weder schlecht, noch verrückt, noch gefährlich. Er posiert mit seiner Schlechtigkeit, ihr Weiber macht ihn verrückt, und gefährlich ist er nur den Frauen, die Gefahren suchen.«

Sie wandte ihr herbes Gesicht, dem die dichten Augenbrauen einen gebietenden Nachdruck verliehen, ihrer Nachbarin, der Lady Melbourne, zu.

Die alte Dame lächelte sanft.

»Sie haben sicherlich recht, liebste Lady Elisabeth. Aber Sie wissen, meine kleine Schwiegertochter sieht die Dinge meist anders als wir anderen.«

»Ja, das tue ich,« rief Lady Caroline und schüttelte ihre blonden Locken. »Ich sehe mit meiner Seele, ich fühle mit jeder Pore.«

Sie zog das violette Fichu ihres grauen Kaschmirkleides dicht um den feinen Hals zusammen. »Als ich Lord Byron so ganz in der Nähe sah, da fühlte ich, seine Liebe muß sein, wie wenn sich einem der warme Körper einer Schlange um den Hals windet, immer enger, daß einem der Atem vergeht, daß einem die Glieder schwer werden, daß man erstickt –« sie streckte die Arme von sich und sank in den Sessel zurück.

»Caroline, Caroline,« rief Lady Melbourne und taumelte empor. »Um Gott, was ist dem Kind?« Sie faßte die zuckenden weißen Finger der Schwiegertochter. Doch da richtete Caroline sich auf und sagte mit irrenden Augen:

»Ich habe nur so deutlich gefühlt, wie seine Liebe tut.«

Die vierte Dame des Kreises, Lady Oxford, blickte gewährend lächelnd drein. Der hohe Adel Englands hatte sich längst an diese Hysterien Lady Carolines gewöhnt. Die Herrin von Holland House aber schalt streng: »Sie sollten diese unsauberen Phantasien unterdrücken, meine liebe Lady Caroline.«

»Nicht doch, nicht doch,« flüsterte Lady Melbourne. »Sie dürfen nicht so rauh mit ihr umgehen, meine beste Lady Elisabeth.« Und sich näher zu ihrem Ohr beugend, raunte sie: »Sie wissen doch, der Arzt sagt, jede Aufregung kann das Schlimmste herbeiführen.«

»Lassen Sie mich mit Ihrem Arzt in Ruhe,« rief Lady Holland in ihrer offenen groben Art. »Ihr alle seid daran schuld. Vor allem Sie und Herr Lamb. Sie sollten nur meine Schwiegertochter sein, Lady Caroline. Ich wollte Ihnen die Mucken schon austreiben.«

Wie ein gescholtenes Kind kauerte die junge Frau in ihrem Stuhle und blickte die Scheltende schmollend an aus ihren grauen Lichtern. Da huschte ein Lächeln über Lady Hollands steinharte glatte Züge. Niemand, auch sie nicht, konnte dem Liebreiz dieser 25jährigen Frau widerstehen, die eigentlich nicht schön war, deren zarte regellose Züge aber ein bestrickender Charme fraulicher Hilflosigkeit umzauberte.

Da sagte Lady Oxford:

»Er soll ja von den Damen geradezu belagert werden. Man erzählte mir, daß die Lakaien der ersten Häuser Englands Spalier bilden, um ihm Liebesbriefchen zuzustecken, wenn er sein Hotel verläßt.«

Sie sagte es mit einem leise sinnlichen Zittern der Stimme. Sie war eine sehr schöne Frau von Vierzig und durchlitt seit langen, langen Jahren eine qualvolle Ehe mit einem rohen Wicht. Und ihr Herz schrie nach Liebe und ihre unverbrauchte Leidenschaft nach dem Erlöser. Und sie wähnte ganz, ganz heimlich, daß ihre Leidgeprüftheit wohl das rechte schützende Obdach wäre für diesen unbändigen jungen Geist und seine irrende ruhelose Wildheit.

Da richtete Lady Caroline sich auf, beugte sich vornüber, daß ihre Brüste fast die Knie berührten, und flüsterte: »Man sagt, er habe täglich mehr als hundert Frauen.«

Mild lächelte Lady Melbourne, doch die Schloßherrin meinte trocken: »Reden Sie keinen Unsinn. Solche Dinge macht man nicht mit der Phantasie.«

Lady Oxford fuhr aus ihren Träumen empor, und ihre Wünsche sprangen ihr auf die Zunge.

»Warum er sich nicht an eine bindet, die ihm ihr reiches Weibtum geben könnte?« fragte sie sehnsüchtig.

»Weil er ein Dichter ist,« belehrte Lady Caroline. »Weil ein Dichter anders liebt als diese Erdennaturen. O, ich ahne, wie er liebt! Er muß furchtbar sein, furchtbar schön. Er hat entsetzliche Augen. Der Abglanz der Liebe von tausend Frauen brennt darin. Es ist ein roter Schein darin von dem Blut der Ehemänner, die er getötet hat.«

»Fabeln Sie doch nicht so schauerlich,« wehrte Lady Holland ärgerlich.

Doch die besorgte Schwiegermutter machte ihr ein flehendes Zeichen, die hysterische Dame nicht zu reizen. Aber Lady Holland war die letzte, die auf ein Zeichen gehorchte.

»Ich werde nicht dulden,« sagte sie rauh, »daß in diesen Räumen solcher Wahnwitz geschwatzt wird.«

»Es ist kein Wahnwitz,« begehrte Lady Caroline eigenwillig auf und schürzte das scharfe kecke Näschen. »Heute nachmittag, als ich auf dem Sofa lag, hatte ich eine Vision. So deutlich! Ich ging durch einen dunklen Wald, da kam er auf mich zu, grausig herrlich war's, wie er durch den Wald kam, dieser schöne hinkende Satan. Immer näher kam er, ganz nahe war er schon, und ich konnte mich nicht bewegen, konnte nicht schreien, ich war wie gelähmt. Und da faßte er mich, wie glühende Zangen war seine Berührung. Er wollte mich auf das Moos niederzwingen. Da kam eine übermenschliche Kraft über mich, ich riß mich los und lief, wie ein Reh lief ich, er hinter mir drein. Es war furchtbar und ein so wundervolles Gefühl, wie er hinter mir herlief. Und ich wußte, er würde mich einholen, gleich, jetzt. Da faßte er mich auch schon um den Leib, beugte meinen Kopf zu sich hinten über und küßte mich. Wir sanken zu Boden, ich wollte um Hilfe schreien, aber er versperrte mir mit seinen rasenden Lippen den Mund, nur einen gebrochenen Laut brachte ich heraus – so: »Gnade – Gnade!«

Sie war so gefesselt im Banne ihrer Erzählung, daß sie mit gepreßter Stimme laut durch den Saal um Gnade schrie. Aller Blicke wandten sich ihr zu, aus der Gruppe der Politiker eilte ihr Mann, Charles Lamb, herbei.

»Was ist mit Caroline?« fragte er bestürzt.

»Nichts,« gab Lady Holland Bescheid. »Lady Caroline verwechselte im Moment Holland House mit einem Freudenhause.«

Charles Lamb lächelte und streichelte die glühenden Wangen seiner Frau. Er nahm die exotischen Launen seines Weibes und ihren völligen Mangel an Scham mit launiger Ergebung hin. Wie ein krankes Kind verwöhnte er sie und duldete ihre Exzesse mit gewährendem Gleichmut.

»Wir sprachen von Lord Byron,« erläuterte Lady Oxford.

»Ach so,« lächelte Lamb, »ja, das ist ein erregendes Thema für meine kleine Caroline. Er wird wohl der Nächste sein, mit dem sie mich bloßstellen wird, falls er nicht beizeiten gewarnt werden sollte.«

»O, pfui, wie du redest!« rief die kleine Caroline; doch Lamb entfernte sich hastig.

»Wie er das sagt,« wandte sie sich kläglich an die Schwiegermutter, »und dabei behauptet er, mich zu lieben. Ich unglückliches Geschöpf!«

Und sie preßte ihr Spitzentüchlein gegen die Augen und weinte Bäche.

»Nun heult sie auch noch,« schalt Lady Holland.

»Weine doch nicht so, mein Kind,« tröstete die gute Lady Melbourne. »Du weißt doch, wie Charles dich liebt.«

»Ein lieber, zartfühlender Mann,« seufzte Lady Oxford und dachte an ihren Rüpel von Ehemann.

»Er soll unglücklich sein, wenn ich einen anderen liebe,« die junge Frau stampfte mit dem Fuß auf. »Er soll –«

Jäh verstummte sie.

Der Diener hatte die Tür geöffnet und Lord Byron gemeldet.

»Da ist er!« schrie Lady Caroline, fuhr empor und straffte den Oberkörper zurück, daß die Brüste sich scharf gegen das graue Seidenkleid abrundeten, streckte beide Hände abwehrend von sich und starrte zur Tür mit weitaufgerissenen Augen, in denen die Pupillen zitterten.

»Wie ein armes Vögelchen unter dem Blick der Schlange,« flüsterte Lady Melbourne bang besorgt. Die Gespräche waren jäh zerrissen. Alle blickten auf die bebende junge Frau und auf Lord Byron, der wie ein sausender Bolzen durch die ganze Breite des Saales auf die Hausherrin zuschoß. Diese Hast schleuderte ihn stets durch die Räume des Highlife, wenn aller Augen auf ihm brannten und die Scham seines Gebrechens ihn hetzte.

Er begrüßte Lady Holland und Lady Melbourne. Als Lady Oxford ihm die gepflegte weiße Hand reichte, glühte ihre Leidensbleichheit zu einem zarten Rosa auf. Ihre schönen braunen Augen sahen sehnsuchtsverschleiert zu ihm empor. Da sagte die Dame des Hauses, das auffällige Gebaren der Lady Caroline geflissentlich übersehend:

»Darf ich Sie mit Lady Lamb bekannt machen?«

Die junge Frau war in ihren Sessel zurückgesunken, sie zitterte wie eine sterbende Meise.

»Man hat bereits gestern –«, begann Byron.

Da schnellte Lady Caroline empor, schrie gebend auf: »Nein, nein« und flüchtete in die Mitte des Saales. Ihre Schleppe sprang irr hinter ihr drein. Alles im Saal lächelte wissend, Byron aber blickte verdutzt ihr nach.

»Sie müssen ihr verzeihen,« entschuldigte Lady Melbourne, »sie ist sehr nervös.«

»Ein exaltiertes Geschöpf,« zürnte Lady Holland.

»Das beste ist, man übersieht dergleichen. Ohne Publikum beruhigt sie sich sehr rasch.« Und gebieterisch fügte sie hinzu: »Nun laßt mich mit Byron allein. Ich möchte einmal unter vier Augen mit ihm sprechen.

Setzen Sie sich hierher, Mylord.« Sie deutete auf den Stuhl, den Lady Caroline preisgegeben hatte.

In den schwarzen Augen dieser Frau aus Energie und Nerven war etwas so Zwingendes, daß der Löwe des Tages wie ein scheuer Schulknabe gehorchte. Erstaunt sah er, wie die beiden Damen sich fügsam erhoben und heimatlos einen anderen Platz im Saale suchten. Sie schlossen sich der Fürstin Lieven an, die just mit ihrem Gatten, dem russischen Botschafter, eintrat, und bildeten in einer anderen Ecke des Saales eine neue Gruppe, zu der sich bald die Tragödin Mrs. Siddons mit ihrem Kollegen Kemble gesellte.

Lady Holland schmiegte ihren stattlichen Körper in den weichen Lehnstuhl und betrachtete stumm und ungeniert den jungen Dichter.

»Sie sind sehr schön, lieber Byron,« kritisierte sie sachlich. »Ich begreife, daß Sie den Frauen die Kopfe verdrehen. Aber wenn eine alte Frau Ihnen –«

Byron wollte widersprechen. Doch sie wehte mit ihrer schmalen willensstarken Hand durch die Luft und sagte:

»Stürzen Sie sich nicht in Unkosten. Ich habe keinen Bedarf an Komplimenten. Ich will Ihnen etwas sagen. Ihr »Childe Harold« ist ein gutes Werk. Aber er verdient nicht den Ruhm, den er Ihnen gebracht hat.«

Byron saß unbeweglich.

»Es sind Vorschußlorbeeren,« fuhr die kluge Frau fort, »die Sie erst zu verdienen haben. Aber das Buch scheint mir eine große Verheißung. Es ist jung und unreif. Doch es zeigt schon die Löwentatze. Wenn Sie sich nicht zersplittern, werden Sie der größte lebende englische Dichter werden, für den man Sie jetzt schon allzu früh ausschreit. Ich habe sehr wohl hinter der Maske des Weltschmerzes die echte Schwermut und hinter der Pose den echten Mann gesehen. Arbeiten Sie an sich, junger Mann, das möchte ich Ihnen raten. Talent bringt Verantwortung. Und Genie ist eine Schuld, die an die Menschheit zu zahlen ist.«

»Ich zahle wenig Schulden,« erwiderte Byron ein wenig verärgert.

»Dann sollen Sie sich schämen. Warum zahlen Sie nicht?«

»Weil ich kein Geld habe,« lachte er.

»Sie haben doch Ihr Gut Newstead,« hielt sie ihm verwundert vor.

»Es bringt nichts.« Er zuckte die Achseln.

»Verkaufen Sie es,« befahl sie.

Da nickte er traurig vor sich hin.

»Es wird wohl der einzige Ausweg bleiben. Früher habe ich den Gedanken immer als eine Unmöglichkeit verbannt.«

Da klopfte Lady Holland energisch mit ihrem schwarzen Fächer auf ihre Knie und sagte: »Mein lieber Byron, Ihre Güter und Schlösser liegen nicht in Nottinghamshire. Die liegen im Lande der Unsterblichkeit. Bauen Sie sich dort an.«

Damit stand sie auf, klatschte in die Hände und rief mit ihrer schneidenden kalten Stimme in den Saal hinein:

»Zu Tisch, meine Herrschaften.«

Sofort trat lautlose Stille ein. Man gesellte sich nach Belieben zueinander. Alles war zwanglos in diesem Hause, solange die Hausherrin nicht zwang. Sie hatte Sir Romilly den Arm gereicht und schritt allen voran in den Speisesaal.

Es war ein machtvoller Raum, von dessen roten Damastwänden sich vier große Gemälde ab hoben: das Bild des großen Whig-Parlamentariers Fox, die erste Lady Holland von Reynolds, Moore von Shee, und Rogers von Hoppner. Ein schwarzseidig schimmerndes Büffet, auf dem altehrwürdiges Familiengeschirr mild im Schein der Kerzen glänzte, beherrschte die eine Längswand.

Man setzte sich, wie es Zufall und Laune brachten. Byron geriet zwischen Rogers und den jungen Faraday. Eine Zeitlang sprach alles durcheinander. Byron schwieg und ließ die Blicke um die viereckige Tafel schweifen. Jeder Platz war besetzt, man saß recht eng. Das gehörte zu den Eigentümlichkeiten dieses Hauses, daß fast immer mehr Gäste geladen waren, als die Tafel faßte. Oben an dem einen Ende thronte Lady Holland, zur Rechten Sir Romillys würdige Männlichkeit. An ihn schloß sich der Maler Shee, der Schauspieler Bannester, Luttrell, der Witzbold, der General Fitzpatrik, ein vornehmer, alter Herr, der in dem amerikanischen Kriege gekämpft hatte und ein Jugendfreund Rousseaus gewesen war. Zu seiner Rechten saß die Fürstin Lieven. Byron betrachtete sie bewunderungsfreudig. Ihre Schönheit hatte etwas von der Grazie des ancien regime, etwas, das an die Bilder Watteaus erinnerte, an Marie Antoinette, an die Boudoirs Fragonards.

»Eine bezaubernde Frau,« flüsterte er Rogers zu. Der nickte. »Sie ist die letzte Überlebende der großen politischen Frauen des 17. und 18. Jahrhunderts. Sie ist Auge und Ohr der russischen Botschaft.«

Byron lauschte angespannt hinüber und suchte die Worte zu erhorchen, die sie dem alten General zulächelte. Doch der Lärm war zu groß, jeder redete emsig auf seinen Nachbar ein. Da glitten Byrons Augen weiter. Dort machte sich Sir Wilkie, der Maler, so schmal er nur konnte, in blassen Ängsten, den Chemiker Davy zu belästigen, der mit hochmütiger Miene dem alten Kemble zuhörte.

»Wer ist dieser eingebildete Narr?« fragte er Rogers.

»Das ist der große Humpry Davy.« gab der Bankier Bescheid, zu dessen Vorlesungen über Elektrizität das ganze fashionable London sich vor einigen Jahren drängte. Er war ein lieber bescheidener Mensch, bis er vor wenigen Monaten geadelt wurde und bis seine Frau, Mrs. Apreece, ihn verdorben hat.«

Hier flüsterte Faraday scheu dazwischen: »O, er ist ein genialer Chemiker, er ist auch so gut. Ich war Laboratoriumsdiener bei ihm, er hat mich zu seinem Schüler erhoben.«

Da hieb die Stimme der Hausherrin durch das Chaos der Worte.

»Allan,« schrie sie über den Tisch hinweg. »schneiden Sie dickere Scheiben, meine Gäste sind an derbe Kost gewöhnt.«

»Ja,« antwortete John Allan, ohne von seiner Arbeit aufzusehen, »sogar an viel derbere, denn dies hier ist keine zähe alte Kuh.«

Alles erstarrte. Doch Lady Holland lachte. Sie konnte ein offenes Wort vertragen, wenn es noch so grob war.

Gelassen schnitt der Mann mit der riesigen Hornbrille weiter das mächtige Rostbeaf vor. Er war vor vielen Jahren als ärztlicher Reisebegleiter von Lady Holland zugezogen worden. Und war dann im Hause geblieben unter dem Titel eines Bibliothekars. In Wahrheit aber war er des Hauses Faktotum, oder wie die Hausfreunde ihn nannten, »Lady Hollands Kuli«. Er saß an der unteren Breitseite des Tisches, neben ihm zwängte sich Lord Holland an die Ecke. Auch das war, wie viele wußten, symbolisch.

Als der Diener jetzt den Teller vor Byron niedersetzte, lehnte er ab. Doch Lady Holland, deren scharfen Augen nichts an ihrer Tafel entging, rief herüber: »Machen Sie keine Faxen, Byron. Bei mir wird gegessen. Mir imponiert Ihre verrückte Diät nicht. Wir wissen auch, wie Sie es neulich bei Websters gemacht haben. Die Speisen haben Sie nicht angerührt und sich Sodawasser und Zwieback geben lassen. Und nachher sind Sie in den Klub gegangen und haben sich ein solennes Diner auftragen lassen. Sie sehen, Sie sind durchschaut, also essen Sie.«

Byron wollte etwas erwidern, doch Rogers flüsterte ihm zu: »Essen Sie, sonst kommt sie am Ende her und füttert Sie. Sie können sich eher gegen Napoleon als gegen den Willen dieser Frau auflehnen.«

Jetzt erzählte irgendeine Stimme von einem Straßenunglück. Eine Frau war von einem Omnibus überfahren worden.

»Omnibus?« Luttrell spießte das Wort auf.

Alle sahen auf seinen Mund, denn sie wußten, jetzt kam eines seiner berühmten improvisierten Epigramme. Und da kam es auch schon:

»Vom Omnibus gerädert werden
Nicht grade opportun is',
Doch, Freunde, so ist's mal auf Erden –:
Mors omnibus communis.«

Man lachte und sprach wieder durcheinander. Da schwebte die süße Stimme der Tragödin Mrs. Siddons wie helles Vogelgezwitscher über die dunkle Wirrnis der Laute, diese Stimme, die in Covent Garden die Galerie zur Raserei entzückte, und das Parkett, dieses steife englische Parkett, zu einem brausenden Meer der Begeisterung aufpeitschte. Sie sprach zu ihrem Nachbar, dem Fürsten Lieven.

Alles schwieg und lauschte auf den Klang der Stimme dieser ewig jungen, fast 70jährigen Frau.

»Nach meinem Abschied vom Theater werde ich in London bleiben. Denn ich meine, alle Leben fern von London sind Irrtümer. Mehr oder weniger tragische, aber immerhin Irrtümer.«

Sie hatte kaum geendet, da hörte man Davys blechernes Organ. Er erzählte seiner Nachbarin, Lady Caroline, von der Sicherheitslampe der Bergleute, die er erfunden hatte. Doch sie hörte ihm nicht Zu. Sie wandte kein Auge von Byron, der ihr schräg gegenüber saß.

»Meine Erfindung wird den Bergbau revolutionieren,« spreizte er sich in die Stille hinein, die den Worten der Schauspielerin nachklang. »England kann stolz darauf sein, daß ein Engländer diese Erfindung gemacht hat.«

Sein getreuer Faraday nickte emsig, doch Lady Holland rief: »Mein lieber Davy, solange Sie Plebejer waren, hatten Sie eine adlige Bescheidenheit. Seitdem Sie geadelt sind, sind Sie Plebejer geworden.«

Alles schwieg entsetzt, und der große Erfinder stammelte: »Wie? wie?« und sah sich wirr im Kreise um. –

Der alte General Fitzpatrik lenkte schleunigst ab. Mit lauter Stimme erzählte er von einem Bekannten, der nach Amerika ausgewandert war, weil er es satt hatte, in den englischen Gefängnissen seine Schulden abzusitzen.

»Aha,« rief Luttrell, »also der Freiheitsdrang hat ihn nach Amerika geführt.«

Auch Davy schloß sich sauersüß dem allgemeinen Gelächter an.

Das Diner ging weiter, man sprach und trank, bis Hoppners kräftige Stimme alles übertönte.

»Was, Lawrence soll ein Maler sein? Ein Pfuscher ist er, ein Harlekin.«

»Das ist er,« rief Lady Holland. »Denn er hat Sie weit übersprungen, als Ihnen Foxens Bild mißlang.«

Die peinliche Lage wurde hier dadurch gerettet, daß der Diener »Herrn Canova« meldete. Hinter dem Diener erschien des berühmten Bildhauers aristokratische Gestalt im Türrahmen. Lord Holland tastete nach seiner Krücke, dem fremden Gast entgegenzueilen. Doch Lady Holland rief: »Bleib sitzen, Holland, du weißt, ich liebe diese Unruhe bei Tisch nicht. Wenn Monsieur Canova zu spät kommt, ist das seine Sache. Setzen Sie sich –« wandte sie sich an den Ankömmling.

Sie überblickte mit ihren schwarzen Falkenaugen den Tisch, und alle Kenner ihrer Sitten duckten sich ganz klein zusammen, denn sie wußten, daß die Hausfrau an dem überfüllten Tische dadurch Platz schaffen würde, daß sie schonungslos einen von ihnen verjagte. Ihre Blicke blieben an Rogers haften.

»Rogers,« befahl sie, »geben Sie Monsieur Canova Raum.«

»Geben Sie mir erst welchen,« antwortete der Dichter-Bankier gelassen. »Ich habe keinen mehr zu vergeben.«

Da suchte Lady Holland sich ein anderes Opfer.

»Nun, Herr Lamb, dann gehen Sie.«

Lamb errötete vor Zorn, schob mit lautem Geknarr seinen Stuhl zurück und stand auf.

Canova, der zum ersten Male in diesem Hause war, blickte perplex drein.

» Mais, Monsieur! Monsieur!« stammelte er.

Doch Lady Holland duldete keinen Widerspruch gegen ihre Maßnahmen.

» Asseyez vous«, befahl sie und streckte wie ein Imperatorenstandbild die Rechte aus. »Für Herrn Lamb kann im Salon gedeckt werden.«

Da wandte Lamb sich um und sagte:

»Ersparen Sie sich die Mühe. Ich gehe und betrete nie wieder dieses Haus.«

»Es gibt größere Engländer, die Sie ersetzen können,« rief die Hausherrin hinein in das Gepolter der Tür, die der Erzürnte heftig ins Schloß warf.

Verwirrt nahm Canova den grausam geschaffenen Platz. Lady Lamb hatte von dem Vorgang nichts bemerkt. Sie sah nur Byron und sie hörte nur das sehnsüchtige Singen ihres Blutes. Eine

Pause der Verlegenheit irrte über die Tafel. Da sagte Canova: »Es tut mir sehr leid, Madame, wenn meine verspätete Ankunft Unfrieden in diesem gastlichen Hause stiften und Feindschaften begründen sollte.«

Doch Lady Holland erwiderte in der ernsten und schlichten Art, die immer wieder mit ihrer peinlichen Unverfrorenheit versöhnte:

»Feindschaften gegen mich lassen mich kalt, Monsieur Canova. Ob man gut oder schlecht von mir spricht, ist mir völlig gleichgültig. Ich kenne genau meinen Platz im Leben und weiß alles, was man von mir sagen kann. Solange die paar Freunde, deren ich sicher bin –« ihre Augen wurden ganz warm, während sie sich im Kreise umblickte, – »freundlich von mir sprechen, ist es mir vollständig gleichgültig, was die ganze Welt sonst sagt.«

Sie machte eine fortwerfende Geste, die kund tat, daß das Thema für sie abgetan sei.

»Und nun, Mister Canova, erzählen Sie uns, was Sie von dem Elgin Marbels halten.«

Alles horchte neugierig auf. Denn der große Bildhauer war nach England gekommen, den Parthenon-Fries zu beurteilen, den Lord Elgin in Athen geräubert und nach London gebracht hatte. Jeder der Anwesenden wußte, daß erhebliche Zweifel an der Echtheit dieses Raubes herrschten, und jeder kannte die bitteren Worte, mit denen Lord Byron im »Childe Harold« und dem kürzlich erschienenen »Fluch der Minerva« den noblen Dieb geschmäht hatte. Alles hing am Munde des Bildners, gierig sein Gutachten zu hören.

Doch diplomatisch zog sich Canova aus der Affäre.

» La vérité est telle «, sagte er höflich, » les accidents de la chair et les formes sont si vraies et si belles, que ces statues produiront un grand changement dans les arts .« Fürst Lieven und seine schöne Frau lächelten. Die Antwort gefiel ihrem Gesandtengemüte. Doch keiner der anderen war befriedigt.

Man wollte weitere Fragen stellen, da tönte Kembles theatralisch rollende Stimme durch den Saal. Er verstand kein französisch, auch interessierte ihn das Thema nicht. Man hörte, wie er zu seiner Nachbarin, Lady Oxford, sagte: »Ja, Lady Oxford, das ist mein Verdienst, daß würdig jetzt die Tracht der Bühne ist. Als ich zuerst nach Covent Garden kam, da herrschte ein unmögliches Gewimmel. Da spielte unser großer Garrick noch Othello in englischer Uniform.«

Er rollte das »R« mimenhaft. Alles lachte. Er sprach auch im Leben in Jamben, der brave alte Kemble. Und Lady Holland rief belustigt zu ihm hinüber:

»Bester Kemble, Sie sind immer Richard der Dritte.«

»Wieso?« fragte der Schauspieler verwundert seine Tischdame.

Doch ein anderes Ereignis hatte bereits die allgemeine Aufmerksamkeit in Bann geschlagen. Dem servierenden Diener war ein kleines Malheur begegnet. Er hatte die Saucière mit der gelben Puddingsauce umgestoßen und ihren Inhalt auf die Perücke des Fürsten Lieven entleert. Doch der Botschafter verzog keine Miene und sprach gelassen weiter mit der Tragödin Siddons über Albanien. Der entgeisterte Diener kratzte mit dem Löffel sein Mißgeschick von dem unbeweglichen Haupte. Man zerbiß sich die Lippen, das Lachen zu ersticken. Doch der feiste John Allan prustete schließlich heraus. Da rettete Luttrell die Lage.

»Welch ein würdiges Beispiel,« rief er, »tut sich da auf vor unseren Augen von der Unverletzlichkeit des Gesandten eines fremden Staates!«

Fürst Lieven aber sprach weiter von Albanien.

Seine Worte packten Byron. Er sprang hinein in die Erörterung und erzählte von Ali Pascha. Doch mitten in der Schilderung seines Empfangs in Tepeleni wurde er jäh unterbrochen. In der allen Habitués des Hauses schreckbekannten kurzen energischen Art klopfte Lady Holland mit ihrem schwarzen Fächer auf den Tisch und schnitt mitten in einen Satz des berühmten Dichters hinein mit den Worten: »Davon haben wir genug gehabt in Ihrem »Childe Harold«. Wir kennen jetzt die Geschichte. Wir wollen lieber Sir Romilly hören. Er soll uns erzählen, wie es mit seinen Gesetzesanträgen auf Änderung des Strafgesetzbuches steht.«

Byron wurde blaß vor Zorn, Sir Romilly aber beugte sein durchgeistigtes Gesicht vor und berichtete leise:

»Es steht schlecht mit meinen Anträgen. Sie wissen, man hat im vorigen Jahr meinen Antrag, den Diebstahl eines Gegenstandes bis zum Werte von 5 Schillingen von der Liste der todeswürdigen Verbrechen zu streichen, im Parlament abgelehnt. Meinem Antrag, Soldaten und Matrosen, die beim Betteln ertappt wurden, mit der Todesstrafe zu verschonen, ist es vor einigen Tagen ebenso ergangen. Der Abgeordnete Windham hat der Meinung der Majorität in den Worten Ausdruck verliehen, »da angesehene Männer für die Beibehaltung der Todesstrafe gesprochen hätten, sei es eine nationale Pflicht, ihr Ansehen durch die Abstimmung zu wahren«.«

Laute des Unwillens brachen von den Lippen der Männer; manch schöner Kopf wurde leise geschüttelt.

»Und unterdessen,« fuhr Romilly fort, »hat sich gestern eine neue bittere Tragödie erfüllt. Vor einiger Zeit hat eine arme Frau, deren fünf Monate altes Kind fror, in einem Laden ein Tuch gestohlen im Werte von einem Schilling, um ihr Kind gegen den Frost zu schützen. Sie wurde ergriffen und zum Tode verurteilt. Gestern hat man ihr am Fuße des Galgens in Newgate das Kind von der Brust gerissen und die Frau gehenkt.«

Ein tiefes Schweigen der Empörung folgte diesen Worten.

»Ich werde für das Kind sorgen,« sagte Lady Holland und hob die Tafel auf.

Man ging in den Saal zurück und gesellte sich wieder zu zwanglosen Gruppen. Gleich darauf saß die Fürstin Lieven, eine seelenvolle Sängerin und geschulte Pianistin, am Spinett und präludierte.

Während alle sich erwartungsvoll Platz suchten, schritt Byron mit düster gesenkter Stirn aus dem Saal hinaus in die angrenzende Bibliothek. Es war nicht nur die Kränkung über die Zurechtweisung der Hausherrin, die ihn davontrieb. Es war dieser seltsame Schmerz, diese vage Sehnsucht, die keine Grenzen und kein Ziel kannte, die ihn oft plötzlich inmitten froher Menschen ohne Grund, ohne Anlaß übermannte. Alle sahen es. Die Damen nickten mitleidsvoll, um die bartlosen Mundwinkel der Herren zuckte ein höhnisches Lächeln.

»Ist das nun eigentlich Pose?« fragte die Fürstin Lieven und wandte den reizenden Kopf halb über die Schulter zurück. Rogers, der in ihrer Nähe stand, antwortete: »Männer wie Byron posieren eigentlich immer oder nie. Es liegt in ihrem Tun so viel Theater und so viel Wirklichkeit, daß beides richtig ist.«

»Mich sollte es nicht wundern,« rief Luttrell, »wenn er jetzt, in schöne Byronpose drapiert, gegen einen Bücherschrank gelehnt, dort drüben steht und aus tiefstem Herzen wünscht, daß wir ihn durchs Schlüsselloch bewundern.«

Da öffnete die Fürstin die frischen Lippen. Leise glitt alles in die bequemen Sofas und Sessel. Sie sang Moores schönes Lied »Der Augenstern«.

> Der junge Maimond schimmert, mein Lieb,
> Der helle Glühwurm flimmert, mein Lieb!
> Gern schweif' ich allein,
> Durch Flur und Hain,
> Wenn die Welt sich im Traum um nichts
> kümmert, mein Lieb.

Alle hingen an dem liedersüßen Munde der Sängerin. Keiner beachtete, daß Lady Caroline durch die Portiere in den Eßsaal hinüberglitt. Rasch eilte sie durch die Unwirtlichkeit des verödeten Prunkgemaches hinaus auf den Korridor. Sie kannte alle Wege in diesem großen Hause. Durch viele Gänge schlüpfte sie, durch viele leere Gemächer, bis sie die Tür am Ende der langgestreckten galerieartigen Bibliothek erreichte. Dort beugte sie den Kopf zum Schlüsselloch hinab und blickte hindurch. Sie wollte ihren Dichter sehen. Ihre Knie zitterten, so matt war sie vor Erregung. Eine Kühle war um ihre Stirn, so heftig krampfte die Angst ihr die Arterien zusammen. Sie sah ihn, wie Luttrells Hohn ihn vermutet hatte, mit dem Rücken gegen einen der eichenen hohen Bücherschränke gelehnt. Sie sank nieder auf die Knie und starrte hinein und flüsterte irre Worte, berauscht von der Schönheit seiner Trauer. Und sie sah den Schmerz in seinen Augen und verlor die Scheu und das Bangen. Etwas mütterlich Reines erwachte in ihrem krausen Gemüt. Dort stand er, es ekelte ihn vor all den Menschen dort im Saale. Er sehnte sich gewiß nach einer, die anders war als alle diese anderen Menschen der Alltäglichkeit. Ganz leise erhob sie sich, nur ihr seidener Rock knisterte. Lautlos öffnete sie die Tür und trat ein. Er hörte sie nicht. Er starrte vor sich hin mit einem wehen, trostlosen Zug um den Mund. Eine Trauer, gegen die er nicht ankämpfen konnte, hatte ihn umkrallt, ein Schmerz, der in den Ohren klang. Mit umflorten Augen blickte er vor sich hin ins Leere.

Da flüsterte sie zu ihm hinüber:

»Kommen Sie zu mir. Kommen Sie morgen zu mir nach Melbourne House. Ich will Sie trösten.«

Er hörte den Klang ihrer Stimme, wie eine Stimme aus dem Nebel. Langsam wandte er die Augen ihr zu. Er staunte nicht über ihre plötzliche Gegenwart. Seine Gedanken sannen: »Wie schön steht das Violett des Kragens gegen ihr blondes Haar.« Mit leisen Schritten, von einer magischen Kraft angezogen, glitt sie zu ihm heran.

»Sie werden kommen?« raunte sie und hob die Arme auf. Wie ein Flehen war es.

Er sah verständnislos auf sie herab. Da flüsterte sie mit erhobenen Händen: »Ich fürchte Sie und kann ohne Sie nicht leben.«

»Wie?« fragte er leise und strich die braunen Locken an der Schläfe zurück.

Sie blickte ihn stumm an mit lockenden brennenden Augen. Aus dem Saal klang der Russin schwermütig süße Stimme. Gedämpft drang es durch die Tür herein.

»Doch erwach', die Welt ist voll Pracht, mein Kind,
Sie ist zur Freude gemacht, mein Kind,
Willst mit Bestreben
Verlängern das Leben,
So stiehl ein Stündchen der Nacht, mein Kind!«

»Werden Sie kommen?«

Sie berührte mit den Fingerspitzen zag seinen Ärmel. Er nickte und fühlte, wie seltsam dies alles war. Dieser matterleuchtete düstere Raum mit den zahllosen Büchern, diese bleiche zitternde Frau und ihre Bitte. Doch es schlug so gut in seine Stimmung hinein.

»Ich danke Ihnen,« flüsterte sie und glitt zur Tür.

Im Nebenzimmer starb leise der Sang:

»Erspäht er dich hell,
So hält er wohl schnell
Dich für einen Stern voll Pracht, mein Kind!«

## X.

Pünktlich um ein Uhr betrat Byron am nächsten Tage das Haus St. James' Place No. 22. Hier hatte der Wettstreit der ersten Künstler der Zeit dem Dichter-Bankier Rogers das kostbare Junggesellenheim gebaut. Als der Diener Byron in einen kleinen Salon führte, eilte der Hausherr aus einem anstoßenden Zimmer herein.

»Ich freue mich,« rief er schon auf der Schwelle, »Sie bei mir zu begrüßen. Ich bin immer ein wenig eingebildet gewesen auf mein schönes Haus. Heute aber hat es seine historische Weihe empfangen. Solange hier ein Stein auf dem anderen steht, wird man andächtig auf diese Villa zeigen und sagen: »Hier ist einst Byron zu Gast gewesen«.«

Vielen Überschwang hatte Byron in den letzten Wochen erfahren. Solche Hymne beschämte ihn nicht mehr. Lächelnd gab er zurück: »Und dann wird man sagen: »Welch ein großer Mann muß Byron gewesen sein, daß ein Geist wie Samuel Rogers mit ihm verkehrte«.«

Rogers schüttelte ihm die Hand.

»Charmant, charmant, Mylord, meiner Bankiersklugheit zum Trotz will ich diese Anweisung auf die Zukunft für bare Münze nehmen.« Und die Stimme senkend, flüsterte er: »Ich habe mit Ihrer Einladung eine Absicht verbunden. Sie gilt der Versöhnung mit einem Ihrer alten Feinde.«

»Feinde?« fragte Byron und zog die Brauen zusammen.

Da wurde die Portière, die den Salon vom Nebenzimmer trennte, beiseite geschlagen und ein kleiner fixer Herr trat ein. Im Türrahmen stutzte er. Auch Byron war betroffen von der auffallenden Schönheit des Mannes. Seine Stirn war groß und rein, mit mächtigen Genialitätsbeulen. Die dunklen Augen ruhten mit forschendem feurigen Glanz auf Byrons Gesicht. Seine Überraschung schnell beherrschend, kam er mit kleinen Schritten auf Byron zu, streckte ihm eine nervöse Künstlerhand entgegen und sagte mit einer Stimme, die wie Musik streichelte:

»Grüß Sie Gott, Lord Byron.«

Zögernd schlug der Dichter ein.

»Ich habe Sie schon einmal vor langen Jahren–«, zauderte er, »im Chapter Coffee-House – Sie sind –«

»Mylord,« frohlockte Rogers, »wer kann das sein? Wer kann solche Augen, die man sich eigentlich nur unter einem Kranz von Weinlaub denken kann, im Kopfe tragen, wer kann eine solche Nase, die immer den Duft eines Festgelages und blühender Obstgärten einzuatmen scheint, so charakterfest in die Welt hinausstoßen als der Sänger des Weines und der Frauen, als unser Anakreon, als unser Thomas Moore?«

Der Ire fühlte, wie die Hand, die er umschlossen hielt, zuckte und warm seinen Druck erwiderte.

»Sie sind Thomas Moore!« stammelte Byron verblüfft wie ein Knabe.

»Ja,« lachte Moore. Und sein Lachen klang frisch und jubilierend wie Vogelgezwitscher, »der bin ich. Und nun, da wir zwei tüchtige Kerle uns gefunden haben, wollen wir uns in Freundschaft bei der Hand halten und aller Zwist zwischen uns soll vergessen sein.«

»Gern, gern,« flüsterte Byron freudewirr. »Ich habe schon lange meine törichten Verse auf Sie bereut.«

»Und mir erscheint meine Forderung zum Duell wie ein Dummerjungenstreich.«

»Ihre Forderung zum Duell?« Byrons Hand löste sich aus Moores enthusiastischem Druck.

»Wenn Sie sie vergessen haben,« lächelte Moore, »desto besser.«

Byron siedete das stolze Blut heiß zu Kopf.

»Sie haben mich gefordert?« fragte er.

»Ja, als ich damals Ihre Satire gelesen hatte, habe ich Ihnen einen Brief geschrieben, in dem ich Sie auf Pistolen forderte.«

»Ich habe ihn nie erhalten,« sagte Byron und zog sich in sich zurück. »Ich war damals auf Reisen im Ausland. Aber ich stehe Ihnen selbstverständlich in jedem Augenblick zur Verfügung.«

»Aber, aber,« rief Rogers, »welch ein Mißverständnis! Sie hören ja doch, daß die Sache längst erledigt ist. Das wäre eine schöne Versöhnung mit der Pistole in der Hand!«

»Ich denke gar nicht daran, mich mit Ihnen zu schießen,« lachte Moore. »Ich will Sie lebend genießen.«

»Sie könnten denken,« zauderte Byron, »ich hätte –«

»Nein,« wehrte Moore lachend und zeigte das prachtvolle Gebiß in dem schönen sinnenfrohen Munde. »Ich denke nicht, daß Sie sich gedrückt haben. Ein Mann, der soviel Mut gezeigt hat, wie Sie auf Ihrer Reise, der mitten im Gewittersturm, als er sich im fremden Land verirrt hatte, im Pindusgebirge die Gelassenheit besaß, das herrliche Gedicht »Kalt und schwarz ist die wilde Nacht« zu dichten, der drückt sich vor keinem Duell. Sie sollen auch nicht denken, daß ich mich damals, wie Sie mir in Ihren Versen vorwarfen, vor der Kugel Jeffreys gefürchtet habe. Ich hatte damals Jeffrey auf Pistolen gefordert, weil er mich in einer Kritik heruntergerissen hatte. Auf dem Wege zum Kampfplatz fielen die Kugeln aus den Pistolen heraus, ohne daß die Sekundanten es merkten. Als wir dann losdrückten, versagten natürlich die Dinger. Andere Geschosse waren nicht zur Stelle, so haben wir uns versöhnt. Das ist die wahre Geschichte jenes »unblutigen Duells«. Und da jetzt alles zwischen uns klar ist, geben Sie mir noch einmal Ihre geniale Hand.«

Freudig schlug Byron ein, Rogers stand dabei wie ein segnender Pate dieses Freundschaftsbundes, der bis über den Tod hinaus dauern sollte.

Man ging in das anstoßende Zimmer zurück und Moore wiederholte: »Jetzt wollen wir friedlich nebeneinander arbeiten und dem englischen Volke das geben, wozu wir geboren sind. Ich habe mich über Ihren Erfolg innig gefreut.«

»Er ist der neidloseste Mensch,« freute sich Rogers, »dieser Thomas Moore, der je den Gänsekiel geführt hat.«

»Ach,« wehrte Moore, »das Feld des Ruhmes ist weit genug für alle.«

Da sagte Byron:

»Ich glaube, ich werde nicht mehr schreiben.«

Die beiden anderen lachten hell auf.

»Nein, nein,« beharrte er ernst. »Das Epenschreiben langweilt mich. Ich möchte jetzt eine Tragödie dichten. Doch habe ich leider kein Talent fürs Drama. So lasse ich die Schreiberei lieber ganz und stürze mich auf die Politik.«

»Das wäre sehr schade,« bedauerte Moore ehrlich.

Byron überhörte den Einwurf und riet:

»Sie, Herr Moore, sollten sich einmal mit dem Drama versuchen. Sie haben ein so wunderbares Talent und sind so vielseitig. Und dann haben Sie gelebt und gefühlt.«

Da lächelte Moore:

»Nun, ich glaube, Sie haben auch genug gelebt.«

»Vielleicht,« sann Byron, »äußerlich. Doch im Innern bin ich nur einmal erschüttert worden, und das ist kein Stoff für andere. Ich glaube, um so zu schreiben, daß das Menschenherz im Innersten erschüttert werde, muß das Herz des Dichters schon überwunden haben.«

Rogers nickte. Byron sprach weiter:

»Solange man unter dem Einfluß der Leidenschaft steht, kann man sie wohl fühlen, aber nicht beschreiben. Ebensowenig, wie man inmitten einer bewegten Handlung mit dem Nachbar darüber sprechen kann. Wenn aber alles vorbei ist, alles, alles unwiderruflich dahin, dann kann man sich auf sein Gedächtnis verlassen, es wird nur zu getreu alles wieder beleben.«

»Es ist viel Richtiges in dem, was Sie sagen,« grübelte Moore.

»Meine »Irischen Melodien« konnte ich auch erst schreiben nach Emmets Tode.«

Nach einer kleinen Pause hob Byron wieder an:

»Ich habe genug von der Dichterei! Für immer will ich ihr nun Lebewohl sagen. Ich habe meinen Tag gehabt und nun genug damit. Das Höchste, das ich erwarte oder selbst wünsche, ist eine Bemerkung in der Biographia Britannica, daß ich vielleicht ein Dichter hätte sein können, hätte ich nur gearbeitet und mich gebessert.«

»Sie scherzen,« staunte Moore.

»Lassen Sie ihn doch,« brach der Spott bei Rogers durch.

»Erkennen Sie nicht die »Childe Harold-Pose«?«

Byron schüttelte den Kopf.

»Mein Dichterlos ist besiegelt. Es reizt mich nicht mehr. Mich locken Taten.«

Rogers war aufgesprungen und klatschte in die Hände.

»Bravo, bravo, Sie sind aus einem Stück gegossen. Wären Sie es nicht selbst, so müßte man rufen: »Ganz wie Byron!« Kaum hat er den Ruhm gewonnen, so blickt er blasiert darauf hinab. Zum Glück gehört es zum Byronismus, uns bald mit einem neuen, noch köstlicheren Werke zu überraschen.«

Byron schüttelte ernst den Kopf. Seine Augen irrten versonnen an den gemäldegeschmückten Wänden des Zimmers hin.

Da brach Rogers Eigentümerstolz die Stille.

»Wenn es Sie interessiert, zeige ich Ihnen einige Kuriositäten.«

Emsig öffnete er ein Fach in dem Bücherschrank.

Moore lachte wieder, wie er immer lachte.

»Also doch, ich habe mich schon gewundert, daß Sie so lange Ihre Schätze vor Lord Byron verbergen konnten.«

»Meine Sammlung ist aber auch sehenswert,« rief Rogers besitzeifrig. »Hier sehen Sie nur gleich das erste Stück. Wissen Sie, was das ist? Das ist die Quittung Miltons über die fünf Pfund, die er für das »Verlorene Paradies« erhalten hat. Fünf Pfund, meine Herren! Die Zeiten haben sich geändert, was?«

Er zeigte Stück für Stück seine Kleinodien mit der Beharrlichkeit des erpichten Sammlers. Byron heuchelte aus Höflichkeit mehr Interesse als ihn in Wirklichkeit belebte. Ablenkend wies er auf zwei Gemälde, die ihm der Hausherr noch nicht erklärt hatte.

»Wer ist die schöne Frau dort auf den beiden Bildern?« fragte er.

Rogers hob den Kopf.

»Das ist die Frau von Sheridan. Dort hat Reynolds sie als »heilige Cecilie« gemalt. Und dort drüben ist sie von Gainsborough zusammen mit Mrs. Tickell verewigt. Frau Sheridan steht vom Beschauer aus links.«

»Ein entzückendes Weib,« pries Byron.

»Reizend,« schwelgte Moore und leckte sich die Schlemmerlippen.

»Sie, Sie!« drohte Rogers, »denken Sie an Ihre eigene reizende Frau.«

»Sie sind verheiratet?« fragte Byron erstaunt.

»Na, ob!« scherzte Rogers. »Sie sollten die schöne Frau Bessy kennen lernen. Sie hat einmal ganz London als Schauspielerin entzückt.«

»Sie ist sehr lieb,« flüsterte Moore verträumt.

Rogers spottete: »Da steht er ganz verzückt und ist doch der schlechteste Ehemann, den man sich denken kann. Er läßt die arme Frau sich fern von London in Sloperton nach ihm barmen mit einem winzigen Wirtschaftsgeld, während er selbst hier in London sein Gut verpraßt.«

»Ein Dichter kann nicht immer zu Hause bei der Frau hocken,« verteidigte sich Moore. »Selbst nicht bei der entzückendsten. Ein Dichter sollte überhaupt nicht heiraten.«

»Da haben Sie recht,« bestätigte Byron heftig. »Ich würde es auch niemals tun.«

»Ja,« Moore zuckte die Achseln, »das habe ich auch immer gedacht. Bis ich Bessy kennen lernte. Da waren alle guten Vorsätze verdampft.«

»Sie verdampfen immer,« spottete Rogers, »sobald man glaubt, die »Richtige« gefunden zu haben. Dabei ist es im Grunde so gleichgültig, wen man zum Weibe erwischt.«

»Gleichgültig?« fragten die beiden anderen gleichzeitig.

Um den Mund des Junggesellen zuckte es schalkhaft.

»Ja, vollkommen gleichgültig. Denn am Morgen nach der Hochzeit merkt jeder Mann ja doch, daß er jemand ganz anderes geheiratet hat.«

Sie lachten und dann bekannte Moore:

»Lieber Rogers, ich will ja gern jeden Ihrer Witze belachen, aber dann geben Sie uns auch etwas zu essen. Ich sterbe vor Hunger.«

»Sie müssen sich noch ein wenig gedulden,« bedauerte Rogers. »Ich erwarte noch einen Gast. Sheridan.«

»Sheridan?« rief Moore erfreut.

»Dies ist ja ein eminent historischer Tag meines Lebens,« lächelte Byron. »Den größten Lyriker und den größten Dramatiker Englands lerne ich heut kennen.«

»Der größte Lyriker Englands kennt einen größeren,« lehnte Moore das Lob ab und verbeugte sich gegen Byron.

»Hoffentlich kommt Sheridan bald,« seufzte Rogers.

»Jetzt ist leider auch auf seine Pünktlichkeit wenig Verlaß mehr. Früher, in seiner guten Zeit, war er eine lebende Uhr.«

»Der arme Sheridan,« trauerte Moore und setzte sich ergeben nieder.

»Ja, der arme Sheridan,« nickte Rogers. »Man könnte weinen über diesen Verfall. Wenn ich denke, was er vor zwanzig Jahren war und was er heute ist –«

»Es soll ihm sehr schlecht gehen?« forschte Byron.

»Schlecht?« Moore lachte bitter auf.

»Er ist eine Ruine,« sagte Rogers. »So bettelarm ist er, daß er in diesem Jahre nicht wieder ins Parlament gewählt worden ist, dessen bedeutendstes Whig-Mitglied er neben Fox seit dreißig Jahren war.«

»Weshalb wurde er nicht wiedergewählt?« fragte Byron.

Rogers preßte die Lippen zusammen.

»Weil er die fünf Guineas für die Wähler nicht hatte, die dazu nötig sind. Weil er zu stolz war, sie von Freunden zu erbitten.«

»Das verstehe ich nicht recht,« rief Byron. »Er muß doch mit seinen Stücken, die früher sehr viel gespielt wurden, viel Geld verdient haben.«

»Er hat alles verloren,« belehrte Moore.

Rogers erzählte:

»Sie wissen, Mylord, daß ihm das Drury-Lane-Theater gehörte. Damals war er ein reicher Mann, der Lieblingsdichter des Publikums, der erste Mann der englischen Literatur. Dann kam das Unglücksjahr 1791 und zerschlug ihm Reichtum und Glück. Das Theater brannte ab. Er verlor alles. Doch er hatte Freunde. Das Theater wurde schöner aufgebaut, alles wäre wieder gut geworden, wenn nicht in diesem Jahre des Unheils sein Weib gestorben wäre.«

Sein Auge glitt trauervoll über die Gemälde von Gainsborough und Reynolds.

»Sie war sein guter Engel. Mit ihr verlor er jeden Halt. Seitdem ist er ein Säufer geworden. Seitdem hat ihn das Glück verlassen. Das Theater sank von seiner künstlerischen Höhe, wurde verschuldet und kam schließlich in andere Hände. Sheridan wurde aus Drury-Lane hinausgedrängt. Seitdem geht es ihm sehr schlecht. Seine Gläubiger hätten ihn längst in den Schuldturm werfen lassen, wenn er nicht als Parlamentsmitglied immun gewesen wäre. Dieser Schutz hat nun durch seinen Ausschluß vom Unterhause aufgehört.«

Rogers schwieg. Seine Augen hingen noch immer an den klassischen Zügen der Mrs. Sheridan auf Reynolds Werk.

»Erzählen Sie nur weiter,« ermunterte Moore.

»Enthüllen Sie Seiner Lordschaft die ganze Tragödie dieses Dichterlebens. Man hat ihn in das Schuldgefängnis von Took's Court in Chancery Lane geworfen. Aber dort, unser Freund Rogers hat ihn ausgelöst. Seitdem lebt er aus Rogers Tasche und von den zahllosen Wetten, die er nie bezahlt, wenn er verliert.«

»Nun, nun,« milderte Rogers, »das weiß man doch nicht so genau.«

Moore lachte herzhaft. »Da haben Sie den ganzen Rogers. Borgen Sie sich 500 Pfund von ihm, und er wird kein Wort des Tadels gegen Sie äußern oder dulden, bis sie sie ihm zurückgegeben haben.«

»Nicht doch, nicht doch,« murmelte Rogers, »das ist doch ganz selbstverständlich. Ich halte es einfach für meine Pflicht –«

Er verstummte jäh, denn in dem Salon nebenan wurden Schritte laut.

In das plötzliche Schweigen hinein trat ein gebeugter kranker Mann mit erschütterndem Antlitz. Hunger und Elend und Enttäuschung hatten ihre Runen tief in die lederartige Haut hineingegerbt, hatten aber das Gewaltige dieses Gesichts nicht zu zerstören vermocht. Nase, Mund und Kinn gemahnten an Satirbüsten. Stirn und Augen verrieten den Gott. Schlohweiß hing das dünne Haar um die Jupiterstirn. Er blieb in der Tür stehen und grinste faunisch:

»An dem düsteren Schweigen, das herrscht, erkenne ich, daß Rogers einen Witz gemacht hat. Ein Scherz von ihm ist immer eine sehr erste Sache.«

Dann begrüßte er den Hausherrn und Moore. Als er sich Byron zuwandte, fuhr er zurück.

»Das,« sagte er mit seiner zerbrochenen alten Stimme, und streckte die zitternde Säuferhand aus, »das kann nur der Eine sein. Dieser Apoll kann nur der Gott der Jugend und des Glücks, das kann nur Byron sein.«

Trotz der Verwöhnung der letzten Wochen schlugen Byron die Flammen ins Gesicht. Hastig ging er auf den alte Mann zu, faßte seine beiden Hände, und die Freude klang hell in seiner Stimme auf, als er gestand:

»Ich bin glücklich, den Mann zu begrüßen, der stets par excellence das Beste geleistet hat. Ich habe Sie immer als den Mann verehrt, der das beste Lustspiel in seiner » School for Scandal«, das beste Schauspiel in seinen »Rivals«, die beste Farce, die nur zu gut für eine Farce ist, in seiner »Critic«, die beste Adresse in seinem Gedächtnismonolog auf Garrik und, um allem die Krone aufzusetzen, in seiner berühmten Begum-Rede die beste Rede geschaffen hat, die je in diesem Lande gehört worden ist.«

»Bravo,« rief Moore.

Da setzte sich der gebrochene Mann stumm nieder auf einen Sessel und beugte den weißen Kopf. Am Zucken der Schultern, die knochig aus dem verschlissenen grünen Rock heraustraten, sah man, daß er weinte. Rasch trat Rogers auf ihn zu, legte die Hand auf den gekrümmten Rücken und sagte: » Cheer up, alter Freund, Lord Byron hat die reine Wahrheit gesprochen.«

Sheridan hob die großen, noch immer brennenden alten Augen.

»Es tut sehr weh,« sagte er, »solche Wahrheiten in solch zerrissenen Hosen zu hören.«

Er deutete auf die Fransen, die von seinen weißen Beinkleidern herabhingen.

»Wir sind übrigens alte Bekannte,« suchte Byron ihn aufzumuntern. »Sie sind auch, wie ich, ein Zöglings der Harrowschule. Wir haben uns dort zu meiner Zeit ihr Gekritzel an der Mauer »R. B. Sheridan. 1765« als Ehre für die Wände gezeigt.«

Des früh gealterten Dichters verwittertes Gesicht verklärte ein schöner Glanz.

»Ach, Harrowschule! Du liebe alte Zeit mit deiner Hoffnung und deinen Stürmen!« murmelte er, nickte greisenhaft vor sich hin und ließ das Faunkinn herabhängen. »So, so, Sie waren auch in Harrow. Ja, es ist die Zuchtstätte für alle großen Politiker Englands. Und Sie, mein lieber Apollo, Sie scheinen auch nicht aus der Art zu schlagen. Nach der Rede, die Sie neulich im Oberhaus gehalten haben, zu urteilen, werden Sie einmal einer unserer besten Parlamentsredner werden.«

Hier fiel Moore ein:

»Ihr Geist, Mylord, geht noch heute in Harrow um. Ich habe irgendwo gelesen, Ihre »Stunden der Muße« mit Ihren Angriffen auf Harrow hätten die Jugend dort rebellisch gemacht.«

Byron lächelte: »Wenn meine Jugendgedichte wirklich diese ruhmvolle Wirkung gehabt haben, dann bin ich ein Tyrtäus. Aber leider ähnele ich diesem interessanten Harfner mehr körperlich« – er blickte auf seinen lahmen Fuß nieder – »als geistig.«

Hier öffnete der Diener die Flügeltüren, die in den Speisesaal führten.

Schweigend setzte man sich zu Tisch, schweigend ging der erste Gang hin. Und lange sprach der verkommene Dichter kein Wort. Er stürzte sich über die Speisen her mit der Gier des Hungers, der sich nur selten einmal sättigen kann, goß er ein Glas des edlen Clarets nach dem anderen mit der Hast des Säufers in die Kehle hinunter. Er hörte nicht auf seines Landsmanns Moores lebhafte Erzählungen. Er ging auf in seinem Hunger und unstillbaren Durste.

Moore führte allein das Wort. Er erzählte von seiner Reise nach Bermuda als Registratur der Admiralität. Dann bat Byron um einige Erinnerungen aus seiner Studentenzeit, in der er mit Robert Emmet befreundet gewesen war. Moore tat einen langen Zug, dann berichtete er:

»Als ich mit 15 Jahren die Dubliner Universität bezog, lernte ich Robert Emmet kennen. Er war, wie ich, im Jahre 1780 geboren. Man erzählte in unseren Kreisen damals eine Anekdote von ihm aus seinem 12. Lebensjahre, die ein Vorzeichen der Seelenstärke war, die er einige Jahre später entfalten sollte. Schon im Alter von zwölf studierte er mit Leidenschaft Mathematik und Chemie. Eines Tages versuchte er unmittelbar nach einem chemischen Experiment die Lösung einer schweren mathematischen Aufgabe. In seiner Versunkenheit steckte er den Finger in den Mund, an dem noch das Quecksilbersublimat haftete, mit dem er kurz vorher experimentiert hatte. Er empfand sofort heftige Schmerzen. Gelassen schlug er in der Enzyklopädie den Artikel »Gift« nach, fand aufgelöste Kreide als Gegengift, entsann sich, daß er ein Stück Kreide in der Wagenremise hatte liegen sehen, ging vor Schmerzen gekrümmt in die Remise, löste die Kreide im Wasser auf, trank sie und kehrte dann trotz der rasendsten Schmerzen ruhig zu seiner mathematischen Aufgabe zurück. Am nächsten Tage war er so entstellt, daß sein Lehrer ihn kaum wiedererkannte. Auf seine Frage gestand Emmet, daß er die Nacht unter den grausamsten Qualen verbracht habe, daß die Schlaflosigkeit aber insofern von Nutzen gewesen wäre, als er sie zur Lösung der Aufgabe verwandt habe.«

»Das ist charakteristisch für ihn,« nickte Byron.

»Ich verdanke ihm,« fuhr Moore mit trauerumdunkelten Augen fort, »fast alles. Ohne Emmets Freundschaft wäre ich wohl nie mehr geworden als ein unbedeutender Sänger der Liebe und des Weines. Emmets Beispiel erst hat mir die Kraft gegeben, die Sagen, die Erinnerungen, das Leid meines geliebten Vaterlandes und die Anlagen seiner Söhne und Töchter mit meinen geringen Kräften zu besingen.«

»Gering?« lächelte Rogers. »Mein lieber Moore, Sie haben für Irland mehr getan, als Burns für Schottland.«

»Das hat er,« stimmte Byron freudig zu.

»Laßt uns von Emmet reden,« wehrte Moore dem Lobe. »Sie können sich nicht vorstellen, welche zwei verschiedene Menschen in ihm lebten. Wenn er nicht sprach, war sein Blick müde und leblos. Doch kaum öffnete er den Mund, da strahlte sein Antlitz von einer seltsamen Kraft, seine Bewegungen, seine ganze Haltung waren von einem seltsamen Geiste inspiriert. Ich habe niemals später etwas gehört, was erhabener und reiner gewesen wäre, als das Gepräge seiner Erscheinung, wenn er redete.« Und leise schloß er: »Er pflegte neben mir zu sitzen, während ich Melodien aus Buntings irischer Sammlung spielte. Und als ich eines Tages mein Lied »O Erin, gedenke der alten Zeit«, das ich später in die »Irischen Melodien« aufgenommen habe, sang, sprang er auf und rief in Glut und Leidenschaft: »O, stände ich an der Spitze von 20 000 Mann, die nach dieser Melodie marschierten!«

Hier lachte Sheridan plötzlich vor sich hin. Aller Augen wandten sich erstaunt ihm zu. Da fand der Dichter sich erst in die Gegenwart zurück.

»Ich mußte gerade an eine Begebenheit denken,« erzählte er, »die lange her ist. Ich war noch Direktor von Drury-Lane. Da habe ich eines Tages mit Monk Lewis über irgend etwas gewettet. Ich weiß nicht mehr, was es war. Lewis sagte: »Sheridan, ich will um etwas Großes mit Ihnen wetten.« Ich fragte: »Um was?« »Um den ganzen Gewinn meines »Schloßgespensts«. Wir spielten gerade dieses Stück von Lewis mit großem Erfolge. Da sagte ich: »Ich will Ihnen etwas sagen, ich will mit Ihnen um etwas ganz Kleines wetten – um das, was es wert ist.«

Alle lachten. Und jetzt begann Sheridan, wie stets, wenn er seinen Hunger gestillt hatte und seinem Durst gefrönt, eine Anekdote nach der anderen aus seinem buntbewegten Leben zu erzählen. Aus seinen Erinnerungen glitt das Gespräch hinüber auf das Drury-Lane-Theater.

»Sie haben es ja nun wieder aufgebaut, diese Banditen,« schalt Sheridan. »Noch schneller, als ich es nach dem Brande 1791 wieder aufgebaut habe. Freilich ist es im vorigen Jahre nur zur Hälfte niedergebrannt. Und nun soll es mit gewaltigem Tamtam eingeweiht werden. Sie wollen ein großes Preisausschreiben an alle englischen Dichter für das beste Einweihungsgedicht erlassen. Ich nehme an, daß sich die anwesenden Leuchten der Dichtkunst auch beteiligen werden.«

»Ich habe davon noch nichts gehört,« sagte Rogers.

»Ich würde mich nie zu solchem Tun hergeben,« erklärte Moore.

»Ich will mit dem Theater überhaupt nichts zu tun haben,« entschied Byron.

»Das ist recht,« nickte Sheridan. »Sie sehen ja an mir, was dabei herauskommt. Ich hatte doch wahrhaftig meinen Erfolg; aber ich sage Ihnen, eine Plackerei! Man ist Sklave der Launen, Wunderlichkeiten, des Geschmackes oder vielmehr der Geschmacklosigkeiten seines Zeitalters. Dann muß man für bestimmte Schauspieler schreiben, sie beständig bei der Arbeit im Auge haben, ihrer werten Person den Charakter des Handelnden aufopfern, man muß dem Günstling des Publikums schmeicheln, ihn nicht zu viel, nicht zu wenig deklamieren lassen, bedenken, wie er diese oder jene Szene herschreien, diese oder jene Leidenschaft mimen, in dieser oder jener Szene einherstolzieren wird. Dem allen muß man sich unterwerfen und das« – er deutete mit den Zeigefingern beider Hände auf seine eingesunkene Brust – »das ist das Ende vom Liede für alle diese Mühsal.«

Hastig trank er sein Glas leer. Während er es wieder füllte, sprach er weiter:

»Shakespeare hatte es doch wahrhaftig gut. Er war Schauspieler von Beruf und kannte alle Tricks des Handwerks. Er hatte die Hilfe seiner Truppe und – starb unberühmt. Keiner verstand ihn. Er hatte seine Perlen vor die Säue geworfen. Nach seinem Tode haben Pfuscher wie Landsdowne und Dryden die meisten Stücke von ihm abgeändert, und lange Zeit wurden nur diese Nachahmungen gespielt. Erst Garriks Talent und Einfluß gelang es, die Originale wieder zu Ehren zu bringen.«

»Ich liebe Shakespeares Dramen nicht,« bekannte Byron freimütig. »Sie sind grobes Futter, nur gut für englische und deutsche Gaumen. Den Franzosen und Italienern, den gebildetsten Völkern der Welt, sind sie zu unverdaulich.«

»Aber!« entrüstete sich Rogers.

»Bravo, bravo!« krähte Sheridan. »Ganz meine Meinung.«

»Man kann kaum zehn Verse hintereinander lesen,« beharrte Byron, ohne auf einen Verstoß gegen den guten Geschmack zu treffen. Was denken Sie zum Beispiel von Troilus und Cressidas Liebe?«

»Byron!« rief Moore. »Wie dürfen Sie!« –

»Recht, recht!« schrie Sheridan grimmig dazwischen. »Das englische Theater ist eine Mördergrube, in der die Besten verbluten. Und dann fehlt es an Schauspielern. Kemble ist alt, und wenn Mrs. Siddons in den nächsten Wochen der Bühne Valet sagt, dann wird es nie wieder eine große Lady Macbeth geben.«

Und er nickte mit seinem gramzernagten Gesicht vor sich hin und flüsterte:

»Ja, ja, es ist ein böses Ding, das Theater.«

Dann ging eine jähe Veränderung mit ihm vor. Seine Augen wurden hell, seine zitternden Hände hoben das Glas zum Licht und er sprach:

»Ich will diese Gelegenheit nicht vorübergehenlassen, ohne euch beiden Jungen etwas zu wünschen. Rogers gehört schon zu den Alten, und sitzt auf seinen Millionen. Ihm kann nichts zustoßen. Aber ihr beiden Jungen, Sie, mein lieber Moore, mit Ihren 30, und Sie, Mylord, mit Ihren kindlichen 23, Sie verkörpern das Ungestüm und das Genie des Poeten. Ihnen wünsche ich, bleiben Sie verschont vor dem Alter, der schwersten Sünde des Dichters. Wie viele von uns hat es gegeben, die nicht schon vor ihrem Ende starben, wenn sie die 40 überschritten! Ich wünsche Ihnen das Beste, was ich wünschen kann: den Tod in der Blüte. Ich wünsche Ihnen den Tod, einen Becher Wein in der Rechten, den Erfolg in der Linken und die Jugend im Herzen.«

In einem langen Zuge leerte er sein Glas. Stumm und gerührt tranken die anderen. Dann war eine bange Pause. Doch Moore, der Trübsal nicht liebte, summte vor sich hin:

»Laß ein hoch dem Weib erschallen,
Das schon lange ich geliebt,

Und das nur für meine Lieder,
Nicht für Gold sich mir ergibt.«

Da lachte Rogers.

»Unseren Sänger überkommt der Geist. Wilson,« befahl er dem Diener, »bringen Sie die Laute des Herrn!«

»Sie steht im Flur,« wies Moore.

Und dann sang Moore, dieser letzte große Minstrel, der zu seinen Liedern selbst die Melodien schuf und sie im Freundeskreise vortrug, manch frohes Lied und manches ernste. Doch als erstes ließ er den Sang ertönen, mit dem er einst in seinen Studentenjahren den jungen Helden Robert Emmet begeistert hatte. Zum Lautenschlag sang er der Tafelrunde:

»O Erin, gedenke der alten Zeit,
Als kühn noch deine Krieger
Gefochten ruhmvoll im blutigen Streit
Und die Fremden verjagt als Sieger;

Als dein König mit flatterndem Panier
Den Rittern vorangegangen.
Als dein grüner Demant noch nicht als Zier
In der Krone des Fremdlings mußt prangen!

Wenn abends der Fischer voll Traurigkeit
Ins Meer fährt hinaus, um zu träumen,
Dann sieht er die Türme aus alter Zeit,
Und darunter die Wellen schäumen:

So soll auch Erinn'rung von Zeit zu Zeit
Die Fluten der Tage durchdringen,
Und zu Taten versunkener Herrlichkeit
Sich begeistert hinüberschwingen!«

## XI.

Als Rogers und Moore sich einige Tage später von Lady Melbourne verabschiedeten, bat die feine alte Dame mit einem schüchternen Lächeln:

»Wollen Sie mir den Gefallen tun, meine Herren, einen Augenblick bei meiner Schwiegertochter einzutreten? Ihr liebenswürdiger Besuch wird sie zerstreuen. Sie ist so trostlos, das arme Kind, daß Lord Byron sie nicht besucht hat. Er muß es ihr wohl versprochen haben.«

»Er wird noch keine Zeit gefunden haben,« meinte Rogers. »Er ist viel beschäftigt.«

Hierbei blickte er Moore eindeutig an.

»Im Grunde bin ich ja recht froh, daß er nicht gekommen ist,« nickte Lady Melbourne vor sich hin. »Es hätte sicher wieder einen Skandal gegeben. Sie wissen ja, wie unbesonnen das arme liebe Kind ist, wenn ihr ein Mann gefällt. Aber –«, sie seufzte schwer auf – »man muß sie gewähren lassen. Also nicht wahr, meine Herren« – sie lächelte ihr gewinnendes Lächeln der Weltdame – »Sie sind so gut und trösten sie ein wenig.«

Die Herren versprachen es gutmütig und schritten über die saftigen Rasenflächen des Hofes hinüber zu dem jenseitigen Flügel des majestätischen alten Palais, in dem Charles Lamb und seine krause Gattin hausten.

»Hm,« Rogers hustete ein sarkastisches Lachen, »wir sollen diese negative Penelope über ihr vergebliches Harren auf den falschen Odysseus trösten! Offen gesagt, fühle ich mich trotz meiner 49 ein bißchen zu jung zu solcher Lückenbüßerrolle.«

Moore sagte ernst: »Ich hoffe, unser Odysseus wird den Lockungen dieser Circe widerstehen. Er ist, weiß Gott, zu schade dafür, bei ihr versaut zu werden.«

»Keine Gefahr,« lachte Rogers, »der verliert nicht die kühle Besinnung. Im Innersten ist er Weibern gegenüber kalt wie ein Gletscher. Der liebt nur sich und alles andere ist Mache.«

Moore schüttelte den schönen Kopf.

»Ich glaube, Sie täuschen sich, Rogers. Mich dünkt, in ihm brennt eine heilige Flamme, die alle anderen Gefühle verzehrt. Übrigens graut mir ein wenig vor dieser tränenden Ariadne. Ich mag Klageweiber nicht.«

»Sie kennen diesen bizarren Geist schlecht,« spottete Rogers. »Ich bin überzeugt, Sie empfängt uns in sprühender Laune. Sie ist eine Frau, die immer überrascht. Kennen Sie nicht die berühmte Geschichte ihrer Scheidung?«

Moore verneinte. Rogers blieb auf der breiten kühlen Steintreppe stehen und erzählte:

»Herr Lamb ist, wie Sie wissen, ein Lamm an Geduld. Aber einmal, als die liebende Gattin wieder ganz London zum Publikum ihrer abwegigen Sinneserheiterung machte, riß ihm der arg strapazierte Faden der Schafmütigkeit. Er beauftragte den Familienanwalt, die Scheidung einzuleiten, in die Lady Caroline mit Begeisterung einwilligte. Es war ja doch eine neue prickelnde Sensation. Eines Tages wandelte auf dieser Treppe hier amtsbeflissen und würdevoll der Familienanwalt, die Scheidungsurkunde mit dem Staatssiegel versehen, unter dem Arm. Von dem Ernst des Augenblicks triefend, trat er in den Salon und fand – Lady Caroline auf den Knien ihres scheidungsbesessenen Gatten bei der trauten Beschäftigung, ihn mit kleinen Kuchenstückchen zu päppeln. Der Berufstakt verbot dem Manne des Gesetzes die Störung des Idylls. Er zog sich zurück, die Scheidungsurkunde fürsorglich unter dem Arme. Die Vertagung der Scheidung dauert noch heute an.«

Moore lachte seidig und ansteckend.

»Schrullige Leute.«

Ein Diener öffnete die Tür zu einer weißen Diele. Zu gleicher Zeit trat durch den Haupteingang Lady Caroline herein. Die weiten Falten des schwarzen Reitkleides hatte sie über den Arm geschlungen, der Seidenhut spiegelte kokett auf dem blonden Haar. »Ah, meine Herren!« rief sie freudig überrascht und streckte ihnen die Hand in dem wildledernen Reithandschuh entgegen. In ihrer übersprudelten hastigen Art fügte sie hinzu: »Meine Herren, das Reiten belebt. Das geht wie Feuer durch die Adern. Aber kommen Sie doch herein, was stehen wir denn hier draußen?«

Sie öffnete die Tür zu ihrem hübschen Parlour. »Sie setzen sich dahin, Rogers, und Sie dorthin, Anakreon.«

Sie warf sich auf ein weißes Sofa à la Récamier.

»Es war zu drollig,« redete sie ununterbrochen, »im Hyde Park traf ich den Herzog von Bolingbroke. Was haben wir gelacht!«

Sie warf sich übermütig gegen die Lehne des Sofas und hob die Füße in den kleinen Reitstiefeln.

»Er hat so etwas Gesundes, dieser Mann. Wenn man nur seine Zähne sieht, muß man an das Grün im Walde denken.«

Hier sagte Rogers bissig:

»Ich habe immer geglaubt, Sie wären mehr für das Ungesunde und Abnorme.«

»Bin ich auch, bin ich auch,« rief sie und wippte mit der Reitpeitsche, »je nachdem. An solch einem hellen warmen Maitage –« sie zupfte den Handschuh von der rechten Hand und krümmte die Finger, die steif waren von der Umspannung des Leders.

»Hu, wie bin ich schmutzig,« lachte sie, »und ganz verschwitzt.«

Sie strich eine Strähne des Haares, die an der Stirn klebte, unter den Reithut zurück.

»Aber das macht nichts, nicht wahr? Eine Frau, die aus dem Sattel kommt, kann nicht frisch und duftig sein.«

Die Herren wollten gerade ihre zustimmenden Versicherungen kund tun, als der Diener Lord Byron meldete. Lady Caroline stieß einen wilden Schrei aus, schoß empor wie ein Pfeil, raffte das Oberkleid ihres Anzuges mit beiden Händen hoch und stob aus dem Zimmer. Lord Byron sah bei seinem Eintritt gerade noch die in langen Reithosen davonhastenden Beine. Es sah sehr drollig aus. In das Poltern der zuschlagenden Tür schallte das unbezwingbare Lachen der drei Herren.

»Sie wirken aber verscheuchend,« gurgelte Moore.

»Der Empfang war nicht sehr einladend,« scherzte Byron.

»Die kommt wieder,« beruhigte Rogers Frauenkenntnis. »Für uns, mein lieber Moore, ist die Sache eigentlich ein bißchen beleidigend. Sie macht flink Toilette. Einem Kenner wie Byron wollte sie nicht in ihrem Schmutz und Schweiß gegenübertreten. Aber uns –«

»Dann wollen wir gehen,« sagte Moore.

»Ja, das wollen wir.« Rogers lachte trocken auf.

»An einem Gespräch unter acht Augen wird ihr wenig gelegen sein.«

»Aber nein, bleiben Sie doch,« wehrte Byron. »Sie tun mir, offen gesagt, damit einen großen Gefallen. Ich bin eigentlich nur hierher gekommen, um nicht unhöflich zu sein. Man hat mich sehr dringend aufgefordert.«

»Ach,« schmunzelte Rogers, »Sie werden schon auf Ihre Kosten kommen. Leute, die es wissen müssen, haben versichert, sie hätte Reize, die ein Männerherz erfreuen können.«

»Nehmen Sie sich in acht,« warnte Moore. »In acht Tagen zählt ganz England jeden Kuß, der hier fällt. Lady Caroline liebt es, ihr Liebeslager auf dem Markte aufzuschlagen.«

»Kommen Sie, Moore,« drängte Rogers, »bald werden die Augen Europas auf diese Stätte gerichtet sein. Wir beide würden in diesen Augen keine Heldenrolle spielen. Allons!«

Und an der Tür rief er zurück: »Möge Ihnen diese Liebe leicht werden.«

Als Byron allein war, setzte er sich auf das Sofa, ließ die gefalteten Hände zwischen den Knien herabhängen und fühlte sich sehr unbehaglich. Er beschloß, jeder Vertraulichkeit von vornherein schroff entgegenzutreten.

Ihm blieb hinreichend Zeit, diesen Entschluß immer wieder zu erhärten. Denn manche Viertelstunde verstrich, bis sich endlich die Tür wieder öffnete. In einem cremefarbenen Seidenkleide stand sie an der Tür.

Die nackten feinen Schultern und der ein wenig zu lange, aber gutgebildete Hals glänzten weiß und duftig wie Blätter der Tuberose. Um den Nacken schlang sich ein schwarzes Band, von dem ein goldenes Amulett auf die Brust herniederhing. Es zitterte leise, so heftig schlug ihr das Herz. Sie sprach kein Wort, als Byron sich erhob und ihr entgegentrat. Sie gewahrte auch nicht, daß die anderen gegangen waren. Sie sah nur den langersehnten Mann und stand an der Tür und ihre Knie schlotterten gegen die steifstehende Seide des Rockes. Um ihre ganze Erscheinung hing ein solch rührender Hauch von Freude und Befangenheit, daß der Dichter alle guten Vorsätze vergaß und ehrlich sagte:

»Ich freue mich. Sie wieder zu sehen. Lady Caroline.«

Er faßte ihre Hand und fühlte ihr Beben.

»Ich danke Ihnen, daß Sie gekommen sind,« flüsterte sie. »Ich habe Sie so sehr erwartet.«

»Ich wäre eher gekommen,« entschuldigte er sich. »Doch ich hatte so viel zu tun.«

Sie schritt auf das Sofa zu, setzte sich nieder, schlug die irisblauen Augen zu ihm auf und sagte mit einem Anflug von Trauer:

»O, ich weiß, wie viel Sie zu tun hatten. Ich weiß wohl, daß hundert Lakaien Ihnen täglich hundert Liebesbriefe bringen.«

»Ganz so schlimm ist es nicht,« lächelte er bestätigend.

Da hob sie ihm die gefalteten Hände entgegen und flehte:

»Lassen Sie sich nicht umgarnen Lord Byron. Lassen Sie sich nicht von allen diesen Frauen umgarnen, die doch kein Herz haben und kein Verständnis für Ihre Seele. Ich weiß, was Ihnen fehlt. Ich habe Ihren »Childe Harold« immer wieder gelesen. Ich kenne ihn fast auswendig. Ich weiß, Sie sind unglücklich geworden an einer großen Liebe. Und die Frauen haben Sie schlecht gemacht.«

Sie beugte sich weit zu ihm vor, ihre Augen wurden feucht vor Innigkeit.

»O, Lord Byron, Sie müßten eine Frau lieben, die auch unglücklich ist, die auch nach einer großen erschütternden Liebe lechzt, die Ihr Unglück trösten kann, die jeder Schwingung Ihres gewaltigen Geistes nachbebt, die Ihr Genie kost. Eine solche Frau müßten Sie lieben.«

Sie starrte ihm in die Augen. Er aber blickte über sie hinweg, dachte plötzlich an Mary Chaworth, die auch so blond war, wie diese Frau dort vor ihm, die nicht diesen seltsamen Charme besaß, den diese Frau dort vor ihm ausströmte, die aber so unendlich viel seiner und so ganz anders war. Sie sah seinen Blick.

»Schauen Sie nicht so traurig drein,« bat sie. »Sie meinen, eine solche Frau gibt es nicht. O, sie lebt, sie lebt, sage ich Ihnen. Sie haben gewiß viel Schlimmes von mir gehört. Die Leute sagen, ich bin leichtfertig und überspannt. Und manche glauben, ich bin irrsinnig. Aber, wer hat mich denn je gekannt! Wer weiß von meiner Seele!«

Sie sank in sich zusammen. Er erwachte aus seinem Sinnen.

»Eigenartig ist sie,« dachte er und sein Auge blieb an ihrer nervösen, zartgeäderten Hand hängen.

Aus ihrer gebückten Stellung sprach sie leise zu ihm herüber:

»Ich habe nach einem Menschen gesucht, wie die Sterngucker mit ihren neuen Fernrohren, von denen sie jetzt so viel sprechen, einen neuen geheimnisvollen Stern suchen. Aber es waren keine geheimnisvollen Sterne, die mir geleuchtet haben. Hausbackene, englische Gentlemen waren es. Aber seit ich Sie gesehen habe, weiß ich, Sie sind solch ferner geheimnisvoller Stern. Mir ist, als wären Sie aus weiter Ferne gekommen. Die Luft um Sie ist so fremd. Sie sind wie eine fremde Welt dort draußen. Sie haben weiche Locken, die andern haben straffes, englisches Haar. Sie tragen Sonnen in den Augenhöhlen, die anderen stumpfe Sehwerkzeuge. Sie sind schön wie ein Gott, die anderen häßlich wie das Irdische. Sie sind mystisch wie das Wunder, die anderen klar wie der Alltag.«

Sie sprach es so scheu aus innerster Überzeugung, daß das Lächeln verblich, das zuerst um seinen Wund zuckte. Und halb ernst, halb scherzend gab er zurück:

»Sie sind schwül wie die Blume im tropischen Urwald. Sie sind sehnsüchtig wie ein Lied in der Abendstunde auf einsamem Felde.«

»Sprich weiter,« flüsterte sie und schloß die Augen.

Und in dem Hauch, der von dieser seltsamen Frau ausging, ward er zarter, ätherischer, als es seine wahre Natur war.

»Sprich weiter,« bat sie wieder.

»Du bist voller Versuchung, wie die Schneide eines Messers,« lächelte er.

Ihre geschlossenen Lider zitterten.

»Du bist lockend wie ein blaues Irrlicht im Moor.«

Sie bog sich gegen die Lehne des Sofas und überließ ihm ihre Hände.

»Du bist tief und grausig dunkel wie ein Brunnen,« raunte sie und legte den Kopf auf das Kissen zurück.

Er beugte sich über sie.

»Du bist wie ein Stern,« zitterte sie, »der silbern fällt durch die Nacht in meinen Schoß.«

Heiße Sommertage und schwüle Nächte verlebte Byron in Melbourne House. Er ging in dem alten Palais ein und aus wie der Herr. Keiner fragte ihn, keiner belästigte ihn. Die Diener öffneten diskret die Türen. Herr Charles Lamb grüßte still, wenn er ihn in den Gängen traf und verschwand in seinen Gemächern, die getrennt lagen von denen seiner Gattin. Immer wieder überkam Byron das Gefühl des Mißbehagens über dieses wissende Gewähren und immer wieder vergaß er es in den weißen Armen dieser Frau, in der Umschlingung ihrer pantherhaft wilden Sinnlichkeit. Nach acht Tagen wußte ganz England von dieser Liebschaft des berühmten Dichters. In der Provinz schüttelten die ehrsamen Landedelleute entrüstet ihre sittlichen Häupter. Doch in London witzelte und lächelte man. Fast jede verheiratete Frau der Aristokratie hatte ihre Liäson. Man folgte hierin nur dem Beispiel des Prinzregenten. Und in allen Salons und Boudoirs bot diese Dichterliebe zu der exzentrischen kleinen Frau Lamb Anlaß zu kleinen pikanten exzentrischen Histörchen.

Nein, Lady Caroline verheimlichte ihre Liebe nicht. Sie fuhr mit dem Dichter in ihrer Equipage in die Gesellschaften, sie erzwang sich ihn überall zum Tischherrn, sie wich den langen Abend über nicht eine Sekunde von seiner Seite. Ja, es kam vor, daß sie ihn vor hundert fremden Augen ungeniert küßte. Und Byron ließ es über sich ergehen, weil er nicht die Kraft hatte, sich der Frau zu entziehen, und keine Möglichkeit sah, diesen Anfällen zu entrinnen. Schalt er nachher und machte er ihr Vorhaltungen, so verschloß sie ihm den zürnenden Mund mit Lachen und Küssen. Ging er in ein Haus, in das sie nicht geladen war, so wartete sie bei jedem Wetter auf der Straße stundenlang auf seinen Aufbruch und entführte ihn dann in ihrem Wagen. Bald erzählte sich ganz London die possierliche Geschichte, wie Lord Byron eines Nachts eine andere Dame habe nach Haus begleiten wollen. Manche berichteten es so, daß er den Wagen Lady Carolines, in dem sie seiner harrte, nicht gesehen habe. Die Boshafteren aber meinten, er habe ihn nicht sehen wollen. Denn seine Begleiterin wäre die wunderschöne Tochter des Earl of Gramond, Adelaide Forbes, gewesen. Da sei Lady Caroline den Pferden, die gerade anzogen, in die Zügel gefallen, sei fast von ihnen niedergerissen worden, habe dem Kutscher entgegengeschrien, zu halten, habe den Wagenschlag aufgerissen, und es sei zu einer Szene mit Schreikrämpfen gekommen. Schließlich wäre Byron nichts übrig geblieben, als den Wagen und die schöne Adelaide zu verlassen, und zu Lady Lamb hinüberzusteigen. Zum Glück sei, auf dem Heimwege aus dem Klub, Herr Charles Lamb vorübergekommen und habe Byrons Platz bei Fräulein Forbes eingenommen. Fräulein Forbes hätte still vor sich hingelächelt, da habe Herr Lamb gesagt: »Sie wundern sich, gnädiges Fräulein, daß ich alles dies gelassen ertrage. Ich glaube aber, es ist das beste, man läßt sie gewähren. Jeder Mann ist ja doch nur eine Laune bei ihr, die vergeht. Ich habe es mir in meinem politischen und privaten Leben zum Prinzip gemacht, den Dingen ihren Lauf zu lassen. Es ist immer das beste.«

Man lächelte über Herrn Lambs Langmut. Die Weitsichtigen aber weissagten seinen Prinzipien eine große Zukunft. Und sie behielten recht, denn Herr Lamb hat es zum Premierminister von Großbritannien gebracht.

Wohl war Byron weniger geduldig, als der Mann, dessen Pflichten er erfüllte. Doch immer wieder wußte die Frau die Glut seiner 23 Jahre zu hellem Prasseln zu entfachen. Jedesmal peitschte sie seine raffinierten Sinne durch raffinierte Überraschungen auf.

Einmal war die Steintreppe, die zu ihrem Zimmer führte, durch einen Teppich roter Rosen in einen Blumenweg verwandelt, auf dem er zu seiner Liebe schritt. In ihrem Gemach war ein

Lager aus Rosen bereitet. Da schwand der Unmut, der ihn auf dem Wege zu ihr bedrückt hatte. Er vergaß alle Bedenken und sank nieder zu der purpurnen Glut ihrer Rosen.

Sie sog sich an seinem Munde fest.

»Ah,« seufzte sie und ihre Pupillen irrten. »Du müßtest ein Polyp sein, solch ein Tintenfisch, von dem sie erzählen, daß er hundert Arme hat. Ah, das wäre gut!«

Sie dehnte sich wollüstig und dann fragte sie die hundert Fragen aller verliebten Frauen.

»Liebst du mich? Wirst du mich immer lieben? Liebst du mich noch so wie am ersten Tage?« – Und er gab die hundert Antworten aller verliebten Männer.

»Hast du wieder etwas gedichtet?«

»Nein, nicht ein Wort.«

Da richtete sie sich triumphierend auf und rief: »Das ist mir der sicherste Beweis, daß du mich liebst. Du kannst nicht dichten, du kannst an nichts anderes denken. Alle Kraft sauge ich aus deinem Hirn, aus dieser schönen Stirn, auf die die Blicke von ganz England mit der Hoffnung auf neue Gaben gerichtet sind. Mir gehört dieser Kopf, mir ganz allein. O, ich habe immer gewußt, so etwas Großes würde noch zu mir kommen.«

Und dann saß sie in ihrem pikanten Morgenrock auf seinen Knien.

»Sag mir,« sie schmiegte sich kokett an seine Brust, »wie bin ich? Kann ich lieben und einen Mann glücklich machen?«

»Ob du lieben kannst!« lachte er. »Dein Herz, meine liebe kleine Caro, ist ein kleiner Vulkan, dessen Lava durch deine Adern rinnt.«

Sie küßte ihn beglückt.

»Siehst du, deshalb mußt du mich immer, immer lieben. Denn sonst erkaltet die Lava und wird zu einem schweren Stein. Und dann habe ich ein Steinherz, das mir ganz schwer in der Brust hängt und mich erstickt. Und dann muß die arme kleine Caro traurig sterben. Sag mir noch mehr, wie ich bin.« bettelte sie.

»Du bist das klügste, netteste, verdrehteste, liebenswürdigste, verwirrendste, unsinnigste, verblüffendste, gefährlichste, bezauberndste kleine Wesen, das in den letzten zweitausend Jahren die Welt beglückt und betört hat. Bist du nun zufrieden?«

»Ja,« nickte sie, daß die Locken wie Blüten der Glockenblume im Winde läuteten. »Und nun sag mir noch, bin ich schön?«

»Hm,« machte er, »darüber fehlt mir das Urteil. Aber unsere Schönheiten verblassen in deiner Nähe. Und deshalb mußt du entweder schön oder noch etwas Besseres sein.«

»Und du,« sie erstickte ihn mit bacchantischer Liebkosung, »du bist der schönste und beste Mann, der je eine Frau glücklich gemacht hat. Ach, so glücklich, so glücklich!« Sie sprang empor und tanzte im Zimmer umher, daß der Morgenrock wie ein Kreisel stand.

Dann wurde sie ernst und posierte in der Rolle der Mäcenin.

»Wie findest du die Geschichte von Fräulein Annabella Milbanke?« fragte sie großartig.

»Gut, ich habe sie aufmerksam gelesen. Phantasie ist darin und viel Gefühl. Bei einiger Übung würde der Ausdruck bald gefälliger werden.«

»Das freut mich,« rief Caroline, »ich habe sie sehr gern. Nicht wegen unserer Verwandtschaft. Verwandte liebe ich nicht. Aber sie ist ein liebes gutes Geschöpf. Du müßtest sie kennen lernen.«

»Fürchtest du denn nicht,« scherzte Byron, »sie könnte mir gefährlich werden?«

Caroline lachte, daß das Amulett an ihrem Halse tanzte. »Nein, das fürchte ich nicht. Zu dir würde sie gar nicht passen. Sie hat nichts Dämonisches, und das brauchst du doch.«

Sie blickte ihn schrecklich dämonisch an. »Sie ist sehr still und bescheiden und furchtbar gelehrt. Treibt Metaphysik und Mathematik und was weiß ich noch alles.«

»Habe auch keine Lust, sie kennen zu lernen. Sie ist wahrscheinlich viel zu gut für einen gefallenen Geist, und sie gefiele mir besser, wenn sie weniger vollkommen wäre. Ist sie wenigstens hübsch?«

Caroline überlegte mit ernst geschürzten Brauen.

»Ich weiß nicht recht. Eine sehr schöne Figur hat sie und ein feines Gesicht.«

Damit sprang sie wieder auf seine Kniee und bettelte:

»Erzähle mir von deinen Abenteuern. Dann schließe ich die Augen und denke, daß alle jene verglommenen Küsse mir gegolten haben. Dann gehört auch deine ganze Vergangenheit mir, und die Eifersucht tut nicht so weh. Erzähle mir von Florence Spencer, ja?«

Und er erzählte von der schönen Florence Spencer, die ihm in Malta hold gewesen.

Lady Melbourne beobachtete, trotz der behütenden Gewohnheit des Gewährenlassens, mit sorgender Unruhe diese neue Leidenschaft ihrer Schwiegertochter. Bisher waren die außerehelichen Belustigungen der Frau ihres Sohnes wohl belächelt und beklatscht, doch niemals waren sie zu solch öffentlichem Skandal geworden wie jetzt, da ihre Zärtlichkeiten dem populärsten Manne Englands galten. Sie fühlte, daß sie einschreiten müsse, wenn die Würde ihres alten ehrwürdigen Hauses nicht ein Hohn der Gassenbuben werden sollte. Und sie beschloß zu handeln, klug und vorsichtig, mild und fürsorglich, wie ihre gütige Mütterlichkeit es heischte. Es war kein Zufall, daß ein Abend eine junge Dame im Salon von Melbourne House vorfand, als Lady Caroline mit Byron eintrat. Der Dichter beachtete sie nicht, da er sie ob ihrer bescheidenen Kleidung für eine Gesellschafterin Lady Melbournes hielt.

Er begrüßte die Hausherrin und wollte sich den anderen Gästen zuwenden, als Lady Caroline ihn zurückhielt. »Jetzt mußt du doch Fräulein Milbanke begrüßen, wenn du es auch nicht wolltest,« lachte sie. Und der jungen Dame erläuterte sie: »Er wollte dich nicht kennen lernen, Annabella, weil du ihm zu vollkommen schienst.«

Fräulein Milbanke blickte mit ihren ruhigen Augen zu Byron auf.

»Nach allem,« sagte er höflich, »was Lady Caroline mir von ihnen berichtet hat, muß ich Sie allerdings als ein Wunder an Vollkommenheit anstaunen. Auch Ihre Gedichte haben mir sehr gut gefallen. Wenn Sie Ihr Talent weiter entwickeln, werden Ihre Versuche Ihnen sicher noch Auszeichnung verschaffen.«

»Sie sind sehr gütig,« entgegnete sie mit herber Freundlichkeit. »Ich glaube aber, Sie übertreiben.«

»Durchaus nicht,« wehrte Byron. »Aber ich muß allerdings bekennen, daß ich die Dichter und die Dichtkunst keineswegs sehr hoch rangiere auf der Stufenleiter des Intellekts.«

Sie blickte ihn mit großen erstaunten Augen an.

»Sollte das Ihre wahre Meinung sein?«

»Ja, Fräulein Milbanke, es mag wie Affekthascherei klingen, es ist jedoch meine wahre Ansicht. Das dichterische Produzieren ist mir nichts anderes als die Lava der Phantasie, deren Ausbruch den Wahnsinn verhütet.«

»Ich verstehe nicht recht,« sagte sie und umfaßte mit Daumen und Zeigefinger ihre intelligente Stirn.

»Ich meine es so,« erklärte Byron interessiert, »man sagt, Dichter werden nie oder selten wahnsinnig. Es gibt Beweise des Gegenteils. Ich weiß, aber richtig ist sicherlich, daß Dichter selten wahnsinnig werden, doch gewöhnlich dem so nahe kommen, daß ich die Dichterei insofern nützlich finde, als sie ein Ventil gegen Geistesstörung ist. Im übrigen sind mir die Talente der Tat lieber. Ich ziehe Krieg, Politik, Wissenschaft all den Phantasien dieser Träumer eines eingebildeten Daseins vor. Ich selbst habe mich schon in den aktiven und wirbeligen Abteilungen des Lebens getummelt. Und auf diese Betätigung allein blickt mein Gedächtnis mit Befriedigung zurück.«

Ihr bleiches Gesicht blieb ernst und nachdenklich.

»Ob diese Abschnitte ihres Lebens wohl die besten waren?« bedachte sie zweifelnd. »Ich für meinen Teil glaube –«

Doch hier unterbrach Lady Caroline. Das Gespräch wurde ihr zu angeregt und zu abgründig. »Um Himmelswillen,« rief sie, »nun kommt ein wissenschaftlicher Vortrag. Ich kenne das Gesicht meiner lieben Kusine. Wenn sie die Augen so aufreißt, gedenkt sie eine lehrhafte Vorlesung zu halten. Komm, George, wir haben noch viele Gäste zu begrüßen.«

»Es hat Zeit,« lehnte Byron unwillig ab. »Mich interessiert Fräulein Milbankes Ansicht.«

Doch feinfühlig erhob sich die junge Dame und sagte: »Sie müssen mich entschuldigen, Mylord. Ich sehe dort drüben eine Bekannte, die ich begrüßen muß.«

Und sie ging auf die andere Seite des Salons hinüber. Byrons Blick geleitete ihren selbstsicheren Gang.

»Sie kann einem auf die Nerven fallen,« grollte Caroline, die seinen Augen folgte.

Den ganzen Abend über wich sie nicht von seiner Seite. Doch einmal, als Lady Caroline, von einigen Damen umringt, ungeniert Liebesepisoden mit dem berühmten Manne preisgab, erspähte Lady Melbourne die Gelegenheit und nahm Byron beiseite.

»Wie gefällt Ihnen meine Nichte, Annabella Milbanke?« ging sie resolut auf ihr Ziel los.

Byron stutzte.

»Ich habe kaum zwei Worte mit ihr gesprochen.«

»Sie sollten heiraten,« riet die alte Dame ungeniert mütterlich. »Und die beste Frau, die ich mir für Sie denken kann, ist Fräulein Milbanke. Sie ist gescheit und hat Sinn für die Dichtkunst, überhaupt für alles Schöne. Im Vertrauen sage ich Ihnen, daß sie auch eine der reichsten Erbinnen Englands ist.«

Ein verlegenes Lächeln huschte um Byrons Mund. Der Gedanke an eine Ehe erschien ihm absurd, berührte aber doch ein kaum bewußtes Planen. Seine materielle Lage war immer haltloser geworden. Und manchmal tauchte als letzte Rettungsmöglichkeit für seine wucherbedrängte Not die Idee einer reichen Heirat auf. Doch trotzig sagte er:

»Ich hasse einen Schöngeist in Unterröcken. Ich weiß auch, daß Fräulein Milbanke mich niemals lieben wird. Ebensowenig wie ich sie lieben könnte.«

»Das kann man doch nicht wissen,« entgegnete Lady Melbourne freundlich. »Leidenschaften vergehen.«

Sie blickte hinüber zu ihrer schwatzenden Schwiegertochter.

»Gewiß,« lenkte Byron ein. »vielleicht ist Liebe für eine Ehe auch völlig überflüssig.«

»Sie scherzen,« lächelte die alte Dame gezwungen.

»Nein, nein,« bekannte er offen. »Wenn ich heirate, so wäre das ein Geschäft, das lediglich zwischen mir und dem Herrn Papa der Dame abgemacht würde. Aber es ist wohl für beide Teile besser, ich bleibe ledig, obschon ich zugebe, daß mir ab und zu Stimmungen kommen, in denen ich gern jemanden um mich hätte, mit dem ich zusammen gähnen könnte.«

»Aber, aber,« entsetzte sich die alte Dame und suchte seinen Zynismus ins Scherzhafte zu wenden.

»Sie werden –«

Da stand Caroline wieder an seiner Seite.

Lady Melbourne war mit dem Erfolge ihres ersten Versuches zufrieden. Sie hatte nicht einmal dieses Entgegenkommen erwartet. Hoffnungsfroh spann sie ihre Fäden fort.

Einige Tage später lud sie Byron und ihre Schwiegertochter zu einer Fahrt nach Bath. Es galt die Besichtigung des Riesenfernrohrs von William Herschel. Sie hatte klug diese Gelegenheit ersonnen, um Fräulein Milbanke Gelegenheit zu bieten, ihre astronomischen Kenntnisse zu offenbaren. Charles Lamb war von ihr ins Vertrauen gezogen worden.

Als die Wagen vor dem Palais vorfuhren und man gerade einsteigen wollte, sagte Lady Melbourne harmlos: »Ich glaube, wir können ruhig fahren, es wird wohl nichts Schlimmes sein.«

»Was?« forschte Caroline.

»Wie?« fragte die Schwiegermutter, »weißt du nicht, daß Charles sich heute gar nicht wohl fühlt?«

»Nein,« gestand die brave Ehegattin, »ich habe ihn heut noch nicht gesehen.«

»Dann geh noch schnell zu ihm hinein und erkundige dich nach seinem Befinden. Das wird ihn freuen,« bat sie, »wir warten inzwischen hier.«

Caroline hastete davon. Doch als sie kaum im Hause verschwunden war, sagte die fürsorgliche alte Dame:

»Wir brauchen ja nicht alle hier zu warten. Lord Byron, fahren Sie mit Annabella voraus. Ich komme gleich mit Caroline nach.«

Byron begriff sofort und bestieg mit dem Fräulein den Wagen. Als Caroline nach wenigen Minuten zurückkehrte, entschwand die vorauseilende Equipage just hinein in den blauen Sommerabend.

Bald blieben die Gassen Londons zurück. Die Landstraße führte auf Windsor zu zwischen Feldern, auf denen das Korn schon in halber Höhe stand. Wie bleiches Blei wogten die Spitzen der Halme im Abendwind. Beide schwiegen. Den Frauenverächter Byron ergriff ein nie gekanntes Gefühl der Beklommenheit neben der stummen Unnahbarkeit dieses Mädchens.

»Was mag das sein?« grübelte er unbehaglich in sich hinein und betrachtete heimlich ihr Profil, das sich in milden Linien abhob von dem Violett der fallenden Nacht. »Was ist es, das von ihr ausgeht und bedrängt? Ihre Keuschheit?«

Nein, nein, er war vielen keuschen Mädchen begegnet, die in seiner Nähe ihre Keuschheit schnell vergessen hatten. Irgendeine Strenge? Sie war doch nicht streng. Ihre Züge waren zart und lieblich.

Das Schweigen wurde peinigend. Da bezwang er seine Scheu und sagte:

»Fräulein Milbanke, ich habe das Empfinden, daß Sie mir irgendwie feindlich gesinnt sind.«

Sie wandte sich zu ihm und erwiderte ruhig:

»Nein, Mylord, Sie irren. Wie käme ich dazu, Ihnen feindlich gesinnt zu sein? Ich empfinde Ihnen gegenüber eine tiefe Traurigkeit.«

»Traurigkeit?« Er zog die Brauen scharf empor.

»Ja. Wenn ich einen so großen Erfolg errungen hätte, wie Sie ihn errungen haben, so würde ich meine Kräfte und mein Können nicht in all den Dingen verzetteln, von denen wir nicht sprechen wollen.«

Er schwieg eine Weile, dann sagte er leise: »Sie haben recht. Doch mir ist es Notwendigkeit. Ich muß im Taumel leben. Ich kann nicht stagnieren. Wenn ich segeln will, muß der Ozean stürmisch sein. Nur kein ödes Kreuzen auf einem Landsee, bei dem man nie die langweiligen Ufer aus den Augen verliert.«

Sie blickte hinaus auf die Felder und sagte: »Ich würde auf dem Ozean meines Könnens segeln.«

Er errötete unter ihren Worten. »Sie haben wieder recht,« gestand er ergeben.

Da rief sie heftig: »Mir wäre es lieber, wenn Sie meine Anklage widerlegten. Ich würde mich um unseres Landes willen freuen, wenn Sie mir sagen könnten: Alles dies, was ich tue, und worüber alle Leute schwatzen, ist zwar wahr, aber es ist meine ungestüme Jugend, die sich austoben muß. Warten Sie noch ein, zwei Jahre, dann sollen Sie sehen, wie ich aus all diesem auftauche und meine Schwingen entfalte und mich hinaufhebe in die Höhe, die mir mein Talent weist. So möchte ich Sie sprechen hören.« – Er lächelte spöttisch.

»Ich wünschte, ich könnte so reden. Doch wenn ich heut so sprechen würde, würde ich die Unwahrheit sagen. Denn ich glaube nicht an meine Zukunft als Dichter. Ich verachte die ganze Dichterei.«

»Sie haben mir das schon einmal gesagt,« entgegnete sie bitter. »Aber ich glaube es heute ebensowenig als damals bei Lady Melbourne.«

»Sie können's mir glauben,« beharrte er. »Ich habe die feste Überzeugung, der große Lärm, den man von der Schriftstellerei und Schreiberei macht, ist nichts als ein Zeichen der Verweichlichung, Entartung und Schwäche. Wer wird wohl schreiben, sobald er nur etwas Besseres zu tun hat! »Handlung, Handlung, Handlung!« sagte Demosthenes. Handlung rufe auch ich, aber nicht Schriftstellerei, vor allem nicht Reimerei! Sehen Sie sich doch einmal das erbärmliche eintönige Leben der ganzen Sippe an. Ausgenommen Cervantes, Tasso, Dante, Ariosto, die wackere und tätige Bürger waren, Äschylos, Sophokles und noch ein Paar von den Alten. Aber im allgemeinen, was sind diese Menschen für eine nutzlose, träge Brut!«

Ihre dunklen Brauen waren während seiner Worte immer höher hinaufgestiegen in die vergeistigte Stirn.

»Welch eine Ansicht!« sagte sie und ihre Stimme bebte vor Trauer und Entrüstung. »Haben Sie nie darüber nachgesonnen, weshalb man neben die großen Männer der Handlung die großen Dichter stellt? Warum Homer neben Achilles, Sophokles neben Perikles, Shakespeare neben Cromwell in den Ruhmeshallen der Menschheit stehen? Sehen Sie nicht, daß es ein ebenso großes Verdienst ist, einem Volke neue Landstriche zu erobern als ihm neue Reiche des Gedankens zu gewinnen? Empfinden Sie, gerade Sie, denn nicht, was es heißt, ein großer Dichter zu sein? Der Menschheit ein Führer zu werden aus den Engen des irdischen Lebens hinauf in die unbegrenzten Höhen der Schönheit und des Geistes? Neue bahnbrechende Ideen und erschütternde Ahnungen in die Herzen zu pflanzen und die Erdgeborenen immer mehr von der lastenden Erdenscholle zu lösen, das Tier im Menschen immer mehr zu veredeln! Scheint Ihnen das keine Aufgabe, die den Einsatz der ganzen Kraft eines ganzen Mannes wert ist?«

Er hatte nur auf das Zittern der Empörung und Erregung in ihrer schönen Altstimme gelauscht.

»Wie schön Ihre Stimme klingt,« bewunderte er ehrlich. Da beugte sie sich in die dunkle Ecke des Wagens zurück und schwieg.

»Habe ich Sie verletzt?« fragte er betroffen.

Sie schüttelte im Dunkeln den Kopf. Da suchte er zu beweisen, daß er sie verstanden habe.

»Ich begreife sehr gut, wie Sie es meinen, Fräulein Milbanke,« begann er. »Ich habe, oder richtiger, ich hatte Stunden, in denen ich mir stolz bewußt war, daß der Dichter die Macht der Religionsstifter hat. Ja mehr, daß er ein Gott ist, der Welten schafft –«

»Nein,« entgegnete sie schroff. »Gott ist etwas ganz anderes. Gott ist –«

Doch ungeduldig unterbrach er:

»Sprechen wir nicht von Religion im gewöhnlichen Sinne. Sie sind gewiß eine fromme Christin.«

»Ja,« bekannte sie, »ich bin ein gläubiges Mitglied der Hochkirche von England. Sind Sie kein Christ?«

»Nein!« rief er eifervoll. »Ich will mit eurer Religion nichts zu tun haben. Schon allein eure Unsterblichkeit! Wenn die Menschen ewig leben sollen, warum dann erst sterben? Sind unsere Kadaver, die wieder auferstehen sollen, einer Auferstehung wert? Ich hoffe, wenn es bei mir dazu kommt, daß ich ein paar bessere Beine bekomme, als die, auf denen ich mich jetzt 23 Jahre herumgequält habe. Oder ich werde bei dem Gedränge ums Paradies traurig ins Hintertreffen kommen.«

Seine Blasphemie trieb ihr das Blut ins Gesicht, so heiß und zornig, daß er es in der wachsenden Dunkelheit gewahr werden konnte.

»Das ist Gotteslästerung,« flüsterte sie, »das ist –«

»Sehen Sie,« lachte er, »wir hätten nicht von Religion sprechen sollen. Wir wollen überhaupt nicht von mir sprechen. Reden wir lieber von Ihnen. Sie haben mir offen gesagt, was Sie von mir halten. Jetzt werde ich Ihnen sagen, wie ich Sie sehe. Ich finde, Sie sind eine ganz erstaunliche Erscheinung. Es ist etwas Wunderbares, daß ein Mädchen von 20 Jahren, eine zukünftige Peereß, die, soweit ich gehört habe, das einzige Kind ihrer Eltern ist, es zu dem Ruf einer Gelehrtin gebracht hat. Sie sind eine Dichterin, Sie haben sich eingehend und mit Erfolg mit Mathematik und Philosophie beschäftigt, und sind bei allem bescheiden und teilnehmend. Jede andere mit der Hälfte ihrer Kenntnisse und dem zehnten Teil Ihrer Eigenschaften würde hochmütig werden.«

Ernst erwiderte sie:

»Alles, was Sie da aufgezählt haben, Mylord, sind doch nur Dinge, die Sie von anderen gehört haben, die Sie auf guten Glauben hinnehmen. Vielleicht ist das alles nur übertrieben und ich bin ein Durchschnittsmädchen wie all die anderen.«

Da lächelte Byron wieder:

»Ich höre nicht nur auf die Erzählungen anderer, ich mache von meinem Recht als Dichter Gebrauch und lese auf Ihrer Stirn und in Ihren Augen.«

Sie rückte weiter in das Dunkel des Wagens zurück und stellte wie eine stachlige Wehr zwischen ihn und sich die Worte:

»Sie lesen falsch. Das einzige, was an mir ist, ist der glühende Wunsch, so lange ich hienieden wandle, meine Pflicht als Mensch zu tun.«

Byron fühlte die Zurückweisung und schwieg. Und trotzig dachte er: »Das Beste am Weibe fehlt ihr: die Weiblichkeit.«

Sie sprachen nicht wieder, bis der Wagen in Bath hielt. Als sie ausstiegen, reckten dicht neben ihnen die gewaltigen Gerüste des Riesenteleskops dunkel und wirr ihre Arme in die Nacht hinein.

»Wollen wir auf die anderen warten,« fragte Byron, »oder –« er deutete auf das kleine Blockhaus am Fuße der Rüstung – »dort hineingehen?«

»Ich denke wir gehen hinein,« entschied Annabella, »und begrüßen inzwischen Sir William. Ich kenne ihn gut. Wenn ich in London bin, komme ich oft hier heraus.«

Sie traten in das kleine Holzhaus, das erleuchtet war von dem gelben Qualm einer Öllampe. An dem Okular des Riesenrohres, das mit seiner gewaltigen Rundung das Holzdach durchbohrte, saß in scharfem Spähen zusammengekauert ein breitschultriger Mann. Als die Tür knarrte, wandte er sich nicht um. Annabella und Byron blieben ehrfürchtig an der Tür stehen, denn beide wußten, daß dort ein Gewaltiger der Wissenschaft an der Arbeit war. Nach einer Weile löste Herschel das beobachtende Auge vom Glase, blickte auf und sprang mit einem freudigen:

»Ach, Sie sind es, Fräulein Milbanke!« die Holzstufen herab, die zum Boden des Hauses führten. Sein breites Gesicht strahlte.

»Ja, Sir William, ich bin es. »Ich bringe Besuch, Lord Byron.«

Der Astronom riß die Augen auf. Sein Forscherblick umtastete Byrons Züge.

»Ich freue mich, Sie kennen zu lernen,« sagte er und reichte dem Dichter die Hand.

»Wir haben schon als Studenten von Ihnen geschwärmt,« gab Byron liebenswürdig Zurück.

»Ich hoffe, Sie interessieren sich für Astronomie,« nickte Sir William, »ein Dichter muß allem seine Teilnahme entgegentragen.«

»Ich hatte einen Freund,« sann Byron wehmütig vor sich hin, »Charles Skinner Matthews, der mich zu der Einheit des Alls führte. Er ist vor wenigen Wochen im Cam beim Baden ertrunken.«

Die Männer schwiegen. Annabellas reger Geist aber umfaßte sofort das Bedeutsame dieser Szene, die diese beiden Großen beim fahlen Lichte der Lampe in dieser niedrigen Hütte zusammenführte. Sie verglich die groben Züge des stämmigen starken Mannes mit der vornehmen Schlankheit des Dichters. Und dachte daran, daß der eine sich mit eherner Energie vom Hoboebläser eines deutschen Grenadierregiments zum bedeutendsten Astronomen, den die Erde trug, emporgerungen hatte, und daß der andere den leicht gewonnenen Ruhm frivol vertändelte. Eine Bitterkeit umdüsterte ihre feine weiße Stirn. »Ich erinnere mich,« brach Byron das Schweigen, »daß Matthews mir einmal begeistert berichtete, Sie hätten einen neuen Planeten entdeckt.«

»Ja,« schmunzelte Sir William, »das habe ich wohl, den Uranos.«

Hier fiel Annabella nachdenklich ein: »Wie verwandt doch der Astronom dem Dichter ist.«

Herschel wandte sich rasch zu ihr.

»Verwandt?« fragte er.

»Ja,« nickte sie mit ernsten Augen. »Beide suchen in den Höhen unbekannte Welten.«

Da prallte die Tür heftig auf und hereinstürmte Lady Caroline mit wehenden Locken und flatternden Röcken.

»Es ist eine Schmach!« schrie sie, »es ist eine Schmach, mir davonzulaufen. Schämst du dich nicht?«

Byron blickte sie mit kalten Augen an und entgegnete heftig:

»Ich bitte, mich nicht zu stören. Sie sehen, ich spreche mit Sir William.«

»Das ist mir –«, begann sie eine hitzige Entgegnung. Da begrüßte Lady Melbourne den Gelehrten. Annabella sprach begütigend auf die zürnende Kusine ein. Doch sie trotzte und setzte sich gekränkt in eine dunkle Ecke des Häuschens.

»Sie werden etwas sehen wollen,« sagte jetzt Herschel.

»Ja bitte,« rief Byron. »Zeigen Sie uns Ihre Kolumbustat. Führen Sie uns zu der neuen Welt, die Sie entdeckt haben.«

Herschel schüttelte den Kopf.

»Das ist für das Laienauge kein dankbares Objekt. Millionen von Meilen liegen zwischen ihm und uns. Doch der Mond steht im letzten Viertel. Auf ihn wollen wir das Fernrohr richten.«

Er hantierte an einem Flaschenzug, und mit Geknarr und Gekreisch und Gepolter stieg das Tunnel des Rohres langsam empor, Herschel blickte flüchtig hindurch, dann sagte er zu Annabella wie zu einem Fachmann:

»Fräulein Milbanke, es ist prächtige Beleuchtung heute abend. Die Gebirge treten grandios heraus. Besonders das Mare Tranquillitatis ist wunderbar zu sehen.

Sie blickte hindurch und nickte leise mit dem Kopf. Dann räumte sie Byron den Platz. Lady Melbourne war zu Caroline getreten und sprach besänftigend und trostreich der Schmollenden zu.

Byron entfuhr ein wilder Schrei bewundernden Entzückens. Nie vorher hatte er die ferne Welt dort oben so nahe gesehen, diese Welt mit ihren Riesenkratern, ihren abgründigen Schluchten, ihren ragenden Zacken, ihren weiten Ebenen und den im Sonnenschein glänzenden Gipfeln.

»Märchenhaft, märchenhaft,« flüsterte er. »Das ist ja eine Welt, das ist ja eine ganze Welt.«

»Ja,« lächelte Annabella, »das ist eine Welt, die jetzt tot und wüst ist, und die doch aller Wahrscheinlichkeit nach einmal ihre grünen Wälder und blinkenden Seen getragen hat.«

Jetzt trat Lady Melbourne heran. Erschüttert verließ Byron seinen Platz am Okular. »Es ist wie eine Zauberei,« raunte er. »Ich möchte stundenlang hier sitzen und hineinstarren in diesen fernen Kontinent.«

»Kommen Sie wieder,« lud Herschel ihn freundlich ein. »Vielleicht begeistert der Anblick Sie zu einer Dichtung über den Mond.«

Dann sollte auch Caroline das Wunder schauen, doch sie weigerte sich töricht. Ablenkend bat Byron den Astronom, ihm die Konstruktion seines Fernrohres zu erklären.

»Wollen Sie es tun,« wandte er sich väterlich stolz an Annabella. »Aus solch gelehrtem Frauenmund klingt es anmutiger.«

Leicht errötend begann sie mit der ihr eigenen Gründlichkeit: »Das Fernrohr wurde durch einen Zufall entdeckt. Zwei Kinder des Brillenmachers Jansen in Middelburg, die mit Glaslinsen und Brillengläsern spielten, bemerkten, als sie zwei Gläser in verschiedener Richtung vor die Augen hielten –«

Hier weinte Caroline plötzlich dazwischen: »Ich will nach Hause, ich will nach Hause. Ich langweile mich.« »Gehen Sie!« rief Byron heftig. »Mich interessiert es, ich bleibe.«

Lady Melbourne trat hilfreich dazwischen. »Ich werde dich nach Hause bringen, mein gutes Kind.«

Da warf sich die lebhafte junge Dame in einen Sessel, daß er in allen Fugen krachte, stieß mit den Beinen in die Luft, daß das Weiß der Unterwäsche aufleuchtete und schrie: »Ich will nicht mit dir fahren. Ich will mit Byron fahren. Er soll nicht hierbleiben und auf dieses Gewäsch der Person da hören!«

Es gab eine peinliche Szene, während der hysterische Schreie den wissenschaftsgeweihten Raum durchgellten, Byron mit gekreuzten Armen gelassen dastand, Lady Melbourne die Hände rang, Annabella sich auf die Lippen biß und Herschel das ungestüme Wesen mit seinen erstaunten Forscheraugen betrachtete, wie er die seltsamen Vorgänge am Firmament zu studieren pflegte. Das Ende vom Liede war, daß Lady Caroline, wie immer, ihren Willen durchsetzte. Denn auch die geängstigte Schwiegermutter bestürmte Byron, »dem lieben Kinde den Gefallen zu tun,« indem sie ihm flehend vorhielt, die Ärzte hätten doch gesagt, daß jede Erregung eine Umnachtung der Sinne herbeiführen könne.

Stumm und verbissen saß er in der Ecke des Wagens, während Caroline beglückt wie ein Kind, dem das erweinte Spielzeug zuteil geworden ist, auf ihn einplapperte.

»Ich will dich für mich haben, ganz allein für mich. Du sollst dieser Person nicht zuhören. Wie sie sich wichtig vor dir tat mit ihrer dummen Weisheit, die sie aus dicken Büchern erlesen hat. Was uns bloß die schmutzigen Kinder des Middelburger Brillenmachers angehen!« Und sie schwang sich auf seine Kniee, schlang die Arme um seinen Nacken und betaute sein Gesicht mit ihren Küssen. Kalt ließ er alles über sich ergehen. Doch der Vergleich zwischen der stillen Herbheit Annabellas und der mänadischen Zerfahrenheit Carolinens zwang sich ihm auf. –

Als Lady Melbourne ihn nachher beiseite nahm und erforschte, wie ihm ihre Nichte heute gefallen habe, gestand er ehrlich:

»Sehr gut.«

Da lächelte die kluge Frau ein feines Altfrauenlächeln und fragte:

»Soll ich Fräulein Milbanke ein bißchen aushorchen, wie Sie ihr gefallen haben?«

Er schüttelte den Kopf. »Ich kann es Ihnen im voraus sagen, Mylady, einer solchen Frau muß ich schlecht gefallen.«

Doch Lady Melbourne lächelte wieder und fragte: »Und wenn Sie sich täuschen? Darf ich ihr dann sagen, daß Sie es als ein Glück betrachten würden, sie zum Weibe zu erhalten?«

Byron blickte vor sich nieder.

»Ich würde es als ein Glück betrachten. Doch ich fürchte, sie sieht auf mich ebenso kalt hernieder, wie der Mond aus seiner unnahbaren Höhe.«

Aber Lady Melbourne lächelte froh, zuversichtlich und überlegen.

Wenige Tage später aber mußte sie traurig bekennen:

»Fräulein Milbanke ist zu ihren Eltern nach Seaham zurückgereist.«

»Ich habe es gewußt,« sagte Byron und preßte die Lippen zusammen.

Seine Eitelkeit war wund.

»Sie sagt,« berichtete Lady Melbourne resigniert, »sie hätte Sie gern. Doch Sie böten ihr nicht die Gewähr auf Glück, die der Mann ihr geben müßte, dessen Weib sie werden könnte.«

»Ich habe es gewußt,« nickte Byron vor sich hin. Und trotzig fügte er hinzu: »Es ist gut so, Männer wie ich sollten nicht heiraten.«

Lady Melbourne schwieg eine Weile, dann wagte sie tastend: »Was soll nun aber werden, Mylord? Sie begreifen, daß es so nicht weitergehen kann. Die Augen ganz Englands sind auf dieses Haus gerichtet.«

Byron blickte ihr fragend in die Augen.

»Geben Sie Lady Lamb auf,« bat die alte Dame scheu. »Gern,« gestand Byron mit verblüffender Offenheit. »Ich fürchte nur, sie wird mich nicht aufgeben.«

Da rückte die fürsorgliche Dame näher an ihn heran und unterbreitete ihm den Plan, den sie ersonnen hatte. Sie wolle mit ihrer Schwiegertochter nach Irland reisen. Byron sollte versprechen, ihnen bald Zu folgen.

»Sie werden dann eben irgendwie verhindert,« lächelte sie. »Und ich glaube, in der Ferne wird das liebe Kind Sie leichter vergessen. Bei ihr heißt es wirklich: »aus den Augen, aus dem Sinn«. Sie brauchen sich nicht verletzt fühlen, Mylord, denn sie ist ja doch ein Kind, das man kaum ernst nehmen kann.«

»Ich bin nicht verletzt,« rief Byron. »Ich bin durchaus nicht verletzt.«

Denn er war dieser steten Aufregungen, Szenen und Heftigkeiten so müde, so herzlich müde.

Die Durchführung dieses schwiegermütterlichen Planes bot gewisse Schwierigkeiten. Man mußte die gute Caroline fast mit Gewalt entführen. Und nur die Aussicht, den Geliebten in wenigen Tagen wiederzusehen, ermöglichte es, sie zum dritten Male in den Reisewagen zurückzuheben, aus dem sie schon zweimal während der Fahrt entsprungen war.

Dann flatterten Byrons Briefe herein, die von Tag zu Tag kühler wurden und seine Ankunft in Dublin von Tag zu Tag hinausschoben. Da schrieb sie empört, hitzig, übersprudelnd und um seine Liebe bettelnd, ohne Scham, ohne Würde.

»Komm,« schrieb sie. »Komm sofort hierher. Ich sterbe vor Sehnsucht nach deiner Glut. Jedes Gefühl in mir bebt dir entgegen. Jede Faser in mir umschlingt dich. Ich fühle wohl, du liebst mich nicht mehr wie früher. Aber komm nur her, dann will ich dich mit meinem langen

Haar umstricken, dich damit fesseln und nie, nie wieder gebe ich dich frei. Ich werde dir meine Liebe einatmen, sie einbeißen in deine Brust, sie dir zuströmen aus jeder Pore. Nur komm, komm sofort.«

Da ekelte es Byron vor ihr und er schrieb:

»Da Sie es noch immer nicht gemerkt haben, daß ich Sie nicht mehr liebe, so zwingt mich Ihre unweibliche Verfolgungssucht, Ihnen mitzuteilen, daß meine Liebe zu Ihnen tot ist. Ich werde mich dankbar der Gunst erinnern, die Sie mir geschenkt haben. Ich werde Ihr Freund bleiben, wenn Eure Ladyschaft mir gestatten, Sie so zu nennen. Und als ersten Beweis meiner Freundschaft gebe ich Ihnen folgenden Rat: »Verfolgen Sie nicht einen Mann, der Ihrer überdrüssig ist. Das macht Sie lächerlich. Und üben Sie Ihre absurden Launen an anderen aus und lassen Sie mich in Frieden.«

Die Frau war wie vom Blitz gefällt. Doch sie erholte sich rasch und raste aller Abwehr Lady Melbournes zum Trotz nach London. Sie suchte in Byrons Hotelzimmer einzudringen, es mußte ihr mit Gewalt verwehrt werden. Da gab sie ganz London ein lächerliches Schauspiel ihrer verratenen Liebe. In dem Park von Melbourne House errichtete sie einen Scheiterhaufen, und während zwanzig weißgekleidete Jungfrauen ernst und gemessen um die Flammen schritten, verbrannte sie Byrons Bild und die Abschriften seiner Briefe. Die Originale hatte sie wohlweislich zurückbehalten.

Während England über diese Verbrennung in effigie lachte, erhielt Byron von Lady Oxford einen Brief mit der Bitte um seinen Besuch. Die stille Anmut der schönen 40jährigen Frau, der er häufig in Gesellschaften begegnet war, hatte ihn oft lind berührt. Die milde Ruhe ihrer Schönheit lockte ihn zur bestimmten Zeit nach Oxford House. Der Diener geleitete ihn in ein kleines Boudoir. Es war ein heißer Julitag, die Sonne dampfte auf den seidenen Vorhängen. Die Luft war voller Glut und Spannung. In schlanken Vasen dufteten süß und schmerzlich Akazienblüten und Jasmin. Mit einem scheuen Lächeln trat sie ihm entgegen, in einem Kleide von zartem Gewebe, das die verschwebenden weichen Linien ihrer Herrlichkeit sommerlich enthüllte. Sie reichte ihm die gepflegte Hand. Er sah, wie zart das Gelenk zu dem vollen Arme hinüberwuchs, der aus den Spitzen des Ärmels weiß wie poliertes Elfenbein hervorschimmerte.

»Ich habe Ihnen geschrieben, Mylord,« sagte sie mit ihrer verhaltenen leisen Stimme und machte eine milde einladende Bewegung nach einem Sessel hin, »weil ich glaubte, es würde Ihnen vielleicht angenehm sein, London zu verlassen.«

Ein verlegenes Lächeln huschte um ihren Mund.

Byron blickte erstaunt drein. Sie sah vor sich nieder auf den Teppich und erläuterte:

»Verzeihen Sie mir, ich will nicht unzart sein. Ich dachte nur, Sie würden gerade jetzt gern aus der Atmosphäre der Stadt verschwinden.« Er begriff. »Sie meinen wegen des neuen Eklats mit Lady Lamb?« Sie nickte stumm.

»O!« rief er mit einer großartigen Geste. »Deshalb weiche ich nicht. Nein, dieses Feuer im Park von Melbourne House läßt mich ganz kalt. Es ist sehr liebenswürdig von Ihnen, Mylady.«

»Mein Gut Eywood bei Hereford ist diesen Sommer ganz verwaist,« sagte sie leise. »Ich wollte es Ihnen zur Verfügung stellen.«

»Sie sind sehr liebenswürdig,« wiederholte er herzlich. »Aber wenn ich London entfliehen wollte, so könnte ich ja auf meinem Gut Newstead Zuflucht suchen. Ich will aber hierbleiben und zeigen, daß ich vor keiner Weiberlaune fliehe. Aber ich danke Ihnen nochmals für Ihre sorgende Güte.«

»Mylord,« lächelte sie mit bebenden Lippen, »jede Frau würde an meiner Stelle so handeln, um Englands größten Dichter von Angelegenheiten zu bewahren.« Dann schwieg sie im Banne seiner Nähe.

Nach einer kleinen Pause lachte er auf. »Sie hat es arg getrieben, die liebe Lady Caroline!«

Sie entgegnete nichts. Ihr Takt lehnte sich dagegen auf, mit ihm über eine unglückliche Geschlechtsgenossin Zu reden.

»Sie hat mich mit ihren Launen fast um den Verstand gebracht,« knirschte er zwischen den weißen Zähnen.

Sie entgegnete wieder nichts, doch sie blickte ihn aus ihren warmen braunen Augen voll Mitgefühl an.

»Ich bin so müde,« sagte Byron und schloß die Augen.

Ihre Blicke streichelten sein Gesicht. Er empfand die warme Wildheit, die ihrer herbstlichen Schönheit entströmte. Seine Blicke ruhten auf ihrem Mund, als er sagte: »Nach all dem Lärm und aller Wirrsal möchte ich zu einer Frau heimkehren, die wie ein schöner Septembertag ist, an dem nichts grell ist und taumelig, an dem Klarheit und erntefrohe Stille ist.«

Er hatte ihre Hand ergriffen und sanft das Gelenk umspannt. Zag zog sie den Arm zurück. Doch in ihren Augen glitzerten Wünsche.

Es war, als ob die Hitze sich noch verdichtete, die Blumen in den Vasen atmeten schwer, süß und sehnsüchtig. Eine Schwüle, die Begierden erregte, schwamm in dem Gemach. Da begann sie zu sprechen, leise, als erzählte sie sich selbst das Leid ihres Lebens.

»Wissen Sie, Mylord, daß ich zum ersten Male in meinem Leben Besuch habe?« Sie lächelte froh.

»Der Brief an Sie war die erste Tat meines Lebens. Bisher habe ich nur gelitten. Mit 17 Jahren habe ich geheiratet. Sie werden wissen, wie meine Ehe gewesen ist; jedermann weiß es. Jahrelang habe ich meine Schmach still und verschämt getragen und bin darüber eine alte Frau geworden.«

Er lächelte abwehrend. – »Doch, doch,« beharrte sie und betrachtete ihre reifen Hände.

»Nein,« sagte er. »Eine Jugend, die man nicht lebt, vergeht nicht. Sie lebt in uns und harrt ihrer Erweckung.«

Seine Blicke forschten über ihren Körper hin. Sie errötete und bewegte unruhig die Glieder. Die ungelebte Jugend in ihr sehnte sich nach dem Leben. Da nahm er wieder ihre Hand, seine Finger glitten über die Elfenbeinhaut hinauf zu den Schultern. Sie wollte ihm wehren, doch eine nie gekannte Mattigkeit brach ihre Willenskraft. Ihre Lippen verzogen sich zu einem ergebenden Lächeln. Da küßte er sie. Sie ließ ihm den Mund. Da nahm er sie. Sie ließ ihm die Schönheit ihrer Reife.

## XII.

Nicht lange genoß Byron den milden Herbst in Lady Oxfords später jungen Liebe. Immer heißer wurde der Londoner Sommer, immer schlaffer wurde seine Spannkraft, immer höher schwoll sein Abscheu gegen die Menschen, mit denen er auf den Gartenfesten zusammentraf, immer heftiger rüttelte ihn der aufkeimende Widerwille gegen weibliche Zärtlichkeit. Und immer häufiger kehrte die Sehnsucht nach der Stille und dem Frieden seines Newstead ein in sein entnervtes Gemüt. Da brachte Caroline seiner Energielosigkeit den treibenden Anstoß. Ihre Glut war mit der Flamme des Scheiterhaufens nicht verlodert. Und da Scham ihr fremd war, drängte sie sich mit der Zähigkeit der Hysterie an den Geliebten von einst heran. Zwar stand Fletcher als Wachtposten am Eingang des Hotels, so oft Lady Oxford sich in Scham und Bangen zu ihrem jungen Geliebten schlich. Denn Lord Oxford war kein Charles Lamb und nicht der Mann, ohne blutige Rache einen Eingriff in seine eheherrlichen Privilegien zu dulden. Die größte Vorsicht war daher geboten. Und doch wurde der brave Diener von Carolines Weiberlist düpiert. Eines Tages klopfte es an Byrons Zimmertür. Peinlich gestört schreckte das Liebespaar empor. »Um Gott,« raunte Lady Oxford, und flüchtete in die entfernteste Ecke des Zimmers, »mein Mann. Er wird dich morden.«

Byron winkte Ruhe. »Er mordet dich,« wiederholte sie schlotternd. »Du kennst ihn nicht.«

Da pochte es abermals dringender. Der Dichter schlich zur Tür und blickte durch das Schlüsselloch.

»Es ist ein Droschkenkutscher,« flüsterte er beruhigend und laut fragte er: »Wer ist da?«

Eine tiefe Stimme antwortete: »Ich habe einen Brief für Eure Lordschaft.«

»Geben Sie ihn dem Diener,« gebot Byron.

»Ich darf ihn nur Eurer Lordschaft persönlich übergeben,« antwortete die Stimme.

Da barg Lady Oxford sich hinter einem Schrank und Byron öffnete die Tür zu einem engen Spalt, durch den er die Hand hinausstreckte. Doch jäh wurde der Türflügel zurückgedrängt und herein zwängte sich mit Blitzesschnelle der schlanke Körper Lady Carolines. Triumphierend stand sie da im groben Kutschermantel, den schwarzen Zweimaster auf dem schimmernden blonden Haar. Lady Oxfords Blöße wand sich in Scham und Bestürzung. Die Lage wurde sehr unerquicklich. Nur mit Gewalt konnte die rabiate Dame daran gehindert werden, ihre langstielige Peitsche über die nackten Schultern der Rivalin zu schwingen. Nach ihrer zwangsweisen Entfernung blieb für die bestürzte Frau die lähmende Angst zurück, die Feindin könne sie ihrem Manne verraten. Doch diese Furcht erwies sich als unbegründet. Lady Caroline war zu manchem fähig, doch nicht zur Preisgabe einer liebenden Frau.

Wenige Tage später drang sie uneingeladen ein zu einem Ball bei den Heathcotes. Die Gastgeber wagten nicht, sie fortzuweisen. Byron aber weigerte sich, vor einem Weibe den Platz zu räumen. Und aller Blicke funkelten und warteten eines pikanten Zwischenfällchens. Doch das Mahl verlief ohne jede Störung. Lady Heathcote hatte die Länge der ganzen Tafel zwischen die gefährlichen Gegensätze eingeschaltet. Aber später, als der Tanz die Gäste zusammenwarf, trat unter atemloser Spannung, während die Kapelle einen Walzer spielte, Lady Caroline an Byron heran.

»Willst du mit mir tanzen?« fragte sie und ihre Augen züngelten. Der Zorn trieb ihm das Blut ins Gesicht! Er empfand den frechen Hohn auf sein Gebrechen und auf die Satire, die er kürzlich gegen den eben aus Deutschland eingeführten Walzer veröffentlicht hatte.

»Wenn du nicht mit mir tanzt,« drohte sie, »dann tanze ich mit irgendeinem anderen dummen Jungen.«

Er lachte höhnisch auf. »Tanz mit wem du willst und verschone mich mit deiner Ansprache.«

Da sprang sie auf einen Diener zu, der Erfrischungen bot, ergriff ein Glas, schüttete die Limonade auf den blanken Estrich des Saales, biß in das Glas hinein, daß es klirrte, und durchschnitt, ehe jemand ihr in den Arm fallen konnte, mit einem Scherbenstück die Pulsadern beider Hände.

Nun, sie ist nicht verblutet. Hilfe war sofort zur Stelle. Byron aber schrieb noch in dieser Nacht den Abschiedsbrief an Lady Oxford.

Sie las ihn mit Trauer und Schmerz und Entsagung. Und noch nach vielen Jahren auf ihrem Sterbebett fand man ein kleines Miniaturbild ihres späten Glückes an einer dünnen goldenen Kette auf ihrem armen Herzen.

Am nächsten Morgen verließ Byron die Stadt. Auf dem Verdeck der Postkutsche saß er neben dem Diener Fletcher und sog mit lechzenden Zügen den würzigen Odem ein, den die herbstlichen Felder ihm entgegenatmeten. Seine Sinne erwachten aus dämmriger Befangenheit. Seine Augen freuten sich der blauschwarzen Schwere der ernteberaubten Schollen, der Todesbuntheit der Blätter, jeder weißen Wolke, die am septemberblauen Himmel trieb. Er hatte das Empfinden, als stehe weit hinter ihm am Horizont, dort wo London lag, ein atembeklemmender qualmiger Nebel, aus dem er in luftige Frische entronnen war. Jedem Bauernmädel, dem die Postkutsche auf der Chaussee begegnete, lachte er zu, jede steigende Lerche begrüßte er freudig als Freiheitsgefährtin.

Er weitete die Brust und breitete die Arme und fühlte sich qualvoller Fesseln ledig und fühlte sich frei.

Es war einer der glücklichsten Tage seines Lebens, an dem in früher Abendstunde das Poltern der Kutsche auf dem holprigen Pflaster von den kleinen Häusern Nottinghams wetternd widerhallte. Während in dem Gasthaus »Zur Post« ein leichter Wagen für die Fahrt nach Newstead geschirrt wurde und Byron auf dem Marktplatz auf und niederging, trat Herr Fiddlestick aus seinem Magazin. Unschlüssig blieb er stehen. Doch Byron rief ihn heran und sagte gnädig:

Mein lieber Fiddlestick, ich habe Ihnen noch immer nicht bezahlen können. Doch ich hoffe, in nächster Zeit –«

»O,« unterbrach der Handelsherr, »das hat keine Eile, Eure Lordschaft. Ich weiß, Eure Lordschaft ist der erste Dichter Englands geworden und verdienen ein klobiges Geld. Ich weiß die Ehre zu schätzen, Gläubiger des größten Dichters von England zu sein.«

Byron lächelte. Eifrig fuhr Herr Fiddlestick fort:

»Eure Lordschaft werden mir den kleinen Betrag schon so verzinsen, daß ich armer Mann keinen Schaden erleide. Vielleicht –« er schielte Byron versuchend von der Seite an – »vielleicht sagen wir 20 Prozent.«

»Gut, gut,« winkte Byron.

Er zahlte bei seinen Geldgebern in London gewichtigere Zinsen. Darauf wandte er sich dem Wagen zu, der eben vorfuhr. Doch als er schon die Zügel in Händen hielt und der Schimmel gerade anziehen wollte, kam Herr Fiddlestick noch einmal in raschem Lauf daher gesprungen. Er schwenkte ein Blatt Papier und rief: »Eine Sekunde noch, Eure Lordschaft. Ich habe es nur schnell aufgesetzt. Nicht als ob ich – o nein. Nur für Leben und Sterben.«

»Geben Sie her,« lachte Byron und unterschrieb den Schuldschein.

Dann gab er dem Schimmel die Peitsche.

Als die Türmchen und Bastionen seines Schlosses, vom Märchen des Abends umsponnen, aufleuchteten, umschlang ihn ein lindes Gefühl der Heimkehr. Mit pochendem Herzen schritt er durch die hallenden düsteren Räume. Vor den Totenschädeln in seinem Arbeitszimmer blieb er sinnend stehen und flüsterte ihnen zu: »Jetzt bleibe ich bei Euch.«

Und als er in seinem Schlafgemach mit der kronengeschmückten Bettstatt stand, schwirrten just die Krähen heran in ihren abendstillen Hain. Er trat zu dem efeuverhangenen Fenster und blickte lange hinaus in die Ruinen der Schloßkapelle. Es war lauschig dort drinnen und friedlich und geborgen. –

Dann kamen lässige Tage. Er wanderte im Park umher und freute sich über jeden Baum wie über einen langentbehrten Freund. Er schwamm im Teich und stand weit hinten im Garten an der Steinbalustrade und blickte hinaus in die Felder, in denen gespenstisch die Herbstnebel tanzten. Und wenn die Erinnerungen an Lady Carolines phantastische Orgien nahten, überrieselte ihn ein abwehrender Schauer. Und wenn er an die Menschen dachte, die an ihm in dem Londoner Rausche vorübergehuscht waren wie Figuren einer närrischen Pantomime, lehnte er sich fest an die Steinmauer und hatte das Empfinden, tief hineinzutauchen in die erlösende Reinheit seiner Einsamkeit.

Er hielt Einkehr in sich und sann über die Gestaltung seines Lebens. Er hatte erkannt, daß er nicht zum Politiker geboren sei. Und fast ohne treibendes Wollen begannen seine Gedanken ein neues Werk zu planen. Die Erinnerung an die Tage keimte auf, an denen er auf diesen Wegen Arm in Arm mit der Stiefschwester Augusta gewandelt war. Und jenes Wort wurde in ihm lebendig, das sie an dem Abend gesprochen, als er ihr das tragische Schicksal des türkischen Mädchens berichtet hatte, das er vom Ertränkungstode errettet. Bei Gott, Augusta hatte recht gehabt, das war ein Stoff zu einem Gedichte. Er begann, halb spielerisch, den Stoff zu gliedern und einzurenken. Und eines Abends sprudelten die ersten Verse aus seinem Gemüte.

Der Winter hüllte Newstead ein, und der Frühling umbrauste wieder das alte Gemäuer. Byron schritt die verschlungenen Pfade des knospenden Parkes und lauschte dem Klingen in seiner Brust. Und wenn eine Lichtung sich öffnete, die den Ausblick nach Annesley bot, wandte er hastig die Augen in eine andere Richtung. Denn ob er sich auch vor sich selbst belog, und ob er auch jeden Gedanken, der über die Grenzen von Newstead hinauseilte in das Nachbargebiet, in zorniger Heftigkeit einfing, im Unterbewußtsein marterte ihn schon seit langen Wochen die bange Frage nach Mary Chaworths Los. Der Lenz flüsterte Erinnerungen, jeder Lufthauch raunte hier von junger Liebe. Er konnte die aufwallende Unrast wohl willensstark niederkämpfen, bannen ließ sie sich nicht. Eines Morgens endlich, als er Mrs. Nanny Smith im Obstgarten begegnete, sprang die Sehnsucht hemmungslos aus ihm hervor.

»Sagen Sie, Mrs. Nanny,« fragte er obenhin, »wie ist es nun eigentlich dort drüben geworden?« Er zeigte mit dem Daumen hinter sich nach Annesley.

»Nu, sie haben sich ja ausgesöhnt,« berichtete Nanny. »So,« sagte Byron mit trockener Kehle.

Es tat ihm irgendwo in der Brust sehr weh, daß sie sich ausgesöhnt hatten.

»Ja,« ergänzte Nanny eifrig ihre Auskunft, »und nun wohnt sie drüben mit dem Kinde, und er ist in London.«

»So,« machte Byron wieder und beugte sein Gesicht tief zu der Sonnenblume hinab, mit der seine zitternden Finger spielten.

Dann schlenderte er davon, erst langsam in posierter Gemächlichkeit, aber bald wurden seine Schritte schneller und stürmischer. Erst der stechende Schmerz in dem lahmen Fuße hemmte seinen Lauf. Da gewahrte er, daß er schon weit draußen in den Feldern auf dem Wege nach Annesley war. Er blieb stehen und besann sich. Nein, er ging nicht hinüber, er ging nicht. Dann schleppte er sich müde zurück. Nein, er ging nicht hinüber, er ging nicht! Aber sie war allein, der Mann hatte sie verlassen. Sie liebte ihn doch und starrte sich die Augen blind hinüber nach Newstead. Und er war in ihrer Nähe und kam nicht und überließ sie ihrer Qual und ihrer Sehnsucht und ihrer verlangenden Einsamkeit. Wieder stürmte er dahin, kam schweißbedeckt in den Hof, ließ die alte Stute satteln und galoppierte den Weg zurück, den er eben mühselig dahin gehinkt war.

Im Park von Annesley begegnete er ihr. Sie saß auf einer Bank und las. Das Kind spielte vor ihr auf dem Rasen. Ganz plötzlich, bei einer Biegung des Weges parierte er kurz vor ihr das Tier. Das Buch entglitt ihr zur Erde. Steil wuchs sie von ihrem Sitz empor, die Hände tasteten nach dem Holz der Lehne, eine Stütze suchend. So stand sie und starrte dem Reiter mit wunderweiten Augen ins Gesicht. Auch er saß unbeweglich auf dem scharrenden Pferde. Das Kind blickte mit neugierigen Augen zu dem Fremden empor.

»Lord…« flüsterte sie unhörbar. »Lord…«

Da zwang er sich aus dem Sattel, warf die Zügel über den Ast eines Baumes und trat auf die bleiche Frau zu.

»Sie sind wieder da!« tropfte es von ihren Lippen. Sie war betört wie von einem Wunder.

»Ja,« sagte er leise, »ich bin wieder da.«

Er bot ihr die Hand. Zweifelnd und langsam hob sie den Arm und berührte versuchend seine Finger. »Sie sind wieder da,« wiederholte sie und konnte das Glück nicht glauben und fürchtete, genarrt zu werden von einer Vision. Da lächelte er und rief munter:

»Ja, ich bin wieder da, heil und gesund nach langen Irrfahrten.«

Das Kind war herangekommen und blickte aus den braunen Augen der Mutter treuherzig auf zu dem fremden Manne und reichte ihm zutraulich die kleine dicke Patschhand. Er nahm sie und sah, daß die Ähnlichkeit mit dem Vater noch ausgeprägter geworden war. Als er sich der Frau wieder zuwandte, schimmerten ihre Augen feucht von Tränen der Freude.

»Sie sind wieder da,« wiederholte sie zum drittenmal, schon gläubiger und betrachtete mit einem Blick, der ihre langbehütete Liebe beichtete, sein Gesicht, das so viel schöner und männlicher geworden war.

»Seit wann sind Sie wieder hier?« fragte sie, bückte sich nach dem Buch und setzte sich in die Ecke der Bank, als Aufforderung für ihn, sich neben sie zu setzen.

Er tat es. Das Kind lief mit strammen nackten Beinen zurück auf den Rasen zu seinem Ball.

»Schon sehr lange,« gab er zögernd Bescheid und betrachtete sie prüfend.

Sie sah frischer und gesünder aus als damals vor drei Jahren bei ihrer letzten Begegnung. Die Trennung von dem Manne und seinen Roheiten hatte ihr wohlgetan.

»Werden Sie nun hierbleiben?« fragte sie und konnte es nicht verhindern, daß die Angst in ihrer bleichen Stimme bebte.

»Ja,« nickte er, »jetzt bleibe ich hier. Ich bin des Lebens in London müde. Ich wäre schon früher nach Newstead zurückgelehrt, wenn –« er hielt inne.

Sie verstand und sagte rasch ablenkend:

»Inzwischen sind Sie der erste Dichter Englands geworden.« Ihre Augen brannten hell.

Sein Mund verzog sich verächtlich.

Da konnte das Weib in Mary sich nicht bezwingen zu fragen: »Sind viele Frauen Ihnen begegnet, die Sie geliebt haben?«

»Bis zum Ekel,« knurrte er, »aber geliebt habe ich keine.«

Er stützte die Ellbogen auf die Knie und fegte mit der Schleife der Reitpeitsche den Kies des Weges.

»Sie wissen, daß ich seit meinen Schultagen nur Eine liebe und nie eine andere lieben werde.«

Feierlich still wurde es in dem grünen Park. Ein Specht klopfte irgendwo grimmig gegen die Borke. Geradeaus vor sich hin raunte sie:

»Ich weiß es, ich habe es im »Childe Harold« gelesen. Ich weiß aus den Thyrza-Elegien, daß Sie mich nach Ihrer Rückkehr hier gesucht haben.«

Da rief das Kind mit seiner hellen Stimme dazwischen: »Mama, darf Ann ins Haus gehen? Ann hat Durst.« »Ja,« rief die Frau. »Geh ins Haus, Ann, und sage Miß Morrison, daß sie dir deine Milch gibt.«

Das Kind lief davon mit fliegenden Beinchen.

Wieder war es still um die beiden. Nur ein leises Rieseln schauerte durch die frühlingsfeuchten Äste. Da richtete Byron sich aus der gebückten Stellung auf und stieß jäh hervor:

»Mary, wir wollen nicht Versteck miteinander spielen. Wir wollen unsere Liebe nicht hinter bleichen Worten verbergen. Ich weiß, wie es dir ergangen ist. So kannst du nicht weiter leben. Du darfst nicht hier in Einsamkeit und Leid deine Jugend und deine Ansprüche an das Leben vergessen.«

Er war nahe an sie herangerückt und nahm ihre Hände. Sie ließ sie ihm, drückte sich tief in die Bank zurück und schloß die Augen. Er hastete eindringlich weiter:

»Du hast Grund, dich scheiden zu lassen. Du wirst mein Weib werden. Ich kann dieses Leben nicht weiter führen. Ich fühle es, ich gehe an dieser Unrast zugrunde. Ich verkaufe Newstead, wir gehen weit fort. Dein Kind soll mein Kind sein. Wir lassen uns auf einer Insel im ägäischen Meer nieder. Dort ist das Leben wohlfeil, dort können wir behaglich leben. Annesley und alle Düsternis unseres alten Lebens bleibt zurück. Dort beginnen wir von neuem. Willst du? Willst du? Sag' ja, sag' ja!«

Seine Blicke sengten ihren bleichen Mund, wollten die Antwort aufsaugen. Der seidige Knoten ihres blonden Haares preßte sich gegen das harte Holz der Bank. Ihre Lider zuckten. Sie antwortete nicht. Da lag er vor ihr auf dem Boden, umklammerte ihre Knie und bedrängte sie:

»Du mußt mit mir gehen, hörst du, du mußt, hier hält dich nichts. Ohne dich gehe ich zugrunde. Alle Gaben, die mir die Natur gegeben hat, verflattern und verrecken. Ich fühle es, ohne dich habe ich keinen Halt, ohne dich taumele ich immer tiefer. Wenn du bei mir bist, habe ich die Kraft, etwas zu werden, das zu werden, was mein Land von mir erwartet. Sag' ja, sag' ja, raff' dich auf, wirf deine Vergangenheit hinter dich und werde ein neuer Mensch und werde mein Weib.

Da flüsterte sie, ohne die Augen zu öffnen:

»Sei still, sei still. Laß mich atmen und sitzen und empfinden, daß du mich zu deinem Weibe willst.« Sie legte beide Hände auf seinen Kopf. Er beugte das Gesicht in ihren Schoß und kauerte still und gefügig. Dann löste sie die Hände von seinem weichen Haar und sagte:

»Komm, setz' dich neben mich.«

Er gehorchte. Da ließ sie ihre Hände matt herabgleiten und sprach:

»Ich kann es nicht. Du mußt es verstehen. Du mußt es begreifen. Nein, nein, werde nicht ungeduldig. Mach' nicht solch finstere Augen. Ich bekenne es ja, ich liebe dich. Ich habe an dich all die Zeit über gedacht. Ich habe dich in Gedanken auf deiner Reise verfolgt, Tag für Tag. Ich habe mir Zeitungen verschafft und dich auf deiner Ruhmesbahn begleitet. Ich habe mir deinen »Childe Harold« verschafft« – sie hob das Buch empor – »hier, hier ist er. Ich kenne ihn auswendig, Wort für Wort. Ich kenne ihn auswendig, wie die Bibel. Aber dein Weib werden kann ich nicht.«

Das kam so traurig und so weh, daß er schmerzlich fragte:

»Warum? Warum kannst du es nicht?«

Sie verrankte die Finger und hob ihm die gefalteten Hände entgegen: »Weil ich vor Gott einem anderen Treue gelobt habe.«

Da lachte er grell auf.

»Einem anderen, der dich betrogen hat und erniedrigt?«

Die weißen kummervollen Hände sanken auf ihre Kniee nieder.

»Das ändert mein Gelübde nicht.«

Sie preßte die Fingerspitzen gegen die Brust und quälte die Worte aus ihrem Innersten hervor.

»Ich fühle, du begreifst es nicht. Du begreifst es nicht. Ich fühle, wie ich es dir nicht verständlich machen kann. Ich weiß, du bist nicht fromm. Du begreifst Gott nicht, wie ich ihn begreife.«

»Nein,« er schüttelte grimmig den Kopf. »Den Gott, der will, daß du bei diesem Manne ausharrst, den begreife ich nicht.«

Sie strich sich mit gespreizten Fingern über die Schlafen, daß fahle Bahnen sich auf der glatten Haut abzeichneten.

»Ich habe diese Stunde geahnt. Ich habe gewußt, du würdest eines Tages vor mir stehen und mich bitten, dein Weib zu werden. Ich habe es gewußt in Sehnsucht und in Angst. Ich kann dein Weib nicht werden. Ich kann das Band nicht lösen, das Gott geknüpft hat.«

Da sprang er heftig auf.

»Du faselst,« schrie er wild. »Das ist Wahnwitz, was du sprichst. Glaubst du wirklich, dein Gott will eine Ehe mit einem Manne, den du nicht liebst?«

»Ja,« bekannte sie schlicht und kindlich, »das glaube ich. Gott will, daß wir Gelübde nicht brechen. Daß wir uns gegen einen Bund, den er gestiftet hat, nicht auflehnen, und ein Band, das er gebunden hat, nicht zerreißen.«

Byron griff fingernd in die Luft. Doch ehe er etwas erwidern konnte, fuhr sie fort:

»Ich weiß, du denkst anders in diesen Dingen als ich. Du bist weit dort draußen gewesen in der Welt. Du hast deinen Kinderglauben verloren. Aber ich, sieh', begreife doch. Such dich in mich hineinzudenken. Ich bin hier« – sie machte eine arme Geste mit der Hand – »in diesem Park und auf diesen Feldern aufgewachsen. Ich bin hier Weib und bin hier Mutter geworden. Mein Horizont ist so eng gewesen. Ich kann aus ihm nicht herausspringen. Ich möchte es, ich will es ja, ich habe es so sehr versucht – so sehr. Aber ich weiß, ich würde dich nicht glücklich machen. Ich würde immer das zürnende Auge Gottes über mir fühlen. Ich würde ein zerbrochener Mensch sein, den du nicht zum Weibe brauchen könntest.«

»Aber Mary!« schrie er zornig zerquält, »das sind doch Worte, das sind doch nichts als hohle, leblose Worte!«

»Mir nicht,« wehrte sie traurig. »Mir ist es lebendigste Überzeugung. Ich habe vor Gott geschworen, meinem Manne ein treues Weib zu sein, auf Leben und Tod, das muß ich halten.«

»Aber ein Mann –«

Doch sie sprach weiter:

»Davon wollen wir nicht sprechen. Ich habe die frohe Zuversicht, daß Gott ihn zu mir zurückführen wird, wenn die Zeit seiner und meiner Prüfung vorüber ist.«

Da schwieg er erbittert. Er empfand, daß er gegen die starren Mauern dieses unerschütterlichen, echt englischen Glaubens vergeblich Sturm lief. Er kauerte sich in die Ecke der Bank und biß die Zähne auf die Lippen, daß rote Blutstropfen das Kinn hinabsickerten. Da lag sie vor ihm auf den Knien und flehte aus tiefster verzweifelter Seelennot empor:

»Hilf mir doch, hilf mir doch! Begreife doch, daß ich nicht anders kann. Mach es doch dir und mir nicht so grausam schwer. Ich fühle, du wirst von mir gehen und mir fluchen. Das darfst du nicht, das darfst du nicht!«

Sie warf den Kopf zurück, daß das Haar sich löste und in wirren Strähnen um ihre Schläfen flatterte. »Laß uns Freunde sein. Laß uns die Liebe in uns zurückdrängen, laß sie tief verschlossen leben in unserer Brust. Laß mich bei dir stehen, wie ich als dein Weib bei dir stehen würde. Bleib in Newstead. Bleib in meiner Nähe. Komm täglich zu mir. Ich will auch zu dir hinüberkommen. Ich will dir helfen. Ich will dich stützen, daß du groß und stark wirst und alle Fähigkeiten, die in dir schlummern, entwickelst zur Blüte für dich, für mich, für unser Land. Willst du? Willst du?«

Ihre Hände tasteten über seine Brust zu den Schultern hinauf und klammerten sich ein in seinen blauen Reitrock.

»Sag', sag', daß du mein Freund sein willst!«

Da übermannte ihn ihre Leidenschaft und ihre Innigkeit. Er beugte sich zu ihr nieder, daß seine Stirn auf ihrem Haupte lag und flüsterte in den Duft ihres Haares: »Ich will dein Freund sein.«

Sie schnellte empor. Schön und rank wie in den Tagen erster Jugend stand sie vor ihm. Ihr Gesicht leuchtete verklärt.

»Dank, Dank,« sagte sie so laut und klingend, daß die alten Bäume des Parkes es widerhalten.

Und dann saß sie neben ihm und streichelte seine Hände und schwärmte aus angstbefreiter Brust:

»Heb' doch den Kopf. Es soll ja so schön werden, so schön!«

Und mit der langerloschenen Schalkheit ihrer Siebzehn lächelte sie:

»Glaubst du nicht, daß es sehr schön werden wird?« »Ja,« zweifelte er. – –

Der Frühling des Jahres 1813 stürmte über Europa hin. Mit der quellenden Natur erwachten die Völker. Wie die Erde die Bande des Schnees und des Eises sprengte, so rissen und zerrten sie an den Fesseln, die ihre Freiheit umschnürten. Von den Schneegefilden Rußlands war Napoleon im einsamen Schlitten flüchtig und heimlich durch Deutschland dahingestoben. Wie die Meute den Eber, umstellten die Nationen den verwundeten Bezwinger. Ein Frühlingsbrausen durchschwellte die Luft und die Herzen der erwachenden Völker.

Doch Byron vernahm nicht das singende Sausen in den Lüften. Seine Sinne hingen an seinem eigenen Geschick. Was scherte ihn jetzt das Los seines Helden Napoleon, was scherte ihn das Erwachen der Völker, was der Frühling der europäischen Freiheitssehnsucht! Er lebte den Frühling seines Lebens. Er lebte ihn mit allem Stürmen und Brausen und Treiben, mit allem Springen der Knospen und aller lieblichen Feierlichkeit des Werdens. Er lebte den Lenz seiner Liebe.

Wohl fügte er sich nur trotzig und widerstrebend dem starken sanften Frauenwillen. Ihre milde Unerschütterlichkeit erzwang sich eine Freundschaft, unter deren schwebender Decke die Liebe brodelte.

Sie fühlten ihren hämmernden Pulsschlag, wenn sie sich die Hand reichten, sie spürten ihren zitternden Atem, wenn sie in stiller Abendstunde beieinander saßen und die Grillen draußen im Park sehnsüchtig zirpten. Doch dann lächelte Mary ein bittendes, Wünsche bannendes Lächeln und sprach gut und traut und baute mit ihrer Keuschheit ein festes Wehr gegen seine Leidenschaft.

Und alles war wie einst, wie einst im Mai ihrer Kinderliebe. Sie wanderten wieder durch das Grün von Annesley und die Auen von Newstead, sie saßen wieder beisammen in ihrem blauen Zimmer und blickten hinaus in ihren bunten, blumensprießenden Garten, und wieder öffnete er vor ihr weit die Pforten seines Wissens und Denkens. Sie ritten wieder über die Felder, auf denen einst der Sherwood-Forst seine grünen Wipfel im Winde gebeugt, und ihr Sattelzeug knirschte fest und herb wie in der Wunderzeit ihrer Siebzehn.

Und doch war alles so anders, so ganz anders geworden. Bleich und gedämpft und bezwungen waren Gedanken und Wünsche. Einst war alles frisch und duftig gewesen, wie Blumen im Felde. Jetzt war es still und bleich, wie ein Feldblumenstrauß im Glase. Und als sie einmal die Pferde, wie ungefähr, hinauflenkten zu der Anhöhe, die das Baumrondell krönte, da stand die Erinnerung an den verhängnisvollen Tag, an dem der »schneidige John Musters« im roten Jagdrock hinter der Meute dahingeprescht war, träumezerstörend zwischen ihnen. Und doch war dieser Frühling des Jahres 1813 der Reichtum in Byrons Leben. Wohl mußte er zu jeder Stunde gegen das Glühen in seiner Brust kämpfen. Wohl marterte ihn die Auflehnung gegen den Widersinn ihrer Festigkeit. Und doch, und doch war es die reichste Zeit seiner jungen Jahre. Er durfte ihre Nähe atmen, so oft er wollte. Er durfte ihre kühle weiße Hand fühlen, er durfte in die verschleierte Tiefe ihrer braunen Augen blicken und konnte ihre schlichte Klugheit hören zu jeder Stunde. Wohl war es ein steter Kampf zwischen wildem Begehren und wehem Entsagen. Aber vielleicht war gerade das der spannende Reiz dieser glücklichen Monate. Vielleicht fesselte gerade diese stete Erregung des Kampfes seinen unruhigen Geist.

Ernst sagte sie eines Tages, als er zu ihr kam:

»Mein Mann hat geschrieben, aus London.

»So?« murrte er.

»Ja, er schreibt, er bedaure sein wüstes Leben. Er sei zur Einkehr gekommen. Immer klarer werde ihm, welches Gut er in mir besitze. Und wenn ich ihm seine Vergehen vergeben könnte, würde er mir seine Liebe beweisen.«

Byron lachte zynisch auf.

»Jetzt, da ihn ein Ekel vor seinen Dirnen überkommt, bist du ihm gut genug. Was wirst du ihm schreiben?«

»Ich werde ihm schreiben,« sagte sie und blickte ihm fest in die Augen, »daß ich ihm vergebe.«

»So tief willst du dich erniedrigen!« schrie er mit der Leidenschaft der Byrons. »Ihm deine Arme öffnen, wenn er nur mit dem kleinen Finger winkt!«

»Ich habe das Vertrauen,« entgegnete sie schlicht, »Gott hat ihn geläutert. Ich werde ihn in Liebe aufnehmen, wie die Mutter ihren verlorenen Sohn aufnimmt, wenn er reumütig heimkehrt.«

Da schleuderte er ihr entgegen: »Pfui, du bist würdelos!« und stürmte davon.

Doch am nächsten Tage kam er wieder. Und am nächsten Tage fragte er:

»Und wenn dein Mann nun kommt, was wird dann aus unserer – Freundschaft?«

»Sie bleibt, wie sie ist,« lächelte sie frohgemut. »Du wirst auch sein Freund werden.«

»Du bist sehr liebenswürdig,« höhnte er. »Ich verzichte. Aber glaube nur nicht, daß er so bald kommen wird. In London geht es jetzt hoch her. Sie feiern gerade die Siege Wellingtons über die Franzosen in Spanien. Der Freudentaumel wird ihm lockender sein als die Verzeihung seines Weibes.«

»Dann wird er später kommen,« sagte sie ergeben.

Byron behielt recht. Der Freudentaumel hielt den guten Herrn Musters fest umklammert. – Und unter dem unmerklichen Ansporn ihres Ernstes begann er zu arbeiten. Entschlossen ging er daran, das Abenteuer des türkischen Mädchens zu gestalten. Wohl klagte er erbittert, die Arbeit gelänge ihm nicht, die Handlung sei zerfahren und zerrissen, wie sein Gemüt.

»Wer so zerklüftet ist in Leidenschaft wie ich,« rief er vorwurfsvoll, »wer alles Kraftvolle eunuchenhaft unterdrücken muß, der kann nichts Starkes, in Leidenschaft Großes schaffen.«

»Ich glaube,« bedeutete sie, »wer sich selbst bezwingt, macht so viele gute Kräfte in sich frei, daß er mit ihnen etwas Markiges schaffen kann.«

Auf ihren Ritten sprachen sie von seinem Gedicht.

»Ich werde eine Vorrede schreiben,« sagte Byron, »in der ich verrate, daß es ein wahres Erlebnis ist. Das wird die Teilnahme der Frauen anstacheln.«

Sie zügelte den Fuchs und warnte ernst:

»Ein Dichter, meine ich, sollte nicht immer nach den Boudoirs schielen. Ich bin nur eine einfache Frau vom Lande und verstehe von der Dichtkunst und all diesen Dingen nicht viel. Aber etwas in mir sagt mir, ein Dichter sollte so dichten, wie ihm ums Herz ist, und während der Arbeit nicht nach dem Publikum blinzeln.«

Er wurde rot vor Zorn und schalt:

»Ja, du bist nur eine einfache Landfrau. Du verstehst davon nichts.«

Doch im Grunde zürnte er nur, weil er empfand, daß sie die Wahrheit gesprochen hatte. Und wenige Tage später berichtete er:

»Ich habe nun die Vorrede geschrieben. Und um alle Gedanken von meiner Person abzulenken, habe ich vorgespiegelt, die Vorgänge spielten in vergangenen Zeiten, in denen die jonischen Inseln noch der Republik Venedig gehörten.«

Da gab sie ihm freudig die Hand und sprach kein Wort. Doch in ihren Augen brannte das Altarfeuer ihrer Dankbarkeit und ihrer Liebe.

Die Rosen im Garten von Annesley standen süß und schwer. Der Sommer hatte den Lenz in seinen heißen Armen erstickt. Es war Juli geworden. Da brachte er ihr eines Abands das vollendete Werk. Nach dem Abendmahl gingen sie in ihr blaues Zimmer. Sie hatte die Beete geplündert. Von allen Tischen und Konsolen duftete es dem Dichter zu. Und dann saß sie auf ihrem Ruhelager, wo sie so oft als Mädchen vor ihm gesessen, wenn er in jungenhafter Keckheit verwegene Phantastereien in buntschillernden Fontänen vor ihr hatte aufsteigen lassen. Er las den »Gjaur«. Düster und schwer wallten die Kurzverse daher. Und seine Liebe zum Land der Griechen und sein Haß gegen die türkische Knechtung züngelten empor.

»Du Land der Helden ohne Zahl,
Dereinst vom Berge bis zum Tal
Der Freiheit Heim, des Ruhmes Mal!
Altar gewalt'ger Geister, dies
Ist alles, was die Zeit dir ließ?
Gekrümmter, feiger Sklav', tritt her,
Sag, sind nicht dort die Thermopylen?
Wohl kennt ihr dieser Stätte Ruhm?
Auf, kämpft um Euer Eigentum!
Aus Eurer Väter Asche reißt
Das letzte Fünkchen Heldengeist.«

Er las und las, hingerissen, begeistert von seinem Liede. Und die vergehenden Blätter der Rosen in den Vasen und die Seele des jungen Weibes erschauerten von dem tragischen Pathos. Endlich schwieg er, heiß und erregt von der Wucht seiner Worte. Lange blickte sie stumm zu ihm hinüber. Sie wagte die Weihe, die durch das Zimmer zitterte, mit keinem Laut zu stören.

Endlich flüsterte sie:

»Herrlich, herrlich!«

Und dann saß sie bei ihm und hatte seine Hände umklammert und preßte sie mit der Leidenschaft, die ihre Natur war, die nur ihre Geradheit tief zurückdrängte in die dunklen Schächte ihres Willens. »Ich bin stolz,« bebte sie, »ich bin so stolz darüber, daß ich die erste bin, die dieses Gedicht hört, das nun Jahrhunderte leben und Generationen auf Generationen mit Schauern und Angst und Grauen in Schönheit durchrütteln wird.«

Ihre Wangen brannten, ihre Augen glühten wie ehedem im wilden Übermut ihrer Jugend. Er fühlte das Sausen ihres erregten Blutes in ihren Fingerspitzen, er sah die Fackeln in ihren Pupillen. Rot flammte es in seinen Augen auf.

»Sieh mich nicht so an!« wollte sie flehen. Aber kein Ton entrang sich ihrer Kehle. Seine Blicke bohrten sich in ihre Augenhöhlen wie glühende Eisen. Sie fühlte, wie ihr Verstand taumelig wurde und wirr. Sie versuchte, sich aufzurichten. Seine Finger umspannten ihre Arme. Sie beugte sich hintenüber und wollte ihre Lippen bewegen. Da küßte er sie. Sie wollte sich wehren, preßte beide Hände gegen seine Brust. Doch er küßte sie, schonungslos, auf die Stirn, auf die Wangen, auf die Augen. Sie wollte schreien, wollte sich losreißen. Er hielt sie in Eisenbanden. Sein Atem versengte ihr die Lippen. Da loderte es in ihr auf, die jahrelang aufgespeicherte Kraft brach lavaheiß aus ihr hervor. Sie bog den Kopf weit zurück, daß das Kinn scharf in der Luft stand, ihre Sinne begannen zu glimmen, die Widerstandsstarrheit ihrer Glieder löste sich, ihre Abwehr brach. Sie warf die Arme weit von sich zu beiden Seiten und ward sein und war sein.

## XIII.

Der Odem der Nacht ging in lautloser Schwere. Mary saß auf dem Sofa und bohrte die verzweiflungsstumpfen Augen in den Teppich. So saß sie seit Stunden. Steinern, unbeweglich, gramerstarrt.

Aus dem dunklen Winkel des Zimmers, in dem Byron auf dem Tabouret hockte, drohte ein verbissenes Schweigen. Worte hatte er nicht mehr. Er war mit der ganzen leidenschaftlichen Kraft seiner Beredsamkeit herangestürmt, die niedergebrochene Frau aufzurichten, zu trösten, sie zu überzeugen, daß sie sich beide nur das Recht ihrer Liebe genommen hätten, daß diese ertrotzte Freundschaft als ein Widersinn und eine Lüge zwischen ihnen gestanden habe. Und wieder hatte er versucht, sie herabzureißen von dem unnahbaren Felsen ihrer religiösen Starrheit und hatte ihr wieder ein sonnenumgoldetes Leben auf einer fernen jonischen Insel mit dem Schmelze seiner Phantasie vorgezaubert.

Doch sie hatte geschwiegen und die Augen verzweiflungsstumpf in den Teppich gebohrt. Da wurden ihm die Worte schwer und müde, und in seinem heftigen Sinne siedete ein erbitterter Groll auf, gegen den seine Liebe sich schmerzhaft stellte. Und eine Verachtung kroch in seine Seele gegen diese Frau, die so feig zusammenbrach unter den Folgen ihrer Liebe.

Wieder erhob er sich, trat auf sie zu und hob die Hände, mit Liebkosungen die Wände zu sprengen, die seinen Worten den Eingang in ihr Begreifen wehrten. Da bog sie sich zur Seite, ein Schauern zitterte wie ein Grauen vor seiner Berührung über ihre Schultern, die Augen blickten in irrer Qual zu ihm auf und ihr verzerrter Mund flüsterte: »Geh', geh'–«

Zorn, Wut und Verachtung trieb ihn zur Tür, doch die unbestimmte Ahnung durchbebte ihn, daß er jetzt das Kostbarste seines Lebens irgendwie verliere, daß die einzige Helle seiner Tage sich schwarz umhülle. Nichts Wertvolles hatte er je besessen, seit er mit Bewußtsein dachte, außer der Liebe zu dieser Frau. An der Tür zögerte er. Er hatte weh das Gefühl, daß er das Reinste seines Daseins vor der Erniedrigung bewahren müsse. Ganz leise sagte er: »Mary, wollen wir es nicht in Größe tragen?«

Da stand sie plötzlich steif da, stieß die Arme in die Luft und gellte ihm entgegen: »Geh', geh'. Ich kann deinen Anblick nicht ertragen!«

Und warf sich nieder an dem Sofa und rang die gefalteten Hände und schluchzte zur Decke empor: »Gott, Gott, du blickst hinein in die Herzen. Du weißt, es war nicht mein Wille. Ich will meine Schuld nicht vor dir verringern. Büßen will ich! Büßen!«

Sie preßte das Gesicht in die Polster, daß die Stimme sich dumpf klagend brach.

Da ging Byron still aus dem Zimmer. Verlorener und unseliger als er jemals gewesen war in seinem unseligen verlorenen Leben.

In dieser Nacht türmte sein Gemüt wilde gischtende Wogen des Hasses und blutigen Hohnes. Doch am nächsten Morgen, als die Sonne triumphierend aufstieg über die Dunkelheit, erstand aus Haß und Hohn die unversiegliche Kraft dieser großen Liebe, die der tragische Inhalt seines Lebens war.

Er gedachte wieder der Zeit, da sie als Mädel von Siebzehn neben ihm über die Felder gesprengt war. Nein, nein, das sollte nicht das Ende dieses Tugendwunders sein. Nicht durch das Recht seiner Liebe wollte er sie verlieren.

Er ließ satteln.

Die, die ihn gestern in Raserei von sich gestoßen hatte, war nicht seine Mary Chaworth. Er sah plötzlich ihre irr flackernden Augen. Sie war krank. Religiöser Wahn hatte sie umdämmert. Er stob hinüber nach Annesley.

Sie ließ sich nicht sprechen.

Auch am nächsten Tage nicht.

Als der Diener am dritten Tage den Bescheid erteilte, die gnädige Frau sei krank und empfange keinen Besuch, wallte das Blut in ihm auf. Er stieß den Diener zur Seite, stürmte in das Haus hinein, drang in das blaue Zimmer. Sie kniete im Gebet versunken auf dem weißen Teppich. Als die Tür aufsprang, warf sie den Kopf zurück, starrte mit mystisch erregten Augen auf den Eindringling, glitt empor und flüchtete in einen Winkel des Gemaches. Das Gesicht abgewandt, streckte sie die Arme gegen ihn vor und stöhnte mit wahnwitz-entstellter Stimme: »Geh', geh'! Du bist der Versucher – du bist der Versucher!« Im Türrahmen stand wie eine drohende Schildwache der Diener, der erstaunt dem ungestümen Lord gefolgt war.

Tiefgebeugt schleppte sich Byron hinaus. Jetzt hatte er die Gewißheit, daß ihre Geisteskraft unter seiner Tat niedergebrochen war. Tagelang raste er seinen tobenden Schmerz in vernichtenden Selbstanklagen aus und spielte mit dem Selbstmorde.

Die wilde Melancholie seines Schlosses griff nach seinem wilden Schmerze. Wenn er in langen schlaflosen Nächten durch die gewölbten hallenden Gänge schritt, unter deren Fließen die Mönche moderten, schleifte er das Bewußtsein seiner Schuld hinter sich her, wie gespenstisch klirrende Ketten. In den mondhellen Septembernächten schritt er hinein in die Ruine der alten Kapelle und stand stundenlang bebenden Herzens unter den Bäumen, in deren welkenden Ästen die Krähen im Schlafe surrten. Das graue Gestein der Bogenfenster glänzte unheimlich silbern, die Vergangenheit erwachte rings um den geängstigt lauschenden Mann. Es war ihm, als atme er den süßen Duft von Weihrauch, der seit Jahrhunderten hier verschwelt war. Seine überreizten Sinne vernahmen das Raunen der Miserere, die vor Jahrhunderten gegen diese weißen Wände geflüstert worden, und in den Blättern säuselten bleiche Beichten von Frevel und schwarzer Tat.

In diesen belebten Nächten überkam ihn die Gewißheit, daß seine Liebe zu Mary Chaworth voll Schuld und Sünde sei. Seine erregbare Phantasie verankerte sich in diesem Glauben, und seine Gestaltungskraft fiel über diesen Fanatismus her. In diesen phantastisch überreizten Nächten schuf er die Meisterwerke, die seinen Namen hintragen über die Zeiten. Jetzt erwarb er sich den Ruhm, den sein Volk ihm auf Vorschuß verliehen hatte. Er schweißte den »Gjaur« um, er goß die »Braut von Abydos« in ekstatischen Gluten hervor, er schleuderte den »Korsaren« hinein in das leidenschaftsschwüle Dunkel. Erinnerungen an die Orientfahrt lebten auf. Mit dem Zauber des Ostens umzauberte er diese Dichtungen der Reue. Die Qual der Schuld stieß ihn vorwärts. Verstand und Kritik ertrank in dem reißenden Strom des leidenschaftlichen Sündebewußtseins. Immer wieder variierte er das Thema der frevelnden Liebe. Immer wieder marterte er sich selbst in dem Helden, der mit der Welt gebrochen hat und innerlich zerstört zugrunde geht. Und neben ihm leidet die schuldig unschuldige Geliebte. Nie ist Liebesschmerz und Liebesverzweiflung ergreifender geschildert worden als in den Versen, die er dem »Gjaur« anfügte. Nicht Menschen schuf er, sondern lodernde Leidenschaften. Er sprudelte seinen gigantischen Schmerz in Worten, wie sie bisher in England nicht gesprochen waren. Er blies in seine Verse einen sengenden Wüstenwind, wie er bisher in dem kühlen England nicht geweht hatte.

Er sandte die Gedichte an Murray. Der Erfolg war beispiellos. Von dem »Korsaren«, den er dem Freunde Moore widmete, wurde am Tage des Erscheinens im Januar 1814 1300 Exemplare verkauft. Jetzt war Byron zu Recht nicht nur der größte lebende Poet Englands geworden, er wurde der bekannteste Dichter ganz Europas. Bis nach Java drang sein Ruhm, und in Deutschland hielt Goethe ihm das Banner. Er wurde Mode.

Die Jeunesse dorée kleidete sich à la Byron mit weißem Umlegekragen und wehender Krawatte. Man wurde leidenschaftlich und sentimental, Piraten wurden bei elegischen Damen romantische Helden des Tages und sehnsuchtsvolle Träume der Nacht. Man empfand, man litt, man sprach, man liebte à la Byron.

Während er so die Gemüter ganz Europas bannte, schritt er durch die düsteren Hallen seines Schlosses, unselig und sündebeladen. Und grübelte über eine neue Dichtung, die er »Lara« nannte.

Doch schon war ihm das Schuldgefühl zur Pose geworden. Er hatte dieses Fremde, das ihn jäh überkommen, kraftvoll, poetisch verklärt, aus seinem Gemüt herausgeschwemmt und seine Jugend der Fünfundzwanzig verlangten ihr Recht. Er stürmte nach London und stürzte sich wieder in den Strudel. Mit Begeisterung wurde der »berühmteste Mann seiner Zeit« aufgenommen bei den Melbournes, bei den Devonshires, bei den Jerseys, bei Samuel Rogers. Er verdunkelte den Stern der Madame de Staël, die vor den Verfolgungen Napoleons in London

Zuflucht gesucht hatte und ihren sprühenden Geist am Himmel des Highlife glitzern ließ. Er wurde wieder ein ständiger Gast in Holland House. Mit der alten Begeisterung griff er hinein in die Gespräche, die in diesem Winter nur einen Gegenstand kannten: Napoleon. Der Kanonendonner von Leipzig war lange verhallt, mit Jubel sah das englische Volk die Alliierten auf des Kaisers Spur. Erst jetzt, da Bryon aus seiner mystischen Versunkenheit wie aus tiefem Schlaf erwachte, war seine Furcht und sein Hoffen wieder bei seinem Abgott. Er lächelte spöttisch zu allen Prophezeiungen Madame de Staëls, die den baldigen Sturz des Kaisers weissagten.

Ein festes Band knüpfte sich zwischen ihm und der Herrin von Holland House, die in Liebe und Verehrung, allen Schmähungen ihrer Landsleute zum Trotz, an dem großen Imperator hing.

»Jetzt erst wird der » poor dear man« ihnen zeigen, wer er ist,« rief sie gläubig. Mit einer gebietenden Geste fegte sie alle Einwände zur Seite.

Die Liebe dieser starken Frau blieb dem Kaiser auch treu, als die tragischen Tage von St. Helena über ihn hereinbrachen. Sie sandte ihm Bücher, Zeitungen und Delikatessen, sie schrieb an seinen Wächter Hudson Lowe und bat für den Gestürzten um Milde. Der Gefangene zeigte sich erkenntlich. Er schickte ihr die Schnupftabaksdose, die er im Jahre 1797 in Tolentino von Papst Pius VI. erhalten hatte, mit der Widmung:

» L'Empereur Napoléon à Lady Holland Témoignage de satisfaction et d'estime.«

Und die » Pruneaux de Madame Holland« waren die letzte Nahrung des unter grausamsten Qualen verdämmernden kranken Kaisers.– –

Eines Abends, als Byron spät von einem Balle heimkehrte, fiel der blaue Schein des Feuerzeuges auf einen Brief. Er krallte ihn vom Tische auf, die Handschrift hatte er sofort erkannt. Furcht und Hoffnung balgten sich in seiner Brust. Dieses Lebenszeichen von ihr hatte ihn sofort mit allen Wurzeln herausgerissen aus dem Taumel seines Londoner Lebens, in dem er sie und ihr Leid zu vergessen gesucht hatte.

Aber wie eine dunkle Wolke hatte ihr Geschick am Horizont seines Lebens gedräut.

Mary Chaworth schrieb: »Komm sofort nach Annesley, ich muß dich dringend sprechen.«

Mit der Extrapost fuhr er in die Nacht hinaus, und sehnsüchtige Hoffnungen eilten vor ihm her mit den weißen Wolken, die über den Mond zogen. In dem runden historischen Zimmer, das die zweifelhafte Reliquie Robin Hoods barg, harrte sie seiner. Starr aufgerichtet stand sie in dem Dämmerlicht, das durch die Efeugitter des Fensters fiel. Sie erschien ihm groß und gespenstisch in dem schwarz, in schweren Falten herabfließenden Gewande. Die Wangen waren eingesunken, die Stirn glänzte weiß wie Alabaster. Ein dumpfer Schmerz erwürgte die Freude seiner hoffnungsfiebernden Nacht, als ihr entstelltes Antlitz ihm entgegenstarrte. Er trat auf sie zu und streckte ihre beide Hände entgegen. Doch in ihren Augen glomm so irr die Verzweiflung, daß er stutzte und die Arme sinken ließ.

»Mary,« flüsterte er, »du hast mich gerufen.«

»Ja,« ihre Worte waren ein hohles, klangloses Raunen, »ich habe dich gerufen. Ich sterbe vor Angst. »Was soll aus dem Kinde werden?« »Aus dem Kinde?« Er beugte verständnislos den Kopf vor.

»Ja,« nickte sie, »aus dem Kinde.«

»Welchem Kinde?« fragte er. Grauen umkrallte seinen Schädel.

Da war es, als platze die Leblosigkeit, die sie umschloß. »Dein Kind!« schrie sie und fiel schwer und dumpf zu Boden.

Wie ein Blitz schlug das Begreifen in sein Hirn ein. Er war bei ihr, beugte sich zu ihr herab, hob sie mit stahlharten Armen empor und bettete sie zart und behutsam in einen Sessel. Und fiel vor ihr auf die Knie, küßte ihre Hände und streichelte ihre Arme. Und sprudelte wirre Worte und Tränen sprangen ihm aus den Augen, und er liebkoste ihren Körper und fühlte mit tastenden Händen die Wahrheit, die sie gesprochen hatte. Ja, ja, nur die weiten Falten ihres schwarzen Gewandes hatten sie verhüllt, diese unfaßbar beglückende Wahrheit. Er beugte sich nieder und küßte inbrünstig ihren geheiligten Schoß.

Dann sprach er, sprach und sprach: »Warum hast du es mir so lange verborgen, dieses unausdenkbare Glück? Aber nein, nein, ich will nicht schelten. In dieser schönsten Stunde meines Lebens will ich nicht schelten. Jetzt weiß ich, warum du mich gerufen hast. Wozu alle meine Worte dich nicht zu überreden vermochten, dazu hat die bebende Stimme dieses kleinen Lebens unter deinem Herzen dich verlockt. Noch heute gehen wir fort. Weit draußen im Ionischen Meer, da weiß ich eine Insel mit einem schimmernden weißen Hause, ganz flach ist das Dach. Dort werden wir sitzen in den kühlen glitzernden Nächten und hinaufblicken zu den abertausend Sternen, und ringsum wird Stille sein und das atmende Meer. Dort wird es aufwachsen. Ein Knabe wird es sein. Nein, lieber ein Mädchen mit schimmerndem blonden Haar wie du. Ein Engel wird es scheinen, wenn es unter den schwarzlockigen Griechenkindern spielt. Mary, freue dich doch mit mir. Sei nicht so starr! Schließ' nicht die Lider! Ich will doch das Glück in deinen Augen funkeln sehen!«

Er nahm ihre Schläfen in beide Hände und küßte scheu ihre zuckenden violetten Lider. Da öffnete sie die Augen. Der irre Glanz, der ihn schon früher geschreckt hatte, zitterte in den geweiteten Pupillen. Ihre blauen Lippen keuchten:

»Das Kind darf nicht zur Welt kommen!« Wie ein Stoß in die Stirn traf es ihn. Er taumelte empor. »Wie … wie?« fragte er mit verzerrtem Munde, Da hastete sie, sich überstürzend, hervor: »Das Kind darf nicht zur Welt kommen. Es darf nicht … es darf nicht … hörst du, es darf nicht! Als ich es zuerst fühlte, da habe ich versucht, es im Keim zu morden. Und als es nicht gelang, habe ich lange Stunden der Nacht am Weiher gestanden, aber ich hatte nicht den Mut, auf die alte Sünde die furchtbare neue Schuld zu häufen. Dann habe ich mich in meine Zimmer verkrochen vor der Dienerschaft, habe mir weite Kleider fertigen lassen, keiner hat etwas gemerkt. Sie dürfen es nicht merken!! Ich bin in meinem Zimmer umhergerannt und bin wahnsinnig geworden vor Furcht, mein Mann könne zurückkehren. Ganz deutlich habe ich die Szene gesehen. Dort steht er in der Tür –« in ihren Augen flackerte der Wahnsinn der Todesangst – »reuevoll tritt er herein, verklärt von seiner Sühne, die Hände streckt er mir entgegen und steht und stutzt und lacht grell auf. Das Gotteswerk an ihm ist zerschlagen. Das kann ich nicht überleben – das kann ich nicht überleben.«

Wieder glitt sie zu Boden und wimmerte: »Hilf mir, hilf mir.« Der Mann schwankte sacht hin und her auf den Sohlen. Eine eisige Kälte war um die Stirn und im Rücken. Als die Lähmung von ihm wich, zuckten hundert Gedanken wie Irrlichter durch das Dunkel, das sein Denken umfing. Alles Gute und Schlimme, das er seit seinen Knabentagen mit der Frau dort durchlebt hatte, jagte in wilder Hast an ihm vorüber. Und ein blutiger Hohn quoll in ihm auf, daß diese Frau, die dort am Boden lag, jammervoll niedergebrochen unter seiner Liebe, und diese furchtbaren Worte stammelte, die Lichtgestalt war, an die er alles gehängt hatte, was in ihm gut war und wacker und edel. Doch schon vertrieb diesen erstickenden Grimm ein anderes Empfinden, das heiß emporsiedete aus seiner wunden Bitterkeit. Er stand und starrte auf diese Zusammengesunkene winselnde Hilflosigkeit, die sich in Qualen am Boden wand. Und ein Mitleid schüttelte ihn, wie er es nie bisher gekannt hatte in seinem wilden Abenteuerleben. Alle Liebe, aller Schmerz, alle Qual, jede Empfindung, die in ihm dieser unseligen Frau entgegenpochte, ward Erbarmen und hilfsbereite Güte. Er hob sie wieder vom Boden und bettete sie wieder auf den Sessel und sprach sanft auf sie ein.

»Du mußt dich schonen. Du mußt acht geben auf deine Bewegungen. Du mußt –«

»Wirst du mir helfen?« bebte sie zu ihm empor.

Und das Mitleid in ihm antwortete: »Ja, ja, ich werde, ja – ja.« Da fiel ihr Kopf mit dem schweren blonden Haar gegen die Polster des Sessels – ein tiefer Seufzer hauchte aus ihrem Munde.

Sie lag da, bleich und matt und erlöst. Er stand vor ihr und wagte die Stille nicht zu stören. Endlich flüsterte sie mit geschlossenen Augen ganz kindlich: »Ich habe es gewußt, du würdest mir helfen. Ich wollte dich nicht rufen. Ich wollte dich nicht in meiner Nähe dulden. Doch ich mußte dich rufen, ich fand keinen Ausweg, trotz meines Grübelns bei Tag und bei Nacht.«

Und sie streckte die Glieder in wohliger Müdigkeit, preßte die gefalteten Hände an das Herz, als berge sie an ihrem Busen die trostreiche Gewißheit seiner Hilfe, und flüsterte vor sich hin:

»Jetzt ist alles gut – jetzt ist alles gut.« Er stand ohne sich zu regen. Lange lag sie so, die weiße Stirn von Rast und Frieden umkrönt. Er hielt sich steif aufrecht und wußte nicht, was nun geschehen sollte. Als er eine unschlüssige Bewegung machte, öffnete sie die Augen und fragte: »Was wirst du tun?«

»Ich weiß es noch nicht,« gestand er.

Sie aber sagte in ihrer ruhigen Gewißheit: »Du wirst es finden, ich weiß es, du wirst es schon finden.«

Sie richtete sich auf und reichte ihm die Hand: »Ich danke dir. Wenn du einen Weg gefunden hast, dann komm wieder. Ich warte ohne Ungeduld, und heute,« sie lächelte matt, »heute werde ich wieder einmal schlafen. Ich konnte es nicht seit Monaten.« Er nahm ihre Hand, und dann ging er hinaus. Etwas Ungewolltes, Traumhaftes lag in seinen Bewegungen.

Erst draußen im Sattel, als die kühle Nachtluft um seine Stirn strich, vermochte er wieder klar zu denken.

»Sie ist krank,« bangte seine gemarterte Liebe, »vielleicht ist es ihr Zustand.« Und da bedrängte ihn sein Versprechen. Und Reue packte ihn und Zorn über das unbedachte Wort, das sein Mitleid gegeben hatte.

Er schlug der Stute die Sporen in die Flanken. Es war ja Wahnsinn. Was hieß denn helfen? Was sollte denn geschehen? Es war doch sein Kind. Er hatte über sein Geschick zu bestimmen. Er wollte es besitzen. Er wollte sein Kind nicht feige aufgeben wegen der Laune eines kranken Weibes. Er wollte – – – Mitten auf dem Felde zügelte er das Tier und hing all sein Denken an die Sehnsucht, mit dieser Frau und seinem Kinde ein neues Leben auf einer jonischen Insel zu beginnen. Dort in der neuen Umgebung würde sie wieder die Mary Chaworth werden, die er einst als Knabe angebetet, der er als Jüngling Altäre gebaut, die er heute liebte wie einst – wie einst – trotz allem. Die er lieben würde bis zum letzten Atemzuge.

Langsam trottete die Stute weiter, den altbekannten Weg. Er merkte es nicht. Er weinte bitterlich. Aber später, als er im Studierzimmer saß, am Schreibtisch, und zu den Totenschädeln hinüberstarrte, reckten die Zweifel wieder ihre Gorgonenhäupter.

Da wußte er plötzlich, wie er wußte, daß die Erde sich dreht, daß es keiner Beredsamkeit der Welt gelingen würde, sie zu bestimmen, mit ihm zu fliehen. Und das Wort, das er gegeben hatte, ragte schwarz und fordernd aus dem Dunkel der Nacht.

Er begann nach einer Rettung zu grübeln und fand keinen Weg. Er hob sich und wanderte durch das Gemach. Und plötzlich dachte er: das ist Frauensache. Ob er sich an Lady Holland um Rat wandte? Er schüttelte den Kopf. Diese kernige kluge Frau würde den verstiegenen Pietismus Marys nicht verstehen. Nein, ihrem gesunden geraden Sinne war die Lage zu verwickelt, zu verworren. Er wandelte die Reihe der vornehmen Damen ab, die ihn in London umschwärmt hatten. Nein, da war keine, die in dieser Not helfen konnte. Und plötzlich war er auf dem Wege zur Gesindehalle. Vielleicht wußte die bündige Lebenserfahrung der braven Wirtschafterin Nanny Smith einen Rat. Doch an der Tür zauderte er. Nein, nein, er durfte Marys Geheimnis nicht verraten. Die gute Nanny bot keine Gewähr der Geheimhaltung. Er schritt wieder in sein Zimmer zurück; und plötzlich schrie er auf in jäher Erleuchtung. Wenige Minuten später ging ein reitender Bote ab an seine Stiefschwester Augusta Leigh.

Zwei Tage später traf Augusta in Newstead ein. Ihre schöne Frauenmilde hörte mit verständiger Klugheit seinen trostlosen Bericht.

»Es muß sofort etwas geschehen,« sprach sie, als er geendet hatte, »denn aus allem, was du sagst, geht hervor, daß die Sinne der Frau von Verzweiflung, religiösem Wahn und Angst zerrieben sind.«

»Ja,« nickte Byron grambeschwert. »Keiner, der sie früher gekannt hat, würde sie in ihrer jetzigen Zerstörung wiedererkennen.«

»Darum,« grübelte Augusta, »müssen wir ihr helfen, ganz abgesehen davon, daß du ihr dein Wort gegeben hast. Denn ich fürchte, sie könnte sonst in ihrer umnachteten Verzweiflung dem Kinde nach der Geburt ein Leid zufügen.«

Byron schwieg. Ein Frösteln rieselte an seinen Gliedern entlang.

»Ja,« sagte er endlich in das Schweigen hinein, »was soll geschehen? Du als Frau, glaubte ich – –«

»Das Kind muß fern von hier untergebracht werden,« unterbrach Augusta, »soviel ist sicher. Sie muß fort aus dieser Gegend, muß an einem verborgenen Ort –«

»Das geht nicht!« rief Byron dazwischen. »Wir können die kranke Frau nicht unter fremde Leute geben, das ist unmöglich. Und das Kind überlasse ich nicht Fremden. Augusta sann. »Sie könnte ja,« sprach sie sinnend, »zu mir nach Six Mile Bottom kommen, und ich müßte dann das Kind erziehen.«

»Das wäre vielleicht ein Gedanke,« prüfte Byron. Doch schon schüttelte die schöne Frau den dunklen Kopf.

»Es geht nicht,« lehnte sie ihren Vorschlag ab.

»Unsere Stadt ist klein. Die Leute würden fragen, wessen Kind es ist. Man würde bald wissen, daß es dein Kind ist. Man würde weiter nachforschen –, nein, nein, das geht nicht.«

Noch viele Pläne ersannen und zerrissen sie wieder an diesem ersten Abend. Endlich sagte Augusta: »Ich fürchte, wir werden heute nichts finden. Ich bin auch zu ermüdet von der Reise. Morgen wollen wir weiter suchen.«

Doch als sie dann allein war in dem geräumigen Gastzimmer mit seinen dunklen Paneelen und grotesken Schnitzereien und dem figurenreichen Kamine fand sie keine Ruhe. Halbentkleidet stand sie am Fenster und blickte hinaus auf die Rasenflächen des Parkes, auf denen weiße Winternebel phantastische Reigen schlangen. Und sann und sann.

Da plötzlich preßte ein aufkeimender Gedanke ihr die Stirn an die Scheiben des Fensters, daß sie leise ächzten. Dann riß sie sich jäh los, raffte einen Schlafrock über die Schultern und eilte hinaus. Sie pochte an die Tür seines Schlafzimmers. Keine Antwort kam. Als sie öffnete, war das Gemach leer. Da stürmte sie hinüber in sein Arbeitszimmer. Am Schreibtisch fand sie ihn.

»George!« jubelte sie in der Tür. »Ich habe es gefunden!« »Du hast?« er schnellte zu ihr herum.

Da stand sie neben ihm. Ihre Brust arbeitete heftig, und hastig stieß sie hervor: »Ich werde das Kind zur Welt bringen.«

Er federte in den Sessel zurück. Entsetzen spannte seine blauen Augen. »Du!« Er hob die Sand und zeigte mit zitternden Fingern auf ihre Stirn.

»Ja, ich,« bestätigte sie vom Eifer geschüttelt.

Er hatte verwirrend das Empfinden, daß sie im Schlafe wandle.

Ein Grauen lähmte ihn.

Doch, sie sprach weiter:

»Sie muß zu uns kommen. Ich werde aussprengen, sie sei eine Gefährtin von mir aus dem französischen Kloster, in dem ich erzogen wurde. Das wird keinen Verdacht erregen. Dann werde ich einigen guten Freundinnen andeuten, daß ich Mutterfreuden entgegengehe. Auch das wird keinen überraschen. Ich habe, wie du weißt, in jedem Jahre meiner Ehe ein Kind geboren. Man kann da ein wenig nachhelfen, Kleidung macht viel. Man kann das schon machen. Sie wird dann in meinem Hause niederkommen. Unser alter Arzt ist verschwiegen. Und das Kind werde ich dann als mein Kind erziehen, und es selbst und meine sechs anderen Kinder sollen nie erfahren, wer seine wahren Eltern sind.«

Benommen strich Byron mit den Fingern beider Hände über die Stirn.

»Aber – aber –« stammelte er, »und dein Mann?«

Augusta lächelte zuversichtlich.

»Mein lieber John wird sich keinem ernstlichen Wunsch, den ich äußere, entgegenstellen.«

»Aber,« zauderte Byron, »es scheint mir ein seltsamer unredlicher Weg.«

»Unredlich?« lachte die schöne Frau. »Scheust du vor großen Mitteln zurück?«

Er schwieg und kämpfte. Plötzlich stand er vor ihr, umklammerte ihre Schultern und rang hervor:

»Augusta, was du für mich tun willst – ich kenne dein gerades Wesen – wenn du trotzdem das für mich tun willst, das ist ein Opfer von antiker Erhabenheit, ich bin erschüttert von deiner Größe.«

Da warf sie den Kopf zurück, das Licht der Kerzen brach sich in ihren Augen, die plötzlich in leidenschaftlicher Wildheit aufglühten, und stieß hervor: »Es ist kein Opfer. Ich habe dir zu danken, daß ich diese Tat tun darf.«

»Du mir?«

»Ja!« rief sie in flammender Ekstase, »das Leben das ich führe – es ist gut und es ist mild in dem Sorgen für meinen Mann und für die Kinder. Aber doch habe ich Stunden, in denen mein Blut aufwallt und meine Hände sich zu Fäusten ballen und hineingreifen ins Leere, und mir alles klein und nichtig erscheint, und ich nach einer Tat dürste, die mein Leben zum wahren Leben umzaubert. Als du damals nach dem Erscheinen des »Childe Harold« berühmt wurdest und als dein Ruhm immer höher stieg wie eine flackernde Flamme, da bin ich in meinem engen Kreise umhergeschlichen und habe nur den einen Wunsch gehabt, mittun zu dürfen an deinem Ruhm, dir irgendwie helfen zu können, für dich eine Tat zu tun. Deshalb bin ich so unsagbar glücklich, daß du mir jetzt die Gelegenheit gibst. Darum scheint es mir, als sei die Tat, die ich jetzt für dich tun kann, mein wahrstes Leben.«

Sie schwieg. Ihr Körper bebte. Die hohe klare Stirn umstrahlte ein heißer Glanz.

Stumm verwundert betrachtete Byron die Schwester. Sein Blick glitt hinüber zu dem Bilde des Ahnherrn der Byrons, Sir John, des Kleinen mit dem großen Barte, aus dem im zuckenden Kerzenschein nur die wilden Augen gespenstisch hervorglühten. Es waren Augustas Augen. Und leise sagte er:

»Du bist eine echte Tochter unseres wilden abenteuerfrohen Wikingergeschlechtes.« – Am nächsten Morgen fuhren sie hinüber nach Annesley.

Mary Chaworth willigte sofort in den romantischen Plan. Sie war so verängstigt und willenlos geworden, daß jeder Weg ihr der rechte schien, der zur Rettung führte.

Noch am selben Tage führte Augusta Leigh sie und die kleine Tochter Ann nach Six Mile Bottom.

Byron aber kehrte nach London zurück. Er tauchte wieder, Vergessen suchend, unter in die Vergnügungen der Hauptstadt. Er gab sich wieder, wie in früheren Zeiten, dem Sport hin, boxte, focht und schoß nach der Scheibe. Er sammelte wieder um sich die Freunde seiner Jugend, die jetzt in Amt und Würden hineingerückt waren: Hobhouse, den Geistlichen Hodgson und den feinen Scrope Davies. Er durchzechte lange Nächte mit dem weinfrohen Moore und dem trinkfesten alten Sheridan. Er wurde Mitglied des Direktoriums des aus dem Brande neuentstandenen Drury-Lane-Theaters. Manch frohe Stunde verscherzte er dort im Konversationszimmer, in der alt-historischen »Green Rom« mit den hübschen Damen der Bühne: Miß Pool, Miß Kells und der wundervollen Miß O'Neil, die oft als Gast von Convent Gardens hereinhuschte. Und manch ernstes Gespräch flammte auf zwischen dem Dichter und dem leuchtenden Stern dieser Bühne, dem Schauspieler Edmund Kean, dem kleinen Manne mit dem rabenschwarzen lockigen Haar und den erregbaren Glutaugen.

Die Nächte, die der Lord nicht mit den Freunden vertrank und verdiskutierte, durchschwärmte er wieder in den Häusern des hohen Adels. Wohl traf er oftmals Lady Caroline Lamb, doch erfolgreich wich er jeder Annäherung aus. Und als sie vergeblich versucht hatte, ihre Gefolgschaft junger Herren aufzustacheln, den früheren Geliebten zum Duell zu fordern, entschloß sie sich zu einer anderen »blutigen« Rache: Sie setzte sich an ihren Empireschreibtisch und schrieb den Roman »Glenarvon«, in dem sie mit ihrer krankhaften Schamlosigkeit jede Phase ihrer Liebe entschleierte. Byron aber segnete sie darin mit der Rolle eines Ritter Blaubart und gräulichen Ungetüms.– –

Und wieder kam der Frühling.

An einem Apriltage des Jahres 1814 saß Byron im Alfred-Club in Albemarle Street in lebhaftem Gespräch mit den Freunden Zusammen.

»Es ist Gottes Gericht.« sprach feierlich Hodgson.

»Ich glaub es nicht!« rief Byron heftig.

»Das Gerücht war sehr bestimmt,« meinte Hobhouse, »man erzählte es heute nachmittag auf allen Straßen.«

»Welche furchtbaren Stürme müssen in der Brust dieses großen Mannes rasen!« sann Davies.

»Das kann nicht sein,« wiederholte Byron und schlug hitzig auf die Mahagoniplatte des Tisches.

»Verlaß dich darauf, es ist so,« lächelte Hobhouse spöttisch, »dein Leibheld hat abgedankt.«

Byron schleuderte ihm einen Blick zu, zornig und zündend wie ein Blitz aus Jovis Auge.

»Aber du brauchst es nicht als persönliche Beleidigung zu nehmen,« fügte der Freund sarkastisch hinzu.

Dann schwiegen sie alle bedrückt.

Endlich sprach Byron wehmütig vor sich hin: »Ich würde allen Glauben an die Größe des Schicksals verlieren, wenn Napoleon wie ein armer kleiner Pagode von seinem Sockel herabsteigen sollte. Und« – er empörte sich wieder und ballte die Fäuste – »ich kann diesen jammervollen Zusammenbruch nicht ertragen!«

»Er ist gut für unser Vaterland,« bedachte Hodgson milde. »Es hat etwas Erschütterndes, diese Heldentragödie mitzuerleben,« trauerte Davies.

Da lächelte Byron schmerzlich und sagte: »Ich muß mich wohl wieder an meinen alten Leibhelden Sulla halten, denn mit dem von heute habe ich kein Glück. Ah, welch ein anderer Kerl war Sulla! Auf der Höhe seiner Macht, rot vom Blut seiner Feinde, dankte er ab. Das schönste Beispiel glorreicher Verachtung dieser Jammerseelen. Auch Diokletian machte es gut. Amurath nicht schlecht, doch hätte er nachher nicht Derwisch werden sollen. Karl der Fünfte nur so – so. Aber Napoleon hat es, wenn er wirklich abgedankt hat, am schlechtesten gemacht. Ich kann es mir nicht denken, daß er erst gewartet haben sollte, bis die Feinde in seiner Hauptstadt waren, und dann auf das verzichtet hat, was er nicht mehr besaß. Donnerwetter! Dagegen war Dyonisius zu Korinth noch ein König!«

Sie schwiegen. Nach einer Weile fuhr Byron fort:

»Ich bin ganz irre an mir geworden und fühle mich sehr niedergedrückt. Seht mal, ich weiß es nicht recht, aber ich, der mit ihm verglichen doch nur ein Insekt bin, ich würde für den millionsten Teil dessen, was er zu verlieren hatte, mein Leben aufs Spiel gesetzt haben. Eine Krone mag ja am Ende nicht wert sein, daß man für sie stirbt. Aber Lodi so schmachvoll zu überleben!!« Tränen stürzten ihm in die Augen.

Da klang plötzlich von der Straße wildes Geschrei und wirrer Lärm herauf. Sie sprangen empor und eilten zu den Fenstern. In der engen Albermarlestraße wälzte sich eine erregte Volksmenge. Und gellend schnitt durch das Getümmel der Ruf der Zeitungsjungen, die Extrablätter hoch in den Händen flattern ließen, wie Fahnen des Aufruhrs. Eine Sekunde später waren die Freunde auf der Straße. Byron riß dem nächsten Jungen das Extrablatt der »London Gazette« aus der Hand.

Doch er brauchte nicht erst zu lesen. Von allen Seiten schrie und jubelte es: »Napoleon hat in Fontainebleau abgedankt!« Wie ein Fieber schüttelte es die große Stadt. Die engen Gassen hallten das Gebrüll der Zeitungsjungen, das jubelnde Gekreisch der Weiber, das freudensatte Lachen der Männer wieder. In wenigen Minuten änderte sich das äußere Bild der City. Alles war vorbereitet. Man hatte nur der letzten Bestätigung vom Kontinent geharrt. Die Öllampen an ihren Eisenketten umwanden sich wie durch Zauberschlag mit Lorbeergirlanden. Freudenschüsse knatterten aus allen Fenstern, die Glocken von St. Pauls sangen ihr Halleluja dröhnend jauchzend in den Nachthimmel hinein. An jeder Straßenecke loderten Pechfeuer auf, das Bild des gestürzten Kaisers wurde unter Flüchen, grausigen Verwünschungen und brutaler Verhöhnung tausender in der Lohe verbrannt. Still löste Byron sich aus dem Kreise der Freunde und schlich an den Häusern entlang zu seinem Hotel. Ein Leid, als hätte ihn der beste Freund seines Lebens betrogen, beugte ihm die Stirn. Und am nächsten Tage, dem 10. April, schuf sein zorniger Schmerz seine unsterbliche

»Ode an Napoleon Buonaparte.«
»'s ist aus – ein König gestern noch,
Dem Könige gebebt,
Und nun so klein! – gebückt ins Joch
So jämmerlich – und lebt!
Ist das der Mann, der Welten stürmt,
Der Berge toter Feinde türmt
Und so am Dasein klebt?
Nie fiel, seit jedem Lucifer,
Teufel noch Mensch so tief wie er.«

Acht Tage später hielt er den Brief Augustas in Händen, in dem sie ihm mitteilte, daß Mary Chaworth einem Mädchen das Leben gegeben habe. Zugleich bat sie ihn, das Verlangen, das ihn zu Mutter und Kind treibe, zu zügeln, damit kein Verdacht erregt werde. Er solle schriftlich die Wahl des Namens für das Kind treffen.

Byron erkannte die Klugheit ihres Rates und blieb. Doch Brief auf Brief sandte er an die junge Mutter. Als Namen wählte er den Namen der Geliebten des »Korsaren«. »Niemand,« schrieb er, »wird aus diesem Namen Verdacht schöpfen, denn es ist seit einem Jahre in England üblich geworden, die neugeborenen Kinder mit den Namen der Helden meiner Dichtungen zu schmücken.« So wurde sein Kind auf den Namen »Medora Leigh« getauft.

Doch am zehnten Tage siegte die Sehnsucht. Hals über Kopf reiste er nach Six Mile Bottom.

Als ihm das Dienstmädchen die Tür öffnete, fragte er in atemloser Hast: »Wo ist Frau Leigh?«

»Oben, bei dem Kinde,« antwortete die erstaunte Magd. Da stürmte er an ihr vorüber, die Treppen hinauf und öffnete die nächste Tür. Im Zimmer saß Augusta, die kleine Medora auf dem Schoße. »George, du,« staunte sie.

Stumm trat er näher und blickte lange nieder auf sein Kind.

»Wie schön es ist,« sagte er endlich mit bebender Stimme, »schön wie die Mutter.«

Augusta lächelte gewährend. »Sie sieht aus wie alle neugeborenen Kinder. Da fragte Byron: »Wo ist Mary? Liegt sie noch zu Bett?«

»Nein,« gab die Schwester Bescheid und barg das Kind in der Wiege, »sie ist vor drei Tagen abgereist.«

Byron starrte drein.

»Wir konnten sie nicht halten,« erzählte die Schwester traurig. »Eine quälende Unruhe war über sie gekommen, gleich nach der Geburt. Schon am dritten Tage wollte sie das Bett verlassen trotz ihrer großen Entkräftung. Die Geburt ist sehr schwer gewesen. Immer wieder flehte sie mich an, sie aufstehen zu lassen. Sie müsse nach Hause, sie habe das bestimmte Gefühl, ihr Mann warte dort auf sie. Ich habe immer wieder versucht, es ihr auszureden, doch nach acht Tagen ließ sie sich nicht mehr halten. Am Tage, nachdem sie zum ersten Male aufgestanden war, ist sie abgereist. Es war so traurig, wie sie bleich und schlotternd in die Postkutsche stieg. Nein, George, du darfst nicht vorwurfsvolle Augen machen. Mein Mann und ich, wir haben wirklich alles getan, was in unserer Macht stand, sie zurückzuhalten. Und heut morgen, da ist dieser Brief gekommen.«

Sie entnahm ihrer Tasche das Schreiben und bot es ihm dar. Er las:

»Meine gute, liebe Augusta!

Mittwoch abend bin ich wohlbehalten, wenn auch etwas erschöpft, mit Ann in Annesley angelangt. Und Donnerstag mittag ist mein Mann hier eingetroffen! Alles ist gekommen, wie ich es immer erwartet habe. Er ist zu mir getreten und hat für alle seine Vergehungen meine Vergebung erfleht. Meine Vergebung! – Wenn er ahnte!! – Ich will nun versuchen, meine schwere Sünde dadurch zu sühnen, daß ich ihn für den Rest meines Lebens auf Gottes Wegen führe. Küß mein armes Kind, das ich wohlgeborgen in Deiner Hut weiß. Danke Deinem Mann nochmals für seine Güte. Dich, meine liebe Augusta, der ich nächst Gott es verdanke, daß all dieses Furchtbare einen Weg genommen hat, der es mir erlaubt, meinen Pflichten zu leben, schließe ich täglich in meine Gebete ein.

Deine treuergebene Mary Chaworth.« Byron sank auf einen Stuhl. Die Hand mit dem Blatte hing müde und verzweifelt herab. Greis und schlaff saß er da, mit weiten Augen voll Schmerz und Jammer.

»Ein merkwürdiger Zufall,« sagte Augusta, »daß der Mann nun doch gerade jetzt gekommen ist.« Byron antwortete nicht.

Da trat die Frau auf ihn zu, legte ihm die Hand auf die Schulter und ermahnte:

»Du mußt dich losreißen, George, das kann so nicht weiter gehen. Die Liebe zu dieser Frau vernichtet dein ganzes Leben. Du mußt dich aufraffen. Du mußt dir andere Ziele suchen, Mary ist dir doch für immer verloren.«

Er schwieg und starrte vor sich hin.

Da sagte die Schwester zaudernd: »Weißt du, was du tun müßtest?«

Er sah auf. »Ich werde wieder reisen,« sagte er.

Sie schüttelte den Kopf.

»Das solltest du nicht. Dann kommst du in einigen Jahren zurück und stehst wieder dort, wo du heute stehst. Dann folgt dir die Sehnsucht nach. Du solltest dich ganz von dieser Frau trennen, innerlich. Du solltest deine Gedanken auf eine andere Frau richten.«

Plötzlich legte sie die Hand unter sein Kinn, hob sein Gesicht zu sich empor und sagte resolut: »Heiraten solltest du.«

Trotz ihrer äußeren Festigkeit sprach sie es mit geheimem Zagen. Sie erwartete einen Ausbruch zorniger Entrüstung. Doch zu ihrem Erstaunen entgegnete er ergeben: »Vielleicht hast du recht.«

Da sprach sie froh und ermutigt hastig weiter:

»Du kennst doch so viele Damen der Gesellschaft, sicherlich auch viele schöne und reizende.«

»O ja,« sagte er, »ich kenne eine große Anzahl.«

Sie rückte einen Stuhl vertraulich neben ihn und forschte:

»Wen denn zum Beispiel?«

Mit fahler Stimme zählte er auf:

»Da ist Lady Annesley, die jüngste Schwester von Lady Webster, sehr schön und sehr sein.«

»Nimm die,« riet Augusta flink.

»Dann ist da Lady Adelaide Forbes, sehr klug und sehr pikant.«

»Nimm die,« riet Augusta wieder.

Da konnte Byron ein Lächeln nicht unterdrücken, und mit mehr Teilnahme sprach er:

»Dann ist da noch Miß Annabella Milbanke, hübsch, prachtvolle Figur, sehr klug, Mathematikerin und Astronomin, macht auch Gedichte, die gar nicht übel sind, und sehr edel.«

»Nun also,« rief die Schwester froh bewegt, »so nimm die, die ist doch eine Perle.«

Byron belächelte den schwesterlichen Eifer.

»Ich habe ihr schon einen Antrag gemacht,« erzählte er, »vor zwei Jahren, sie hat ihn abgelehnt.«

»Wie schade,« meinte Augusta, »gerade diese Dame scheint mir doch sehr passend für dich.«

»Nun,« meinte Byron spöttisch, »so aussichtslos ist die Sache immerhin noch nicht. Im September vorigen Jahres hat sie mir wieder geschrieben, ich vermute aus einem Drang heraus, mich zu bessern. Und daraus ist dann eine Korrespondenz erwachsen, keine sehr lebhafte, aber doch eine recht herzliche. Ich glaube, Hoffnung zu haben, daß sie einen zweiten Antrag nicht ablehnen würde.«

»Ist sie reich?« fragte Augusta.

»Ich glaube, ja.«

»Denn,« belehrte Augusta bedenklich, »du kannst nur eine reiche Frau heiraten.«

»Das weiß ich,« nickte er, »ich ertrage meine verzweifelte materielle Lage auch nicht mehr lange. Meine Arbeiten bringen mir ja jetzt ganz ansehnliche Summen, aber meine Schulden sind enorm und mein Verbrauch nicht gering. Ich habe sogar schon einmal versucht, Newstead zu verkaufen – –«

»Wie?«, die Schwester fuhr erschreckt auf.

»Ja,« bestätigte er. »Vor zwei Jahren, da sollte Newstead in Garroways Coffee-House versteigert werden. Mein Freund Hobhouse war dabei und bot mit, um die anderen Bieter hinauf zu treiben. Er selbst hatte an dem Tage gerade 1 Pfund, 1 Schilling und 6 Pence in der Tasche. Leider wollte es das Unglück, daß er mit dem Höchstgebot von 133 500 Guineas sitzen blieb. Dann hatten wir genug davon und ließen es.« Hier trat der Oberst Leigh ins Zimmer. Freudig überrascht begrüßte er den Schwager.

»Ich danke dir,« sagte Byron, »für deine liebevolle Hilfe in dieser Sache.« Er blickte auf das schlafende Kind.

»Hm,« machte der Oberst, »sehr angenehm war mir das Ganze ja nicht, aber Augusta wollte es so gern, und da – –«

Aber die Wiege hinweg reichte er der schönen vergötterten Frau die Hand.

Noch oft während seines Verweilens sprach die Schwester von seiner Heirat. Und als er wieder nach London zurückgekehrt war, flatterten oft Briefe von ihr herbei mit mahnenden Worten. Doch der Sommer kam und verblich in den Herbst, ehe Byron sich entschied. Er besprach mit Hobhouse sein Planen.

»Famose Idee,« ermunterte der. »Aber nach deiner Erzählung scheint mir Annabella Milbanke nicht das richtige Weib für dich zu sein. Zu gut und zu gelehrt. Nach einem Vierteljahr langweilst du dich bei ihr zu Tode, mein Lieber. Wie ich höre, hat sie auch nicht viel zu erwarten. Nimm lieber Adelaide Forbes.«

Da setzte Byron sich nieder und machte der schönen Adelaide einen solennen Antrag. Doch als nach wenigen Tagen ihre ablehnende Antwort eintraf, entwarf er einen neuen Brief, diesmal an Annabella Milbanke. Während er just das Schreiben unterzeichnete, trat Hobhouse ein.

»Adelaide hat abgelehnt,« rief Byron mit lustigem Spotte, »du siehst, daß es nach allem doch Annabella sein muß.«

Er reichte dem Freund den Werbebrief. Doch während Hobhouse mit verkniffenen Lippen las, wurde er wieder schwankend.

»Laß, du brauchst nicht zu lesen!« rief er plötzlich. »Es ist ja Unsinn. Ich mag nicht heiraten. Ich bin zur Ehe nicht geschaffen.

Doch Hobhouse ließ sich nicht stören.

»Hm,« räusperte er sich dann. »Ich will dir nicht zureden, das mußt du entscheiden. Aber es wäre wirklich schade, wenn dieser hübsche Brief nicht abgehen sollte. Das ist der charmanteste Brief, den ich gelesen habe.«

»Nun,« rief Byron geschmeichelt und faltete entschlossen das Schreiben zusammen, »dann soll er abgehen.« Und er schloß den Brief und siegelte ihn und besiegelte damit sein Geschick.

## XIV.

Byron saß in Annabellas Mädchenstübchen an dem weitgeöffneten Schiebefenster, durch das die kalte Luft des knisternden Februartages hereinwehte und des jungen Ehemannes Hals umspielte, der aus dem breiten weißen Umlegekragen abgehärtet herauswuchs. Er blickte hinaus mit ärgerlich umwölkter Stirn, und lauschte auf das Branden der See. Er konnte sie von seinem Fensterplatz aus nicht sehen, doch hörte er die Wogen in winterlicher Erregung dort unten gegen die hohen weißen Kreideklippen anstürmen und kostete ihren salzigen Odem auf den Lippen.

Dann riß er die Augen von der Ferne und durchlas noch einmal den Brief, den er geschrieben hatte.

»Seaham, Stockton-on-Tee, 2. Februar 1815.

Mein lieber Moore!

Am 2. Januar war meine Hochzeit. Der Pastor hat es proklamiert, und die »Morning Post« hat es annonciert unter der Überschrift »Lord Byrons Hochzeit«, wie die Reklame eines neuen Schnürleibfabrikanten.

Wir waren zuerst auf Halnaby, einem Landsitz meines Schwiegervaters, und sind jetzt hier in Seaham bei meinen Schwiegereltern zu Besuch. Der Sirupmond ist vorbei, ich wache auf – und bin verheiratet.

Meine Frau und ich vertragen uns wundervoll. Swift sagt zwar »kein Weiser hat je geheiratet«. Aber für einen Narren halte ich die Ehe noch immer für die ambrosischste aller Zukunftsmöglichkeiten. Indessen bin ich doch der Ansicht, man sollte nur auf Probe heiraten, obwohl ich sicher bin, ich würde, selbst nach 99 Jahren, noch einmal die Probe mit meiner Frau machen.

Antworte mir bald, denn hier bin ich von Gott und Welt verlassen. Wir haben an dieser langweiligen Küste nichts als Kreisversammlungen und Schiffbrüche. Und zum Lunch aß ich Fische. Diese hatten vermutlich von den Mannschaften mehrerer Kohlenschiffe gefuttert, die beim letzten Sturm untergingen. – Aber das Meer habe ich auch wieder einmal in all der Glorie seines Schaumes und seiner Brandung gesehen, fast wie die Bai von Biscaya war es und wie die weißen Windstöße und Wellen von Archipelusgus' Erinnerungen. Mein Schwiegervater, Sir Ralpho, hat unlängst bei einer Steuerversammlung eine Rede gehalten in Durham, und zwar nicht nur in Durham, sondern auch verschiedene Male hier bei Tisch, und augenblicklich hält er sie, glaube ich, sich selbst und einigen Bordeauxflaschen, die ihn weder unterbrechen noch einschlafen können, wie seine lebendigen Zuhörer es sicher täten. Immer der Deine.

Byron.

P.S. Ich muß zum Diner. Verdammtes Diner! Ich habe seit meiner Heirat viel von meiner Blässe und (horresco referens, Ich schaudere, während ich es berichte! denn ich hasse selbst mäßiges Fett) jener glücklichen Schlankheit verloren, die ich bei unserer ersten Bekanntschaft besaß.«

Hier öffnete sich die Tür und Annabella trat herein in einem zarten weißen Musselinkleide. Sie sah frischer und doch zarter aus als ehedem, und um ihre braunen Augen lächelte ein Hauch jungen verklärten Weibtums. Sie kam rasch auf Byron zu, trat hinter ihn, legte die Hände auf seine Schultern und sagte:

»Ach, du schreibst? Einen Brief?«

Und sie beugte sich an seinem Gesicht vorbei zu dem Bogen.

Hastig bedeckte er das Papier mit der Hand.

»Aber George,« lachte sie, in dem Glauben, er scherze, und versuchte, seine Hand vom Blatte zu heben. »Ich soll wohl nicht lesen, was du deinen Freunden von unserem Honigmond vorschwärmst?«

Da sagte er: »Nicht, Annabella, du sollst nicht lesen.«

An dem schroffen Klang seiner Stimme erkannte sie den Ernst.

Zögernd zog sie die Hand zurück.

»Wie? Ich soll den Brief nicht lesen?«

»Nein,« beharrte er und wandte das Blatt um.

Da sprangen ihr Tränen in die Augen. Doch sie beherrschte sich mit ihrer starken Willenskraft und preßte hervor: »Ich habe dich in dem Glauben geheiratet, daß wir alles miteinander teilen wollen.«

Er zwang die Lippen zusammen und schwieg.

»Bedenke,« sprach sie, »schon in der Heiligen Schrift steht geschrieben –«

Er schnellte empor.

»Um alles in der Welt laß die Heilige Schrift! Hast du denn immer noch nicht begriffen; daß du mich krank machst mit deiner stetsbereiten Heiligen Schrift!«

Da ließ sie die Hände schlaff an den Schenkeln herabfallen.

»Ich glaube, George, du würdest ein glücklicherer Mensch sein, wenn du mehr Religion hättest.«

Er lachte zynisch auf.

»Das sagst du, – du, die mit mir alles teilen will! So geringe Ahnung hast du von meinem innersten Wesen, daß du glaubst, eure Religion könnte mir irgend etwas sein?«

Sie empfand jedes Wort seines Hohnes wie Schläge. Und da verlor sie die Herrschaft über sich und weinte, weinte, ohne das Gesicht in den Händen zu bergen, daß die Tränen in Bächen über ihre Wangen stürzten. So stand sie vor ihm wie ein erschütterndes Standbild des Schmerzes.

Ihre rührende Klage sänftigte seinen Groll. Er umfaßte sie mit beiden Armen, und plötzlich lag sie auf seinen Knieen und preßte das feuchte Gesicht an seine Brust. Er sprach auf sie ein: »Aber lieber dummer Pipin, Byron nannte Annabella stets »Pipin«. nimm es dir doch nicht so zu Herzen. Du weißt, daß ich im Grunde ein ganz verträglicher Bursche bin. Weißt du das?«

»Ja,« schluchzte sie kindlich durch die rinnenden Tränen hindurch.

»Es wird sich alles einrenken,« tröstete er. »Du sollst einmal sehen. Ich hab' dich doch lieb. Weißt du das nicht?«

»Ja,« sagte sie wieder und suchte ihr Tuch, die Tränen zu trocknen.

Da lächelte er scherzend.

»Ja, weißt du das so genau?«

Sie richtete sich auf und sagte mit nassen strahlenden Augen:

»Ja, das weiß ich.«

»Woher weißt du das so genau?« fragte er mit etwas mehr Ernst.

Da wurde ihr Gesicht hell.

»Ich habe doch deinen »Gjaur« gelesen und die »Braut von Abydos« und den »Korsaren«.

»Und daher weißt du es?«

»Ja,« lächelte sie und strich das braune Haar an den Schläfen zurück, »ja, daher.« Und mit warmer Innigkeit fügte sie hinzu: »Ich weiß, wem all die Liebe darin gilt und all der Schmerz und all die Verzweiflung.«

Byron fühlte, wie ihm das Blut aus dem Gehirn wich.

»Das weißt du?«

»Ja,« sagte sie, und der Adel ihrer Stirn leuchtete in Glück.

»Ich weiß, daß all die Liebe in jenen Versen mir gilt, und all der Schmerz und die Verzweiflung zu mir heraufschreit.«

Er lehnte sich fest gegen die Lehne des Stuhles.

»Als ich diese Dichtungen las, hat mir der Schmerz das Herz zusammengedrückt, daß ich dich durch meine Abweisung habe so leiden lassen. Doch ich habe gewußt, daß es zu deinem Segen war. Der Schmerz hat dich geläutert, du bist ein anderer geworden seit damals, da ich dich in London kennen lernte.«

Er schwieg noch immer.

Sie preßte sich an ihn, hingebend und verlangend.

Um etwas zu entgegnen, sagte er:

»Auch du bist anders geworden. Damals, weißt du noch, als wir nach Bath fuhren, Herschels neues Teleskop zu betrachten?«

»Ich weiß, ich weiß,« flüsterte sie mit rauschgeschlossenen Lidern.

»Damals schienst du mir so herb und unnahbar.«

»So bin ich auch im Grunde,« sprach sie mit leise singender Stimme, »nur jetzt –, ich bin doch ein junges Weib.« Das sprach sie so kindlich und hold, daß die Rührung seinen Mund zu ihr niederzwang.

Sie umschlang seinen Nacken und lag an seiner Brust wie ein Teil von ihm. Er liebkoste ihre Glieder und blickte an ihr vorbei und hatte das Empfinden häßlichsten Verrates. Gewiß, er hatte sie lieb, lieb, wie er hundert Frauen lieb gehabt hatte. Nein, inniger wohl und vertrauter, selbstloser vielleicht, aber es war keine Auflösung in ihr Leben hinein, kein Sichhingeben mit jedem Gedanken, mit jedem Gefühl, mit jeder Ahnung, jedem Bewußtsein. Es war nicht die Liebe, die er einmal in beiden Händen Mary Chaworth entgegengetragen hatte, die er noch heute –. Er blickte zu ihr nieder. Sie hatte sich ganz klein zusammengezogen auf seinen Knieen. Er fühlte ihr Leben warm durch ihre Gewänder. Da plötzlich zwang irgend etwas Satanisches in ihm die Worte aus ihm heraus:

»Also, weil du in meinen Dichtungen meine Liebe zu dir pulsen fühltest, hast du mich geheiratet?«

Sie richtete sich auf, daß ihre Augen den seinen gerade gegenüberstanden und sagte von Ehrlichkeit und Hingebung bebend: »Nein, deswegen habe ich dich nicht geheiratet. Ich habe dich geheiratet, weil ich dich liebe. Und jetzt will ich es dir sagen: Schon damals, in dem Wagen der Lady Melbourne, hatte ich dich sehr gern. Aber ich habe deinen Antrag abgelehnt, weil ich nicht wußte, ob du mich liebst, und weil ich nicht das Vertrauen zu dir hatte, auf dem ich eine Ehe aufbauen konnte.«

»Hm,« machte er.

Erregt fuhr sie fort: »Doch immer habe ich an dich gedacht. Hier in diesem Zimmer habe ich die langen Stunden gesessen und an dich und deine Not gedacht. Dann habe ich dir geschrieben und habe dich in deinen Briefen erst kennen gelernt. Ich habe umhergehorcht, wenn von dir die Rede war, und habe gehört von deinen Wohltaten an jedem Armen und Bedrückten. Ich weiß, daß du deinem Freund Hodgson mit einer größeren Geldsumme geholfen hast, ich weiß, daß du Sheridan unterstütztest, obwohl,« sie lächelte, »du doch selbst nicht so viel hast. Ich habe gehört, wie du jungen Schriftstellern, die sich an dich wandten, beigesprungen bist, und da, George, ist der Mut über mich gekommen, es zu versuchen. Ich habe immer gewußt, daß du im Grunde ein edler Mensch bist und daß alles dieses andere – vergiß nicht, ich habe dich mitten in dieser Affäre« – sie zögerte und sprach dann mutig weiter – »mit Lady Caroline kennen gelernt, daß all dieses nur etwas Äußeres, nicht zu dir Gehörendes war. Und da habe ich geglaubt, wenn ein innerlich fester Mensch, und das bin ich doch, an deiner Seite stünde, als eine Art Wehr gegen alles dies, das sich an dich drängt und die bösen Instinkte in dir lockt, daß das ein Segen für dich sein könnte. Ich habe darin eine beglückende Lebensaufgabe gesehen.« Da fühlte sie, wie sein Körper unter ihr starr und abweisend wurde. Er machte eine Bewegung, daß sie auf die Füße kam.

Dann stand er auf und stellte sich vor sie hin.

»So,« knurrte er, »also deine Ehe mit mir hast du als eine Art Samariterwerk angesehen!«

»Aber George,« flehte sie, »hast du gar nicht verstanden, wie ich es meine?!«

»Doch doch,« höhnte er, »ich habe es verstanden. Aber ich habe immer eine Abscheu gegen Ärzte gehabt. Die stammt noch aus meiner Kinderzeit, als meine wackere Mutter meinen kranken Fuß von hundert Kurpfuschern zerquälen ließ.«

Wieder stiegen ihr die Tränen erstickend in die Kehle. »George,« schluchzte sie, »wie sprichst du heute mit mir?

»Gott,« sagte er hart, »wir müssen doch auch einmal über andere Dinge sprechen. Man kann nicht immer nur tändeln.«

»George,« sie suchte sein Begreifen zu erzwingen, »das darf nicht so zwischen uns stehen bleiben. Du mußt mich verstehen. Ich habe nie etwas Edleres in meinem Leben getan als in dem Augenblick, da ich mich entschloß, dein Weib zu werden.«

»Ich verlange keine Wohltaten,« wies er schroff zurück.

»Das sind doch keine Wohltaten.«

»Wir wollen das Thema abbrechen,« wehrte er nervös. »Und um auf diesen Brief zurückzukommen,« er hob das Blatt.

»Ich will ihn nicht mehr lesen.« Sie zog sich stolz in sich zurück.

»Desto besser,« sagte er obenhin. Doch als er ihr bleiches entseeltes Gesicht sah, packte ihn wieder das Mitleid. Er nahm ihre Hand und sprach beherrscht:

»Pipin, begreife doch. Solche Briefe schreibt man an ganz bestimmte Personen, auf die die ganze Äußerung eingestellt ist. Nun spricht man doch zu jedem Menschen anders.«

»Anders?« fragte sie erstaunt.

»Ja anders,« nickte er eifrig. »Zumal ein Dichter, der so wandelbar ist, der daran gewöhnt ist, beim Schreiben fortwährend in eine andere Hülle zu schlüpfen. Bald muß er fühlen wie der Held seiner Dichtung, der ein König, bald wie eine Nebenperson, die der Hofnarr, bald wie ein Weib, das die Geliebte des Königs ist. Kurzum, seine Seele muß eine Beweglichkeit ohne gleichen besitzen. So ist es auch beim Briefschreiben. Man wird sofort der passende Gegenpol des Empfängers, und deshalb ist es so peinlich, wenn andere als der Empfänger solche Briefe lesen. Verstehst du das?«

Da sprach sie ernst: »Ich verstehe sehr wohl, was du sagst. Aber ich finde, das ist entsetzlich. Bei der Arbeit des Dichtens mag es anders sein. Aber im Leben, wenn man an einen Freund schreibt, sollte auch ein Mensch wie du ein scharf umrissener Charakter sein, unwandelbar, ohne Maske, gerade und fest. So sollte ein Mann sein.«

Er lachte höhnisch auf. »Was du da redest, meine Liebe, ist Mathematik. Mit der bleibe mir vom Leibe. Ich bin keine mathematische Formel. Ich bin eine irrationale Größe.« Sie wollte etwas erwidern, doch da hallte der Gong durch das Haus und rief zum Diner.

Annabella trat zum Spiegel und ordnete mit ruhigen Griffen ihr gelöstes Haar.

Byron ging auf und nieder. Ohne sie anzublicken, sagte er: »Ich habe noch etwas auf dem Herzen, Pipin. Es tut mir leid, daß alles gerade heute zusammenkommt, als begänne heute, da auf den Tag der Honigmonat abgelaufen ist, die Bitterkeit des Ehelebens. Es ist aber wirklich nur ein Zufall.«

Sie blickte ihn in dem Spiegel an und fragte gelassen: »Was hast du noch?«

»Wir wollen abreisen!« stieß er hervor.

Sie wandte sich um, daß die Röcke flogen. »Abreisen? George? Wir sind doch erst drei Tage hier!«

»Ich halte es nicht mehr aus!« rief er. »Ich halte es in diesem Hause nicht mehr aus!«

»Im Hause meiner Eltern?«

»Ja, im Hause deiner Eltern. Ich werde krank. Ich fühle, wie ich schlecht zu dir werde, wenn wir länger hier bleiben.«

»Aber George, meine Eltern sind doch so gut.

Er schwieg grimmig.

Sie starrte ihn an. »Hast du etwas gegen sie?«

»Hm, die Art, wie deine Mutter einem mit der liebenswürdigsten Miene die saftigsten Grobheiten ins Gesicht wirft. Hörst du das denn nicht?«

»Nein,« staunte sie, »das redest du dir sicher nur ein.«

»Vielleicht,« höhnte er, »und dein Vater –«

»Gegen Vater hast du auch etwas? Er ist doch die Güte selbst.«

»Ja, aber ich fürchte, ich entschlafe für Zeit und Ewigkeit, wenn er mir zum 2000. Male die Rede hält, die er neulich in Durham vom Stapel gelassen hat.«

Sie stand ganz hilflos an ihrem Toilettentisch. »Das ist – das ist doch furchtbar,« lallte sie verzweifelt.

Da zog er sie an sich.

»Aber Pipin, was ist daran furchtbar? Ich habe doch dich geheiratet, nicht deine Eltern. Es war überhaupt eine ganz törichte Idee, hierher zurückzukehren.«

»Wohin sollen wir denn?« fragte sie hoffnungslos, »unser Haus in London ist noch nicht eingerichtet.«

»Wir reisen zu meiner Schwester,« entschied er bündig. »Sie hat ein Anrecht darauf, dich endlich kennen zu lernen, da ich doch keine große Hochzeit wollte, zu der wir sie hätten einladen können.«

»Meine Eltern werden außer sich sein,« grübelte sie schmerzlich vor sich hin. – Es klopfte.

Das Mädchen meldete: Lady Milbanke ließe Lord und Lady Byron bitten, endlich bei Tisch zu erscheinen.

Mit bösem Auflachen folgte Byron der Mahnung. Er hörte ordentlich den pikierten Ton der lieben Schwiegermutter.

Als das junge Paar in das Eßzimmer trat, war das Milbankesche Ehepaar bereits zu Tisch gegangen. Sir Ralph saß am oberen Ende der Tafel, die Serviette um den kurzen Hals geknotet, daß sich sein rotes angeschwemmtes Gesicht von ihrer Weiße abhob, wie eine Hummer von der Porzellanschüssel. Lady Milbanke thronte am anderen Ende in steifer beleidigter Würde. Sie war eine stattliche Dame, die selbstbewußt die Spuren einstiger Schönheit zur Schau trägt. Ihre falschen blauen Augen, die lichtgrün schillerten, wenn sie mit freundlichem Munde ihre Bosheit verspritzte, gaben dem Gesicht etwas unangenehm Hinterhältiges.

»Ihr laßt uns ja recht lange warten,« zürnte sie mit süßem Lächeln, als die jungen Eheleute hereintraten und schoß einen giftigen Blitz auf Byron ab.

»Nun, nun,« dröhnte Sir Ralphs trunkfeuchter Baß, »solche jungen Eheleute haben sich allerhand zu sagen, das dauert 'ne Weile.« Er lachte breiig. »Als wir jung waren, meine Liebe, da hatten wir uns auch noch allerhand zu sagen, wie?« Ein vernichtender Blick traf Herrn Ralph vom anderen Ende des Tisches.

»Nun, nun,« hauchte er vor sich hin und verkroch sich ängstlich hinein in die Falten seiner Serviette. Er kannte diese unheildrohenden Blicke zu genau.

Unterdessen hatte sich das junge Paar an der einen Breitseite des Tisches niedergelassen. Unter unheilgeladenem Schweinen servierte das Mädchen das Roastbeef. Als sie das Zimmer verlassen hatte, sagte Byron:

»Ich danke sehr, ich werde nicht essen.«

»Aber George,« die junge Frau wandte sich besorgt ihm zu.

»Sie wollen nicht essen?« fragte Lady Milbanke und öffnete weit ihre blauen Lichter.

»Aber!« staunte Sir Ralph.

»Nein,« erwiderte Byron, »ich werde zu fett. Ich will wieder zu meiner Junggesellendiät von Biskuit und Sodawasser zurückkehren.«

Lady Milbanke lächelte holdselig und ihre Augen glänzten wie die Schneiden alter Dolche, auf deren grünem Stahl die Sonne spielt. »Aber lieber Byron, wir sind doch hier unter uns, da brauchen Sie doch so etwas nicht zu tun,« ermunterte sie.

»Wie meinen Sie das?« fragte Byron und überbot ihre Liebenswürdigkeit.

Das Gesicht der Dame wurde immer holder.

»Wir wissen doch, daß Sie ihre seltsame Diät und Ihre anderen hübschen Exzentrizitäten nur des Publikums wegen üben. Sie haben ganz recht, daß Sie das tun, wenn es für Ihr Geschäft vorteilhaft ist.«

»Mama!« entsetzte sich Annabella.

»Laß deine Mama nur ruhig ihre freundlichen Ansichten äußern,« bat Byron in höhnischer Höflichkeit, und sich zu Lady Milbanke wendend, forderte er sie heraus: »Bitte, wollen Sie sich etwas deutlicher erklären, Lady Milbanke. Ich habe noch nicht ganz verstanden.«

Annabella gab der Mutter mit den Augen Zeichen, doch sie sprach mit lächelnder Zuvorkommenheit weiter:

»Lord Byron braucht sich keinen Zwang aufzuerlegen, wir kaufen seine Bücher ja doch nicht, da wir gewiß den Vorzug haben werden, sie von ihm zum Geschenk Zu erhalten. Neulich, Ihr wart schon in Halnaby, besuchte uns der Herausgeber der Bezirkszeitung. Weißt du, Annabella, der, der dir vorigen Winter so stark den Hof gemacht hat. Das Gespräch kam natürlich auf dich und Lord Byron. Da sagte der Verleger, diese Seltsamkeiten deines Mannes, die mir solche Sorge machten, seinen im Grunde sehr harmlos. Sie wären nur Pose, durch die Lord Byron sich seinen Lesern interessant machen wolle. Das hat er gesagt, lieber Byron, und dann sagte er noch –« hier flitzte ein prächtiger giftgrüner Blick hinüber – »denn Ihr Herr Schwiegersohn weint für die Presse und wischt sich seine Tränen am Publikum ab.«

Byron lächelte herzerquickend.

»Welch ein charmanter Causeur muß dieser Bezirkszeitungsmann sein. Schade, daß ich auf das Vergnügen seiner persönlichen Bekanntschaft verzichten muß!« Doch Annabella rief: »Mama, wie kannst du solches Geklatsch weiter erzählen!«

Da sprach Lady Milbanke voll Hoheit und Strenge: »Seit wann, liebes Kind, sprichst du so zu deiner Mutter. Ich möchte dich doch bitten, den Ton deinen Eltern gegenüber beizubehalten, den du bei uns« – sie legte auf das Wort »uns« Zentnergewichte – »gewöhnt gewesen bist.«

Sir Ralph mochte dunkel empfinden, daß das Gespräch irgendwie heikel geworden war. Es lag in seiner behaglichen Natur, Konflikten die Spitze abzubrechen. So ermutigte er: »Essen Sie nur, essen Sie nur, lieber Byron. Ein Mann muß tüchtig essen. Zumal, wenn er eine junge Frau hat.«

Er lachte tief in der Kehle, zuckte aber angstvoll zusammen unter dem zermalmenden Blick, der vom anderen Ende des Tisches herüberdrohte. Und um die Lage zu retten, fügte er hinzu: »Wenn Sie richtig arbeiten würden, lieber Byron, würden Sie schon mehr essen. Aber Dichten, was ist denn das? Ist das überhaupt eine Beschäftigung für einen ausgewachsenen Mann? Sehen Sie mal, lieber Schwiegersohn, wenn Annabella ihre Gedichte macht, na ja, oder irgendein armer Schlucker. Aber ein Lord wie Sie! Sie sollten wieder in die Politik hinein. Haben doch so schöne Reden im Oberhause gehalten. Das ist 'ne Tätigkeit für einen vornehmen Mann. Sehen Sie z. B. mich an. Ich bin immer, wenn man so sagen darf, eine Löwe in der Politik gewesen. Und erst vorige Woche, da habe ich eine Rede gehalten bei einer Steuerversammlung in Durham. Ich sage Ihnen. Ein Erfolg! Wie ich da loslegte: »Meine Herren! Ich sage Ihnen, was die Steuer auf mobiles Kapital anbelangt – –«

Byron begleitete jedes Wort mit interessiert zustimmendem Kopfnicken.

Doch schnell sprang Annabella ein: »Aber Papa, die Rede hast du doch Byron nun schon zehnmal gehalten!«

Herrn Ralphs feiste Lippen schlossen sich mit hörbarem Knall, so baff war er. Lady Milbanke aber sprach mit ernster Verweisung: »Welch ein Ton ist das, Annabella?! Bisher war es in diesem Hause nicht Sitte, daß die Tochter dem Vater Vorschriften darüber machte, was er zu reden habe.«

Als Sir Ralph die wackeren Sekundantendienste seiner Frau erhorchte, wuchs ihm gewaltig der Mut, und er ließ sich mit gekränkter Würde dahin vernehmen: »Ich kann ja die nächsten Wochen, die Ihr noch hier seid, schweigen.«

»Das ist durchaus nicht nötig,« erklärte Byron zuvorkommend, »denn wir werden morgen abreisen.«

Jetzt legte Herr Ralph endgültig Messer und Gabel nieder.

Lady Milbanke aber fragte mit süßer Miene: »Behagt es Ihnen nicht bei uns, Mylord?« Ihre Augen funkelten wie Türkisen.

»O«,« Byron stellte ihre Liebenswürdigkeit weit in den Schatten, »es gefällt mir ganz ausgezeichnet. Sir Ralph ist einer der interessantesten Gesellschafter, die mir begegnet sind –«

»Na ja,« brummte Sir Ralph geschmeichelt, »zu etwas muß der Mensch doch gut sein.«

»Und Sie,« fuhr Byron fort mit einer chevaleresken Verbeugung gegen die Dame des Hauses, »Sie haben eine so liebenswürdige Art, einen über die Vorzüge seines Charakters aufzuklären.«

Lady Milbanke war so verdutzt, daß sie im Augenblick keine Worte fand, nur ein herrliches bengalisches Feuerwerk in Grün leuchtete über den Tisch. Annabella aber stieß den Spötter verzweifelt unter dem Tische an und unterstützte dies unterirdische Gebaren mit flehenden Blicken. Doch schon hatte Lady Milbanke sich und ihre lächelnde Giftmischerei wieder in der Gewalt.

»Es erscheint mir doch sehr fraglich, ob Annabella sich schon von uns trennen wird.«

Da rückte Byron seinen Stuhl mit hartem Geknarr zurück, stand auf und sagte: »Annabella wird tun, was ihr als ihre Pflicht erscheint.«

Dann ging er hinaus und knallte die Tür ins Schloß.

Nein, so etwas hatte das ehrbare Eßzimmer von Seaham allerdings noch nicht erlebt. Annabella war aufgesprungen, Byron zu folgen, zu begütigen, zurückzuführen. Doch an der Tür bannte sie das strenge Wort der Mutter.

»Annabella!« rief die Dame in höchster Entrüstung, denn jetzt brauchte sie nicht mehr Liebenswürdigkeit zu heucheln. »Setz' dich sofort auf deinen Platz!«

Und als die junge Frau bleich und zögernd gewohnheitsmäßig gehorchte und wieder vor ihrem Teller saß, brach die gerechte Empörung der Dame los.

»So was ist mir denn doch noch nicht vorgekommen!«

Sir Ralph nickte heldenmäßig zum Zeichen seiner innersten Zustimmung.

»Was habe ich damals gesagt? Dein Vater und ich, wir haben uns nicht umsonst gegen diese Heirat gestemmt. Wir haben gewußt, was über den Mann gesprochen wird. Aber du hast es ja gewollt. Du hast nicht geruht, bis wir unsere Einwilligung gegeben haben. Da siehst du es nun!«

»Er ist doch ein Künstler,« entschuldigte Annabella matt, »und Künstler sind solch reizbare Naturen.«

»Komm mir nicht damit.« Die Mutter stellte beide Hände wie eine Wehr gegen diese Entlastung. »Larifari! Und das rate ich dir, laß das nicht als Entschuldigung gelten für alle seine Ungehörigkeiten, sonst wirst du sehr traurige Erfahrungen in deiner Ehe machen. Sehr traurige. Der Mann hat sich wie ein Gentleman zu benehmen und damit basta. Ob er nun Künstler ist oder nicht. Auch Künstler können Gentlemen sein.«

»Ja, ja,« brummte Sir Ralph, »das war eben nicht gehandelt wie ein Gentleman.«

Und Lady Milbanke schlug die Augen groß zur Decke auf und sagte mit inbrünstigem Tone: »Möge Gott geben, daß du nicht zu viel Schmerzliches in dieser Ehe erlebst.«

Dann griff sie zur der silbernen Klingel, schellte und befahl dem eintretenden Mädchen: »Bringen Sie den Pudding!« – – –

Am nächsten Morgen reiste das junge Paar nach Six Mile Bottom. Der Abschied in Seaham war äußerlich freundlich, in den Tiefen voll Haß und Bitterkeit.

Die Februartage im Hause des Oberst Leigh verrannen lind und freundlich. Die beiden Frauen wurden gute Freunde. Ihre Charaktere waren verwandt in ihrer Geradheit und schlichten Erfüllung der Pflichten ihres Lebens. Und die Abenteuerlust, die Augusta von ihrer korrekten Schwägerin schied, lag tief im Grunde ihres Gemüts verscharrt, funkelte nur in erregten Momenten aus ihren braunen Augen und brach nur zum Leben hervor in seltenen Augenblicken der Leidenschaft.

Lind und freundlich verrannen die Februartage im Hause des Oberst Leigh, dessen biedere Mannesart das trauliche Zusammensein würzte. Augusta wurde nicht müde, der jungen Schwägerin immer wieder zu beteuern, welch Adel der Gesinnung und welche Güte in dem Bruder webe, daß nur die unsinnige Erziehung der Mutter und die Anlagen, die er vom Vater ererbt, seinem Wesen dieses unsichere Schillern verliehen.

»Aber,« versicherte Augusta immer wieder, »dessen bin ich gewiß, daß eine Frau, die so fest in sich gefügt und von so starker Vornehmheit ist wie du, ihn zu dem machen wird, was England von ihm erhofft.«

Dann nickte Annabella so eifrig, daß sie blinkende Tränen aus den Augen schüttelte.

»Gerade deshalb bin ich sein Weib geworden,« bekannte sie und errötete unter der Wucht ihres Willens zum Guten. Und eines Tages, als der Frühling über die kleine Stadt hintobte, wurde es auch in der Seele der jungen Frau heller keimender Lenz.

Ganz leise war sie über den Korridor geschlichen, die kleine Medora in ihrem Kinderschlafe nicht zu stören. Die Tür zu dem Zimmer, in dem sie lag, war halb geöffnet. Als sie vorüberhuschte, gewahrte sie einen Schatten an der Wiege des Kindes. In jungmütterlicher Besorgnis schaute sie hinein. Da erblickte sie Byron über die Wiege des schlafenden Kindes gebeugt; sein Gesicht war verklärt von Innigkeit, Zartheit und behütender Güte. Leise, leise schlüpfte die junge Frau in das Gastzimmer, riß das Fenster auf und sang mit heller Stimme hinaus in das Stürmen des Frühlings. Und nun wollte sie auch den Brief der Mutter beantworten, der heute früh gekommen war. Diesen Brief, in dem die Mutter ihr wieder und immer wieder einschärfte, keine Laune und keine Seltsamkeit ihres Mannes zu dulden und seine Ungehörigkeiten mit aller Strenge im Keim zu ersticken. Denn ihre Pflicht sei es, ihn zu einem ordentlichen Menschen und Gentleman zu erziehen, denn bisher habe er doch leider keine Erziehung genossen. Ja, jetzt wollte sie den Brief der Mutter beantworten. Und mit tanzendem Gänsekiel warf sie ihre beglückende Kunde hin, daß sie den besten, edelsten und gütigsten Menschen zum Manne erkoren habe. Denn soeben habe sie ihn beobachtet, wie er sich über die Wiege des jüngsten Kindes ihrer Schwägerin beugte, und sein Gesicht habe geleuchtet von Liebe und Zärtlichkeit. Ein Mann, der ein fremdes Kind so bewegt anschaue, sei im Kern ein guter Mensch. Denn die Mutter wisse doch selbst am besten, daß die meisten jungen Männer solch kleinen Kindern Abscheu, oder im besten Falle lieblose Gleichgültigkeit entgegenbrächten. Und als ganz zarter Unterton klang in ihren Zeilen eine leise Melodie von dem Glück, das kommen würde, wenn er sich erst über eine Wiege beugen würde, in der ein Unterpfand ihrer Liebe treu behütet schlummerte.

Mit den ersten schüchternen Knospen zogen sie in ihr Heim in London ein. – –

An einem schimmernden Märzmorgen schritt die junge Frau durch die prunkenden Gemächer des Palais der Herzogin von Devonshire, das Byron gemietet hatte.

Annabella trat an eines der hochbogigen Fenster und blickte hinaus auf das junge Keimen der Sträucher in Piccadilly Terrace. Dann löste sie sich langsam von der Frühlingsherrlichkeit und ging mit leisen Schritten von einem Raum in den anderen. Sie fühlte sich noch nicht recht heimisch in diesen Sälen, die Byron unter dem Beistände seines Freundes Rogers mit verschwenderischer Pracht und künstlerischer Wahl ausgestattet hatte. Noch waren ihr all diese Gemälde und Stiche, die persischen Teppiche und indischen Seidenschals und alle diese französischen und östlichen Bizarrheiten fremd. Aber da war doch schon manches, mit dem sie auf trautem Fuße stand. Hier, dieser Gainsborough war ihr schon gut Freund, und über das seidige Glänzen dieses uralten Gebetteppichs hatte sie schon in zärtlicher Zugehörigkeit gestreichelt. Und dieser wundervolle indische Kasten mit seinen heiligen Schnitzereien, der gehörte auch schon ein wenig zu ihrem Leben. Sie kam in das Arbeitszimmer. Das war ihr Lieblingsraum, und hier war sie schon ganz zu Hause. Es war doch sein Arbeitszimmer, und auch ein wenig das ihre. Der große Schreibtisch in der Mitte des Gemaches lud auf beiden Längsseiten zur Arbeit. An der einen Buchtung schuf er seine »Hebräischen Melodien«, und an der anderen, da versenkte sie sich in ihr astronomisches und mathematisches Grübeln. Es war so traut all diese Abende gewesen, wenn sie sich hier gegenüber saßen, jeder in sein Wirken vertieft, jeder in Welten, die fern von denen des anderen dämmerten, und jeder doch nur den Kopf zu heben brauchte, um eine Brücke hinüberzuschlagen zu dem anderen, auf der alles Gute und Liebe, das jeder zu geben hatte, den Weg zu dem anderen hinüberfand.

Und dort an den Wänden stand in dunklen Mahagonischränken die Bibliothek, seine, und doch auch die ihre. Sie ging zu den Schränken hinüber und liebkoste mit zärtlichen Fingern seine Bücher. Und plötzlich, ganz plötzlich kam ihr der Gedanke, wie anders sie geworden, seitdem sie sein Weib war. Sie empfand plötzlich, wie weich und frauenhaft zart sie fühlte, wie all das Herbe, Zurückgezogene, Scheue ihres Mädchentums in eine weiche Kindheit versunken war. Und sie empfand, daß es gut so war, so sehr gut.

Sie trat an den Schreibtisch und stöberte unter der eingegangenen Post. Da fand sie eine Broschüre, die ihr der Buchhändler unter anderen Neuigkeiten zugesandt hatte. Der Titel lockte ihren wissenschaftlichen Eifer. Es war die kleine Schrift eines Gelehrten in Bologna und lautete: »Der lenkbare Luftballon.« Sie setzte sich in ihren Sessel und begann zu lesen, und ihre Züge hatten sich verändert. Die Mildheit war gewichen, die Backenknochen und das Kinn traten scharf hervor. Plötzlich war sie wieder der ernste wissenschaftliche Mensch geworden, der einst in dem Blockhaus Sir Herschels über die Erfindung des Teleskops wissensglühend doziert hatte. Sie las und las. Und das Forscherglück zündete rothelle Lichter auf ihren Wangen. Der

Bologneser Gelehrte – sie las fließend italienisch – gab hier seine Erfindung den Mathematikern der Welt zur Nachprüfung hin.

Er führte aus, daß er einen Luftballon erfunden habe, der mittels eines Ruders gelenkt werden könne. Da waren Zeichnungen, statistische Berechnungen und tiefgründige Betrachtungen über Windrichtungen und Luftmessungen und Abhandlungen über die Dampfmaschine, mit der der Gelehrte seinen Ballon fortbewegen wollte. Aber leider, führte er aus, trotzdem alle Berechnungen bis auf den letzten Punkt stimmten, wären seine praktischen Versuche bisher mißlungen. Er wende sich daher an die Gelehrten aller Länder mit der Bitte, den Fehler zu entdecken.

Und Annabella prüfte und las und griff mit zitternden Fingern nach einem Bogen Papier und rechnete, und ein hitziges Verlangen packte sie, den Fehler zu finden. Und eine Sekunde lang dachte sie daran, was wohl Byron sagen würde, wenn sie den Fehler fände, wenn sie den Weg zeigte, der den Menschen von der Erde löste und ihm die Macht gab, dem Vogel gleich durch die Lüfte zu gleiten. Sie rechnete und prüfte und sann und suchte, und ihr Gesicht wurde immer herber und verschlossener und die Stunden rannen. Sie hatte jedes Bewußtsein der Zeit verloren.

Erst als der sonore Klang der Standuhr aus dem Nebenzimmer die zwölfte Stunde herüberläutete, horchte sie jählings auf. Sie blickte empor und mußte sich erst besinnen, wo sie war, und sich erst zurückfinden aus den Reichen des abstrakten Denkens in ihre Wirklichkeitswelt.

Hastig warf sie den Stift auf den Tisch und eilte ins Nebenzimmer. Ja, wirklich, es war schon 12 Uhr. Gleich war es Zeit zum Lunch und Byron – schlief er wirklich noch? Leise huschte sie zum Schlafzimmer hinüber, öffnete geräuschlos die Tür. Ja, er schlief. Instinktiv schloß sie wieder die Tür. Dann ging sie mit gebeugtem Haupt zurück in das Bibliothekszimmer. Unter dem Lüster mit seinen hundert leblosen steifen Kerzen blieb sie sinnend stehen. Nein, sie durfte das nicht gestatten, sie durfte es nicht hingehen lassen, daß er, wie in seiner Junggesellenzeit, den Tag verschlief. Dann konnte er abends nicht zur Ruhe finden und wanderte die Nächte hindurch in den Zimmern umher. Und immer wieder packte ihn dann dieser vage, wesenlose Weltschmerz. Kam sie, die auch keinen Schlaf finden konnte, zu ihm hinüber, so wurde er grausam und bitter zynisch. Nein, nein, sie durfte ihn nicht gewähren lassen, sie hatte darauf zu halten, daß er das Leben eines ordentlichen Menschen führte, daß er der Nacht ihr Recht und dem Tag seine Pflicht gab. Gewiß, gewiß, das waren nur Äußerlichkeiten, doch an solchen Äußerlichkeiten hing ja so viel von dem anderen, von all diesem Ausschweifenden und Sinnlosen, das in ihm tobte. Nein, sie durfte es nicht hingehen lassen. Die Mutter hatte ganz recht, sie mußte ihn erziehen, in diesen Dingen, wie in den anderen.

Leisen Schrittes schlüpfte sie wieder hinüber zum Schlafzimmer. Er lag auf dem Rücken, die Arme auf das Kopfkissen zurückgeworfen, und atmete unruhig und kurz. Sie blieb am Bette stehen, hingerissen von der Schönheit seines schlafgeröteten Antlitzes. Und dann beugte sie sich zart zu ihm nieder und küßte ihn auf den Mund. Er bewegte sich und flüsterte: »Mary.« Da wurde die Frau fahl wie das Leinen des Bettes. Ihre Finger krallten sich um seinen nackten Arm und zerrten und zerrten. Er taumelte auf, öffnete die Augen und blickte schlafumfangen umher.

»Steh' auf!« befahl sie rauh, daß sie ihre Stimme selbst nicht erkannte. »Wie?« fragte er traumwirr.

»Steh' auf!« wiederholte sie. Klirrend, wie ein fallender Dolch auf Granit, hallten ihre Worte durch das Gemach. Ihre Finger umkrallten noch immer seinen Arm, daß es ihn schmerzte.

»Bist du toll geworden?« Er fuhr verblüfft empor.

»Nein,« stieß sie hervor, »ich dulde es nicht, daß du den Tag verschläfst, ich wünsche nicht, jede Nacht von dir gestört zu werden.«

Er blickte sie mit verständnislosem langen Blick an. Und da plötzlich schien es ihm, als gleiche sie irgendwie ihrer Mutter, dieser Frau, die er haßte mit dem Haß, der so leicht, gerecht oder ungerecht, in ihm aufschoß.

»Geh'!« sagte er, und seine Augen sahen sie eisig an.

»Geh' hinaus!«

»Steh' auf!« wiederholte sie.

»Geh' hinaus!« Er wies mit dem Finger zur Tür.

»Ich stehe auf, wenn es mir paßt.«

Da wandte er sich zur Seite und schloß die Augen.

Sie stand unschlüssig am Bette. Da zog er die Decke um die Schultern, als wäre sie nicht mehr anwesend. Einige Augenblicke zögerte sie noch, dann ging sie hinaus.

Die Glieder saßen wie eingerostet in den Gelenken. Sie setzte sich in ihren Sessel an den Schreibtisch. Sie weinte nicht. Ihr Leid war zu tief für Tränen.

Da klopfte es. William Fletcher, der Diener, meldete, eine Dame wünsche Lady Byron zu sprechen.

»Eine Dame?« fragte sie, aus ihrem Kummer aufgescheucht. Doch da stand die Dame auch schon in der Tür.

»Charlemont, du!« schrie Annabella und lag schluchzend an der Brust der Frau.

Der Diener zog sich diskret zurück.

»Mein Kindchen, mein liebes Kindchen,« schluchzte Frau Charlemont.

Eine Weile herrschte tränenvolle Rührung ob des unerwarteten Wiedersehens. Dann stürmten Annabellas Fragen hervor.

»Woher kommst du? Wie kommst du plötzlich daher? Wirst du auch so bald nicht wieder fortgehen?«

Es tat ihr wohl, in ihrem Schmerze die Nähe eines vertrauten, altbekannten Menschen zu fühlen.

Die Charlemont berichtete: »Du weißt doch, mein liebes Kindchen, daß ich bei meiner Schwester gewesen bin.«

»Ja, richtig!« rief Annabella. »Wie geht es ihr?«

»O, danke, danke, gut. Der Herr hat sie ja noch einmal gerettet.« Ihre Augen wurden kreisrund vor Dankbarkeit gegen den Herrn.

»Und wie ich nun nach Seaham zurückkam, da bat mich deine liebe Mutter, zu dir zu kommen.«

»Wie gut von Mama!« Annabellas Augen wurden feucht. In ihrem jungen Weh war ihr die mütterliche Fürsorge wie eine Heimat. Die Charlemont beugte sich zu Annabellas Ohr, legte die Hand vertraulich auf ihre Knie und flüsterte: »Sie hat mir manches erzählt von ihm und hat gemeint, es wäre ganz gut, wenn ich zu dir käme und bei dir bleiben könnte, mein Kindchen. Du würdest es nicht leicht haben mit ihm, und da wäre es ganz vorteilhaft, wenn jemand, der es gut mit dir meint, dir zur Seite stünde.«

Annabella wich vor dem vertraulichen Flüstern steif zurück. Und doch, und doch! Trotz aller Gegenwehr fühlte sie sich mit dieser Frau irgendwie verbunden gegen den Wann, der dort drinnen in dem breiten Bett tief in den Tag hineinschlief.

»Es ist sehr wacker von dir,« sagte sie zurückhaltend, »daß du zu mir gekommen bist.«

Da beugte sich die Charlemont noch näher zu ihr heran und raunte: »Mir scheint, ich bin gerade recht gekommen. Du sahst nicht sehr glücklich aus, als ich da hereintrat, mein Kindchen. Ich war nie sehr für ihn. Man erzählt ganz abscheuliche Dinge von ihm, na, lassen wir die lieber. Aber wenn ich bei dir bin, bist du ihm nicht wehrlos preisgegeben. Dann wird Gott alles zum Guten lenken.«

Sie machte wieder kreisrunde Augen, und ihre Stirn, die immer gleißte, als wäre sie in Öl getränkt, glänzte vor Gottergebenheit und Demut. Jetzt erhob sich Annabella und sagte:

»Komm, ich werde dir dein Zimmer anweisen.«

Die Charlemont tätschelte sie auf die Wange und zwinkerte ihr zu: »Laß nur, es wird alles gut werden, wo ich wieder bei dir bin. Freust du dich auch ein bißchen, mein Kindchen, daß die alte Charlemont wieder bei dir ist?«

»Ja,« gestand Annabella ehrlich. Es schien ihr doch gut, diesen lebendigen Hauch des Elternhauses in ihrer Nähe zu spüren. Denn ein Stück des Heimes von Seaham war diese Frau, die bei ihrer Mutter als Kindermädchen in Dienst getreten war, als sie selbst ein Säugling von wenigen Wochen gewesen. Und dann hatte sie ganz allmählich Karriere gemacht. Sie war ihr die Gespielin ihrer einsamen Kindertage in Seaham geworden, dann die Hüterin ihrer Backfischgeheimnisse und endlich die Vertraute ihrer Mädchenträume. Sie hatte sich mit großem Geschick hineingefunden in diese Zwitterstellung des Dienstbotens und der Gesellschafterin. Mit spürender Schlauheit hatte sie es verstanden, die Schwächen Lady Milbankes auszubeuten, hatte schließlich am Tische der Herrschaft gesessen und emsig nickend Lady Milbankes Hoheit sekundiert und war zu eisiger Mißbilligung erstarrt, wenn sie erkannte, daß eine Äußerung des biederen Sir Ralph den strengen Tadel der Herrin verdiente.

Und Annabella war ihr gegenüber immer ein wenig das Kind geblieben, zu dessen Welt die Charlemont gehörte, wie ihre Eltern, wie das alte Haus in Seaham, wie das Meer, dessen Branden man von dem Fenster aus hörte, wie der blaue Himmel und all die Dinge, die ihr erstes kindliches Begreifen ringsum erschaut hatte. –

Es ging auf 2 Uhr. Byron hatte das Schlafzimmer noch nicht verlassen. Annabella saß mit der Charlemont in der Bibliothek und wartete. Trotz aller Anstrengung konnte sie ihr entnervendes, gespanntes Lauschen auf seinen Schritt nicht verbergen. Die Charlemont schüttelte bedächtig das glänzende Haupt.

»Kindchen, ich würde nicht auf ihn warten, das ist nicht richtig. Wenn er nicht pünktlich zu den Mahlzeiten erscheint, mußt du sie ohne ihn einnehmen. Nur so kannst du ihn erziehen.«

»Ich habe noch nie ohne ihn gegessen,« wandte die junge Frau zaghaft ein.

Die Charlemont erwiderte nichts, wiegte aber bedenklich das Haupt. Und plötzlich erhob Annabella sich, läutete und befahl Fletcher, den Lunch zu servieren.

Sie hatte sich kaum mit der Charlemont an den Tisch gesetzt, da erschien Byron, knurrig und mißgestimmt ob der Störung seines Schlummers. Er war nicht wieder eingeschlafen. Er blinzelte mit den Augen und glaubte, nicht recht zu sehen, als er die Frau an Annabellas Seite fand.

»Nanu!« rief er verwundert.

Da war die Charlemont eilfertig von ihrem Sessel aufgesprungen, stand vor ihm, bot ihm die Hand und schmeichelte devot: »Guten Tag, Eure Lordschaft, Lady Milbanke hat mich hergeschickt, Annabella ein wenig zu unterstützen. Die Herrschaften lassen sehr herzlich grüßen. Solch junge Frau in solcher großen Wirtschaft, nicht wahr, Eure Lordschaft, die braucht eine kleine Hilfe?«

Byron übersah die Hand, die sie ihm entgegenstreckte. Er hätte nicht um alles in der Welt diese rote, abgearbeitete Hand berührt, der man es immer noch ansah, daß sie einst Windeln gewaschen hatte. Er war, trotz aller Hilfsbereitschaft für jeden Armen, im Grunde seines Gemüts hochmütig und adelsstolz, wie es nur ein Emporkömmling sein kann, dem plötzlich wider Erwarten eine Peerskrone aufs Haupt gesunken ist.

Und dann war diese Frau da und ihre bescheiden kriecherische, dünkelhafte Art ihm widerwärtig gewesen, von dem Augenblick an, da er sie bei seinem ersten Besuche als Bräutigam in Seaham kennen lernte. Er übersah die dargebotene Hand und die ganze Person und sagte gelassen zu seinem Weibe: »Weiß deine Mutter nicht, daß ich dir hinreichend Dienstboten halte?«

Da ergoß sich in die blanken Züge der Charlemont ein heißer Blutstrom der Wut. Nichts konnte sie in ihrer unklaren gesellschaftlichen Stellung so grimmig beleidigen, als ein Hinweis auf ihre ruhmlose Anfangsbetätigung.

Annabella aber sagte: »Die liebe Charlemont soll mir Gesellschafterin, keine Hilfe sein.«

Byron lächelte spöttisch: »Da du schon Gesellschaft hast, werde ich auswärts speisen.«

Und er ging zur Tür.

Im Entree holte Annabella ihn ein.

»Das darfst du mir nicht antun,« flüsterte sie und umfaßte seinen Arm.

Er zog sein hochmütigstes Gesicht und sagte: »Ich bin es nicht gewöhnt, mit Dienstboten zu Tische zu sitzen.«

Da gab Annabella die Charlemont um ihres Eheglückes willen preis.

»Sie kann in ihrem Zimmer essen,« schlug sie hastig vor.

»Gut,« sagte er, »dann bleibe ich.«

Annabella eilte zurück ins Eßzimmer. Doch ahnungsvoll kam die schlaue Person ihr zuvor. Sie setzte eine hoheitsvolle Miene auf (kopierte dabei trefflich Lady Milbanke) und schmollte: »Wenn Seine Lordschaft nicht mit mir an einem Tische sitzen will, obwohl ich meine, daß das längst für ihn gut ist, was für Lady Milbanke und Sir Ralph gut war, so kann ich ja gehen.«

»Iß in deinem Zimmer, liebe Charlemont,« begütigte Annabella und streichelte ihr das Kinn, »es ist ja im Grunde gleich, nicht wahr? Byron ist nun einmal in manchen Dingen sonderbar.«

»Er ist sehr sonderbar,« erhärtete die brüskierte Frau, »und du wirst dein blaues Wunder davon erleben, mein Kindchen.« Und sie stolzierte zur Tür hinaus und ließ ihre gesteiften Röcke würdevoll knattern.

Von diesem Augenblick an haßte sie den Mann, der sie vor dem ganzen Hause bloßgestellt hatte. Das Grinsen Fletchers, der Kutscher und der Mägde entging ihren scharfen Augen nicht. Sie sah, wie das Dienstpersonal sich ob ihrer Niederlage belustigte. Man hatte in der Küche allerlei bissige Bemerkungen geknurrt, als Fletcher meldete, daß für die »Dame« im Speisezimmer gedeckt werden sollte. Dienstboten haben einen feinen Instinkt dafür, wer »Herrschaft« und wer ihresgleichen ist. Sie hatten sofort erspürt, daß die Charlemont zu ihnen gehörte, und die Schadenfreude über ihre Ausweisung aus dem Speisezimmer war nicht gering. Sie haßte von diesem Augenblick an ihren Brotherrn mit der ganzen Niedrigkeit ihrer Dienstbotenseele. Die »Herrschaft« aber saß an dem runden Tisch und Byron fragte: »Bist du schon des Alleinseins mit mir müde?«

»Nein!« rief sie frohlächelnd, »nein, nein. Es ging nur nicht an, da sie doch bei uns zu Hause am Tische mitgesessen hat.«

»Bei euch zu Hause in den primitiven ländlichen Verhältnissen ist das etwas anderes,« entgegnete er. »Aber nun genug davon. Und nun sag' mir, Pipin, was war das heute morgen mit dir?«

Da erzählte sie ihm, daß er »Mary« geflüstert hatte, als sie ihn küßte.

Er horchte auf, errötete, dann reichte er ihr die Hand über den Tisch und sagte: »Das war ein Schatten aus meiner Vergangenheit, er soll tot sein. Die ganze Vergangenheit soll tot sein, Pipin, und nur du und die Gegenwart sollen leben.«

Sie fühlte den ehrlichen Druck seiner Hand. Die schwarzen Wolken schwanden von ihrem Ehehimmel, die Sonne leuchtete wieder hernieder und es war wie in allen jungen Ehen: Regen und Sonnenschein, himmelhohes Jauchzen, tötliche Betrübnis! Dann wanderten sie in das Bibliothekszimmer hinüber. Und er sagte mit freudigem Zittern in der Stimme: »Jetzt wollen wir wieder arbeiten, du dort drüben und ich hier.«

»Ich schreibe dir wieder deine Gedichte ab,« rief sie eifervoll, »aber erst möchte ich noch eine kleine Berechnung beendigen.«

»Schön,« lachte er, spazierte auf und nieder und sann. Und ab und zu eilte er zum Schreibtisch und warf die Strophen eines neuen Gedichtes der »Hebräischen Melodien« mit kritzelndem kleinen Rabenkiel auf das Papier.

»An den Wassern von Babylon saßen
Wir weinend und dachten der Zeiten,
Da die Räuber Jerusalems Straßen
Mit dem Blute der Schlachten entweihten. –«

Und jeder von ihnen war tief und fern versunken in seine Welt. Als das Gedicht beendet war, hob er den Kopf und rief:

»Hör mal, Bella, was ich –«

Da erst bemerkte er ihre Entrücktheit. »Pipin,« lachte er, »was rechnest du da? Deine Backen brennen ja.«

»Das ist etwas ganz Seltsames,« berichtete sie erregt, »denk' dir, da hat in Bologna ein Gelehrter einen Ballon konstruiert, der mit einem Ruder gelenkt werden soll. Alle Berechnungen stimmen, und doch hat der Versuch ein Fiasko ergeben. Und nun rechne ich und rechne und möchte den Fehler finden. Stelle dir vor, George, wenn ich den Fehler fände, wenn ich es wäre, die die Menschheit von der Erde löst!«

Er horchte interessiert auf.

»Das ist ja herrlich!« rief er, und seine großen Augen wurden golden vor Begeisterung. Er blickte an ihr vorüber in die Weite. Mit der Seherkraft des Genies sprach er vor sich hin: »Du wirst es wohl nicht finden, Annabella, und der Gelehrte in Bologna auch nicht. Historische Worte Byrons.. O, wenn man doch zwei oder drei Jahrhunderte später geboren wäre. Ich weiß, man wird einmal in Luftschiffen fahren, Luftreisen statt Seereisen machen, und endlich den Weg nach dem Monde finden, trotz des Mangels an Atmosphäre.«

»Glaubst du das auch?« fragte sie, »hingerissen von seiner prophetischen Kraft.

»Ja,« sprach er gläubig, »es ist durchaus nicht so albern, wie viele Leute heute glauben, und es liegt so viel Poesie in dem Gedanken. Wie wollen wir heute der Gewalt der Dämpfe Grenzen setzen! Wer kann sagen: »nur bis dahin sollst du gehen und nicht weiter?« Heute steckt unser Wissen von der Dampfkraft noch in den Kinderschuhen. Glaubst du, daß in früheren Perioden unseres Planeten keine klügeren Geschöpfe als wir gelebt haben? Alle unsere gerühmten Erfindungen sind vielleicht nur Schatten von dem, was gewesen ist, dunkle Bilder des Vergangenen, Träume anderer Stufen des Daseins. Wer weiß, ob nicht, wenn ein Komet sich dem Erdball nähert und ihn zu zerstören droht, wie er oft zerstört worden ist und noch zerstört werden wird, die Menschen durch Dämpfe Felsen aus ihren Gründen sprengen und Berge gegen die flammende Masse schleudern werden, wie die Giganten es getan haben sollen? Dann werden wir wieder Sagen von Titanen und vom Krieg mit dem Himmel haben.«

Annabella lauschte in staunender Hingerissenheit. Dann kam sie zu ihm, legte die Hände auf seine Schultern und flüsterte: »Welch ein großer Dichter und Mensch schlummert in dir. »Ich wünschte –«

Ein Klopfen unterbrach ihren Enthusiasmus.

Fletcher meldete Herrn Fiddlestick.

Sie waren beide noch so im Bann ihres Rausches, daß Byron verwirrt fragte: »Welcher Fiddlestick?«

Da zwinkerte Fletcher vertraulich mit dem linken Auge und flüsterte, im unbestimmten Gefühl, daß der Besuch besser vor Lady Byron verborgen bliebe, bedeutungsvoll:

»Mr. Fiddlestick aus Nottingham.«

»Ach so,« Byron begriff, »herein mit ihm!«

Und als der gute Fletcher zögerte, ermunterte er: »Laß ihn nur kommen. Es wird Lady Byron belustigen, die Bekanntschaft dieses interessanten Merkurjüngers zu machen.«

Herein spazierte der kleine feiste Handelsherr aus Nottingham. An der Tür zerbog er dienernd seinen kurzen Rumpf, schwenkte untertänigst einen struppigen Seidenhut und entbot seinen Gruß:

»Eurer Lordschaft ergebener Diener, Eurer Ladyschaft gehorsamer Sklave. Verzeihen Eure Lordschaft, wenn ich mir gestatte, meine Aufwartung zu machen.«

»Sehr freundlich, sehr freundlich!« rief Byron heiter.

Annabella beugte erstaunt und zurückhaltend den Kopf.

»Wenn Eure Lordschaft mir gestatten wollten, einige Worte privatim zu sprechen?« er machte eine galante Verbeugung gegen Lady Byron und flötete diskret:

»Eine rein geschäftliche Angelegenheit, Ew. Ladyschaft, rein geschäftlich.«

»Wir können sie ruhig vor Lady Byron verhandeln,« gebot Byron.

»Desto besser,« sprach erfreut Herr Fiddlestick und schwenkte abermals seinen Zylinder in die Richtung, in der Annabella saß. Dann klemmte er ihn zwischen die Knie, fuhr in die Brusttasche und brachte ein umfangreiches rotes Portefeuille hervor. Flugs hatte er ihm einen Schein entnommen.

»Wenn ich bitten darf, Eure Lordschaft. Eure Lordschaft wissen, die Schuld ist nun schon über sieben Jahre alt. Ich würde mir niemals erlauben, Eure Lordschaft etwa zu drängen. Nur, die Geschäfte gehen leider recht schlecht, ich bin doch nur ein armer Mann.«

»Schon gut, schon gut,« winkte Byron, »geben Sie her.«

Der Handelsherr knickte zu einem tiefen Bückling zusammen und überreichte den Schein.

»Ich habe mir erlaubt, gleich die Quittung auszustellen,« bemerkte er entschuldigend. Byron blickte auf die Summe und stutzte.

»Hören Sie mal,« staunte er, »Sie müssen sich irren, so groß war meine Schuld bei Ihnen niemals.«

»Ursprünglich nicht, ursprünglich natürlich nicht, Eure Lordschaft haben vollkommen recht. Aber Eure Lordschaft werden sich entsinnen, daß Sie mir einen Schein gegeben haben, wonach Eure Lordschaft die Schuld mit zwanzig Prozent verzinsen wollten. Das wächst dann ein wenig an, nicht bedeutend, wie Eure Lordschaft sehen, aber es wächst doch an.«

»Zwanzig Prozent?« fragte Annabella streng.

Herr Fiddlestick verbeugte sich so tief gegen sie, daß seine Kniee sich öffneten und der Zylinder zu Boden torkelte und über den Teppich rollte. Wie ein Grashüpfer sprang Herr Fiddlestick ihm nach.

»Jawohl, Eure Ladyschaft, nur zwanzig Prozent. Ich bin ein ehrlicher Kaufmann und weiß die Gunst zu schätzen, Seine Lordschaft als Kunden zu besitzen.«

Annabella kniff die Lippen zusammen.

»Also,« machte Byron dem Gespräch ein Ende, »ich werde Ihnen eine Anweisung geben.«

Herrn Fiddlesticks rundes Gesicht strahlte rot wie der Vollmond durch Londoner Nebel. Flugs öffnete er seinem frohen Staunen in einer längeren Rede ein Ventil, während Byron am Schreibtisch ein Formular ausfüllte.

»Ich habe es ja gewußt, Eure Lordschaft, daß ich heute nicht vergebens kommen würde. Ich habe es mir ja gleich gedacht, daß Eure Lordschaft die kleine Summe mit Leichtigkeit werden zahlen können. In einer jungen Ehe pflegt ja immer Geld zu sein.« Er verbeugte sich galant gegen Annabella und zwinkerte ihr bedeutungsvoll freundlich zu.

»Also hier,« Byron durchschnitt den freudeverklärten Wortschwall und hielt ihm den Schein hin.

Herr Fiddlestick dienerte zweimal, griff nach dem Papier und schob es zärtlich in seine rote Brieftasche, barg sie an seinem Busen und sprach noch viele Worte von Dank und davon, daß Seine Lordschaft und Ihre Ladyschaft ihn doch nicht vergessen möchten, denn in einem neuen Haushalt fehle ja immer noch allerhand, er würde die Frachtkosten von Nottingham nach London sehr billig berechnen. Er schwenkte noch mehrere Male den Zylinder und war schließlich draußen.

Da lachte Byron herzlich. Annabella aber forschte ernst:

»George, wie konntest du nur zwanzig Prozent Zinsen zusagen?«

»Zwanzig Prozent?« fragte er erstaunt, »das ist doch nicht viel. Bei meinen hiesigen Wucherern zahle ich gegen sechzig.«

»Wie?« staunte sie. »Bei Wucherern hast du Schulden?«

»Aber natürlich,« gab er sorglos zu, »wovon glaubst du denn, hab ich all die Zeit über gelebt? Newstead bringt mir doch nichts ein, und über mein Gut in Lancashire schwebt fast seit zehn Jahren ein Prozeß, der mich schon Unsummen gekostet hat.«

»Aber George,« sagte sie ganz verdutzt, »wie hoch sind denn deine Schulden?«

»Ich weiß es nicht so genau,« gestand er unsicher.

»Das geht doch aber nicht so weiter!« wandte sie bestürzt ein. »Schulden sind etwas Furchtbares.«

»Ach nein,« scherzte er, »so furchtbar sind sie nicht. Und dann, Pipin, so reich, wie jetzt, war ich ja noch nie. »Ich habe doch jetzt deine Mitgift.«

»Die wird nicht sehr weit reichen,« bangte sie, noch ganz fassungslos, »bedenke doch, was die Miete hier kostet, und die prunkhafte Einrichtung und der Haushalt mit der Equipage für dich und eine für mich und den zahlreichen Dienstboten, das kostet doch Unsummen, da werden meine armseligen 10 000 Pfund nicht weit reichen.«

»Ach,« er machte eine fortwerfende Bewegung durch die Luft, »vorläufig reichen sie doch noch. Kommt Zeit, kommt Rat. Ich verdiene doch auch mit meinen Arbeiten. Und dann, Pipin, braucht man kein Geld zum Leben, sondern Kredit. Und nun wollen wir uns lieber wieder dem Gedanken zuwenden, daß unsere Enkel auf dem Mars Kolonien gründen werden.«

Da versargte sie ihre Bedenken und zog Hand in Hand mit ihm hinauf in die Regionen der Ewigkeiten. Doch ein peinigendes Gefühl der Sorge blieb in ihr haften. –

Und die Tage verrannen mit Sonnenschein und Regenschauern. Sie führten kein großes Haus, gingen wenig in Gesellschaften; nur ab und zu kamen einige Freunde Byrons, Moore, Hobhouse und die anderen.

Am liebsten hatte Annabella den sonnigen, allezeit heiteren Dichter, bis er sich ihre Gunst eines Tages bitter verscherzte. Schweißperlen auf der genial gebuckelten Stirn, stürmte er mit der Nachricht herein, Napoleon sei in Cannes gelandet und auf dem Marsche nach Paris.

»O,« rief Annabella, »welch ein Unglück für unser geliebtes Land!«

Byron warf ihr einen verächtlich staunenden Blick zu und jubelte: »Ein Unglück?« und schloß erschüttert den Freund in die Arme. »Moore, alter Junge, welch ein Stolz, sich nicht mehr schämen zu müssen, Mensch zu sein.«

»George,« fragte Annabella verständnislos, »und wir, bedenkst du denn nicht, daß er der grimmigste Feind unseres Vaterlandes ist?«

»Nein,« lachte Byron, vor Begeisterung siedend, »an solche Banalitäten denke ich in diesem gewaltigen Momente wahrhaftig nicht. Ich denke an die Menschheit und an die Größe des Menschentums. Weißt du, Moore, ich kann es dem Hallunken sogar verzeihen, daß er mir durch seine Rückkehr jede Zeile meiner Ode verdorben hat.«

Er klatschte ausgelassen in die Hände und lachte:

»Das ist doch wahrhaftig die äußerste Grenze menschlichen Edelsinns. Moore, erinnerst du dich der Geschichte von dem Abbé, der eine Abhandlung über die schwedische Verfassung geschrieben und deren Unauflöslichkeit und Ewigkeit bewiesen hatte? Und gerade, als er die letzten Druckbogen durchsah, kam die Nachricht, daß Gustav der Dritte diese unsterbliche Staatsform umgestoßen hätte. Worauf der Abbé gelassen sagte: »Der König von Schweden mag die Verfassung umstoßen, aber mein Buch bleibt bestehen.«

»Annabella, begreifst du denn nicht, wie unmöglich es ist, sich diesem überwältigenden Charakter und dieser Laufbahn zu entziehen? Nichts hat mich je so enttäuscht, wie seine Abdankung. Und nichts hat mich so vor ihm in die Knie gezwungen wie seine Auferstehung.«

»Ja, ja,« rief Moore, der mutige Sänger der Freiheit, der einen Haß gegen alle ererbte Herrschermacht im Herzen trug: »Recht hast du, Recht hast du!«

Und lachte und weinte im berauschenden Banne der Tat des Einen, der sich wieder trotzig erhob gegen Europa. Annabella, in so vielen Dingen Vollblutengländerin, stand stumm und begriffsbar zwischen den beiden überschäumenden Dichtern.

Als man dann bei Tische saß, sprang das Gespräch nach uralter Literatengewohnheit hinüber zur Literatur. Byron sprach von dem Dichter Pope, den er verehrte.

»Der größte Fleck, der England anhaftet,« trauerte er, »ist der, daß Pope keinen Platz im Poetenwinkel der Westminster-Abtei hat. Ich habe schon oft daran gedacht, ihm auf meine Kosten dort ein Monument zu errichten.«

Da hemmte Annabella kühl und besorgt seine Begeisterung: »Dazu dürfte dein Vermögen doch nicht reichen, George.« Er blickte sie eine Sekunde lang starr an, dann lächelte er spöttisch: »Nein, nein, beruhige dich nur. Ich werde es ja nicht tun, du brave Seele.«

Rasch ablenkend sprang der behende Moore dazwischen: »Ja, Pope war katholisch, und, was noch schlimmer ist, er ging den Geistlichen zu Leibe, deshalb hat er kein Nationaldenkmal.«

»Und wir beide, meine lieber Moore,« erhitzte sich Byron, »die wir doch wahrhaftig prächtige Kerle sind, auf die England stolz sein sollte, wir werden dereinst auch nicht in der Kühle von Westminster liegen.«

»Nein,« bestätigte Moore gelassen.

»Weshalb nicht?« fragte Annabella wissenseifrig.

»Weil,« Byron lächelte anzüglich, »weil wir beide gottlose Heiden sind, weil in unserem geliebten Land die Pfaffen herrschen und Pietismus und widerliche Frömmelei, darum, meine liebe Annabella.«

Es schien ihr, als stände zwischen ihr und den beiden Männern am Tische irgend etwas Fremdes, das aufwuchs wie eine trennende Mauer. Und herb entgegnete sie: »Was du Frömmelei und Pietismus nennst, das ist der edle puritanische Sinn, der unser Volk groß gemacht hat.«

Da lachte Byron herzhaft heraus, und auch Moore konnte ein geheimes Schmunzeln nicht verbergen.

Annabella blickte verlegen und gekränkt drein, und die Wand zwischen ihr und den beiden Männern wuchs immer höher. Sie fühlte sich irgendwie ausgeschlossen aus ihrem Interessenkreise, verbannt aus dem Bezirk ihres Liebens und Hassens. Und in ihren Kummer hinein spottete Byron: »Siehst du, mein lieber Moore, man kann ein großer Dichter sein und von den Besten seines Volkes geachtet werden, und zu Hause ist man doch nur ein dummer Junge, dem die Frau weise Lehren erteilt. Das ist das allgemeine Los der großen Männer.« »Ich erteile keine weisen Lehren,« verteidigte sich Annabella mit zäher Heftigkeit. »Ich finde es auch nicht recht von dir, daß du so über deine Ehe sprichst.«

»Ach,« rief Byron, »vor Moore darf ich so sprechen, Tom ist verheiratet, das sagt alles.«

Moore lächelte.

»Ich bin überzeugt,« rief Annabella, »Herr Moore wird keinen Stein auf die Ehe werfen. Es ist bekannt, wie glücklich er mit seinem Weibe lebt.«

»Hm,« lachte Byron, »ob dir gerade diese glückliche Ehe behagen würde? Seine Frau wohnt in dem Neste Sloperton, und Moore vergnügt sich in London. Und wenn er müde und verbummelt zu ihr zurückkommt, empfängt sie ihn mit offenen, bergenden Armen. Ob du wohl solch eine bequeme Frau wärest, meine kleine Annabella?«

Da entfuhr es Moore unbedacht: »Anders kann ich mir die Ehe eines Künstlers auch gar nicht vorstellen.«

Annabella reckte sich straff auf und fragte kraß heraus: »So meinen Sie, Herr Moore, daß eine Ehe, die anders ist, nicht glücklich sei?«

»Doch, doch,« murmelte Moore betreten.

Byron lachte, stieß mit dem Freunde an und triumphierte: »Da hast du aber schön ins Wespennest gestochen!«

»Durchaus nicht,« wehrte Annabella, »ich bin sehr gespannt, Herrn Moores Meinung von der »richtigen Ehe des Künstlers« zu hören.«

»Ich habe nichts mehr zu sagen,« wich Moore aus.

Doch Annabella bedrängte ihn, bis er zögernd sprach:

»Nach meiner Weinung, wenn ich sie denn ehrlich sagen soll, ist die Kunst ein Hindernis für eine glückliche Ehe im landläufigen Sinne, wenn die Frau nicht eine Heldin der Resignation ist. Der Genius, der nur in der Idealwelt lebt, ist nicht geeignet, sich in die Alltäglichkeit des wirklichen Lebens zu finden und sich mit seinen Mängeln und Widerwärtigkeiten zu vertragen. Da dem Poeten, so oft er kommt, Jovis Himmel offensteht, vermag er keinen Bund mit der Prosa des Alltagslebens einzugehen, die ihm immer wieder eine Fessel und ein Hemmnis in seinem göttlichen Aufschwung sein muß. Das Genie zieht sich naturgemäß auf sich selbst und sein eigenes innerstes Dasein zurück.« Er strich mit den Fingern über den sinnenfrohen Mund und fuhr fort: »Im allgemeinen muß man wohl sagen, die Phantasie des Dichters oder Künstlers ist ein viel zu lockeres Fundament für ein so schweres Gebäude wie die Ehe. Und Pegasus, selbst im Joche, wird nimmermehr ein brauchbares Ackerpferd. Alle großen Dichter und Künstler haben ein mehr oder weniger unglückliches Familienleben geführt. Es ist ein bekannter Erfahrungssatz, daß noch nie eine Frau mit einem genialen Mann glücklich und umgekehrt noch keine mit einem beschränkten unglücklich geworden ist. Dante, Petrarka, Pope sind warnende Beispiele, Shakespeare, Milton, Dryden, Burns, Mozart und hundert andere.«

»O je,« warnte Byron lächelnd, »jetzt hat deine Offenheit es für alle Zeiten mit Annabella verdorben.«

»Keineswegs,« sagte sie und erzwang ein armes Lächeln. »Du solltest mich vor deinem Freunde nicht als kleinlich hinstellen, George.«

Doch schon leuchtete Moores leichter Sinn wieder aus seinen brennenden Genieaugen. Er hob sein Glas und rief: »Auf die Ausnahme, Lady Byron, die die Regel bestätigt.« »Ja, auf die Ausnahme!« Sie nahm seinen Toast eifrig und ernst entgegen. Doch als sie mit ihrem Kelch dem seinigen begegnete, gab es einen schrillen, bösen Klang. Sie hörten es alle und schwiegen betroffen. Doch Bangen war nicht nach des großen Lyrikers Sinn. Sofort begann er eine Schnurre aus seinem Vagabundenleben zu berichten. –

Als sie später zu Bett gingen, war eine unausgesprochene Entfremdung zwischen dem jungen Paare. Endlich begann Byron:

»Haben dich Moores Worte verletzt, Pipin?«

Da barst die angstvolle Spannung, die sie umklammert hielt, und von Kummer geschüttelt, schluchzte sie: »Nein, Moore nicht, – du! Ich kann das nicht ertragen, wenn an allem gerüttelt wird, was mir heilig ist. Erst habt ihr gejauchzt darüber, daß der grimmigste Feind unseres Landes wiederkehrt, dann habt ihr den frommen Sinn unseres Volkes verhöhnt, und dann muß ich lächelnd anhören, wie ihr gemeinsam die Ehe lästert. Das kann ich nicht ertragen. Das ist ungehörig und frivol.«

Da lächelte Byron mit bösem Spott. »Dichter machen oft den Fehler, daß sie in die Frauen, die sie lieben, zu viel Größe hineinlegen und sich dann wundern, wenn diese Seifenblase ihrer Phantasie zerspringt.«

»O«, mein lieber George,« dämmte sie sein Hochgefühl ein, »ein so hohles Gefäß für das Geträufel deiner Phantasie bin ich denn doch nicht. Ich habe immer unter sehr, sehr gelehrten Männern für mich allein bestanden.«

»Ja doch, ja doch,« schnitt er die peinliche Erörterung kurz ab und sprang ins Bett.

Bald hörte sie sein regelmäßiges Atmen. Sie aber lag noch lange wach und starrte mit heißen Augen in das Dunkel der Nacht. Der Mann an ihrer Seite war ihr so fremd. –

Am nächsten Tage, als er gegen zwei Uhr das Schlafzimmer verließ, – sie hatte es längst aufgegeben, ihn zum »ordentlichen Menschen« zu erziehen – sagte er: »Heute werde ich meine Tätigkeit im Drury-Lane-Theater wieder aufnehmen.«

In ihrem ländlich engen Familienkreise war Theater und alles, was damit zusammenhing, etwas Fremdes, Verdächtiges, fast Unsauberes gewesen. Doch sie unterdrückte ihr Mißbehagen. Nur eine leise Unruhe und uneingestandene Eifersucht – Lady Milbanke hatte so schreckliche Dinge von diesen Rampendamen gewußt – sprach aus ihr, als sie bat: »Darf ich dich begleiten?«

»Nein,« lehnte er ab, »das geht nicht. Du kannst doch nicht mit in das Theaterbüro kommen.«

»Dann werde ich dich abholen,« schlug ihre Angst vor.

»Es ist sehr unbestimmt, wann ich komme,« bedachte er, »du müßtest vielleicht sehr lange warten. Laß es lieber, Pipin. Zum Diner bin ich ja wieder da.«

Damit ging er.

Sie schritt ruhelos durch die Zimmer. Ihre Phantasie zeigte ihr törichte Bilder.

»Ich werde ihn doch abholen,« flüsterte sie endlich zwischen den Zähnen, »und wenn ich stundenlang warten sollte.« Nach einer Weile ließ sie den Wagen anspannen und fuhr nach Drury Lane. Sie ließ den Kutscher in eine Seitengasse einfahren, so daß sie vom Fenster des Wagens aus gerade noch den Eingang des Theaters im Auge behielt. Dort saß sie und wartete. Dann sah sie, wie Byrons Wagen vorfuhr. Das Herz schlug ihr im Halse, sie hatte die Gründe vergessen, aus denen sie hier fast zwei Stunden geharrt. Nur die Freude des Wiedersehens pochte fiebernd in ihren Adern. Jetzt würde er gleich kommen. Dann würde sie aus dem Wagen springen, Hinübereilen und zu ihm in sein Coupe steigen und all die Schatten des gestrigen Abends aus der Welt küssen. Sie wartete und wartete, bis endlich die Tür sich öffnete. Byron kam heraus, umschwirrt von einem Schwarm lebhafter Frauen. Er stand oben auf der Schwelle des Hauses und sprach auf den Kreis der Schauspielerinnen ein. Es schien Annabella, als habe noch nie ein solch froher Anmut sein Antlitz verschönt. Scherzworte flogen her und hin und kecke Neckereien. Dann gab er burschikos allen die Hand, und der Schwarm zerstob. Annabella faßte den Griff der Wagentür. Jetzt mußte sie gleich hinausspringen. Doch nein, sie hatten sich nicht alle verlaufen, eine Dame war zurückgeblieben. Es war die schönste von allen. Sie lächelte ihm verführerisch zu, und sie sah, wie Byron einen Augenblick zögerte. Annabella las die Worte von ihren frischen Lippen. Das Lächeln wurde bestrickender. Dann sprang Byron die Stufen hinab, öffnete den Schlag seines Wagens, schob die Schauspielerin hinein, die Tür schlug zu, das Coups federte davon.

Einige Minuten rang die junge Frau nach Fassung.

Dann rief sie durch das offene Fenster dem Kutscher zu: »Nach Hause!« Es war ihr, als müßten die Stimmbänder zerreißen. Lange saß sie in ihrem Sessel und konnte an nichts mit Bewußtsein denken. In ihrem Kopfe war eine schmerzende Wirre. Dann trat die Charlemont ein. »Was ist dir, Kindchen?« rief sie schon in der Tür und flog auf Annabella zu.

»Nichts,« wich sie aus, »nichts.« Doch die Frau hatte ihre Ahnungen. Sie wußte, wohin ihr Schützling vor einigen Stunden gefahren war. Sie ging hinunter in den Stall und verhörte den Kutscher. Der hatte natürlich alles gemerkt. Dann kam sie zurück, kauerte sich still zu Annabellas Füßen nieder und schwieg eine geraume Weile. »Kindchen,« begann sie endlich behutsam ihr Gift zu träufeln, »du solltest es nicht gestatten, daß Lord Byron wieder in dieses Theater geht. Man erzählt ja entsetzliche Geschichten, wie er es dort früher getrieben hat.«

Annabella bewegte sich nicht.«

»Mit allen Schauspielerinnen soll er Liebschaften gehabt haben. Das ist ja kein Wunder, man weiß ja, was für Frauenzimmer das sind, beim Theater. Von denen kann man nichts Besseres erwarten. Ich bin nur froh, daß ich nicht an einem Tisch mit ihm zu sitzen brauche, wenn er aus dieser Gesellschaft nach Hause kommt.«

»Schweig!« bat Annabella unter Qualen.

Die Frau gehorchte, saß stumm neben ihr und nickte nur ab und zu bedeutungsvoll vor sich hin. Die Zeit verrann. Die Standuhr schlug sechs. Im Nebenzimmer wurde der Tisch zum Diner gedeckt. Die Uhr schlug halb sieben. Dinerzeit war längst vorbei. Da erhob Lady Byron sich, bleich, mit bitteren Linien um den Mund sagte sie: »Ich werde essen. Laß auftragen, Charlemont!«

Die Speisen wurden aufgetragen und wieder hinausgenommen, sie hatte sie nicht berührt. Dann saß sie in ihrem Sessel am Schreibtisch und wartete und wartete.

Endlich, als es längst Abend geworden war, kam er herein. Arglos, noch im Banne des Geplauders, rief er: »Verzeih', Pipin, es ist ein bißchen später geworden.« Sie antwortete nicht.

»Weshalb sitzt du im Dunkeln?« fragte er verwundert und ließ die Kerzen anzünden. Als Fletcher das Zimmer verlassen hatte, bemerkte er ihre bleiche Erstarrung. »Was hast du, Bella? Weil ich mich ein wenig verspätet habe! Du hast doch nicht etwa mit dem Essen auf mich gewartet?«

»Nein,« sagte sie herb.

»Aber wie siehst du mich denn an?«

Ihm wurde unbehaglich.

»Annabella, mach' mir nur keine Szene, wenn ich einmal ein bißchen später komme, das ertrage ich nicht. Als ich aus dem Theater kam, bat Mrs. Mardeyn mich, bei ihr zu dinieren.« Sie schwieg beharrlich.

Da sprang die heiße Wildheit der Byrons in ihm auf. »Zieh' nicht solch tragisches Gesicht!« herrschte er sie an. »Das ist ja furchtbar, weil ich einmal auswärts speise. Ich will nicht fortwährend die Fessel klirren hören.« Der Zorn riß ihn fort über alle Ufer der Besonnenheit. Sein Grimm übertrieb. »Du willst mich von aller Welt absperren,« wütete er, »aber hüte dich! Ich ertrage das nicht. Ich ertrage das nicht! Begreifst du denn nicht, daß ich einmal etwas anderes sein muß als dein Mann!«

»Was mußt du sein?« fragte sie regungslos.

»Mensch!« schrie er auf, »Mensch, der das Leben ohne Grenzen umklammert.«

Und plötzlich erschien er sich grausam umschnürt. »Ich hasse dieses Leben!« erboste er sich, »diese erstickende Enge, diese ewigen Vorwürfe, diese –«

»Ich mache dir keine Vorwürfe,« bedeutete sie gelassen.

Je hitziger er wurde, desto kühler wurde ihr Weh.

»Nein, aber du sitzt da, wie das beleidigte Recht.« Und er sprudelte grausame Verwünschungen hervor und krallte sich immer tiefer in sein schmerzlich empfundenes Elend hinein. Und plötzlich griff er nach einer kostbaren Uhr auf dem Kamin und schleuderte sie auf den Boden, daß sie in tausend Scherben zersplitterte.

Annabella blickte mit kühlen verächtlichen Augen auf diese tobsüchtige Tat. Als das kleine Kunstwerk zersprang, kam er zur Besinnung. Sekundenlang stand er betroffen da, dann packte ihn die Scham und das Verlangen, sich vor ihren strengen, unnachsichtigen Augen zu verbergen. Er rannte hinaus in die Nacht, immer weiter die Straßen entlang, bis er in die Wirrnisse der City kam.

Annabella saß in dem Stuhle und bewegte sich lange nicht. Sie empfand eine gespannte Ruhe und winterklare Kälte in der Brust. Dieser haltlose Mann, der hatte da vor ihr getobt und das Kunstwerk zerschellt, gehörte nicht zu ihrem Dasein, hatte nichts mit ihrem Leben zu schaffen, das tief wurzelte in der Stille und in dem kühlen Anstande ihres elterlichen Hauses. Fremd war er ihr, ganz fremd, und das Gefühl der Zusammengehörigkeit mit ihm war zerrissen. Es schmerzte sie nicht, gar nicht mehr. Etwas war herausgezerrt aus ihrem Leben, und die Wunde hatte sich geschlossen und schmerzte kaum noch, nein, sie schmerzte kaum noch. Nur nach innen blutete sie heiß und zuckend. Blutete in die Leere hinein, die in ihrer Brust geblieben war. Stunde um Stunde saß sie unbeweglich in ihrem Sessel und fühlte diese weite, einsame Leere, in die sich das Blut sammelte zu einem tiefen, tiefen, trostlosen See.

Byron aber war an die Stätten seines wüsten Junggesellenlebens zurückgekehrt, saß an dem grünen Tisch einer Spielhölle am Strand und verlor Unsummen.

Durch den steigenden Maimorgen führte ihn die polternde Hackney-coach heim. Die schimmernde, graublaue Dämmerung, in die das zuckende Licht der Öllaternen gelbe, von Regenbogenkreisen umzitterte Flecke malte, hatte etwas sehnsüchtig Melancholisches. Der Mann blickte hinaus in die wundersame Stille des werdenden Tages. Und die Stimmung von draußen strömte herein durch das offene Wagenfenster und kroch ihm zu Herzen. Da umklammerte ihn plötzlich wieder der alte Weltschmerz, und alle die bösen Einbildungen seiner Jünglingstage lebten wieder in ihm auf. Er wußte wieder, daß ihm alles im Leben mißlungen war; der Vater, die Mutter, die Geliebte und das Weib. Immer brennender wurden die Augen dem übernächtigten Mann. Wie eine dumme Schicksalsriesin wuchs die Gestalt seines Weibes erdrückend vor ihm auf. Ja, sie war das letzte Unheil seines unseligen Lebens. Und er nickte vor sich hin und wiederholte es sich immer wieder, daß sie das letzte und größte Unheil seines unseligen Lebens war. Und plötzlich suchte er nach einem Grunde, weshalb er sie geheiratet hatte, und fand keinen.

Er fühlte die Müdigkeit der durchwachten Nacht in allen Gliedern und sein Zorn gegen die Frau fletschte immer bissiger die Zähne. Sie trug die Schuld daran, daß er die Nächte durchschwärmte, sie trug die Schuld daran, daß er Unsummen im Spiel verlieren mußte, nur sie, nur sie. Da umkreisten ihn die Sorgen seiner materiellen Lage. Die Mitgift war längst zerronnen. Die alten Gläubiger waren über ihn hereingestürzt in dem Glauben, er habe eine reiche Heirat gemacht. Und er hatte gezahlt und immer wieder gezahlt, solange noch die letzte Guinea im Säckel klang. Und nun war längst Ebbe eingetreten, und neue Schulden häuften sich dräuend auf. Wie sollte das werden, wie sollte das alles werden –!!

Da hielt die Droschke vor seinem Hause in Piccadilly Terrace. Gebeugt und verloren wie in seinen weltschmerzlichen Jünglingstagen schlich er ins Haus. Annabella kleidete sich bereits an, als er ins Schlafzimmer trat.

»Guten Morgen,« sagte er leise.

»Guten Morgen,« erwiderte sie gelassen und sprach kein Wort mehr. Der Mann dort, mit der zerdrückten Wäsche und dem nachtwirren Haar, der sich bis zum frühen Tage umhertrieb, hatte mit der Keuschheit und Sauberkeit ihres Lebens nichts gemein. Das war ein Fremder, der dort in der Tür stand. Und sie kleidete sich an mit ihren ruhigen, schönen Bewegungen, als wäre der Mann nicht im Zimmer. Da flammte aus seinem Jammer wieder der Zorn empor.

Warum schrie sie nicht, warum tobte sie nicht, warum machte sie ihm nicht gellende Vorwürfe? Warum hatte sie nicht Blut in den Adern, rotes, aufglühendes Blut, statt dieser bleichen Milch der Duldung! Dann hätte er sich ihr zu Füßen geworfen, hätte ihre Knie umklammert und ihr ehrlich geschworen, mit ihr ein besseres Leben zu beginnen. Er lechzte ja nur danach, daß sie sich ihm näherte, daß sie ihn herausriß aus seinem Elend, daß sie ihn heraufzog zu ihrer Reinheit. Doch sie kleidete sich an mit ihren ruhigen schönen Bewegungen und wandte sich nicht einmal nach ihm um.

Da riß er sich die Kleider vom Leibe und schleuderte sie zur Erde und fühlte sich klein und erbärmlich und bangte nach einem Zeichen der Liebe aus ihren warmen braunen Augen. Doch ihre Augen waren still und eisig und blieben nicht an ihm hängen. Er zögerte, ging unschlüssig durchs Zimmer und hoffte, daß sie endlich beginnen würde, ihm Vorwürfe zu machen. Doch sie warf einen letzten Blick in den Spiegel und ging hinaus, ohne an ihn ein Aufschauen zu verschwenden. Da stieß er mit dem Fuß gegen einen Stuhl, daß er schmetternd umschlug und warf sich aufs Bett und lag dort und wälzte sich ruhelos umher, bis die Maisonne durchs Fenster glitt. Endlich übermannte ihn die Müdigkeit, er schlief ein und schlief wieder bis tief in den Tag hinein.

Als er nachmittags ins Eßzimmer kam und der aufgewärmte Lunch aufgetragen wurde, kam sie herein und sagte gemessen und kühl: »Nachher kommen mein Onkel Noël Wentworth und Tante Bessy zum Tee.«

Sie sagte es so fremd und sachlich, daß sein Trotz sich wieder aufbäumte.

»Was kümmert mich das?« antwortete er.

»Ich möchte dich bitten, zu Hause zu bleiben,« erwiderte sie. »Du weißt, Onkel Noël ist der einzige Bruder meiner Mutter und Tante Bessy ist die Lieblingsschwester meines Vaters. Sie sind nach London gekommen, dich kennen zu lernen.«

»Sehr freundlich,« höhnte er, »ich habe einen wichtigen Gang.«

»Ich bitte dich,« sagte sie, immer mit derselben eisernen Ruhe, »diesen Gang zu verschieben. Es wäre sehr peinlich für mich, wenn sie dich nicht träfen. Sie haben die anstrengende Reise nach London gemacht, um, wie sie schreiben, »den berühmtesten Mann seiner Zeit als ihren Neffen zu begrüßen.«

Ihre Ruhe erhitzte ihn. »Ich bin kein Wundertier, das man anstarren darf,« fuhr er auf, »ich kann den Gang unmöglich verschieben.«

»Ich bitte dich, zu bleiben,« sagte sie sehr ernst, »du würdest mich in eine sehr unangenehme Lage bringen.« Damit ging sie hinaus. Byron aber sprang vom Tische auf, eilte ins Entree, griff nach dem Hute und verließ das Haus.

Tante Bessy kam und Onkel Noël. Schon an der Tür des Salons machten sie ihrer Freude Luft und ihrer Neugier, den berühmten Mann ihrer Lieblingsnichte nun endlich von Angesicht zu schauen. Doch Annabella mußte berichten, daß Byron augenblicklich leider nicht zugegen sei, da er einen unaufschiebbaren Besuch zu machen hätte, daß er aber wohl bald zurückkehren würde. Und sie nahm alle Kraft zusammen und war heiter und sprühend, den Verwandten ihr Leid zu verbergen. Doch als man den Tee genommen hatte und Onkel Noël von ungefähr ans Fenster trat, da rief er entgeistert:

»Ja aber, wenn mich nicht alles täuscht – ich habe einige Bilder von ihm gesehen!« – –

Der staunende Schreckensruf lockte Tante Bessy und Annabella an seine Seite. Da sah die junge Frau ihren Mann in seinem offenen Wagen vor dem Hause langsam auf und nieder fahren, auf und nieder, und mit hochmütig geschürzten Brauen ohne Gruß zu ihnen hineinblicken.

Da knickte sie doch ganz jäh in den Kniegelenken ein, und Onkel Noël mußte sie zu einem Sessel tragen, und dort saß sie und schluchzte haltlos in die Hände. Und Tante Bessy blickte Onkel Noël an, und Onkel Noël sah Tante Bessy an, und beide schüttelten ihre grauen Köpfe und verstanden manches und ahnten vieles. Doch nach einer kleinen Weile raffte Annabella sich auf und versuchte mit verzerrten Lippen zu lächeln und sagte: »Ihr müßt ihn entschuldigen, er hat solch seltsame Launen, er ist unberechenbar.«

»Ja, ja,« lachte Onkel Noël krampfhaft, »das weiß man ja, wie die Herren Künstler sind.«

Tante Bessy aber starrte fassungslos im Zimmer umher. Dann bat Annabella sie inbrünstig, den Eltern nichts von dieser neuen Laune Byrons zu erzählen, denn sie sei ja doch nur vorübergehend, sie selbst habe sich niemals über ihn zu beklagen, er sei gut und zartfühlend zu ihr. Aber die Eltern in der Ferne könnten vielleicht andere Schlüsse ziehen. Und Tante Bessy und Onkel Noël versprachen feierlich, zu schweigen. Sie verließen das Haus und saßen in ihrem Wagen und fuhren zur Poststation und blickten sich immer wieder an und schüttelten immer wieder die grauen Köpfe.

Aber als Annabella dann allein blieb, versteinerten sich ihre sanften Züge. Sie stand unter dem Lüster, die Fäuste ballten sich und die Brust reckte sich fest gegen das seidene Gewand. Und alles, was ihn noch geliebt hatte, was sich ihm noch zugeneigt hatte trotz aller Auflehnung des Verstandes, das riß sich los von ihrem Herzen und fiel wie ein schwerer Mühlstein in dunkle nächtliche Tiefen. Und die Leere in ihr ummauerte sich mit festen undurchdringlichen Quadern. Sie streckte die jungen Glieder und fühlte eine unbiegsame Härte Seele und Leib wie mit Stahl umschmieden. Nein, sie wollte nicht klagen und sich nicht niederbeugen. Sie wollte nicht jammern und nicht fliehen und sich nicht an den schützenden Herd der Eltern bergen. Sie hatte diese Ehe gewollt trotz ihrer Warnungen, jetzt harrte sie aus. War die Liebe auch tot, ihr Stolz lebte. Mit allen Kräften ihrer Energie wollte sie sich die Stellung in diesem unseligen Hause erzwingen, die der Lady Byron zukam. Sie wollte ihm zeigen, daß sie seine schmachvolle Behandlung nicht duldete. Sie wollte ihm zeigen, daß sie sich behauptete gegen seine Tobsucht, gegen seine Entwürdigung, gegen seine nachtdunkle Bosheit. Aber da griff sie doch wieder mit beiden Händen an die Stirn, und die Frage bohrte sich in ihr Hirn, warum er ihr diesen blutigen Schimpf angetan hatte, dort vor dem Fenster auf und nieder zu fahren. Sie grübelte und grübelte und fand keinen Grund, weil ihr kluges Gehirn wohl auf logisches Denken gerichtet war, ihr klares Gemüt aber die unlogischen, bebenden Wirrnisse dieser Genialität nicht zu erahnen vermochte. Und darum sah sie und konnte sie in dieser Tat nichts sehen als zermalmende Niedertracht und wahnwitzigen Hohn. Sie ballte wieder die Fäuste, daß die Nägel sich in die Handflächen eingruben, und biß die Zähne aufeinander. Und die Not dieser Stunde schmiedete sie zu Stahl, an dem seine Frevel in Zukunft abprallen sollten. Dann setzte sie sich an »ihre Seite« des Schreibtisches und schrieb an die Eltern. Einen heiteren unbesorgten Brief schrieb sie, die Lieben in Seaham zu täuschen, für den Fall, daß Tante Bessy ihr Versprechen doch nicht hielt. Dann würde ihr Brief sie daheim irreführen, denn sie würden wohl doch nicht ahnen, daß ihre Heiterkeit und Sorglosigkeit aus der Scham darüber geboren war, daß sie aus den zahllosen Bewerbern um ihre Hand gerade diesen Unhold erkoren hatte.

Dann lebten sie eine Zeitlang nebeneinander hin. Sie mit frostiger Gerechtigkeit den Pflichten ihres Tages gerecht werdend, er in knurrender Verbissenheit. Doch dann sprang sein Gemüt wieder um in die entgegengesetzte Richtung. Ein Bedürfnis nach Zärtlichkeit, die er geben und empfangen wollte, packte ihn. Und je abweisender Annabella ihn mied, je zurückhaltender sie ihm begegnete, desto begehrenswerter dünkte sie ihm. Er umwarb sie wie eine fremde Geliebte, doch sie blickte ihn kalt an mit ruhigen beherrschten Augen. Sie hatte das Vertrauen zu ihm verloren, und ihre Liebe lag gefällt in ihrer Brust. Da wurde er eines Abends maßlos im Zorn des Verschmähten.

»Du treibst mich aus dem Hause!« schrie er sie an, »du, die einst hochtönend gesagt hat, sie wolle sich als ein Wehr gegen meine bösen Instinkte stellen. Du stachelst alles Böse in mir auf.«

»Ich bin nur gerecht,« verwies sie.

»Ja,« rief er in bleicher Qual, »ich weiß es, du bist nur gerecht. Aber: qui n'est que juste, est dur«.

»Du hast es so gewollt,« entgegnete sie mit herber Entschiedenheit, »nur du, jetzt kann ich nicht mehr anders.«

»Gut,« erwiderte er, »dann werde ich die Liebe bei anderen suchen. Gute Nacht, du meine moralische Klytämnestra.«

Und er stürmte hinaus und sprang mit beiden Füßen hinein in den Morast der Londoner Nächte.

Die Zeit schwand dahin. Längst war es Sommer geworden. Die Kanonen von Waterloo hatten Napoleons Glück unwiederbringlich niedergedonnert. And immer dunkler und trüber wurden die Tage in dem prunkenden Palais der Piccadilly Terrace. Doch einmal noch blühte in Annabellas vereistem Gemüt eine blaue Hoffnungsblume auf. Einen Tag noch ging sie umher mit einem Lächeln auf den Lippen, mit einem kleinen, glücklichen Lächeln, das die hohen Spiegel an den Wänden seit Monaten nicht mehr kannten. Heute wollte sie es ihm sagen. Sie dachte an die Zärtlichkeit, die ihn in Augustas Heim über die Wiege des fremden Kindes gebeugt hatte, und die Härte in ihr zerschmolz in der mild tauenden Wärme der Hoffnung. Als er abends kam, sagte sie es ihm. Ganz zart und leise sagte sie ihm von dem Glück, das in ihrem Schoße pochte. Eine Helle flackerte über seine Stirn, er eilte auf sie zu. Aber plötzlich stand zwischen der jungen Frau im Stuhle und ihm die Erinnerung an jenen Tag, da Mary ihm ihr Geschick gebeichtet hatte. Und da erschien ihm das, was er heut empfand, bleich und schal neben dem stürmischen Jubel von damals. Doch zugleich empfand er blitzartig, daß er Glücksworte stammeln, daß er Zärtlichkeit heucheln müsse. Er zwang sich vorwärts und beugte sich zu ihr nieder und küßte ihre weiße, kluge, mütterlich verklärte Stirn. Er suchte Worte zu erzwingen, doch die Kehle war verdorrt. Die Kraft der Verstellung versagte. So sank er vor ihr nieder auf die Knie und küßte stumm ihre Hände. Aber sie fühlte das Gewollte. Die Arme sanken von seinen Lippen hernieder wie eine stumme Wehklage. Und wenn er auch lange bei ihr saß und endlich Laute fand, und von dem Kinde sprach, wie es sie umspielen, wie sich nun alles zum Guten wenden würde, sie hörte doch den unechten Klang.

Und sie wußte heute, daß sie ihn auf immer verloren hatte. Und in dieser Stunde verlor er sie für alle Zeiten.

Äußerlich aber gestaltete sich ihr Leben friedevoller. Er blieb mehr zu Hause, mühte sich, ihr Leid zu ersparen und sie äußerlich zu umhegen.

Doch eines Nachmittags, als sie die ernste Stirn über die alte Mondkarte von Cherubim d'Orleans aus dem Jahre 1671 beugte, trat Fletcher ein und meldete scheu: »Der Gerichtsvollzieher ist da.«

»Wie?« fragte sie. Ihr Begreifen war weit, weit drüben bei den Kratergebirgen der fernen Gestade.

»Der Gerichtsvollzieher,« wiederholte Fletcher.

»Der Gerichtsvollzieher?« echote sie. Aus unbestimmten dunklen Ahnungen flammte die blutige Scham in ihre Schläfen.

»Ja,« nickte Fletcher betreten, »er ist unten im Stall.«

»Was will der Gerichtsvollzieher in unserem Hause?« stieß sie hervor, »das kann nur ein Irrtum sein,« eilte hinaus, lief die Treppe hinab und fühlte, wie die Kraft aus den Beinen entwich, und rannte über den Hof und sah die Gesichter der Mägde und des Hauswarts aus den Fenstern glotzen. Sie kam in den Stall. Hier trat ihr der Gerichtsvollzieher mit der Hoheit entgegen, die diesen Leuten eignete, zu deren täglichen Pflichten es gehörte, armselige Schuldner aus ihren Betten zu reißen, sie aus der Umfriedigung ihres Hauses fortzuschleppen in den Kerker und den Jammer des Schuldturms.

»Was tun Sie hier?« fragte Annabella und raffte ihre letzte furchtbleiche Würde zusammen.

»Was ich tue?« entgegnete der Patron grob, »ich pfände.«

»Das kann nur ein Irrtum sein,« wiederholte Annabella und wagte nicht, die Kutscher anzusehen, die mit gespannter Neugier in der Box bei den Pferden standen.

»Irrtum,« lachte der Bursche, »jawoll, das sagen die Leutchen immer, zu denen ich komme. Die Ausrede kennen wir.«

»Es kann nicht möglich sein,« flüsterte die junge Frau.

»Nicht möglich?« der Mann schwenkte etliche Urkunden, »na, dann sehen Sie sich mal das hier an. Halten Sie das für'n Gerichtssiegel und das für die Unterschrift des Lord Oberrichters? He?« Und er hielt ihr die Papiere vor die Augen.

»Wie groß ist die Summe?« fragte sie und umklammerte die Leiste der Box.

»Hm,« machte der Mann, »es sind im ganzen so tausend Pfund. Wollen Sie die bezahlen? Dann kann ich ja wieder gehen.«

Annabella dachte sekundenlang an ihren Schmuck, der kaum dreihundert Pfund wert war, sie dachte an ihre Sparbüchse, die kaum sechzig Pfund enthielt.

Sie schüttelte trostlos den Kopf.

»Nein, bezahlen kann ich es nicht. Aber Lord Byron wird es sicher sofort begleichen. Können Sie nicht abends noch einmal wiederkommen?«

»Nein,« lachte der Mann frech drein, »auf die Ausrede falle ich nicht rein. Die kennen wir, das sagen sie alle.«

»Na,« wandte er sich an die Kutscher, »dann kommen Sie mal raus, Gentleman! Die Pferde wollen wir gleich abführen. Kommt oft vor, daß solche beweglichen Viecher mit einem Male verduftet sind. Und die Remise da, die woll'n wir mal gleich abschließen und versiegeln.«

Und als er die Pferde in den Hof geführt und die Remise abgeschlossen hatte, rief er so laut, daß die Dienstboten und der Hauswart es hören mußten: »Nu woll'n wir mal ins Haus gehen und da ein bißchen kleben.«

Und er ging ins Haus und Annabella folgte ihm als weißer verängstigter Schatten und wagte nicht, die Stirn zu heben unter dem wissenden Blick der Dienstboten. Sie folgte dem Mann von einem Zimmer ins andere. Jedesmal, wenn er sein Siegel auf ein Stück der Einrichtung preßte, kämpfte sie mit aller Kraft gegen die verwirrende Leere, die ihr Gehirn aushöhlte. Er betastete mit seinen großen häßlichen Händen die Bibliothek, seine und ihre, und heftete das Siegel darauf. Jetzt nahm er ihren alten heiligen indischen Kasten mit seinen bizarren Schnitzereien und besudelte ihn mit seinem Stempel. Und nun nahm er den alten Gebetteppich mit seinem kosenden seidigen Glänze und ihren vielgeliebten Gainsborough, und fast alles entweihte und beklebte er, was ihr in diesen bitteren Monaten ihrer Ehe traut und wert geworden war. Nur einige Zimmer verschonte er. Und beim Weggehen, draußen im Korridor, in dem sie das leise surrende Geflüster der Dienstboten vernahm, rief er:

»Also, Eure Ladyschaft, übermorgen hole ich den ganzen Plunder ab, wenn bis dahin die Schuld nicht bezahlt ist.«

Als er gegangen war, fiel Annabella ganz lautlos in sich zusammen. Die Charlemont fand sie später auf dem Teppich, der nun nicht mehr ihr Eigentum war. Sie rief den Diener, und beide trugen die Herrin fürsorglich zum Bett. Als sie zu Bewußtsein kam und das Gesicht der Charlemont über sich gebeugt sah, wandte sie sich ab und barg den Kopf in die Kissen. Doch die Charlemont koste sie und sprach ihr zu. Sie brauche sich doch nicht zu schämen, sie doch wahrhaftig nicht. Am Ende wäre es ganz gut, daß es so gekommen sei, denn dann würde es wohl eher ein Ende nehmen. Dann dachte Annabella an ihre Eltern und überlegte, ob sie von ihnen Hilfe erbitten sollte. Denn sie hatte sofort gewußt, daß die Pfändung kein Irrtum sei. Doch sie beschloß, auf Byron zu warten.

Als er abends sorglos heimkam, flog sie auf ihn zu und schleuderte ihm entgegen: »Der Gerichtsvollzieher ist hier gewesen.«

»So,« sagte er und verzog bitter den Mund.

»Wegen tausend Pfund hat er gepfändet. Wenn du das Geld nicht bis übermorgen zahlst, werden die Möbel abgeholt und die Wagen. Die Pferde hat er schon heute fortgeführt.«

»Hm,« sagte Byron wieder und blickte verlegen im Zimmer umher.

»Du mußt das Geld auftreiben,« drängte sie atemlos, »du mußt es sofort auftreiben.«

»Ja doch, ja doch,« begütigte er. »Ich werde es ja auftreiben.«

Sie sah im forschend in die Augen.

»Wirst du es sicher auftreiben? Sonst werde ich lieber gleich an meine Eltern schreiben.«

Er blickte sie hilflos an. Und da, als sie ihn so ratlos und schwach vor sich stehen sah, empfand sie plötzlich ein Gefühl der Zusammengehörigkeit mit ihm. Mild sagte sie: »Ich will gern an meine Eltern schreiben, sie werden uns helfen.«

»Nein, nein,« rief er, »unter keinen Umständen dulde ich das. Ich werde das Geld schon auftreiben.«

Da atmete sie wieder leicht und frei. So zuversichtlich hatte er gesprochen.

Am nächsten Morgen lief sie unruhig zwischen dem Schlafzimmer und der Bibliothek auf und nieder und legte immer wieder die Hand an den Drücker der Tür, hinter der er sorglos schlief, und wagte nicht einzutreten, aus Furcht ihn zu wecken und zu reizen, und schlich wieder zurück in das Arbeitszimmer und hastete ruhelos durch alle Räume und dachte: »Ich muß ihn doch wecken, er muß doch das Geld auftreiben, ich muß ihn doch wecken.«

Und als sie es endlich in ihrer angstgehetzten Scham tat, fuhr er sie heftig an: »Herrgott, das hat bis Nachmittag Zeit. So dringend ist das doch nicht. Uns kann doch nichts passieren. Mich als Peer dürfen sie nicht in den Schuldturm stecken. Das schlimmste ist, daß sie uns die Möbel wegnehmen.« Damit drehte er sich wieder zur Wand und ließ sie bebend an seinem Bette stehen.

Doch am Nachmittag ging er, nahm eine Hackney-coatch und fuhr zunächst nach Drury Lane, wo er zu einer wichtigen Direktoriumssitzung erwartet wurde. Beim Fortgehen traf er den Schauspieler Kean. Der nahm ihn mit zu einem Trunke. Auch einige Damen fanden sich ein. Man sprach und lachte und scherzte. Und Byron vergaß, daß er das Geld hatte auftreiben wollen, und saß unter den fröhlichen Kumpanen und ausgelassenen Damen und war der Fröhlichste und Ausgelassenste von allen. Spät in der Nacht kehrte er heim und gewahrte mit Erstaunen Licht in seinem Zimmer. Verwundert trat er ein. Da fand er Annabella, harrensbleich und furchtentstellt. Sie hatte Stunde um Stunde auf ihn und seine beruhigende Nachricht gewartet. Erst ihre angstvolle Frage brachte ihm die Erinnerung an den Zweck seines Ausgehens. Verlegen stand er vor ihr.

»Hm, Annabella, ich hatte heute nicht recht Zeit. Da war eine sehr wichtige Sitzung im Theater, und nachher, da war es eigentlich schon zu spät. Aber morgen gehe ich bestimmt.«

Am nächsten Tage ging er wieder. Zu allen Wucherern lief er, bei denen er je Schulden gemacht hatte. Aber sie lachten ihn aus, und alle wiederholten dasselbe: »Nein, Eure Lordschaft, Ihr Kredit ist hin. Sehr dumm von Ihnen, wenn Sie eine arme Dame geheiratet haben.«

»Sie hat einmal sehr viel zu erwarten,« hielt Byron ihnen verlockend vor.

»Das ist ein zu unsicherer Wechsel auf die Zukunft,« lehnten sie ab, »nein, Eure Lordschaft, so leid es uns tut, nicht einen Farthing.«

Das hörte er wohl zehnmal an diesem Nachmittag. Und als der Sommerabend niederblaute und die Büros sich schlossen, stand er hoffnungsbar auf der Straße und wagte sich nicht heim unter die bekümmerten forschenden Augen seines Weibes. Er hinkte mühselig durch die Straßen der City und überlegte, an welchen seiner Freunde er sich wenden könnte. Rogers war verreist, in Italien. Vielleicht Lord Holland, doch der würde ihn an Lady Holland weisen, denn sie führte die Verwaltung des Vermögens. Aber Lady Holland würde ihm nicht einen Pfennig geben, sie würde kurz und schroff sagen: »Mein lieber Byron, es gibt Bedürftigere, für die ich zu sorgen habe.«

Und die anderen, all die anderen, bei denen er als Zierde der Salons ein-und ausgegangen war, standen ihm zu fern. Nein, bei denen durfte er es nicht wagen. Und wenn er es auch wagte, wer würde ihm die ungeheure Summe anvertrauen, deren er bedurfte? Die tausend Pfund waren nur ein kleiner Anfang. Die wilde Horde der Gläubiger war ihm jetzt auf den Fersen. Unzählige Prozesse schwebten. In kurzer Zeit mußten neue Pfändungen hereinbrechen. Es hatte keinen Zweck, jetzt noch tausend Pfund in das brandende Meer zu schleudern, es verschlang ihn ja doch.

Mutlos hinkte er dahin und fürchtete sich, nach Hause zu gehen. Da schleppte er sich zu Hobhouse, und im Kreise der Freunde verblieb er, bis der Morgen graute.

Annabella aber wanderte zermürbt durch die Gemächer des weiten Palais der Piccadilly Terrace. So fand Byron sie, als er am Morgen hereinschlich. Sie fragte nicht, sie blickte ihn nur an mit weiten übernächtigten Angstaugen. Dann schleppte sie sich in das Arbeitszimmer und überlegte. Die Verachtung über die Herzlosigkeit, mit der er sie diese furchtbare Nacht allein hatte durchwachen lassen, lag ganz tief auf dem Grunde ihres Gemütes. Daran konnte sie jetzt nicht denken. Sie wollte die letzten Kräfte ihres Verstandes zusammenraffen, auf Hilfe zu sinnen. Aber sie fand nichts, nichts. Jetzt war es zu spät, an die Eltern zu schreiben. Sie stand am Fenster und starrte hinaus auf die Straße. Und wenn das Rattern eines Wagens hereinschallte, grub sie die Nägel in das Fensterbrett und glaubte, daß jetzt der Leichenwagen ihres bürgerlichen Ansehens nahe. Sie dachte daran, in welchen Ausdrücken man in dem lauteren Hause zu Seaham von den Leuten gesprochen hatte, bei denen der Gerichtsvollzieher einkehrte. Man hatte sie dort zusammengeworfen mit Dieben und nachtscheuem Gelichter, das man an den Galgen knüpfte. Und jetzt gehörte sie und ihr Haus zu diesem Gesindel, dessen Berührung man mied wie die Gemeinschaft mit Mördern und Räubern.

Der Sommertag stieg zur Höhe. Und der Zorn und der Haß und die Verachtung stöhnten in ihr, wenn sie daran dachte, daß er sorglos im Bette lag und schlief, während sie hier stand und auf den Wagen des Gerichtsvollziehers wartete.

Und der Wagen fuhr vor. und sie stand am Fenster und sah zu, wie ein Stück ihrer jungen Habe nach dem anderen hinausgeschleppt wurde und in dem dunklen Wagen verschwand. Und als alles vorüber war, da hallten durch die verödeten Räume die Tritte der Dienstboten, die vor der Herrin erschienen und ihre Entlassung forderten. »Denn,« beteuerte der Hauswart mit geschwollener Würde, »unsere Reputation duldet es nicht, daß wir in einem solchen Hause länger dienen.«

Sie öffnete mit zitternden Händen ihre Kassette und entnahm ihr letztes Geld und zahlte den Dienstboten den Lohn.

Dann saß sie stumm auf einem der wenigen Sessel, die ihr gelassen waren, und dachte an das Kind, das sich in ihrem Schoße heftig regte. Die Augen brannten und fanden keine lindernden Tränen. Und die Charlemont, die allein mit Fletcher geblieben war, setzte sich zu ihr, sagte kein Wort und nickte nur immerzu mit dem öligen Schädel. – –

Das war nur der Anfang. Noch neunmal mußte die junge Frau die Grobheiten des Gerichtsvollziehers über sich hinwettern lassen. Noch neunmal mußte sie sich in Scham und Erniedrigung zu den Parias der »honetten Gesellschaft« werfen lassen. Auf jedes Stück ihrer Habe, selbst auf das wuchtige, kronengeschmückte Ehelager, legte das Gesetz seine unerbittliche Faust. Nur durch Murrays hilfsbereites Dazwischentreten blieb ihnen das zum Leben Notwendigste erhalten. Müde schritt Annabella umher zwischen den nackten Wänden ihres geplünderten Palais. Doch sie verzagte nicht. Jetzt, in der äußeren Not ihres Lebens, war ihre alte Tatkraft erwacht. An die Eltern hatte sie sich aus Scham nicht gewandt. Doch sie beriet oft und lange mit Hobhouse, und beide betrieben jetzt emsig den Verkauf von Newstead. »Wir müssen es selbst in die Hand nehmen,« hatte der Freund ihres Mannes gesagt, und die mächtige Nase wie einen Enterhaken in die Luft gestoßen, »denn Byron versteht von Geschäften weniger als ein neugeborenes Kind. Und dann müssen Sie, Lady Byron, den Erlös verwalten, denn wenn Byron auch eine Million jedes Jahr ausgeben könnte, er würde doch immer tausend Pfund mehr ausgeben, als er hat.«

Byron war in dieser Zeit still und gedrückt; er schämte sich des Leides, das er über die Frau gebracht hatte, die aus der gutbürgerlichen Geborgenheit ihres Elternhauses gekommen, ihr Leben an das seine zu ketten, und von ihm hineingestoßen worden war in die Schande faulen Schuldnertums. Er blieb viel daheim und wenn sie sich zu ihren Büchern setzte, tröstete er:

»Ich werde Rat schaffen, Bella, und vor dem Äußersten schützt uns Murray. Ich werde ein neues Gedicht schreiben, das uns viel einbringen soll.«

Und er ging umher und sann über die »Belagerung von Korinth«.

Da fiel ein Lichtstrahl in die dunkle öde des ängstlichen Harrens auf einen Erfolg der Verhandlungen über Newstead. Annabella erhielt einen Brief der Mutter. Klopfenden Herzens eilte sie zu Byron. Jetzt sah sie wieder einen Weg in geordnete sichere Verhältnisse und vielleicht – ach, vielleicht auch zu einem neuen, aus den Trümmern aufblühenden Glück. Denn eine Frau ist trotz alles Wollens innerlich doch nie ganz losgerissen von dem Manne, der zuerst ihre junge Liebe besessen hat.

»Meine Mutter hat geschrieben,« sagte sie und verlor zum erstenmal die verstandesklare Beherrschung, die bisher ihre Gespräche vereist hatte. »Du weißt, daß Onkel Noël, der neulich so plötzlich gestorben ist, sie zur alleinigen Erbin eingesetzt hat. Meine Eltern sind jetzt nach seinem Schloß in Leicestershire, Kirkby Mallory gezogen, und nun stellt meine Mutter uns Seaham zur Verfügung.«

Sie wartete auf eine Antwort, doch als Byron schwieg, fuhr sie eifrig fort: »Das ist ein Weg, um in Ehren,« – sie lächelte fast – »aus dem Ungemach hier herauszukommen. Du weißt, daß die Herzogin von Devonshire uns jeden Tag hier vertreiben kann, da wir die Miete nicht bezahlt haben. Jetzt haben wir ein Heim. Nach Newstead könnten wir ja doch nicht gehen, da auch dort alles gepfändet ist. Aber in Seaham sind wir sicher, es gehört meinen Eltern, auch die Einrichtung. Dort kann kein Gerichtsvollzieher uns bedrängen, und dort werden wir Ruhe haben und Frieden und die See, die du so sehr liebst.«

Sie trat ganz nahe an ihn heran und fragte leise und innig:

»Freust du dich nicht?«

Er sann eine Weile, dann sagte er sanft:

»Nein, Annabella, ich freue mich nicht. Ich kann es nicht annehmen. Mir graut davor, mich auf dem Lande zu vergraben. Ich habe nicht das Zeug zum Landedelmann. Ich muß Leben um mich haben und Gewühl und Erregung und das Brausen der Londoner Straßen.«

Da warf sie ein: »Du hast doch früher oft in Newstead gelebt.« – Er schüttelte den Kopf.

»Das ist etwas anderes. Annabella. In Newstead, sieh mal, Newstead, das ist ein Stück von mir. Dort haben meine Ahnen seit Jahrhunderten gelebt, dort spricht jeder Stein von Überlieferungen, die mir verwandt sind, dort steckt die Romantik meiner Kindheit, dort leben die Erinnerungen meiner traurigen Jünglingstage,« er blickte an ihr vorbei ins Leere, »die mir jetzt so glücklich und reich erscheinen … Nein, nein, mit Newstead darfst du das nicht vergleichen. Und dann, auch dort habe ich es nie lange ausgehalten. Nein, Annabella, ich kann mich nicht in Seaham lebendig einsargen.« Sie setzte sich traurig nieder und sagte mit stockender Stimme: »Überlegen solltest du es dir doch.«

Er sprang auf: »Da ist für mich nichts zu überlegen. Nein, Annabella, das kannst du nicht von mir verlangen. In dieser Einöde würde ich geistig verkrüppeln. Ich kann es nicht.«

Ganz leise sagte sie: »Auch mit mir nicht? Wir sind doch bald zu Dritt.«

Das sprach sie so traurig und innig, daß es lind in ihm aufquoll. Er zog einen Stuhl dicht neben sie, nahm ihre beiden Hände, wie er es seit Monaten nicht mehr getan hatte, und sagte:

»Wir wollen einmal sprechen, Annabella, wie gute Freunde wollen wir einmal miteinander sprechen. Ich weiß, ich bin schlecht gewesen all diese Zeit über. Ich habe es selbst empfunden und habe mich selbst dabei gequält und geschämt. Ich habe mich wie einen Tollhäusler im Zimmer umhertoben gesehen und habe doch nicht dagegen ankämpfen können. Mich hat die grausige Angst geschüttelt, lebenslänglich eingekerkert zu sein, mir war, als könnte ich nicht mehr atmen, und ein wahnwitziges Entsetzen trieb mich umher, als ich fühlte, wie die Umstrickung immer enger wurde und mich erdrückte. Da kam dieser Haß gegen dich über mich. Ich sah in dir meinen Kerkermeister, der mich gefühl-und verständnislos abschloß von der Welt da draußen, und da mußte ich mich wehren und dich bis aufs Blut peinigen und wollte es doch nicht und mußte es immer wieder tun.«

»Ich verstehe,« sagte sie und nickte mehrere Male schwer mit dem Kopfe.

Er strich mit beiden Händen über das Gesicht und mit einem leisen Seufzer fuhr er fort: »Die Furcht ist jetzt vorüber, ich habe mich darein gefunden. Wenn es jetzt einmal gar zu schlimm wird, dann nehme ich meine Sehnsucht und hülle sie mir uns Haupt wie eine kühle beruhigende Binde.«

»Welche Sehnsucht?« fragte sie still.

Da hob er die Hände, blickte zur Decke, als sähe er durch sie hindurch in blaue Fernen, und rief:

»Die Sehnsucht nach dem Leben, das draußen rollt, die Hoffnung, daß ich doch noch einmal hinauskommen werde in das richtige Leben, daß der Orient mit seiner Pracht und seinem Schimmer auch noch einmal für mich da sein wird. Und daß ich doch noch einmal die Griechen anfeuern werde zu ihrem Befreiungskämpfe gegen das türkische Joch, und daß ich doch noch einmal, trotz allem, an der Spitze meiner Suliotenschar den Tod eines Helden werde sterben können. Trotz all dieser Enge, in der ich jetzt verdorre, trotz der blutleeren Tatenlosigkeit, die mich jetzt erwürgt.«

Das Kinn sank ihm schwer auf die Brust herab, die Arme hingen kraftlos zur Erde nieder.

Sie schwieg lange. Endlich sagte sie: »Wenn du die Ehe wie ein Gefängnis empfindest, hättest du nicht das Leben eines Weibes an dein Schicksal ketten dürfen.«

Er warf den Kopf zurück.

»Nein, nein,« rief er, »ich weiß, ich hätte es nicht tun dürfen. Aber habe ich es denn gewußt? Ebenso kann ich sagen: Du hättest dein Leben nicht an mich binden sollen, aber, hast du es gewußt? Wir glauben doch immer, auch wenn wir von tausend anderen hören, wie elend sie geworden sind, gerade wir, gerade wir würden es besser machen. Das hast du geglaubt, trotzdem du wußtest, wie ich gelebt habe, und das habe ich geglaubt, und das glauben wir alle, weil wir alle Schmerzen und alles Erdenleid an uns selbst erleben müssen, und alle Erfahrungen, die andere gemacht haben, uns tote Schatten bleiben.«

Sie sagte vor sich hin: »Vielleicht hast du recht. Auch ich habe geglaubt, ich hätte übermenschliche Kräfte.«

Dann schwiegen sie beide in ihr großes Leid hinein.

Nach einer kurzen Stille, in die die Leere der Zimmer hörbar hineinsummte, rückte er wieder näher zu ihr heran, nahm wieder ihre Hände und tröstete: »Wir wollen uns aus den Trümmern unseres guten Glaubens etwas neues aufbauen. Eine prunkende Burg mit lustigen bunten Wimpeln wird es ja wohl nicht mehr werden, aber vielleicht ein Haus, das uns vor Regen und Kälte schützt.«

Sie saß unbeweglich. Dann stand sie auf und ging zu ihren Büchern. Noch einmal hob sie den Kopf und sagte: »Ich werde bald das Kind haben, für das ich leben kann.« –

Wenige Tage später schritt Augusta Leighs Frauenherrlichkeit durch die leeren Räume. Ganz plötzlich hatte die Sehnsucht und das Verlangen sie hergetrieben, einmal mit eigenen Augen in die junge Ehe hineinzuschauen. Sie blickte mit Bangen in die Augen der beiden Entsagenden, sie sah mit Entsetzen die Verwüstung des Haushalts.

Eifrig beriet sie mit der Schwägerin die Aussicht des Verkaufs von Newstead. Annabella lebte auf unter dem trostreichen Zuspruch dieser Frau. Ach, es war so gut, sich anzulehnen, wenn auch nur auf Stunden. Und Byron ging umher, froh und gutgelaunt, wie seit Monaten nicht mehr.

Doch Augusta konnte nur wenige Tage weilen, ihre Kinder riefen sie zurück in ihr eigenes Heim. – Annabella hatte die Geschwister in dem Zimmer, das einst die Bibliothek umschlossen hatte, feinfühlig sich überlassen. Sie wußte, wie zärtlich sie aneinander hingen. Als sie jetzt durch den Korridor kam, fand sie die Charlemont am Schlüsselloch der Tür.

»Was tust du da?« flüsterte sie.

Doch die Charlemont bedeutete ihr durch Zeichen zu schweigen.

»Aber Charlemont,« raunte Annabella, »was fällt dir ein, »es ist doch Lord Byrons Schwester!«

»Ja,« knurrte die Charlemont, »eben deshalb.«

Da zog Annabella sie fort, doch die Frau sagte mit verbissenen Lippen: »Komm einmal ins Schlafzimmer, mein Kindchen.«

Nachdem sie die Tür fürsorglich geschlossen hatte, gebot sie: »Setz dich nieder, Kindchen, du mußt es ertragen.«

»Was denn?« fragte Annabella erstaunt. »Was hast du?«

»Setz dich nur,« drängte die Charlemont, »du mußt es hören, so furchtbar es auch ist. Denn dann wirst du wohl endlich die Kraft finden, dich von ihm loszureißen.«

»Aber Charlemont,« rief Annabella in aufkeimender Angst, »was ist denn nun schon wieder?«

»Setz dich,« wiederholte sie entschlossen.

Und als Annabella sich zögernd niederließ, berichtete die Frau hastig:

»Gestern abend, du warst schon schlafen gegangen, mein Kindchen, da waren sie noch in seinem Zimmer. Ich war nebenan, und da hörte ich zufällig, wie sie sagte: »Ich habe dir ein Bild von Medora mitgebracht,« und das Papier knisterte.«

Annabella schüttelte mißmutig den Kopf: »Was soll die Geheimtuerei. Medora ist Augustas jüngstes Kind!«

»Ich weiß, ich weiß,« nickte die Charlemont und grinste häßlich. »Und wie ich nun durchs Schlüsselloch blickte, da hielt er das Bild in der Hand und sah darauf nieder mit ganz großen feuchten Augen.«

»Ja doch,« sagte Annabella ungeduldig, »Byron liebt kleine Kinder sehr.«

Doch unbeirrt fuhr die Charlemont fort:

»Da sagte Augusta, ich habe es so deutlich gehört, wie ich mich jetzt sprechen höre, »du darfst nicht mehr zu uns kommen, denn wenn die Leute Medora neben dir sehen, ist unser Geheimnis verraten. Sie hat deine Augen, deinen Wund, deine Haare. Jeder würde sofort erkennen, daß du ihr Vater bist.«

Die Charlemont schwieg, kniff die Lippen wieder grimmig zusammen und blickte bedeutungsvoll in Annabellas Gesicht. Annabella saß regungslos und starrte die Frau an.

»Wie?« fragte sie mit hohler Stimme, »du meinst – – – du meinst – – –?!«

»Ja,« sagte die Frau fest, »ich meine, daß Medora seine Tochter ist.«

»Charlemont!« Annabella schrie gellend auf. Doch die Charlemont legte ihr die Hand auf den Wund.

»Psch! Psch! Du mußt es ertragen, mein armes Kindchen.«

Annabella riß die Hand von ihren Lippen und ächzte:

»Du bist wahnsinnig geworden, Charlemont, Medora soll – – Medora – soll –?? Dann wäre doch, Charlemont, dann wäre doch – –!«

Die Charlemont nickte: »Dann wäre Augusta seine Geliebte gewesen.«

Da stand Annabella.

»Charlemont!« schrie sie. »du bist – – du bist –« Aber dann fiel sie mit ihrem unförmlichen Mutterleib in den Sessel zurück und flüsterte vor sich hin:

»Nein, nein, das ist Wahnsinn. Charlemont, du bist krank, du kannst das nicht gehört haben. Dein Gehör hat dich genarrt, das ist nicht möglich. Byron mit Augusta! Nein, nein, das tut kein Mensch in England. Das kann irgendwo fern in wilden Ländern vorkommen, das kann im Altertum einmal geschehen sein, heute – nein – nein – diese große, reine, ehrliche Frau, – – das kann nicht zu Ende gedacht werden. Charlemont, nein, nein – nein!«

Die Charlemont stand da mit ihrem ruhigen, öligen Gesicht, drehte die Augen zur Decke und sprach:

»Gäbe der Herr, daß du recht hättest, Kindchen! Aber du brauchst es noch nicht zu glauben. Ich habe den Schlosser bestellt. Sobald sie nachher fort sind, wenn sie zur Poststation fahren, dann laß ich seinen Schreibtisch öffnen. Ich habe gesehen, wie er das Bild da hineinlegte, und dann wird man ja sehen.«

»Nein,« Annabella bäumte sich auf, »das tu ich nicht, das wirst du nicht tun. Bist du toll, Charlemont?!«

»Ja, ja,« seufzte die Charlemont, »es ist schwer zu glauben, daß so etwas in einem englischen Herrenhause geschehen kann. Ich habe mir aber sagen lassen, von den Byrons kann man alles erwarten.«

Da öffnete sich die Tür und Augusta kam mit Byron herein. Er hatte den Arm um ihre Schulter geschlungen. So traten sie eng verbunden herein. Die Charlemont warf Annabella einen bedeutsamen Blick zu und schlich hinaus.

»Hier finden wir dich endlich,« lächelte Augusta innig.

Da gewahrte sie Annabellas wächserne Fahlheit. Schon war sie neben ihr niedergekniet, streichelte ihr Gesicht und fragte besorgt: »Aber, Annabella, was ist dir?« und liebkoste sie mit ihren guten warmen Händen.

»Mein Armes, es ist nun bald vorüber. In wenigen Wochen bist du erlöst, und dann sollst du sehen, wie schön das Leben wird. Wenn du erst das Kind auf dem Arm hältst, das ist dann doch eine neue Welt, die du umschlingst. Und vor dem anderen, da brauchst du dich auch nicht zu fürchten. Ich komme in wenigen Tagen zurück. Ich werde bei dir stehen. Bella, wir beide, wir zwei strammen Frauenzimmer werden doch solchen kleinen Balg glücklich in die Welt setzen können! Was!«

Doch Annabella war der Schwägerin Nähe, in der sie sich vorher so geborgen gefühlt hatte, peinigend und qualvoll. Sie löste sich aus ihrer Liebkosung und sagte hastig:

»Nein, nein, Augusta, ich bitte dich, komm nicht.«

Augusta aber nahm sie wieder in die Arme, bettete das angstgespannte Gesicht sanft an ihre Brust und tröstete:

»Doch, doch, ich komme, Annabella, du wirst sehen, wie froh du bist, wenn ich dann bei dir bin.«

Wieder löste die junge Frau sich aus Augustas Armen.

»Laß mich, bitte,« sie drängte sie von sich, »laß mich!«

Augusta erhob sich, lächelte milde und blickte besänftigend zu Byron hinüber. Die Augen der Geschwister begegneten sich. Annabella entging dieser Blick nicht, sie deutete ihn trotz aller Gegenwehr, die sich noch in ihr gegen die Einflüsterung der Charlemont stemmte, bös und gehässig. Byron aber murrte vor sich hin: »Ja, ja, bisweilen ist es nicht leicht, mit ihr auszukommen.«

Doch Augusta lächelte noch immer und flüsterte liebreich: »Das macht doch ihr Zustand, George. Da sind wir Frauen oft ein wenig wunderlich.«

»Wie sie zusammen tuscheln,« dachte Annabella und fiel leblos in ihren Stuhl zurück. Als Augusta sich über sie beugte, raunte sie: »Laßt mich bitte allein, ich fühle mich nicht gut. Ruft die Charlemont.«

Und Augustas Zureden fruchtete nichts. Die junge Frau flehte immer wieder: »Geht, geht! Laßt mich, laßt mich!« bis sie die Charlemont riefen und zurückgingen in Byrons Zimmer.

Als Byron später die Schwester zur Poststation begleitete, schlüpfte die Charlemont mit dem Schlosser in sein Zimmer. Nagende böse schmachbleiche Zweifel trieben auch Annabella hinzu. Sie stand dabei und sah den Schlosser mit dem Dietrich hantieren und empfand schwindelnd die Niedertracht ihres Tuns und krampfte sich zusammen in Scham und sah doch zu, wie der Mann die Lade des Tisches öffnete.

»Warten Sie im Korridor, bis wir Sie rufen!« gebot die Charlemont.

Kaum war der Wann hinausgegangen, stürzte sie, wie ein Geier über das Aas, über den Tisch her und riß das Bild Medoras hervor. Rasch prüfte sie es und reichte es Annabella. »Na,« sagte sie und kniff die Lippen verdammend ein, »wenn das nicht sein Kind ist!« Annabella nahm das Bild mit tastenden Fingern. Ja, das war sein Kind, das waren seine Augen, das war sein Mund. Ja, das war Byrons Kind. Sie brach in den Knien zusammen, kauerte auf der Erde, hielt das Bild Medoras mit beiden Händen umklammert, und ihre Stirn sank schwer nieder auf das kleine Pastell. Die Charlemont aber wühlte in Byrons Briefen. Es waren viele da von Augusta, und in allen sprach sie von Medora. Plötzlich lachte das Weib triumphierend auf:

»Jetzt haben wir ihn, jetzt haben wir den Beweis!« Laut las sie: »Es ist gut, daß die Leute hier dich nicht so genau kennen. Ich habe auch alle deine Bilder fortgeräumt, denn die Ähnlichkeit mit deinem Kinde ist zu groß. Ich fürchte sehr, daß Medoras Ähnlichkeit mit dir eines Tages unser Geheimnis verraten wird.«

Da gurgelte es in Annabellas Kehle auf. Dann lag sie zerkrümmt in tiefer Bewußtlosigkeit auf dem nackten Boden. Die Charlemont zerknitterte den Brief flugs in die Tasche, ordnete mit schnellen Fingern die übrigen Schriftstücke in die Schublade hinein, legte das Bild dazu, rief Fletcher, trug mit ihm Annabella in das Schlafzimmer hinüber und ließ den Tisch dann wieder von dem Schlosser verschließen. –

Da schallte ein langgezogenes Klagestöhnen aus dem Schlafzimmer durch die Korridore herüber. Als die Charlemont hinüberflog, fand sie Annabella in Wehen sich windend. Die seelische

Erschütterung hatte die Geburt verfrüht. Unter unsäglichen Qualen, die zwei Tage währten, gebar sie ein Mädchen.

In den langen Stunden ihres Wochenbettes lag sie und überdachte immer wieder die grauenvolle Enthüllung, die ihr geworden war. Und immer wieder kam sie zu dem Ergebnis, daß sie auch ohne den untrüglichen Beweis, den sie in dem Brief Augustas in Händen hielt, das Entsetzliche glauben müsse. Sie bäumte sich im Bette auf, daß der Schmerz durch ihren wunden Körper riß, wenn sie daran dachte, daß sie einst aus dem liebevollen Blick, mit dem er Medora betrachtet, Hoffnungen gesogen hatte für ihr eigenes Glück. Ach, jetzt wußte sie, weshalb er sich so liebevoll über die Wiege des Kindes gebeugt hatte! Jede Stunde ihrer unseligen Ehe durchlitt sie noch einmal in den langen Stunden ihres Wochenbettes. Und alles, was er ihr je angetan, wuchs unter dem Banne ihres Grauens vor diesem Letzten ins Ungeheuerliche. Wie ein Untier erschien ihr der Mann, mit dem sie nun ein Jahr lang zusammengelebt hatte. Der Abscheu nahm ihr den Atem, wenn er ins Zimmer trat. Und als sie einmal sah, wie er seine kleine Tochter lachend in den Armen wiegte, war es ihr, als besudele seine Berührung ihr Kind.

»Faß es nicht an!« schrie aus ihr die Wildheit des Muttertieres, das ihr Junges verteidigt.

Er blickte erstaunt zu ihr hinüber und lachte: »Hast du Angst, ich lasse sie fallen? O, ich kann mit kleinen Kindern umgehen.« Und er wiegte sie fröhlich in seinen Armen.

Als er bestimmte, daß die Kleine den Namen Augusta erhalten sollte, widersetzte sie sich mit aller Kraft. Doch er sagte: »Sie soll Augusta heißen, denn meine Schwester,« er lächelte galant und spöttisch, »ist, außer dir natürlich, das Liebste und Teuerste, das ich auf der Welt habe.«

Da biß sie in die Kissen und lag da, erschöpft und vernichtet. Das Kind aber wurde auf den Namen Augusta Ada getauft.

Kaum hatte Annabella das Bett verlassen, da handelte sie. Handelte schlau und verschlagen, umstrickt von der treibenden törichten Furcht, aus diesem Mann, der so Furchtbares getan hatte, könne jeden Augenblick ein vernichtender Wahnsinn über sie und ihr Kind hereinbrechen. Ein äußerer Anlaß bot ihr die Handhabe zur Ausführung ihres Vorhabens. Das Bett war ihr am Tage nach der Geburt unter dem Leibe fortgepfändet worden. Das griff sie auf.

»Byron,« schlug sie vor, »ich werde mit dem Kind nach Kirkby Mallory zu meinen Eltern reisen. Ich ertrage diese Aufregung der Pfändungen jetzt nicht in meinem ermatteten Zustand.«

Er willigte sofort ein. »Gut, Pipin. das ist vielleicht das beste. Ich kann dir diese Pein wirklich nicht länger zumuten. Inzwischen verkaufe ich Newstead, und dann richte ich uns ein kleines behagliches Haus hier ein und du kommst zurück, gekräftigt und blühend, wie du einst warst, als ich dich von Seaham fortführte.«

Nach einem äußerlich innigen Abschied fuhr sie mit dem Kinde davon. Und noch von unterwegs schrieb sie ihm einen zärtlichen Brief im Banne der Angst, das Ungeheuer könne noch immer über sie herfallen, solange sie sich nicht im Schutz des Elternhauses geborgen hatte.

Doch in Kirkby Mallory brach sie zusammen. Die Willenskraft, die sie mühsam aufrecht erhalten hatte, fiel von ihr ab. Wie ein armes Vögelchen duckte sie sich unter die Schwingen der Mutter. Und alles erzählte sie, alles, wie er sie mit anderen Frauen betrogen, und wie er sie die Nächte hatte harren lassen, als er gegangen war, das Geld aufzutreiben, wie er vor dem Fenster auf und nieder gefahren war und wie er die Uhr zertrümmert hatte und dieses Letzte, alles erzählte sie. Lady Milbanke fiel aus den Wolken, d. h., sie fiel nicht aus den Wolken. Denn sie gehörte zu jenen Frauen, denen nichts überraschend kommt, die immer alles »längst« gewußt haben. Ja, sie hatte auch alles dieses längst gewußt. Sie hatte von diesem Manne nichts anderes erwartet, sie nicht.

Sie stürmte zu Herrn Ralph, der beschaulich vor seinen Bordeauxflaschen saß, hetzte ihn an den Schreibtisch und diktierte ihm einen Brief. Der brave Sir Ralph war von Byrons Schuld zwar keineswegs überzeugt, doch unter den grünen Blitzsalven seiner Frau schrieb er.

Byron las den Brief, las ihn wieder und las ihn zum dritten Male.

»Hochverehrter Herr!

Ganz kürzlich sind uns Tatsachen zu Ohren gekommen, die es nötig erscheinen lassen, meine Tochter nicht länger der Behandlung auszusetzen, die sie in Ihrem Hause erfahren hat. Sie ist fest entschlossen, sich von Ihnen scheiden zu lassen, und ersuche ich Sie daher, in die private Scheidung zu willigen, da meine Tochter es vermieden sehen will, daß, was bei einer gerichtlichen Scheidung nicht zu vermeiden wäre, die Schande ihres Familienlebens an die Öffentlichkeit gezerrt wird.«

Doch auch beim dritten Male verstand er den Brief nicht. Sie waren doch in aller Zärtlichkeit voneinander gegangen! Er saß und starrte vor sich hin. Plötzlich pfiff er hell auf. »Aha,« begriff er, »sie hat der alten Hexe erzählt, wie ich mich manchmal benommen habe, und da hat diese liebe Frau Annabella aufgehetzt oder aber, natürlich, der brave Sir Ralph hat diesen Brief auf Befehl seiner Frau ohne Annabellas Kenntnis geschrieben, und sie meinen, sie mit der Zeit schon gefügig zu machen.«

Er antwortete, daß er Herrn Ralph zwar gewaltig schätze, daß eine so wichtige Mitteilung aber nur seine Beachtung finden könne, wenn sie von seiner Frau persönlich herrühre. Umgehend kam Annabellas Bestätigung. Da stand Byron vor einem unlöslichen Rätsel. Er verlangte Gründe. Doch keine Antwort erfolgte. Aber Hobhouse erzählte, er habe gehört, Lady Milbanke sei in London und habe Sir Romilly die Vertretung ihrer Tochter übertragen, und riet Byron, ebenfalls einen hervorragenden Anwalt zu betrauen. Doch Byron rief: »Sir Romilly, o, den kenne ich ja sehr gut von Holland House her. Ein sehr ehrenwerter, vornehmer Mann, mit dem werde ich sprechen.«

Er ging zu dem Anwalt. Sir Romilly empfing ihn steif und gemessen.

»Eine sehr heikle Angelegenheit, Ew. Lordschaft,« sagte er mit Zurückhaltung. »Ich würde es sehr bedauern, wenn Sie nicht in die Privatscheidung willigten, denn wenn wir diese Dinge vor Gericht erörtern müßten, so wäre das eine Schande für ganz England.«

»Ich verstehe Sie durchaus nicht,« entgegnete Byron. »Ich habe Sie, Sir Romilly, als einen Mann kennen gelernt, der sich immer bemüht hat, die Härten unserer Gesetze zu mildern. Und ein so weitsichtiger Wann wird sich doch nicht durch das Gerede einer erregten Frau, wie meine Schwiegermutter ist, täuschen lassen.«

»Ich lasse mich nicht täuschen,« erwiderte Sir Romilly, »wir haben untrügliche Beweise.«

»Vorläufig weiß ich überhaupt noch nicht, was mir zur Last gelegt wird,« lächelte Byron arglos. »Ich gebe zu, ich habe mich manchmal nicht ganz einwandfrei benommen, aber meine Frau hat mir verziehen, wir haben die letzte Zeit in ungetrübter Eintracht gelebt, wir haben zärtlich voneinander Abschied genommen. Da plötzlich ist der Brief Sir Ralphs hereingeplatzt.«

»Lady Byron,« sagte der Anwalt gemessen, »hat sich zum Schluß verstellt, sie hat sich vor Ihnen gefürchtet.«

»Gefürchtet? Weshalb hat sie sich gefürchtet?«

»Weil sie von einem Mann, der so Furchtbares auf sich geladen hat, das Schlimmste erwarten mußte.«

Da riß Byrons Geduld. Er sprang auf, schlug auf den Tisch und rief heftig: »Zum Donnerwetter, nun sagen Sie mir endlich, was ich Furchtbares begangen haben soll. Ich bin nicht hier, um Rätsel zu raten.«

Sir Romilly verschloß sich noch steifer vor dem zornigen Manne und sagte: »Sollte Ihnen das wirklich ein Rätsel sein?«

»Sollte es wirklich notwendig sein, daß ich dieses Schmachvolle erst mit Namen nenne, das zu sagen sich eines Engländers Zunge sträubt?«

»Ich bitte dringend darum.«

»Nun denn, so will ich mich der Notwendigkeit fügen. Lady Byron beschuldigt Sie –« er machte eine Pause, Byron sah, wie er den Abscheu in sich niederkämpfte – »eines unlauteren Verkehrs mit Ihrer Schwester Augusta.«

Da taumelte Byron zurück in den Stuhl.

»Was? – was?!«

Dann lachte er laut und befreit heraus.

»Aber Sir Romilly, wie konnte ein solch erleuchteter Mann auf diesen Humbug hereinfallen!«

Sir Romilly verzog keine Miene.

»Ich habe Eurer Lordschaft bereits einmal bemerkt, daß wir untrügliche Beweise haben.«

Byron lachte noch immer.

»Sir Romilly, blamieren Sie sich nicht vor ganz England mit Ihren untrüglichen Beweisen. Sie haben Ansehen zu verlieren. Sie könnten ebensogut behaupten, ich hätte den Mars gestohlen.«

»Ich bedaure,« sagte der Anwalt traurig, »daß der Mann, der die glänzendste Stellung in unserer zeitgenössischen Literatur einnimmt, sich nicht nur durch die grauenvolle Tat, sondern auch noch durch die Lüge entwürdigt.«

Da stand Byron vor ihm, seine Augen funkelten. Die boxgeübten Hände ballten sich zu Fäusten, und drohend flüsterte er:

»Das nehmen Sie zurück, das nehmen Sie sofort zurück!«

Sir Romilly bewegte sich nicht.

»Ich beklage es, keine Silbe zurücknehmen zu können. Ich kann nichts, als Ihnen vorstellen, daß es in Ihrem eigensten Interesse liegt, es nicht auf den gerichtlichen Beweis ankommen zu lassen.«

»Aber Sir Romilly,« Byron griff mit beiden Händen in das lockige Haar, »Sir Romilly, hat dieses Weib Sie denn behext?! Trauen Sie mir zu, mit meiner Schwester – Mann, nehmen Sie doch Vernunft an.«

»Ich bedaure Ihre Hartnäckigkeit,« Sir Romilly schüttelte den seinen Kopf, »doch auf eines möchte ich Sie hinweisen. Lady Milbanke hat auf meinen Rat mit Frau Augusta Leigh gesprochen. Sie ist in Six Mile Bottom gewesen. Ihre Frau Schwester hat ihr selbst zugestanden, daß sie mit Ihnen in einem Verkehr gestanden hat, dem ein Kind entsprungen ist.«

Byron taumelte wieder.

»Das hat meine Schwester –?«

»Ja,« sagte der Anwalt und hob ein Schriftstück vom Tische auf. »Ich habe soeben diesen Brief erhalten.«

Einige Sekunden war es nachtstill im Zimmer.

Der Anwalt blickte nieder auf das Schreiben, die Wirkung seiner Worte nicht zu stören. Dann hob er den Kopf. Da stand Byron am Tisch, die Stirn umleuchtet, seinen Mund verschönte ein heiliges Lächeln.

Verdutzt sah es der Anwalt. Byron fühlte seinen forschenden Blick.

»Sir Romilly,« sagte er, in seiner Stimme läutete die Freude, »ich kann mich jetzt nicht entscheiden, ich werde es mir überlegen. Morgen früh spätestens werden Sie meinen Entschluß in Händen haben.« Er ging hinaus und lief durch die Straßen und lächelte vor sich hin, und seine Augen strahlten wie goldene Freudenfeuer. Hellseherisch hatte er sofort alles durchschaut. Er wußte plötzlich, daß die Charlemont seinen Schreibtisch erbrochen hatte, Augustas Briefe, die sie entwendet hatte, das waren die untrüglichen Beweise. Und nun hatte Augusta es zugegeben. O, er wußte warum. Und seine Augen leuchteten immer stolzer, und seine Lippen flüsterten: »Sie ist eine Heldin, sie hat Heldengröße. Um Mary nicht zu verraten, hat sie die Schuld der Blutschande auf sich und ihre Familie genommen. Sie ist eine Heldin und eine echte abenteuertolle Byron.«

Er kam nach Hause und fand Augustas Brief, in dem sie ihm alles berichtete. Und zum Schluß stand die rührende schlichte Frage:

»Bist du mit mir zufrieden?«

Ja, er war zufrieden. Und er schrieb ihr einen Brief, in dem seine brüderliche Liebe und Verehrung lohte. Und dann schrieb er an Sir Romilly und gab seine Einwilligung. Er wollte nicht kleiner und nicht feiger sein als seine Schwester, nein, er wollte Mary Chaworth nicht verraten. –

Jetzt brach der Sturm los. Das Gerücht sickerte durch und jagte von Stadt zu Stadt. Mit abscheufahlen Lippen flüsterte man es in den Kreisen des Highlife, als pikante Neuigkeit erzählte man es sich an der Börse, mit unflätigen Worten riefen es sich die Kutscher auf der Straße Zu. Die Liebe des Volkes, die ihn einst über Nacht hinausgehoben hatte über alle Zeitgenossen, rächte sich blutig und gemein, wie Volksliebe immer sich rächt. Wie er eines Morgens erwacht war und seinen Ruhm fand, so erwachte er jetzt und fand seine Verfemung. Alle die Feinde und Neider, die bisher nicht gewagt hatten, gegen den Mann empor zu züngeln, den der Ruhm wie ein undurchdringlicher Panzer umgürtete, hoben jetzt ihre wutentstellten Häupter. Alle die Schriftsteller, denen er einst in seinen »Englischen Barden« die Peitsche um die Ohren geschlagen, die sich später nicht mit ihm ausgesöhnt hatten, gaben ihm jetzt hinterrücks den Fußtritt. Die Frommen und die Frömmler, die ihn haßten ob seiner kecken Angriffe gegen Pietismus und Heuchelei, stießen ihm tückisch den Dolch in den Rücken. Alle die Sittlichen und Moralisten und jene, die hinter der Maske des Biedertums ihren Lastern frönten, die ihn um sein frohes unbekümmertes Genießertum beneidet hatten, spien ihm jetzt ins Angesicht. Mißgunst, Neid, Haß und Heuchelei stürzten über ihn her, und die Presse, die gesamte englische Presse, die rechtsstehende, die ihn wegen seines Auftretens im Oberhause schon gehaßt hatte, brüllte mit hinein in den Orkan, der gegen ihn losbrach. Schimpfworte, Verleumdungen hagelten auf ihn nieder. Jedes erdenkliche Laster war sein Ideal, jede Widernatürlichkeit hatte er begangen. Man nannte ihn einen Nero, Caligula und Heinrich den Achten. Keine Grausamkeit wurde ersonnen, der er nicht gefrönt, keine Roheit, die er nicht verübt, keine unnatürliche Wollust, in der er nicht geschwelgt hatte. Er konnte das Haus nicht mehr verlassen. Auf der Straße schrien ihm die Gassenbuben nach, spie der Pöbel vor ihm aus, wichen die Vornehmen scheu zur Seite, wenn er daher kam.

Da packte ihn der Trotz. Er ging ins Theater, sich zu zeigen. Doch wie ein Mann erhob sich das Parkett, erhoben sich die Ränge, brauste die Galerie empor. Und sie schrien und tobten, und die Galerie schleuderte faule Äpfel, bis er gegangen war.

Er klopfte an die Türen, die sich einst so weit vor ihm geöffnet hatten. Doch sie blieben verschlossen. Alle die großen Häuser der englischen Aristokratie, die ihn einst in ihre glänzenden Räume gelockt, sperrten sich vor dem verfemten Manne. Die Gesellschaft Englands schüttelte ihn ab. Nur die Freunde seiner Jugend und Rogers und Moore standen bei ihm in dem Sturme, der ihn umtoste. Doch er brach nicht zusammen. Diese Tage, in denen er herabstürzte von der jähen Höhe, auf die sein junger Ruhm ihn erhoben hatte, schmiedeten ihn zum Manne. Alles Weltschmerzliche, das noch in ihm klagte, fiel von ihm nieder, und die Verachtung gegen sein Volk und der Hohn und der bittere Zynismus standen in ihm auf, die später das Meisterwerk seines Lebens, den »Don Juan« schaffen sollten.

Eines Abends, als Hobhouse, Davies und Hodgson bei ihm waren, sagte er: »Ich werde England verlassen. Wenn es auch wie eine Flucht aussieht, das schert mich nicht. Mir kommt es nur darauf an, wie ich es empfinde, und ich fühle, daß England meiner nicht wert ist.«

Die Freunde nickten schmerzlich. Sie wußten, in England war für ihn kein Raum. Und sie saßen beisammen und sprachen trübe über seine Reise. Da sagte Byron vor sich hinsinnend: »Und doch begreife ich den schnellen Umschwung nicht.«

Bitter lachte Hobhouse auf: »Ich habe mit einem jungen Bekannten, Macaulay, darüber gesprochen. Der meinte, es gibt kein so lächerliches Schauspiel wie das englische Publikum bei einem seiner periodischen Anfälle von Moralität. Für gewöhnlich nehmen Entführungen, Ehescheidungen, Familienzwiste ihren Verlauf, ohne besondere Aufmerksamkeit zu erregen. Wir lesen von dem Skandal, sprechen einen Tag darüber und vergessen ihn. Allein einmal alle sechs oder sieben Jahre wird unser moralisches Gewissen wach. Wir können dann plötzlich nicht dulden, daß die Vorschriften der Sittlichkeit so verletzt werden. Wir müssen den Leichtfertigen zeigen, daß das englische Volk die Wichtigkeit der häuslichen Bande kennt. Dann wird dieser oder jener Mann, der durchaus nicht verderbter als all die anderen ist, deren Ausschreitungen mit großer Nachsicht behandelt worden sind, zum Sündenbock erkoren, hat er eine Lebensstellung, so wird er aus ihr herausgerissen, die besseren Kreise grüßen ihn nicht mehr, die niederen zischen und pfeifen ihn aus. Er wird eine Art Prügelknabe, durch dessen Strafen und Schmerzen man gleichzeitig alle Missetäter seiner Gattung straft. Wir denken dann mit innerem Wohlbehagen an unsere Strenge und vergleichen mit großem Stolze Englands moralisches Empfinden mit der Pariser Leichtfertigkeit. Alsdann ist unsere Entrüstung befriedigt.

Unser Opfer ist ruiniert oder hat sich zu Tode gegrämt, und unsere Tugendliebe legt sich für die nächsten sieben Jahre wieder schlafen.«

Sie nickten alle zu diesen trostlosen, wahren Worten. Dann stand Byron auf und sagte: »Du hast recht, das ist unser geliebtes England. Aber,« er straffte den Körper, »mich sollen sie nicht niederreißen. Ich lache ihrer. Ungebeugt gehe ich fort und meine Peitsche sollen sie noch oft um ihre heuchlerischen Köpfe spüren.« –

Er traf seine Vorkehrungen zur Abreise. Aber eines nachts, als er durch die Zimmer ging, kam doch überwältigend die Erinnerung an Annabella über ihn. Es war der letzte Anfall von Weichheit auf Englands Boden. In einem jener seltsamen Impulse des Dichters schrieb er unter Tränen den Abschied an sein Weib, der dauern wird, wenn längst alle Wirrnisse dieser Ehe in Vergessenheit versunken sind.

»Fare thee well and if for ever – Still for ever, fare thee well.«

Am Tage, ehe er in Dover das Schiff bestieg, fuhr er nach Newstead. Hier hatte er noch Abschied zu nehmen.

Er schritt durch die hallenden Bogengänge und wanderte durch die efeuverdunkelten Zimmer mit ihren grotesken Schnitzereien und ihren zeitgeschwärzten Gemälden. Lange stand er vor den Totenschädeln, die des Gerichtsvollziehers Hand verschont hatte, und dachte der Zeit, da junger Weltschmerz sie hierher gestellt hatte als ein memento mori. Er stand in dem schattigen Hain und hörte das Gehen und Kommen der Krähen. Alles war hier wie einst, unwandelbar, und nichts kündete den sonnenhellen Aufstieg und den nachtschwarzen Fall des Herrn dieser Stätte. Er strich durch den Park und stand wieder wie einst weit hinten an der Steinbalustrade, die ihn begrenzte, und blickte hinüber in die Gefilde, in denen einst der sagenumklungene Sherwood-Forst seine Wipfel im Winde gewiegt. Noch einmal umfaßte er das alte graue Gemäuer mit seinen Bastionen und Türmchen mit einem bitteren, abschiednehmenden Blick. Dann schwang er sich auf den Wagen, der ihn hinübertrug den altgewohnten, oft gewanderten Weg nach Annesley. Da war der Park, da war das alte efeuumrankte Torhaus mit dem wohlbekannten Widerhall der Pferdehufe unter der Wölbung, da war der Hof mit seinem wunderlichen alten Brunnen, und dort lagen die Ställe der Meute, nicht mehr so neu und unzugehörig zu diesem alten Landedelsitz wie damals, als er zuerst wieder die Geliebte seiner Knabenzeit besuchte. –

Der Diener, der ihn empfing, berichtete, daß Herr Musters hinter dem Fuchs sei. »Desto besser,« dachte Byron und ließ sich der Herrin melden. In der dunklen Halle kam sie ihm entgegen in schwarzem Gewande und führte ihn in ihr »blaues Zimmer«. Bleich war sie und gebeugt.

»George!« rief sie, sowie die Tür sich hinter ihnen geschlossen hatte, gottlob, daß du gekommen bist. Ich habe dir schreiben wollen und habe es nicht gewagt. Was ist das, was sie da reden? Mein Mann las es in der Zeitung. Sie wissen, daß Medora dein Kind ist, sie haben es erfahren!« Sie rang die gefalteten Hände.

»Ja,« sagte er, »aber sie wissen nicht, wer ihre Mutter ist.«

»George, sie werden es bald erfahren! Dann ist alles umsonst gewesen, all diese Not und Qual und bittere Sühne.«

Er fing ihre irrenden Hände ein.

»Beruhige dich, Mary, komm, beruhige dich. Keiner wird je erfahren, wer ihre Mutter ist. Denn Augusta hat alle Schuld auf sich genommen.«

»Wie,« stutzte sie, »wie soll ich das verstehen?«

»Das sollst du so verstehen, Mary, daß sie sich zur Mutter des Kindes bekannt hat.«

»Dann –« sie schwankte hin und her und griff nach Byrons Arm – »dann muß man doch glauben, daß sie und du – –«

Byron nickte langsam.

»Nein, nein –« sie rang nach Atem, »das darf nicht sein, das darf nicht sein! Das kann ich nicht annehmen, dieses Opfer kann ich nicht auf mich nehmen. Ich werde alles bekennen. Noch heute werde ich Musters alles bekennen.« Sie irrte an der Wand des Zimmers entlang. Er fing sie ein.

»Aber höre doch,« suchte er sie zu trösten.

Sie achtete nicht seiner Worte. Sie starrte an ihm vorbei, nickte mit dem Kopf und flüsterte geistesabwesend vor sich hin: »Ich habe es gewußt, ich habe es ja gewußt, solche Schuld läßt sich nicht sühnen. Noch heute werde ich alles bekennen.«

»Aber nicht doch,« drang Byron in sie.

Da warf sie den Kopf auf und ein matter Abglanz ihrer einstigen Energie straffte ihre Glieder, als sie sagte:

»Ich werde ein solches Opfer von Augusta nicht annehmen.«

»Du täuschst dich,« sagte er. »Ich bin vor einigen Tagen bei Augusta gewesen. Sie trägt ihr Opfer wie einen Königsmantel um ihre Schultern geschlungen. And die Verachtung, die sich auf sie niederschüttet, wird ihr zu einer Krone auf ihrem Haupte. Ihre Tat ist ihr der Inhalt ihres Lebens geworden. Du kannst das nicht verstehen, Mary, nur das Blut der Byrons kann das fassen.«

Sie schüttelte den Kopf.

»Nein, ich verstehe es nicht, ich werde bekennen.«

»Damit wirst du nichts bessern, Mary. Deine Stimme ist viel zu matt, den Orkan zu durchschreien, der mich umtobt. Der öffentliche Haß hat sich in den Köder der Blutschande verbissen und wird ihn nicht wieder aus den Zähnen lassen. Du wirst nur neues Unglück auf das alte häufen. Sie werden die Finger heben und auf dich zeigen und zischen: »Auch diese Ehe hat dieses Ungeheuer vernichtet,« und du wirst nichts damit erreichen, als daß du dein Leben und vielleicht das deines Mannes auch noch in den Abgrund ziehst.«

Sie schüttelte immer wieder den zermarterten Kopf.

»Ich kann das nicht auf mich nehmen, ich kann nicht zu allem anderen noch tragen, daß man von Augusta und dir denkt – –«

»Um Augusta mach' dir keine Sorgen,« tröstete er. »In ihrem engen Kreise weiß man, daß sie schuldlos ist. Und ich, ich gehe fort, ich habe keine Heimat mehr. Ich bin gekommen, von dir Abschied zu nehmen, auf immer. Ich werde nie wieder Englands Boden betreten.«

»Du willst fort?« sie fuhr tastend, an seinem Arme entlang.

»Du willst fortgehen für immer?«

Er nickte. So saßen sie eine kleine Weile und blickten sich weh in die Augen. Dann raffte er sich zusammen.

»Nun wollen wir nicht klagen, Mary, nun wollen wir die wenigen Stunden, die uns bleiben, noch einmal die Nähe des anderen mit allen Fibern empfinden.«

Er zwang sie auf das alte blaue Sofa nieder, auf dem sie so oft als Mädchen vor ihm gesessen hatte, zog sich einen Sessel heran und so saßen sie lange – lange. Keiner fand ein Wort. So saßen sie lange in dem blauen Zimmer, das einst so voll gewesen war von seinen blauen Jugendträumen. Und die Erinnerungen kamen herein durch das Fenster mit dem Duft der Blumen aus ihrem bunten Garten, mit dem würzigen Hauch von den Feldern. Aus allen Ecken blühten die Erinnerungen auf. Das Bild, das sie zeigte, wie sie einst gewesen, blickte flüsternd von der Wand zu ihnen nieder. So saßen sie lange von Gedenken und bleichen Gedanken umraunt. Einmal begann er leise: »Wie anders hätte alles werden können, wenn du damals – –«

Doch er brach ab. Was halfen jetzt Klagen und Verzweiflung! Dann erhob sie sich, öffnete das Spinett an der Wand und sang ihm die alte Ballade von Mary Ann, sang sie mit ihrer armen verdorrten Stimme und brach mitten darin ab, fiel mit der Stirn über die Tasten und weinte bitterlich. Da trat er zu ihr, hob ihren Kopf zu sich empor und küßte sie in wildem Schmerze auf den Mund. Dann eilte er hinaus, lief ohne sich umzublicken zum Wagen und befahl dem Kutscher zur Poststation zu fahren. Das Pferd zog an, der Wagen rollte, er blickte nicht zurück. Er biß auf die Lippen, daß das Blut das Kinn herniederrieselte, und nur das Zucken der Schultern verriet das gewaltsam niedergepreßte Schluchzen. –

In Dover traf er die Freunde. Mit der alten Verschwendungssucht hatte er sich zur Reise gerüstet. Als Leibarzt begleitete ihn der junge Polidori, als Diener der treue William Fletcher. Mit dem Honorar, das Murray ihm für die »Belagerung von Korinth« und die gleichzeitig vollendete »Parisina« zahlte, hatte er sich nach dem Modell der Reisekutsche Napoleons einen Reisewagen bauen lassen, der ein Bett, eine Bibliothek und Tafelzeug enthielt. Doch beinahe wäre diese Herrlichkeit ihm noch entrissen worden. Denn kaum war sie an Bord der Fregatte gebracht, kaum waren die Anker gelichtet, da eilte von London her der Gerichtsvollzieher herbei. Es war ein groteskes Symbol seines Lebens, daß er an der Seite seiner Freunde, die ihm mit tränenden Augen nachwinkten, der Mob von Dover hinter ihm drein pfiff und johlte, und der Gerichtsvollzieher zornig die Fäuste ballte. Byron aber stand kaltblütig an der Reeling des Schiffes und grüßte mit der Mütze den Freunden und der in der Morgensonne verblassenden Küste seiner Heimat zu.

- Ende -

www.ingramcontent.com/pod-product-compliance
Lightning Source LLC
LaVergne TN
LVHW050547160826
845677LV00011B/2214

* 9 7 8 8 0 2 6 8 8 7 2 0 1 *